花焰把温好的酒拿给陆承东。

陆承东这何也没何，便打开酒塞，仰头来喝，喝了一口，
他才觉得不对，转头问花焰："这是什么？"

花焰道："酒啦，你没喝过吗？"

"没有。"

花焰才发现，他可能真的什么都没有尝试过。

难怪她问他喜好时，他想了半天，依然摇头；
问他过去，也只有吃饭、睡觉、练剑。

未曾经历，谈何喜欢？

她思忖了一会儿，道："陆大侠，我之前带你做过那么多事情，
有没有哪一件是你喜欢的？"

陆承东仰头将酒一饮而尽，放在地上，
想起花焰对他解释过的定义，道："都很喜欢。"

"具体点儿嘛。"

陆承东麻克道："和你做的每一……….花焰喜欢。"

花焰眨了眨眼，忽然有些脸红。

一朵花开百花杀

粽子 维和 著

江苏凤凰文艺出版社
JIANGSU PHOENIX LITERATURE AND ART PUBLISHING

图书在版编目（CIP）数据

一朵花开百花杀 / 维和粽子著 . — 南京：江苏凤凰文艺出版社, 2023.9
ISBN 978-7-5594-7672-2

Ⅰ.①一… Ⅱ.①维… Ⅲ.①长篇小说 – 中国 – 当代 Ⅳ.① I247.5

中国国家版本馆 CIP 数据核字 (2023) 第 058688 号

一朵花开百花杀

维和粽子 著

责任编辑	周颖若
特约编辑	文 茵 贝 冢
封面设计	@Recns
出版发行	江苏凤凰文艺出版社
	南京市中央路 165 号，邮编：210009
网　　址	http://www.jswenyi.com
印　　刷	嘉业印刷（天津）有限公司
开　　本	700mm×980mm　1/16
印　　张	20
字　　数	359 千字
版　　次	2023 年 9 月第 1 版
印　　次	2023 年 9 月第 1 次印刷
书　　号	ISBN 978-7-5594-7672-2
定　　价	49.80 元

江苏凤凰文艺版图书凡印刷、装订错误，可向出版社调换，联系电话 025-83280257

陆大侠好笨哦。可是又笨得很可爱,花焰实在忍不住笑出了声,捂着肚子倒在一旁。陆承杀不知她为何笑,但总归是开心,于是他便也觉得心情平和。

第七章 武比风波 一二九

第八章 天残陷阱 一六一

第九章 情愫暗生 一八五

第十章 地下迷宫 二〇七

第十一章 停剑山庄 二三三

第十二章 两『小』无猜 二五九

第十三章 相思不知 二八五

番外 陆承杀的童年记事 三〇七

目录

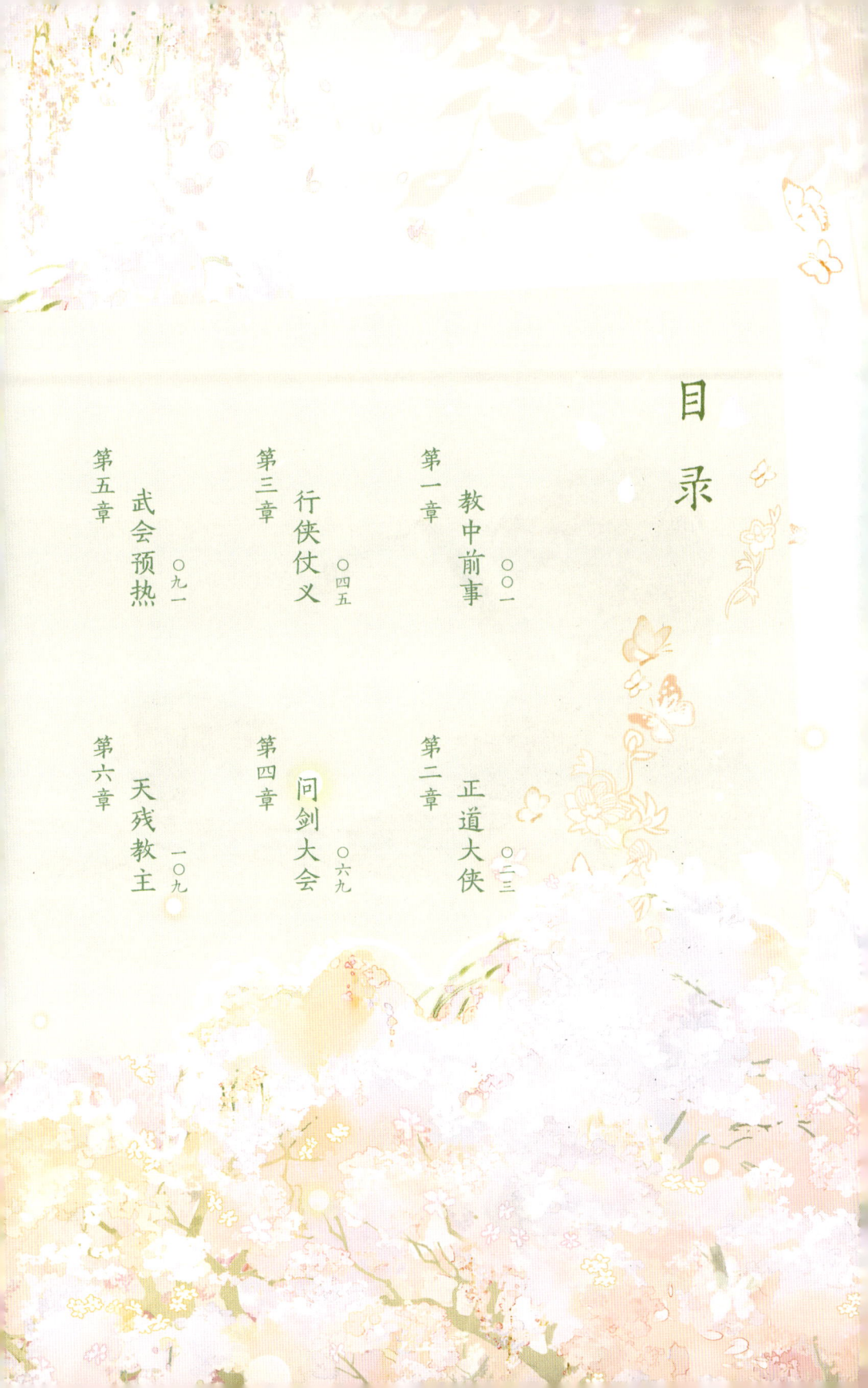

第一章　教中前事　〇〇一

第二章　正道大侠　〇二三

第三章　行侠仗义　〇四五

第四章　问剑大会　〇六九

第五章　武会预热　〇九一

第六章　天残教主　一〇九

第一章 教中前事

世道艰难，为人不易。

"士可杀，不可辱。"年轻侠士眼中闪烁着坚毅不屈的光，"就算是死，我也不会从了你这种妖女的！"

"？"

花焰不过是吃饱出门遛弯儿，几个青衣弟子就献宝似的，把这个衣衫不整的人推到自己面前。

从对方露骨且鄙视的眼神里回过味来，她刚想开口，那少侠已举剑自刎，鲜血飞溅，她差点儿都没反应过来。

眼疾手快地用扇柄击飞剑锋，花焰松了口气，大叫："来人啊！"

守在外面的弟子以为花焰遭遇不测，数十人涌进来将她团团护住，场面顷刻乱成一锅粥。

"保护圣女！"

"拿下那个大胆犯上之人！"

"快把他制住！"

在混乱之中，花焰怒拍桌板，低吼道："都别吵，先救人！"

花焰是正义教的圣女，换个江湖人更愿意讲的称号——"天残教妖女"。

担此职位主要因为她故去的娘亲正是上一代的圣女，女承母业，打从花焰出生的那一刻就注定她要做个妖女。

当然，做个妖女也没什么不好的。花焰长相肖似她娘亲，容貌来说绝对过关，只要日常再带领教众袭击正派，勾引二三正道大侠，搅乱正道武林，最好再嚣张跋扈、不可一世，就能成为一名合格的令正道深恶痛绝、闻风丧胆的妖女。可问题就出在花焰他爹的身上，她爹不是正义教人士，亦不是正道人士，而是个彻头彻尾的读书人。

她爹当年在科举途中被她娘看上，硬是被抓来，生米煮成熟饭。

性格传统的举子老爹觉得既然坏了人家女子的清白，就要负责，于是痛定思痛还是嫁到，啊不……是娶了花焰她娘。他们教地处偏远，她爹就在这里相妻教女十几年，在她爹的谆谆教导下，花焰逐渐长成了一个正直善良的好姑娘。

等花焰他娘反应过来，自己家女儿居然被教养得越来越温和纯良，顿觉不能忍。于是她娘当机立断，阻断了花焰变成大家闺秀的道路，给她进行密集恶补，言传身教地告诉她，作为一个天残教的圣女应该是个什么模样。

讲解加实践，气得花焰她爹话都说不出来。

他爹早年就水土不服，后来越发病弱，再好的药也无力回天，弥留之际他靠在床头紧紧攥着花焰的手，一字一句说："闺女，答应爹，做个好人。"

花焰哭得泪眼婆娑，狠狠点头。

奈何生不逢地，环境也不允许，尽管花焰内心再想向善，身上还是背负着天残教的烙印。

唉。

她幽幽地叹了口气。

"圣女，圣女！那小白脸醒了！"

那位士可杀不可辱的少侠被五花大绑着送到花焰面前，他脖子上缠着重重纱布，嘴巴被抹布堵上，一双铜钱大的眼睛虎视眈眈瞪向花焰，活像要在她身上瞪出个窟窿。

花焰抽出抹布，随口道："你是哪门哪派的？姓甚名谁？来我们正义教做什么？"

对方大惊："难道我不从你，你就要用我师门威胁吗？妖女，好狠毒的心！还有什么正义教？！你们不明明是叫天残教吗！你们也敢自称正义……"

花焰："……"

又不是她想叫的，是他们教主觉得前教名不吉利，亲自改的，她有什么办法啊。

花焰努力缓和关系，柔声道："少侠，我没有恶意……"

不料对方受惊更甚，一副誓死捍卫贞操的模样："妖女，你想做什么！你别过来！"

花焰："……"

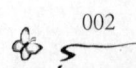

她要真有什么企图，他还能安安稳稳地在这里跟她讲话吗？之所以没有把他送去刑罚部，无非因为花焰真的非常好奇正派人士到底是个什么样子。

说到这儿就不得不提及他们正义教大本营的位置，偏僻到花焰极目望去也只有满眼黄沙，也难怪她那个在水乡长大、文文弱弱的爹住不下去，三天两头不是咳就是喘。因为上个月母亲旧伤复发病故才刚继位的花焰，实际上至今还没有离开过大本营范围。

她不说话，那边的少侠双目一合，两行清泪便已流下："想不到我青城门赵攸出师未捷身先失……"

"等……"

"妖女你不用再说了！我知道的，像你这种邪门妖女看到我这样刚正不阿、相貌清俊的正道弟子根本把持不……啊，你干什么，唔唔……唔！"

把踹出去的腿收回来，花焰终于忍不住恶狠狠地道："……闭嘴！"

听说这家伙还是单枪匹马出现在他们大本营附近的，看来不只武功不行，脑子也不太好使。

她有一点点失望。

花焰俯低身，叹了口气道："我问你一个问题，你老实回答我，不然我就给你下腐毒，保证你每天烂掉一部分，肠穿肚烂七七四十九天才死干净。"

对方惊恐地看她。

"你们正派有没有那种……"花焰想了一会儿，"话比较少的，特别能打的，正义感很强的……哎，算了，就是你们正派现在最出名的正道大侠是谁啊？"

"……妖、妖女你知道这个要做什么？"

"让你说你就说，废话那么多！"

"陆镇行……陆大侠！"

花焰面无表情："我知道，他今年七十多岁了，有没有年轻点的？"

"你这妖女怎么要求这么多……那就……陆、陆承杀……陆少侠。"对方仿佛一下子来了底气，"对，妖女你别得意，陆少侠武功盖世，等陆少侠来了，便是你们的死期！"

提到这个名字，花焰尚没什么反应，身边的人倒是抖上了一抖。

花焰把抹布又塞了回去，示意手下人讲讲，就听他们七嘴八舌地说这个陆承杀是多么可怕、多么吓人，怎么对他们教派中人斩尽杀绝、不留活口，大家远远打听到前面有他都绕路走。

花焰听得兴致勃勃，不由得问道："听起来好像比咱们教主名声还大些？"

其他人立时都噤了声。

这时忽然有人轻笑道:"旁人怎么能同教主相提并论。"

说话之人携一股清冽药香,风尘仆仆而来,他一袭月白长袍,周身无多饰物,唯有一根白玉簪子绾住长发,额前两缕垂发随风飘在两侧,将脸衬得格外温文无害,偏又唇角微扬,天生一副笑颜,令人望之亲切。

右护法羽曳,也是现在教派高层中最好捏的那个软柿子,主要负责给教内人员看诊,平时说话就轻声细语,做事又细致周到,从不发火生气,光看外表绝对猜不到他是天残教中人,倒像是慈心谷的医师。

"羽护法您回来啦!"

"……护法大人您终于回来了!"

"呜呜,羽先生,小人好想您啊!"

又来了。

他不过才出门办事走了一个月,花焰已经听了不下十次的"唉,羽护法什么时候回来啊",耳朵都快生茧子了。

羽曳笑着应了,转头问花焰:"听说你抓了一个正派弟子。"唇角轻扬,"这么厉害。"

"不是抓的,门口捡的。"花焰有点郁闷,指了指赵攸,"弱弱的。"

赵攸被塞了抹布,只能"嗷嗷嗷"几声表达抗议,可惜无人理会。

羽曳莞尔:"那下次再抓个厉害的。"

花焰点头如捣蒜,"捣"了想起来,问:"那个陆承杀到底是个什么人啊?"

"停剑山庄陆家新一代的翘楚,算是我们的死敌了。"羽曳沉吟了一会儿,"至于人如何倒是不太清楚,毕竟我没有同他对上过。"

"那谁见过他啊?"

羽曳露出苦笑:"只怕都……"他比画了个手抹脖子的动作。

花焰震惊:"这么厉害?和教主比谁更厉害?"

羽曳咳嗽了一声。

花焰立刻愤愤道:"我是说,他简直太可恶了!若是我遇到他,一定……"

"最好还是别遇上他,很危险的。"羽曳笑着,温声道,"这个弟子你打算怎么处置?"

花焰思忖:"……先关着,还没想好呢。"

"青城门的人,看武功和衣着打扮也并非核心弟子,他应当只是巧合路过。如果实在问不出什么,就把人放了吧。"

这话也就只有羽曳能说得出来,换成其他任何一个堂主遇到这种身份不明、潜伏进来的人,只怕都会立刻把人大卸八块。但羽曳不。

先前有个弟子欺上瞒下，采买毒虫的时候克扣银两，被人发现，他领头堂主当场就打算把他直接丢进虫瓮里做饲料。恰逢羽曳路过，那弟子扑到羽曳脚边，一把鼻涕一把泪地哭着抱住羽曳大腿求救，最后只被打了一顿，罚去清扫了三个月的正义教恭房。自那以后，犯了错的弟子前赴后继抱羽曳大腿，害得刑罚部的长老不得不黑着脸去找教主，希望能让羽护法少管点闲事。

花焰笑道："不怕待会儿刑罚部的长老又来找你麻烦？"

"希望他们念在我刚回来，少叨念几句。"

羽曳望着花焰的笑靥，神色无奈中显出一丝宠溺，刚想说什么，忽然被人打断。

"呸呸呸……"赵攸使出全身力气把抹布吐了出来，脸憋得通红，"你们这对妖男妖女到底什么关系？！"没想到他居然还能开口，众人一时都没反应过来。

花焰下意识道："他是我未婚夫婿啊。"

赵攸也一愣，随后脸涨得更红："你、你这妖女，明明有未婚夫婿，还来强逼于我！"

花焰："？"

赵攸突然想起刚才的对话："……你甚至还想去勾引陆大侠！当真天残教妖女乃美貌蛇蝎！"

花焰："？"你在胡说些什么！

赵攸："我已经看透你了，你不需要解释了！"

一代妖女，声名狼藉从现在开始。

花焰很心累。

"被误会就误会了。"水瑟托着下巴，小腿在桌下微微晃动，一张清纯动人的脸庞上挂着与气质相反的戏谑表情，"我们天残教妖女不就是干这行的？"

虽然从小看到大，但花焰还是觉得她在浪费自己的清纯。

就算大家都穿一样的红衣，袖口镶珠，耳坠长环，背影看起来相差无几，但水瑟那张脸蛋就是楚楚可怜、惹人怜爱，去外面被当成哪家的柔弱千金也不奇怪，但自己就是怎么看怎么像妖女……人比人气死人。

水瑟笑吟吟道："哎，你要是真不高兴，区区一个正派弟子，杀了便是。"

花焰摇头："算了算了。"

"怕羽护法不高兴？"水瑟话锋一转，"说起来，他出去一趟这么久，你都不担心？"

这个问题花焰可以很快回答："他要是喜欢上别人，跟我解除婚约便是。"

她同羽曳的这门亲事还是花焰爹在世时定的,她和她爹都挺满意的,毕竟羽曳算是他们这个坏人窟里少见的好人,而且他平日里接触的都是草药瓶罐,和花焰毒技业务相似,也算半个同行,不乏共同语言,怎么挑都没毛病。

她娘反而不太喜欢羽曳。

花焰觉得她娘可能只是单纯地更喜欢他们教主,遗憾没能让教主给自己做女婿。

她娘在世的时候没少跟她碎碎念:"这种招桃花、对谁都温柔的男人靠不住的,看看你爹,一肚子圣贤礼仪,连句情话都不会说……"

她爹:"喀喀喀……关关雎鸠……"

"我教育女儿呢,你别老打岔!"她娘吼了一嗓子,继续道,"你哪知道羽曳这小子对你有几分真心。听为娘的话,去把这门亲事给退了。"

她爹:"父母之命媒妁之言,岂能说退就退……"

"好了,焰儿乖,快去退了!明天为娘就去测测你和咱们教主的生辰八字……"

她爹秀才遇上兵,气得话都说不利索了:"不行!花燃,你、你……"

她娘见状,才眉开眼笑地抱着她爹,在他脸上亲了一口:"夫君,别气啦,别气啦,我也是为咱们女儿好嘛!"

这样三番五次也很麻烦,花焰干脆硬着头皮去找羽曳,竹筒倒豆般把她娘念叨的事一五一十都说了,最后开门见山地问他:"你是真心想娶我吗?如果不是也没关系……"

谁知羽曳叹了好长一口气,把她的脑袋按在胸口。"你自己来听。"隔了一会儿,他才又道,声音沉沉的,"其实我也想问,你是真心想要嫁给我,而不曾对教主动心吗?"

"……"

还能这么回答的吗?

花焰被反将一军,哄了半天羽曳才肯信那不过是她娘亲的一厢情愿罢了。

"这次回来,他又给你带了什么好东西?"

花焰从柜子里掏出一个包裹好的锦盒。

"这个。"

水瑟接过锦盒打开一看,惊道:"银环蛇果!他怎么弄到的!"

锦盒中盛满坚冰,包裹着一枚泛着银质蛇纹的果实,正是传闻中极为珍稀的毒物药材银环蛇果。

这种果实只长在悬崖峭壁,三年开花三年结果,成熟期只有三天,之后便会烂掉，因这奇葩的生长日期，非常难弄到手，可谓千金难求。"

花焰实话实说："他说恰巧几年前有人瞧见白崖山上有，便特地派人留意，这几日结果之时，他刚好打那儿回来，就顺路跑了一趟。"

水瑟一推锦盒，眉头轻蹙："快快快！别秀了！拿走，我不想看见。"

花焰无奈，是她自己问的嘛！

把锦盒收回去，花焰忽然想起一件事。

"对了，瑟瑟，你知道陆承杀吗？"

水瑟长她两岁，两年前便已离教游历，让好些正派名门弟子为她神魂颠倒，将江湖搅得一通天翻地覆。花焰从去年开始的爱好，就是搬着凳子坐在水瑟面前听八卦。

谁料水瑟闻言一抖，似乎想起什么很可怕的事情："阿焰，你提那个杀星干什么？"

"就是打听打听……所以你是知道他的？"

水瑟失笑："停剑山庄大名鼎鼎的'人间杀神'陆承杀，咱们教上下估计也就你没听过他的名字了。"

花焰搬个椅子坐到水瑟面前，仰着小脸兴致盎然："来说说嘛！这个'人间杀神'陆承杀是个什么来头？"

"这说的是他十来岁初入江湖，踩着我们教一战成名的事情。"水瑟神色复杂，"当时七琴天下那位大小姐带着几名女弟子偷跑出来，被教里一个线人得知，我们三个堂主刚好在附近，便打算前去捉了这黄毛丫头，不料陆承杀也投宿在那家客栈……"

"然后？"

"一晚上全折在他手里了。"水瑟不自觉地抖了抖，"那客栈原本是供贵客玩赏风景的，庭院里种了上百株牡丹，陆承杀杀完人的那个晚上，据说所有的牡丹花都被血色染红，艳得离奇，一地血混着花瓣……"

花焰关注点完全不在这儿："那七琴天下那个大小姐呢？"

水瑟闻言，语气骤然嘲讽起来："据传七琴天下那位大小姐当晚便想以身相许，不过陆承杀折了一枝牡丹给她，便拂袖而去了……骗鬼呢！陆承杀能看上那个蠢货还给她送花就见鬼了！"

花焰纳闷："你怎么知道？"

水瑟叹了口气："你真的想让我说？我可是差点儿死在他手上。"

花焰催促她："继续继续。"

"那时我初入江湖不过半年，就有四五个正派弟子成为我裙下之臣，然后我便有些飘飘然，想会一会那传说中的陆承杀，他在年轻弟子中极有名望。"

花焰道："多有名望啊？形容形容！"

"……别打岔！"

"哦。"

"当时我借由一个恋慕我的停剑山庄弟子，想了一个万全之策去接近他。"说着说着，水瑟额头滚起了豆大的汗珠，"但我没想到他这么可怕，我还没来得及接近他，便被他察觉了意图，然后他……"

花焰道："这么厉害的吗……"

水瑟怒目："你到底想不想听了？"

"……您继续您继续。"

"他看向我的时候，仿佛不是看一个女子，而是在看一具尸体。"水瑟不由自主地身体轻颤，"哪有察觉到不对就直接动杀招的，一点儿都不懂怜香惜玉。而且我根本打不过他，连逃都逃不了。他这个年纪武学根本不该如此的。我还以为全天下只有教主那个妖……"她越说越激动，所幸及时噤声，"咯咯，那个天纵英才、神功盖世……"

花焰出声提醒："没事，教主和齐护法这几日都不在。"

"咯……总之我差点儿死在他手上，若不是那个停剑山庄弟子见他对我动手，誓死保护我，你现在已经看不见坐在这里的我了。"水瑟伸出纤纤手指抚着自己的颈脖，"不信你看这里。"

花焰凑近一看，水瑟颈脖处果然有一道浅浅白痕，虽然用水粉遮掩，平日里看不太清，但离近了仔细看依然能辨认出这原本是个狰狞的伤口。

"连对我他都毫不留情，又怎么可能看得上秦沐烟那个蠢丫头。"

花焰恍然："原来你去年天天戴纱是因为……"

水瑟幽幽道："你以为我想吗！夏日还要像个傻子一样围着纱幔，老娘我都长痱子了！"水瑟忍不住破口大骂，"天杀的陆承杀！"水瑟亲切地表达了对陆承杀全家的问候。

花焰："……"

水瑟横眉冷对道："干吗？我差点儿被他砍死还不能骂他吗？"

"……您继续您继续。"

离开水瑟处，花焰又问了一圈，如羽曳所言，大部分教内弟子对他也都是只闻其名未见其人，还把他描述为三头六臂、虎背熊腰、眼若铜铃、鼻若牛魔，总之是凶神投胎、神魔转世，就是不咋像人，越听花焰越迷惑。

她最后还被长老抓去再教育。

花焰她娘故去后，教导圣女的责任就落到了几位长老手里。

今日这位长老姓屈，是性子最偏激的一个。

"圣女下次还是少和羽曳那小子混在一起，都被他带歪了。"屈长老捣着手杖，十分痛心疾首，"我教风气不正，如何服众！"

"嗯嗯。"

"圣女，我问你一个问题，你需立刻回答。"

花焰继续敷衍地"嗯嗯"两声。

屈长老捋着自己的胡须，说道："若遇到停剑山庄之人，该当如何？"

花焰："……哈？"

平时不是问，若遇到正派之人该当如何吗？

怎么不一样了？！

还可以临时改题目的吗？！

花焰硬着头皮回答："无用之人，敌则杀之，不敌则害之；可用之人，利之诱之，为己所用，用尽其能，再灭口之。"

屈长老道："错！"

花焰："……"这不是标准答案吗？

只见屈长老眼冒凶光，恶狠狠道："停剑山庄之人，敌则杀之，不敌则想尽办法杀之。"

行吧……

屈长老挥舞着手杖，唾沫横飞地开始了新的一轮对停剑山庄的攻击言论，一般不到一个时辰是不会停下的，之后通常还会伴随着他的"如何成为一个优秀圣女"小讲堂。

这位屈长老素来看不惯正派作风，据说他的一条腿便是断在停剑山庄之人手里，妻子也因此亡故，所以对停剑山庄仇深似海、深恶痛绝。

花焰在心中长叹一口气。

幸亏屈长老还没念叨半个时辰，羽曳就派人来，说他炼制新药须得花焰帮忙，屈长老吹胡子瞪眼半天，最后还是放她走了。

花焰跟脱笼兔子似的奔去羽曳房间陪他捣鼓药草。

教内其他高层的房间要么布置得阴森恐怖，要么布满机关，还有些毒蛇蜈蚣满地爬的，唯独羽曳的住所简朴得像间药铺。里间是更衣就寝的卧房，外头便是一个个大大小小的药柜和书柜，远远便闻到一股略有些苦涩的草药清香，羽曳身上常年萦绕的味道便来源于此。

花焰一进去就看见一排弟子直着身子、目光凝重地席地而坐，垂在身侧的手紧攥。

她顿时来了兴趣："这次是试什么药啊？"

羽曳坐在桌台前，换了一身欺霜赛雪的白衣，温润的眉微微皱着，一手拨弄药材，时不时放到鼻端轻闻，一手在纸上记着些什么，看起来与寻常大夫无异。

听见花焰的声音，羽曳才微微抬眸，温文尔雅地笑道："超级大力丸。"

"……"

"焰儿，怎么了？"

"……没什么。"

这名字还是这么令人震撼……

说到这里，就不得不提到羽曳能成为正义教高层的缘由。

当然，凭借的并非武艺——羽曳的身手虽不能说差，但在教内实在排不上号，左护法齐修斯一只手都能暴揍他——他能坐到右护法这个位置，最主要的原因还是他一手出神入化的草药之术。

天残教最初和所有的教派一样，靠收取香火钱来维持开支。后来他们出了一位武功卓绝，但是非常邪恶多端的教主，教派威信达到顶峰，口碑却每况愈下，吸引来的都是些不学无术、坑蒙拐骗的弟子。

这位教主亡故后，好些迫于淫威纳奉的富商地主都找借口不肯给，香火钱也渐渐捉襟见肘。

天残教，再怎么说也是江湖人士口中的邪恶教派嘛，真缺钱的时候也没办法，后一任教主干脆开始打家劫舍，而且专拣那些有钱的富商。

在前代教主之前大伙儿都是这么干的，虽然说起来不光彩，但每年光是养这么一批弟子就是很大的支出了，外加天残教大本营位置偏远，货物运送不便，学毒练蛊的人又多，养蛊也不容易，衣食住行哪儿哪儿都要钱。

唉，天残教，穷啊！

抢多了，被抢的商贾也学聪明了，和各大门派合作，互惠互利，天残教这边再想抢也没那么容易了，每每损失惨重。他们又不像停剑山庄可以卖兵器、当山派可以搞镖局，或者像其他门派一样收佃租，正经营生实在做不来，虽然堂主以上个个坏得冒泡，不愁没钱，但总是很没有安全感。

恰是此时，羽曳在天残教不远处的要塞小城开了家药铺。

羽曳改良过的药，用过的都说好！

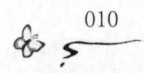

药铺生意不出意料越来越好，取名为羽风堂，广开分店，遍布大陆，不只卖疗伤草药，还卖迷药、情药、壮阳药……什么稀奇古怪的药都有，隐隐和闻名天下的慈心谷药铺成分庭抗礼之势，现在每年天残教有差不多一半的收入都来源于羽风堂。

前两年，他们教主更是大笔一挥，把天残教直接改名叫作正义教。

出于此缘由，虽然羽曳的脾性和他们教格格不入，但也无人前来找碴儿。

毕竟吃人嘴软，现在哪个正义教弟子手里没有备着羽曳做的药膏药丸？江湖人只能从羽曳的药铺买到陈旧版本的药，而正义教内门弟子却能拿到改良后最新款的药物。另外，前来羽风堂找碴儿的无一例外都死得很惨，不少人猜测羽风堂背后恐怕不是什么善茬儿，但既没有证据，药品又是刚需，而且他卖的药货真价实，确实好用，最后只好不了了之了。

江湖热销的"无敌大力丸"就是羽风堂近期热卖的药之一，主要用于激发潜能，能短暂提高服用者的功力，分内服、外敷两种。

花焰曾质疑："……确定要叫这个？"

羽曳定定地点头："这个名字好卖。"

事实证明，羽曳说得没错。

此药一经面世，便引起轰动，不只江湖人士人手一瓶，动手时一言不合开瓶就吃，就连民间百姓也不乏购买者，据传有提升男子阳元的功效，当然具体有没有效果，羽风堂表示并不保证。

羽曳现在所说的"超级大力丸"就是它的改进版。

"我先前自己服过，没什么问题，但总要找人再试上几轮才放心。"羽曳舒展眉宇，"焰儿，劳烦你待会儿帮我记录他们的反应。"

"好啊。"

花焰搬了把椅子，拿上纸笔便坐了过去。

片刻后，就已经有弟子身体发热，面色发红，两眼放光，抑制不住地大声吼叫起来。

"啊……我觉得自己现在充满了力量！"

"嗷嗷嗷，力量快要冲破我的身体了！让我冲上停剑山庄杀他个精光！"

"圣女，我觉得我报效我们正义教的时候到了！噢噢噢！"

有两个甚至抑制不住地举起双手。

刺啦——弟子服应声绷裂，两人瞬间便朝着花焰冲来。

花焰在低头记录，眼都没抬地扬起绢扇一拍，两人便红着脸颊晕乎乎地抱到一起，随后两人四目相对，大打出手！

她一边看斗殴，一边感慨羽曳的药效果未免太过生猛，两个弟子赤着上身打得难分难舍，煞是精彩。

恰在此时，一个弟子被一掌猛击，身体朝着花焰飞来，速度极快。

"小心。"

花焰刚想抬手，只觉身体一轻，有人扶着她的肩膀，身体一旋便避了开去，同时对方袖中劲风一甩，将那弟子的去势稍稍缓和，弟子退了几步，站稳了身子。

羽曳皱起眉，挥挥手让那弟子先退下。

"没事吧？"

花焰满不在乎："就算你不出手，他也伤不了我。"

"可我会担心。"羽曳摇摇头，从花焰手中接过纸笔，道，"还是我来吧。"

此刻，就连不少男弟子都投来了"羽护法也太温柔体贴了吧"的歆羡眼神。羽曳多年来被教内无数女弟子恋慕，不是没有道理的。

试完药，羽曳把记录下的反应收好，走到桌案边给两人各倒了一杯茶，若有所思地看向窗外的天色。

"发什么呆呢？"

花焰不明所以地跟着看去，也就是个寻常的落日嘛。

羽曳闻声，低头看向花焰，忽然扬起嘴角，笑道："在想我们什么时候成亲。"

花焰道："你决定就好啊。"

她爹娘成亲的时候可简单了，她娘让刚抢……"嫁了"的夫君换上婚服，自己换了身红衣，顶上一层绯红纱巾，就当是新娘子了。教里，红蜡烛、喜字什么的一应俱全，各位堂主、长老、主事、护法送武器、毒虫毒药、春宫图册的都有。婚宴当日，前代教主主婚，全教上下热热闹闹地吃了一桌宴，就当是成亲了。

花焰觉得这样就蛮好。

"成亲是件大事，不能这么简单随意。你爹娘不在，把你托付给我，我自当要好好照顾你，虽然……"羽曳顿了顿，露出一丝苦笑，"前圣女似乎不太喜欢我……也许是嫌弃我的出身。"

羽曳的出身不是什么秘密。

他是被捡来的弃婴，无父无母，小时候在教内吃百家饭长大，也多亏了那会儿前教主夫人带着孩子母性大发，见他聪明乖巧，对羽曳多有照拂，才让他有机会识字学医，走到今天这个位置。

"别在意我娘啦。"花焰拍拍他,"她就是刀子嘴豆腐心,其实私底下也夸过你厉害的。"

当然,她娘的原话是"羽曳这小子厉害着呢,你最好小心点儿,哼",她……呃,稍微断章取义一下,她娘应该不会太生气吧?

羽曳笑笑,轻轻用手覆住花焰拍他的手:"其实我总是担心,焰儿你不是真的想嫁给我。"

花焰连忙打断他:"别胡思乱想了!"

"怕一醒来你就不见了。"羽曳再一次看向窗外,夕阳顷刻便要消逝,天边已是一片暮色,他动唇道,"其实我日日都盼着早日把你娶过门。"

"那就早点儿成亲嘛!"花焰当机立断,"等教主和齐护法回来,我们就成亲!"

羽曳闻言低头一笑,端起茶盏抿了一口,便不再说话。

午夜时分,花焰睡得正香,被外头吵嚷声惊醒,睁眼便见窗外灯火通明,械斗之声不绝于耳,虽然教内日常摩擦也不在少数,但头一回阵仗这么大。

花焰飞速着衣,想出去看热闹,却发现门落了锁,她毫不在意地一掌击在门上,数着一二三,等门应声而碎。

不料门震了一下,却还是立在那里。

咦!

一试自己的气海,花焰才惊奇地发现毫无反应。

"圣女,我们奉命来保护你,今晚您就好好待在房间里吧。"门外适时响起了声音。

花焰眼睛一亮,顿时来了精神!

她风平浪静地活了十几年,还是第一次遇到这种状况。以往什么前代教主于血峰山顶力战三大豪侠,什么决战青城山之巅,什么谜音龙窟惨案……要么是听她娘说的,要么是她摇着长老或者前代教主伯伯的胳膊央求他们跟自己讲的。

那时身高还不及成年人腰的花焰就扎着两只牛角辫,捧着脸如痴如醉地听他们说那些在武林上赫赫有名的事件。当然,后来他们的库存被掏空,花焰还锲而不舍地眨着大眼睛,用脆生生的童音说"伯伯、伯伯,再讲一个嘛"。那段时间逼得教内高层见了她就跑就是后话了。

花焰左右活动了一下手脚,清了清嗓子,双手做扩音状比在脸颊边,大声道:"来人啊!救命啊!"

中气足了些,守在门外的天残教弟子闻声一个趔趄差点儿摔倒。

本来她只是喊两嗓子试试,着实没想到居然真的有人来救她!

"阿焰,你没事吧?总算找到你了,你不知道外面都乱成什么样子……"

水瑟一把推开门,外面守着的弟子已经歪七扭八地倒了一地——被她干掉的。

再怎么说水瑟也是他们正义教长老的女儿,只看脸就认为她手无缚鸡之力,恐怕会死得很惨。

花焰拖她进来道:"瑟瑟,你来得正好!快快快,外面都发生什么啦?"

"出大事了!今晚一过,怕是教里都要变天了。"水瑟柔弱地抚着心口,领着花焰往外走,"要不是我反应快,现在只怕都出不来了。"

"难不成……正道杀上门来,我们正义教今晚就要覆灭了?"

"……这倒没有。"

"哦……"

水瑟狐疑地看着她:"……怎么听起来你有点儿遗憾?"

"没有、没有的事。"花焰咳嗽一声,"所以到底发生了什么?"

水瑟幽幽地叹了口气:"阿焰,你还是别问了,我怕你知道了不开心……唉,快跟我走吧,趁着现在人还不多……"

"不开心?我为什么会不开心?"

"说来话长……"

"不赶时间,你慢慢说嘛。"

说话间,花焰从袖子里掏出一包瓜子,嗑着瓜子欣赏火景。

作为教中圣女,花焰身份尊贵,居所偏僻,虽然外头吵闹声不止,但她们一路倒也没遇见什么人——当然,也可能是被人嘱咐过不要过来。

不知谁放了把火,火光冲天,煞是好看,烟雾缭绕,搭配着喧嚣声,跟放烟花似的。

虽然花焰也没见过烟花,不过感觉和她爹描述的差不太多吧。

"你怎么还有心思看这个!"

"好啦,不看了,别生气嘛,瑟瑟。"花焰收回视线,思忖道,"如果不是正道前来剿灭我们,那这阵仗,是今晚有人造反?"

水瑟点点头,算是肯定了她的猜测。

"是谁起的事?胥长老?他都那么大年纪了,应该不会。伍长老?他是和教主不太对付啦,但也不至于……"见水瑟没有回答的意思,花焰收起瓜子,抖了抖瓜子壳,"总之长老们那边情况如何?"

"我只远远看了一眼,似乎都被控制在大殿那里。"

"有人送消息出去吗?"

水瑟摇头:"送信的鸽棚和马棚都有人看守。"

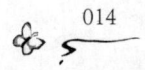

014

"羽曳呢？"

水瑟愣了一下，继续缓缓摇头："我傍晚听见两个教众闲聊，隐约觉得有些不对，就先藏在外面躲着，夜里果然看见大批人马将教里团团围住，反抗的好像都被杀了，我娘那儿也被围起来了，我就只好先来寻你，幸好你这儿人少……不论如何，我先带你出去。"

花焰点着头，突然停住脚步，道："你确定出教是走这条路？"

水瑟也一顿，笑道："阿焰，你是不是傻？出教的路早被人堵起来了，这条密道是我娘意外发现的，修的人或许是先代某位教主，知道这条路的只有我们母女俩。"她转头看向花焰，那双含情带怯的眸子，还带着一丝委屈，"阿焰，你莫不是还信不过我？"

"我们这么多年的交情，怎么会不信你？"

花焰展开绢扇，扇柄在她指尖轻旋。

水瑟突然开口道："阿焰，你喜欢羽护法吗？"

"当然喜欢了。"

"是吗？有多喜欢？"

"怎么突然问这个？"

水瑟嫣然一笑："没什么，随便问问。"

"瑟瑟，你上次跟我说那个为了你想自戮的当山派弟子叫柳什么来着？"

"你是不是记错了？"水瑟毫不犹豫地答，"我压根儿没去过当山，那鬼地方跟和尚庙有什么区别？"

"嗯，我也是随便问问啦。"

一时间两人都沉默了，外面喧闹声不止，这份静谧便有了几分诡异。

水瑟脚步不停，领着她进了一个不起眼的杂物房。

花焰甚至不记得教内还有这样一处地方。

房间内并不如想象中陈旧，反而干净整洁，有床有桌有柜子，像是有人常来，花焰嗅了嗅，总觉得有股熟悉的味道。

水瑟点起灯，通红的火光将她的脸映得斑驳，她在墙上击打了几下，便露出了一条深黑的密道。

花焰娘临终前曾经将天残教历代相传的密道图交给她，但绝对没有这么一条。

水瑟指着密道："你先进去，我拿点儿东西，马上便来。"

花焰摇头："太黑了。"

水瑟无奈，将油灯递给她："这总可以了吧？"

光亮只能勉强照亮狭窄的两壁，花焰举着油灯，一手勉力地翻着扇子，装出灵巧模样。

"……我怕黑，还是你走前面吧。"

这扇子看起来精美又秀雅，实则每一根扇骨都是铁匠用精钢铸造的，骨架下面还有一排密密麻麻的毒针，想要轻松翻动绝非想象中轻易，以往花焰能轻松翻动，可现在内力尽失又浑身无力，就有些勉强了。

水瑟挑眉："你什么时候怕黑了，我怎么不知道？"

花焰毫不羞耻地点头："你现在知道了啊。"

水瑟长叹了一口气："你还是这么讨人厌。"

不等花焰分辩，水瑟猛然近身，五指一抬，也翻出一柄同花焰的如出一辙的绢扇，抬扇一指便击在了花焰的身上。

这一击用了十成十的力气。

花焰猝不及防地往后一退，此时她内力全无，手脚无力，被这一击，身子一沉，摔倒在密道里，所幸用手撑了一下，可惜手中绢扇却被水瑟劈手夺过，摔到一边。

水瑟的扇前闪出一片刀刃，寒光冽冽，抵着花焰的咽喉，同时伸出另一只手掐着她的脸蛋。水瑟下手极重，像是要在花焰的脸上扯下一块肉，身体因为兴奋而战栗，字字句句都夹杂着快意。

"你中的毒无色无味，对你的身体并无伤害，只会让你内力尽失、浑身无力，所以纵然是你也根本察觉不到。你现在就同废人没有任何区别——不，是比废人还要废。"

花焰痛得皱眉，想挣扎又苦于没有力气。

若是自己内力还在，随便一扇子就能把她拍到墙上，保证她半天下都下不下来。

"痛、痛……瑟瑟，你突然发什么疯啊！不对，你……真的是水瑟吗？"

天色昏暗，只有一盏油灯映着水瑟朦朦胧胧的脸。

虽然花焰对自己识破易容术的能力很有信心，此刻却有些不确定。

"不是水瑟，我又能是谁呢？"水瑟松开手，冷笑一声，"花焰，你知道我最讨厌你什么吗？就是你这副不食人间疾苦的样子。"

"那些我拼命想要的东西对你来说都是唾手可得……从一出生就注定可以成为圣女，有爹娘疼爱，被长老们关心宠爱，就连教主也待你若亲妹，还有一个那么温柔体贴的未婚夫……而我……"她缓缓抚摸自己的颈脖，语气的幽怨几乎凝成实质，"只能活在你的阴影下，冒着死亡的风险去证明自己还有价值。"

花焰："哈？"

水瑟勃然大怒："对，就是这个表情！"

花焰："……"

花焰刚才确实怀疑过水瑟，但那也是觉得水瑟是被人逼迫的。事实上，花焰一直觉得水瑟很喜欢她，因为从小到大，水瑟总喜欢跟自己亲近。

花焰喜欢穿什么样式的衣服，她也会穿同样的衣服；花焰喜欢看什么书，她也看什么书；花焰用什么胭脂、水粉、首饰，她也用什么胭脂、水粉、首饰；花焰找铁匠特制了一柄绢扇给自己做武器，她就也用绢扇做武器……

就连有时花焰远远看见水瑟的背影都会以为那是自己，问她，她也只笑着说："看起来像不好吗？这样才显得关系亲密嘛。"

花焰差点儿都以为她喜欢自己了。

"明明身在福中，却不知福，我知道你根本不喜欢我们教，也不想生在这里。那你为何还要出生？你为何不直接去死？"

"……"

"不过今晚以后，一切都会不一样了。"水瑟用扇刃抵着花焰往前走，笑容越来越深，"从明天开始，我将会成为新一任的圣女。"

花焰很恍惚。

这倒霉职位还有人抢呢？

"瑟瑟，你要是真想当，我……"

"不需要！"水瑟突然高声打断她，"谁要你让了？装得仿佛自己多好心一样，我想要的东西自己会去拿！你知不知道我有多讨厌你？平时同你说笑忍得有多辛苦！你又知不知道……圣女的位置原本是属于我的！如果不是你，都怪你，你为什么要出生……"她忽然又伸手扯住花焰的脸蛋，语气也咬牙切齿，"我讨厌死你了！恨不得你去死。"

印象中是有这么回事。

花焰出生前，圣女之位的确原本是属意给水瑟的，可……谁也没想到她耿耿于怀了这么久。

"痛、痛……松手松手！"

水瑟拧着花焰的脸蛋，面上全是恶狠狠的快意："你现在是不是很生气？是不是很恨我？有没有感觉到被背叛的痛苦……"

花焰含混道："其实也……还好……你别拧了！再拧我真生气了！"

水瑟困惑了一瞬，完全不能理解地看着她，不过随后便立刻道："这都不重要了，我会取代你的位置。"水瑟将花焰的双手捆在身后，从袖中翻出匕首，掐着花焰的下巴，表情逐渐狰狞起来，尖锐的刀锋在花焰的脸边流连，"而你……"像是想起什么，她忽然得意道，"你是不是以为羽曳哥哥真的很喜欢你？若我告诉你，他对你只是虚情假意呢？"

花焰一怔。

"你还看不出来吗？今晚起事的人便是羽曳哥哥，他为了这一天不知道筹备了多久，如今教主和左护法都不在，这机会千载难逢。"

"你之前不是问我为什么你会不开心吗？"

水瑟掩唇一笑，花焰第一次知道，这张柔弱无害的脸也可以露出这么怨毒的表情："因为这毒，是你亲爱的未婚夫羽曳哥哥他……亲手给你下的呀。"

察觉到花焰的怔忪，水瑟越发得意起来。

"当初他护法的位置坐得不太稳当，教内对他意见最大的莫过于你娘那一派，为了堵住那帮人的嘴，他才故意和你订下婚约，你真当他是喜欢你啊？

"他同我说，若不是因为你是圣女，又与他订有婚约，他对你这样乳臭未干的小丫头根本没有丝毫兴趣，耐着性子陪你还不如回去侍弄草药来得有趣……"

"……"

"不信吗？你仔细想想，整个教内除了他，还有谁能给你下了药而不被你发现？还有……"水瑟娇声笑道，"这匕首你还记得吗？"

花焰定睛一看，那匕首柄上刻着羽毛的纹路，末端镶了枚红宝石，是她去年新年送给羽曳的礼物——特别托铁匠定做的，仅此一把。

当时羽曳珍而重之地收下，眸光温柔地流连在匕首上，对她说他会好好珍藏的。

水瑟满意地打量着她脸上的表情，冰冷的刀刃贴上了花焰的脸庞。

"再把你这张脸划破，你就真的什么都不剩了。

"对了，你知道这是哪里吗？"她说得慢条斯理，似乎非常享受这一刻，"这一年来我和羽曳哥哥都是在这里幽会的，你嗅觉这么敏锐，应该能闻到羽曳哥哥身上的药香吧，我和他……"

恰在此时，门外响起了脚步声。

水瑟眼疾手快地点了花焰的穴，又用帕子堵住了她的嘴，接着用力将她推入密道中，将墙面复位，这一切不过瞬息间。

做完，水瑟才收起匕首，整理好鬓发衣装，迤迤然前去开门。

来人素来一丝不苟的衣衫显得有些凌乱，不过眼神很亮，和平日里温顺平

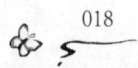

和的眉眼不同，神采飞扬得很，正是花焰的未婚夫，正义教右护法羽曳。

水瑟乳燕投林般地飞扑过去。

"我已经都照你说的做了。"

"做得好。"羽曳微笑，他的目光温情缱绻，同看着花焰时并无多少区别。

水瑟伸手环住羽曳的脖子，羽曳垂下视线，吻在了她的唇上，水瑟柔弱无力地攀着他的肩膀，片刻后才分开。

羽曳状似无意地问道："对了，你看到花焰了吗？"

"她不是被你关起来了？难道不见了？"水瑟疑惑的表情非常逼真，转瞬又化作哀怨，"羽曳哥哥，你不是说你不喜欢她的吗？"

羽曳莞尔一笑："你在担心什么，我自然对她毫无兴趣，我喜欢谁，你还不知道吗？"他尾音上挑，温柔勾人，"只不过她若离开去找谢应弦，也是麻烦事一桩。今晚事情有些多，待我把麻烦都解决干净，你……"他低笑，"便是我的圣女。"

羽曳走后，水瑟摸着嘴唇，迫不及待地打开了密道。

"阿焰，你听到了吗？我有没有骗你？"

花焰呆呆地坐在密道中，目光呆滞，仿佛打击太大已经失去了反应能力。

水瑟越发得意，一把将花焰拖了出来，她跌坐在地。水瑟重新拿起匕首，准备在那张茫然无措的漂亮脸蛋儿上划一刀。就在刀锋即将划上之时，水瑟手腕突然一痛。

下一刻，她就被人捏住手腕，手腕"咔嚓"一声被拧折了。

匕首应声落地。

水瑟尚来不及反应，就看见手腕上扎着的银针，她惊痛难忍道："你、你怎么……"

花焰从地上起来，拍了拍裙子上的灰尘，笑眯眯道："我娘教过我一招，能短暂改变身上穴道的位置，不用内力也能用。"

刚才他俩恶心人那会儿，够花焰从绳子里把手挣脱出来了。

水瑟咬牙切齿道："你……刚才都是装的？"

"倒也不算。"

花焰叹了口气。

她还是挺失落的。

什么嘛，闺密是假的，未婚夫也是假的，她和她爹都看走眼了，他们全家都被骗了！

019

水瑟不是什么好姑娘！羽曳也根本不是什么好人！

他们正义教除了她，真的没有好人了！

而且先前还没发现，羽曳的情话真的讲得蛮恶心的，花焰头一回听他说话有想吐的冲动。

她娘跟她说男人油嘴滑舌，擅长甜言蜜语的都没一个好东西，像她爹这种傻乎乎的不会哄女人的才是好男人，花焰还觉得是她娘亲的偏见，现在看来居然是真的！

果然，要找真正善良的侠义之辈，还是得从正道找！

花焰活动了一下手脚，掏出一颗药丸放进嘴里，不知道羽曳给她吃的药的成分，解毒剂一时半刻也做不出来，只能先吃药恢复点儿力气。

不过虽然内力全无，但掰折水瑟手腕的力气还在。

水瑟此时中了她的软筋散，才是真的气力全无。

花焰如法炮制地把水瑟塞进密道里，脱下水瑟的袜子，塞进她嘴里，拿起掉在地上的匕首，笑靥如花道："一点儿小报复，你说我是在你脸上画一个叉，还是画一个钩好呢？"

水瑟拼命挣扎，眼神惊恐，嘴里呜呜咽咽的。

花焰比画了几下，想起她爹的嘱托，最后还是颇为遗憾地将匕首放下了。

她爹说的，君子要有容人之度。

"便宜你啦。"花焰拍拍她的脸，又拍拍手，"说起来，我还得谢谢你，让我早点儿看清了羽曳的真面目……你想要就留给你啦！"

外面的争斗声仍未停止，花焰出门捡回自己的扇子，又回房间收拾了一下东西。

最后，她思忖着，绕了点儿道，去了趟地牢。

地牢外阴风阵阵，地牢内惨叫声连连，换个寻常人来只怕会吓得两股战战。花焰十分习以为常，她娘亲曾经跟她说过，当年她爹娘就是在这里心意相通的。

"这便是危机之中见深情。"

为了增加惊心动魄的效果，她娘还特地吩咐刑罚部的弟子把惨叫声弄得再凄厉些，越惨绝人寰、惨无人道越好。

"当时娘的心跳得很快，你爹的心也跳得很快，于是我便问他，愿不愿意同我永结同心，白头到老。"她娘说的时候扬着下巴，非常得意，"你爹当时就心动了，然后立刻就答应我了。我问他欢不欢喜我，他止不住地点头呢。"

花焰捧着小脸听得也不住地点头。

不过，后来她爹得知，气得脸都红了："一派胡言！我那哪里是心动……我、我那是、那是……"

"哼，你敢说你不欢喜我？"

"我……我……"她爹的脸瞬间更红了。

当然，这不重要。

总之在花焰看来，地牢是个浪漫的地方。

可惜地牢里没有一个正义威猛的大侠，只有一个关在里头不住瑟瑟发抖的赵攸。

教内事变，地牢内看守松懈，花焰轻易便进去了。

赵攸似乎是被重新教育过，吓得不轻，手脚上都拴了细链不说，嘴上还被戴了一个口枷，一副任人宰割的模样，就连看花焰时都仿佛是即将被玷污的黄花大闺女的凄婉眼神。

花焰进去帮他把口枷摘下。

赵攸目光闪烁，看着她，用一种认命般的语气说："我自知今日清白不保，你若……"他大惊，"妖女，你给我吃了什么东西！"

花焰笑盈盈道："我教特产千蛛蛊，三个月会发作一次，万蜘噬心，疼痛难忍，不过我这儿有抑制的药，只要你肯乖乖听话，我保证你性命无忧。"

说话间，花焰给他解开了锁链，赵攸一得自由立刻揉着手腕警惕地缩在墙角。

花焰很无语，叉着腰道："你走不走？"

赵攸闻声一抖，不情不愿站起身来，哆哆嗦嗦地往外挪。看守少了，里面关着的人可不少，个个砸着锁链，目露凶光，赵攸走得更慢了。

花焰受不了了，她拽着赵攸的领口就把他往外拖。

赵攸被拖得踉跄，一路吱吱哇哇乱叫："你慢点儿慢点儿！你、你这妖女还是个姑娘吗，怎么力气这么大……"

花焰心说，这算什么啦！

要不是她现在内力尽失，她能一边抡铁锤一样抡着赵攸，一边往外走。

走到外面赵攸才知道今晚动荡，他茫然道："发生什么事了？"

花焰拽着他的领口，头也不转地道："我们的右护法造反罢了。"

"什么？！等等，你们天残教内讧了？你怎么……都不担心吗？"

"等我们教主那只狐狸回来，他肯定会收拾好残局的。"花焰毫不在意道，"好啦，走吧！"

"……再等等，右护法不是你未婚夫婿吗？"

"别提那个负心汉了！走快点儿！"

021

赵攸迷迷糊糊地被她拉进了一条地道，走了好长一截，才意识到应该和这个妖女划清界限，当即拼命努力挣扎，想摆脱她："你这个妖女，到底有什么企图？！"

花焰一脸兴奋道："当然是去闯荡江湖，顺便会会那个陆承杀了！"

是夜，正义教右护法羽曳反叛。

正义教现任圣女大人偕一青城门弟子，自正义教失踪。

水瑟被羽曳从密道里救出来时，立刻吐掉嘴里的袜子，扑进他怀里哭诉。

"是花焰，花焰做的，她刚走没多久，现在追还来得及……"

羽曳没急着安抚她，嗓音温和里透着一丝过分的冷静："你是什么时候见到她的？瑟瑟，有人跟我说……见到是你把她放出来的。"

水瑟声音一滞："我……"

羽曳慢条斯理地问："所以……是你放的吗？我给她下了毒，封了她的内力，又锁了门命人看守着，她本该是出不来的。"

水瑟莫名背后一冷，双眼湿润道："对不起，我……"

"你知道的，我最讨厌别人骗我。"羽曳叹了口气，"做错了事情就要接受惩罚，瑟瑟……"

他站直身，眼前的女子赤着一只脚，一袭红衣，弱柳扶风地望着他，眼眸含泪，楚楚动人，任何男子看了都会为之心软，可羽曳的语气无半丝怜惜："只怕你得去地牢待上一阵子了，来人……"

外面很快有青衣弟子进来，抬起水瑟的胳膊便要将她拖走。

"等等！"水瑟情不自禁大叫道，"羽曳哥哥，你不会这么对我的，对不对？你说你喜欢我的！你说要让我做圣女的！你说我们是一样的人，只有我能懂你，你忘了我们……"

一根手指点在她的哑穴上，堵住了她的话。

羽曳的声音依旧温柔，他笑了笑说："傻孩子，做错了事就要接受惩罚，这不是很正常的事情吗……我原不想让她知道，可你看你给我惹了多大的麻烦，现在再去哄她不知要多费力。"他抽手，眼眸里是同语气截然相反的冷淡，"只是关着你，又没有杀了你，我对你还不够宽容吗……"羽曳叹了口气，"送她下去。"

"是，教主大人。"

第二章 正道大侠

"你、你先别看了!他们马上要追过来了!"

赵攸紧张地扶着树喘息。

这已经是他们被正义教追杀的第七天了,从正义教逃出来的第二天刚在附近的小镇上歇脚,羽曳派来的追兵就已经后发而至,通缉令贴得到处都是,他们似乎也不敢明目张胆地通缉圣女,只说是一对出逃的罪人,指明了要活捉女的,男的生死不论。

无奈之下他们也不敢打尖住店,一路风餐露宿、昼伏夜出地赶路。

天色将晚,现在他们就在一片密林当中。

只是赵攸实在有些看不懂这个奇怪的少女,按说被叛徒追杀怎么都该有点儿愤怒,但花焰一路上看起来都兴奋异常,仿佛这是什么值得开心的事情,看见什么都觉得新奇有趣,十分……土包子。

比如,现在她就拿着一本古传堂出品的《义侠记之天地至情》看得停不下来。

"你等等!关键的剧情!我马上就看完了!"花焰捧着书抱怨,"《义侠记》都出到第八部了,我们教的书社才更新到第五部,你都不知道我等更新等了多久,而且这写书之人每次都停在最关键的地方,商大侠到底能不能救出欧阳婉婉啊……"

赵攸崩溃道:"这什么时候看不行啊!"

"可是……"

"你到底想不想去找陆少侠了!"

"想啊!"花焰握着书,痛苦地纠结了一下,"那我们还是先上路吧。"

023

关于这点，赵攸也非常费解。

他最初以为花焰找陆承杀是去寻仇的——毕竟死在陆承杀手里的天残教之人的确不少，但走了一路才察觉，花焰这简直像是去见仰慕已久的前辈，他一边赶路一边偷瞄着容色绝艳的少女，心情复杂至极。

他既希望陆少侠惩恶扬善，又觉得这妖女除了任性大胆一点儿，倒也罪不至死……

最重要的是，这一路下来他对这个倾心于自己的妖女，多少也有了些好感……她连天残教也不顾，就这么拉着自己私奔……

不！赵攸！

他对自己说，你绝对不能对这等妖女动心！

花焰对此毫无所觉，虽然内力全失、被追杀，也依然不能影响她赶路的好心情。

更何况被天残教之人追杀，总让她有种自己是正派的感觉。

爹说得对，当好人的感觉真是太好了！

她现在就仿佛是《义侠记》里被红蓝双煞追杀的商大侠，虽然一路且行且逃，万般危险，可是他心系武林安危，以及红颜知已欧阳婉婉，实在是……

花焰眼中充满期待："我们到底什么时候能见到陆大侠呀？"

被少女用仰慕信赖的眼神望着，赵攸不由得心头一荡，瞬间有些狼狈地移开了视线。

不！赵攸！

就算这天残教妖女对你已经情根深种、慕恋不已，甚至能为你去死，但你一个正道少侠也绝不可与这妖女谈上一场惊天地泣鬼神，欺师灭祖，令天地为之震颤的爱恋！

"不、不行，你……我……"

花焰顿时不开心了。"你这个人怎么说话不算话！你不是正道弟子吗？"她翻出绢扇，拿在手中使劲儿摇了摇，寒光就藏在扇底，"你知不知道，你这样的在我们教里是要被做成饲料养蛊的……"

明明是威胁，少女此番动作落在赵攸眼中竟还显得十分娇俏。

赵攸甩甩脑袋，努力让自己清醒过来，语气透着刻意的僵硬："快……快了！东风不夜楼主办的问剑大会，各门派都会去，陆少侠也一定会去的，今年地点在当山派，我本来……"

"你本来什么？"花焰眨巴眨巴眼睛。

赵攸作为青城门弟子，本来也是要去的，不过中途掉队迷了路，不知怎的，稀里糊涂就到了天残教的势力范围内。

他咳嗽了一声，脸有点儿红："没什么，反正你跟着我就行了。"

"哦。"花焰点了点头，"东风不夜楼是什么呀？"

赵攸吃惊："你这都不知道？东风不夜客栈你总听说过吧？"

"没……"

还真是个土包子！

赵攸顿时有种城里人看乡下人的优越感："东风不夜楼客栈可是目前江湖上最大的连锁客栈，最近几十年的问剑大会都是东风不夜楼出资赞助的，他们还会给青年侠客评出个一二三四来，喏……"他从怀里掏出一本小册子，抬了抬下巴，"这是上个月东风不夜楼刚出的《江湖手册》。"

花焰一把夺过，翻开第二页就看见一个武林讨伐榜。

　　第七位　天火妖女　天残教

"……"

她上个月才刚继承她娘的位置，现在就有她的名字了？她这个称号也才定下来没多久啊！而且她明明什么都没做好不好！他们教主干了这么多缺德事，现在也才排到第三，太不公平了吧！

往下一看排名理由，她娘日常挂在嘴边的丰功伟绩全栽到了她的脑袋上，说此女虽出道不久，但有消息称她是烈炎妖女一手培养，毒技魅功更为了得，青出于蓝，假以时日定成大患，最好能趁其年幼将其扼杀。

简单来说就是把她娘的名字直接换成她了，这也……

花焰哀号道："……太过分了！"

赵攸看了看手册，又看了看边上气得跺脚、脸鼓成包子的美貌少女。

冷静！不准动心！她一点儿也不可爱！

花焰翻到下一页才勉强冷静下来，匆匆翻了几页，看到赵攸提到的那个武林青年侠客榜。

陆承杀高挂在第二名上，第一名却是空白。

赵攸解释："第一名那个人当年横空出世又迅速消失，名字都没留下，可能也就是个传言罢了。"

"这样哦。"花焰重新燃起了期待，"那陆承杀大侠真的是现在正道最厉害的？"

"除了那些上了年纪的宗师，应该就……哎，小心！"赵攸推了她一把，一支箭头发绿的箭矢从两人中间穿过，转头一看，为首的一名紫衣堂主放下手里的弓，正带着几名青衣弟子朝他们追来。

赵攸觉得自己再怎么说也是个男人，狠下心道："我们兵分两路，到时候我引开他们，你再逃也不迟，此去一路往南便能找到当山派，我……你……"他声音一沉，"我们当山派见！"

花焰："？"他引开啥？

赵攸当机立断掉转方向，和花焰反向而跑，他埋头苦跑，不消片刻，后面已没了声音。

我步速这么快吗？

赵攸回头，便看见天残教追兵们头也不回地拐弯朝着花焰追去，仿佛视他为无物。

"喂喂喂！我在这里啊！你们过来啊！来追我啊！"

天残教追兵们转头看了他一眼。

——"这谁啊？要追吗？"

——"教主说那男的不重要，别管他了。"

——"好。"

说着，他们继续头也不回地朝着花焰的方向追去。

"别走！你们回来啊！"

花焰哪里知道他这许多想法，边利用身法穿花蝴蝶似的逃窜，边心想这人也太靠不住了。

真是大难临头各自飞。

唉，算了算了，反正他也不是什么正道大侠。

就是可惜内力还没恢复，不然她早跑远了。

正想着，花焰耳畔突然响起了萧瑟的风声。

此时正是日落时分，树林里枝繁叶茂，层层树影覆盖，除了偶尔的几声鸟雀轻叫和叶片沙沙落地声，原本很是静谧，可这阵风声来得又快又诡异。

像是呜咽，像是低鸣。

像三月天里突然涌来了一阵严冬的凛冽寒风。

紧接着便是一阵浓烈的杀气，远在天边近在眼前，沙暴般袭来，花焰下意识抬头。

树木荫翳的罅隙间，一半隐约投落着暮色微光，一半已经沉进了黑夜中，视线所及之处，一个黑衣人突兀地出现。

他恰好站在暮色与黑暗的交界处，清冷又孑然，仿佛以他为中心分割开了整个世界。

他只是立在那里，便已杀气盈然。

时间恍若刹那间停止流动。

树影不再摇曳，叶片停止了坠落，猎猎作响的风声好像也消失了。

万籁俱寂。

花焰能清楚听见自己心脏跳动的声音，随着胸腔起伏，一下一下，喧嚣鼓噪得耳膜震荡。

她的视野里好似只有那一个人，但这已是全世界。

即便很多年后，花焰回忆起来，依然会心悸不已。

但在当时，她只能呆呆看着，黑衣人裹挟着整片黑夜的杀意一步一步以不可阻挡之势，将光明与静谧吞没。

有那么一瞬间，花焰甚至觉得自己要死了。

所幸这杀意并非冲她而来。

"你是什么人？快点儿让开……"追兵们问道。

黑衣人并未开口，径直抽出了背负的长剑，似乎连说话都是多余的。

但只这一个动作，正义教的追兵们顷刻变了脸色："陆……陆承杀，你是陆承杀？"

花焰的大脑瞬间仿佛炸开。

陆承杀！

这个黑衣人就是陆承杀吗？

踏破铁鞋无觅处，得来全不费工夫。

花焰几乎忘了自己还在被追杀，定睛看去，这时候她才想起打量这位陆大侠的模样。

黑衣人一身绲银边的窄袖劲装，身量颇高，长发被一根藏蓝色的发带高束，手握的长剑上挂了个同样是藏蓝色的剑穗，打扮得并不起眼，可奈何气势实在太盛。

如果非要做比，他就像是封印百年被解放出来，仍旧如初的神兵利器，锋芒毕露，锐不可当，远远便能感到一股杀戮之气。

他步速极快，像一道影子，眨眼工夫便来到花焰身旁。

花焰眨了眨眼睛。

疾风牵起她的衣带。

还未等衣带落下，陆承杀已目不斜视地一闪而过。

"快……"

"快跑……"

不知道是谁先说的，先前还穷凶极恶的追兵们一个个不要命似的往回夺路狂奔，甚至比追她的时候还要快上几分，可惜陆承杀并没有要放过他们的意思。

以花焰的目力也只能勉强捕捉到几缕残影，之后便是漫天剑光，血花飞溅，甚至连惨叫声也漏不出一句。

不消片刻，陆承杀站定之时，身边已空无一人。

周围数棵参天大树被陆承杀的剑锋削及，剑光中树影婆娑，叶片和残枝纷纷扬扬坠落，血色淅淅沥沥没入泥土，映着当中高挑瘦削的青年，构成了一幅冷寂又凄清的画面。

世界再度安静下来。

他是点点残红中唯一的那一抹黑。

花焰恍惚着想起水瑟曾经跟她说过的。

当初她也就是这么一听，现在好像能想象出那个画面了，甚至比描述的更加震撼。

做完这一切，陆承杀仍是无甚表情，他简单擦拭了一下剑，便收剑入鞘。

陆承杀的剑与其说是剑，倒更像是一把刀，剑身奇宽，看起来朴实无华又很笨重，左看右看不过是一块黑漆漆的长铁，没有半点儿能被称作"宝剑"的地方，然而片刻前用它使出的剑法又是如此地犀利、无可抵挡。

这就是正派大侠的力量吗？

花焰确信，即便是在自己内力都在的时候，面对陆承杀也只有不到三成的胜算。

实在是……太厉害了！

没等花焰感慨完，陆承杀转身就走。

"哎……等等！"

花焰反应过来，提着裙裾就追了上去："……你就是陆承杀吗？"

陆承杀仿佛刚意识到她的存在，冷淡的黑眸扫了一眼，便平淡地掠过她，同看刚才那伙追兵并没有什么区别。

花焰也终于能看清他的脸。

光看五官大抵还会觉得这样貌有些温润，眉目太过柔和，然而在那冷漠似能结冰的神情之下，一切都转瞬碎成齑粉，漆黑的瞳仁里没有半分温度，有的只有锋利的冷冽感和拒人于千里之外的杀气，让花焰下意识地想起了鹰隼、猎豹之类的捕猎者。

可惜这并不能打消花焰的热情。

花焰回过神，心道：对嘛！这才是我心中正派大侠应该有的气场！

"……我对你慕名已久，特别想见到你！真的！"她兴奋得都不知道说什么好了，"你这是要去哪儿啊？去惩恶扬善吗？我可以跟你一起去吗？我真的从小就特别崇拜你们这种大侠，我爹书架上有一整排的《江湖群英志》……"

没了内力，身法还在，花焰全力奔跑的速度还是快上常人许多，但是这么一边追一边说话就比较困难了，花焰想也不想，从怀里掏出一颗无敌大力丸咽下——虽然很嫌弃羽曳，但他做的药还是好用的——花焰立刻觉得身体充满活力，继续打着鸡血紧追不舍。

"陆大侠，你听我说，我真的……"

半个时辰后。

"你要跟我到什么时候？"

他声音压得偏低，有些不常说话的冷涩感，但还是能听出声线本身清越。

花焰惊讶道："原来你会说话哦。"

她跟了一路还是第一次听见他说话，一时惊奇得不行。

对方终于停下脚步，眉头皱起，一双清寒的眼睛里是如冰似霜的冷漠，看起来真的是一丁点儿怜香惜玉的意思都没有，又重复了一遍道："别跟着我。"

这声音明显透着生人勿近的气息。

"不行，不跟着你，万一我被杀掉了怎么办？"

"……"

"我在被天残教追杀啊！很危险的！"花焰努力让自己显得更加弱不禁风，大眼睛里蓄满了泪花，眼也不眨地开始胡诌，"我爹娘都死在天残教，我如今无依无靠，如果被他们抓到，还不知道会怎么蹂躏我，说不定还会把我卖到……"

可惜还没说完，前面的人拔腿就走。

"大侠，你别走这么快。"她快步追了上去，"你走慢点儿等等我呀。"

"……"

"对了，正派是不是都像你这么厉害？"

"……"

"你那把剑好特别啊！叫什么名字？光看外表我实在猜不出来。"

"……"

"你不是会说话吗？理理我嘛！"

"不知道。"

"哎！你真的理我了！"花焰开心地快跑了两步，堪堪追到陆承杀身边，"你人真好！"

闻言，陆承杀的脚步顿了一下，立刻走得更快了，不管她再怎么问也不置一词。

花焰现下内力尽失，追得很是辛苦，但日思夜想的正派大侠就在眼前，这一刻，无数本花焰曾看过的江湖话本传奇都涌上了心头！

是真的、活的、不弱的大侠！

她顿时觉得自己充满动力，还能再追五百里。

此时，她看陆承杀像是在看某种珍稀生物。

大侠腰挺得好直哦，标枪一样，个子真高。花焰还比画了一下，足足比自己高一个头。他腿也很长，长长的一把剑背在身后，非但不显得累赘，还让他显得更加身姿修长，挺拔如松。剑柄上挂着的蓝剑穗也十分别致，不像寻常剑穗那样随风飘扬，而是万千丝线绕成一圈，末尾被一枚玉珏扎成一束。

花焰越看越觉得：没错！这就是我要找的人！

以往江湖传奇话本里的主人公瞬间都有了具体的形象。

花焰一边追一边观察，如果视线可以凝成实物，陆承杀大抵已经被射成一只刺猬了。

幸亏陆承杀并没有刻意跑得飞快，而是仍旧按照自己的步调前进，花焰总算没被甩开，追着他就这么一路到城里。

一直在野外倒还没什么，到了城里，两人便引来了无数围观的视线。

任谁看到个俏生生、娇滴滴的漂亮小姑娘气喘吁吁地追着一个冷面少侠跑，只怕都会忍不住多看两眼，更何况就算那小姑娘再怎么喊着"等等"，对方也仿佛根本没有听见一样，依旧健步如飞，实在不解风情得很。

虽说江湖儿女快意恩仇，但这姑娘未免也太过大胆了吧。

只是再一看那冷面少侠，所有人又都噤了声。

陆承杀最终停在了一座客栈前面。

"一间房。"

他前脚进，放下银两，花焰后脚就跟了进来。

"姑娘这是……"

花焰理了理稍有些凌乱的鬓发，露出一个笑容："我跟他一起的。"

小二盯着花焰的脸愣了愣，随后结结巴巴道："一、一间房？"

"是……"她还没说完，就被陆承杀打断："两间。"

小二被吓得哆哆嗦嗦地拿出两枚钥匙："楼、楼上甲、甲字号……"

领了钥匙，陆承杀足下不停地上楼，花焰追得虽快，也还是慢了一步，只听"咔嚓"一声，陆承杀落了锁。

花焰的房间在隔壁，她苦恼地站在陆承杀房间门口转了两圈，计上心头。

片刻后，花焰房内传来一声惊恐的尖叫，不到眨眼工夫，一道黑影破门而入，陆承杀的剑光森然，寒芒闪动。

花焰跌坐在地上，揉着脚踝，表情无辜："摔、摔了一跤……"

陆承杀面无表情地收剑，转身就要走。

"等等……"花焰情急之下，道，"我……站不起来了……能……扶我一下吗？"

她发誓她不是故意的，但她娘亲传的魅音入耳在此刻不受控制地发动，每个字的吐字咬音都酥魅入骨，她娘要是泉下有知看到她有如此表现，一定非常欣慰，因为花焰确信这是她练这门技术以来，实战表现最好的一次。

陆承杀果然站住了。

花焰的心口紧张地跳了一拍，有些期待，又有一丝说不出的失落。

一柄坚硬无比的粗制硬铁被递到了花焰面前。

"……"

陆承杀作势要收回剑。

花焰立刻一把抓住剑身，表情十分复杂。

陆承杀轻而易举地把她拽了起来。

"……谢谢。"

结果好像和她娘亲说的不太一样，她娘亲不是说只要发出这种声音，对方什么都会答应她的吗！

她之前在其他人面前试过，明明很管用啊！

不、不……花焰冷静了下来，陆承杀又不是一般人。

果然不愧是她看上的人。

第二日天未亮，陆承杀便穿戴整齐，洗漱完毕，背好剑，悄无声息地推开窗户，从二楼一跃而下。

"陆大侠你起得好早啊。"

陆承杀僵硬地转过头，就见少女换了条新裙子，自对面的铺子朝他招手，笑得一脸春光灿烂："早饭我已经叫好了，要不要一起来吃？"

陆承杀抿了抿唇，花焰已经毫无畏惧地拿了两个包子凑过来，还塞了一个在他手里:"来,给你,趁热吃。"

刚出锅的包子热乎乎的,还有点儿烫手,陆承杀低头看了看,又看了看吃得不亦乐乎的花焰,似乎在扔掉和吃掉之间纠结了一会儿,终于还是咬了一口。

豆沙包,甜软适度,齿颊留香。

花焰吃着包子含含糊糊道:"老板你这包子真不错啊……好吃!"

看摊子的老板笑呵呵道:"那可不。小姑娘下次再来吃,我再白送你两个包子。"

"好呀!"

花焰吃着还不忘跟陆承杀套近乎。

"陆大侠你放心,我绝对不给你添麻烦!我什么都……"

说到这里,她停顿了一下。

铺床、叠被、洗衣、做饭、打扫卫生,这些她通通都不会啊。还是下毒、下药、诱供这种事她比较擅长。但问题是陆承杀根本不会需要的啊!不如说被他知道,自己就完蛋啦!

"……喀喀,都可以学!我学东西很快的。"这句倒是实话,"你看你一个人行走江湖,衣食住行也没有人打理,我可以的呀。"

陆承杀把包子吃下去,沉默了一会儿说:"不需要。"

"你不试试怎么知道不需要呢?"

花焰吃完擦了擦手,笑眯眯道:"我们之后去哪里啊?"

陆承杀的脸上似乎闪过一瞬的困惑,不过很快又消失,快得仿佛从未出现在他的脸上。

他负着长剑,头也不回地继续赶路,视花焰为无物。

花焰也并不在意,休息了一晚,她也有了力气。

陆承杀在路边小摊买了两个烧饼,又买了匹马,便马不停蹄地继续赶路。

花焰有样学样,也买了两个烧饼,骑着马追在陆承杀后面。骑马可比两条腿追轻松多了,花焰甚至还有心情欣赏一下周围风景。虽然她也不知道陆承杀要去哪儿,但不影响她跟着陆承杀体验闯荡江湖的快乐。

中途陆承杀除了给马喂饲料、补充水囊而在驿站略停了一会儿,几乎没有休息。

花焰还是第一次知道当大侠居然这么辛苦。

辛苦虽辛苦,但咬咬牙也不是不能坚持下来,只是骑马骑得久了磨得她腿都有点儿痛了。

就这么且行且追过了一日,又入了夜,天黑下来的时候,他们刚疾驰过一片荒地，前不着村后不着店，别说客栈了，连个歇脚的地方都没有。

陆承杀状似无意地回头看了一眼。

花焰笑眯眯地冲他挥手，嘴里还叼着半块烧饼——肚子实在有点儿饿了嘛。

等花焰把那半块烧饼也咽下肚，陆承杀刚好也下了马。

山坡上稀稀疏疏立了些树，边上有个废弃的破屋，屋顶都被掀掉了，只剩一些残破的木梁结构。陆承杀把马拴在树上，倚着破屋仅剩的那面墙就地坐下。

花焰立刻照抄，在陆承杀旁边的一棵树旁下马。

月明星稀，花焰赏着夜空，掏出了另外一块烧饼开始进食。与此同时，陆承杀也终于开始吃饭。

三两下咽下一张饼，他解下水囊刚喝了一口，就发现一只抓着油纸包的手伸到了他面前，再往上是一张笑脸："早上顺便买的桃花酥，尝尝看嘛！"

陆承杀："……"

花焰继续努力推销："我刚才尝过了，甜而不腻，挺好吃的！"

陆承杀终于抬起头看向这个不知道什么时候挪到他旁边坐着的少女。

"为什么非要跟着我？"他的嗓音依旧清寒。

花焰理由充分，底气十足："我在被正……天残教追杀啊！他们很凶残的！你救了我嘛，除了你，我也不知道我可以跟着谁了……"

之前她和赵攸一路被追杀过来，确实自从陆承杀出现了之后，那伙追兵就再也没敢露面了。当然凭借着对自己人的了解，花焰确定他们肯定还没放弃。

陆承杀沉默了许久，取出一个写着"陆"字的令牌。

"去停剑山庄，很安全。"

花焰立刻摇头："我又不认识路，而且我一个人上路，肯定在路上就被天残教的人杀掉了！"

一个人闯荡哪有跟着陆承杀好玩！

陆承杀又沉默了一会儿。

花焰趁机小手一伸，继续推销："你尝尝看嘛！不好吃算我……"

在花焰再三努力下，陆承杀终于肯接过。

酥饼小小两块，做成花瓣形状，玲珑可爱，他一口一个，也看不出他觉得好不好吃、喜不喜欢吃。

花焰已经很满意了，她也迅速吃完，休息了一会儿恢复好体力，活动活动手脚，就开始忙活起来。

从破屋里搜刮了一些木板，堆了个柴堆，用火折子点上火，花焰叉着腰独自欣赏了一会儿自己弄的火堆，又去找了些稻草在地上铺成床榻模样，然后踩实,再撒上几片刚摘的叶子做点缀。

这过程中陆承杀一直默默地、无言地看着她瞎忙活。

最后花焰拍了拍手,一副很满意的样子指着草榻做了一个邀请的手势:"陆大侠,露宿的床做好了,你上去试试!"

"……"

陆承杀闭上了双眼。

花焰只好又思索了一会儿,过了一会儿灵光一闪道:"我知道了!"

她在周围挑了半天,找了一块合心意的枕头大小的石头,放在他的稻草榻上,最后还别具匠心地摘了一朵小红花,摆在他的石头枕边上。

"这样总行了吧。"花焰甚是满意,"陆大侠你看看,你看看如何!"

陆承杀站起了身。

花焰满脸期待。

陆承杀朝外走去。

花焰眨巴眨巴眼睛:"……陆大侠,你去哪儿啊?"

陆承杀的脚步一顿。

花焰很快自己悟出答案:"哦……去方便吗?陆大侠你去吧,我在这里等你回来!"

陆承杀一走,花焰便掏出那本《义侠记之天地至情》,随便往地上一坐,看了起来。

这一路辛苦奔波,她话本还没看完呢!

花焰看得正入迷,突然听见一阵脚步声。

她手里一翻,翻出自己那柄绢扇,叹了口气想"他们也太烦了",就发现来的人并不是正义教的追兵。

"这荒郊野岭里还有人呢?!哎哟,我看看,这是哪儿来的小丫头啊!"极为油腔滑调。

花焰转头看去,只见不远处走来四个人,衣着打扮看着便满身匪气,腰间都别了武器,左边一个矮瘦子便是说话的人。

本来只是调侃,看到花焰,几个人目光都是一变。

这般娇滴滴、俏生生的漂亮姑娘便是秦楼楚馆都不常见,更别提她眉目间飞扬的明艳气质,估摸着是哪家私奔偷跑出来的小姐,这要是抓了,不管是要挟勒索还是转手倒卖,都是大赚一笔啊。

当下,四个人都堆着笑脸小心翼翼地靠了过去。

这笑容花焰可太熟了，她见过的坏蛋没有一万也有一千，不过还是第一次见着敢把主意往她身上打的。

怎么会有这么不知死活的坏蛋啊！花焰兴奋地想。

"小丫头怎么大晚上一个人在这儿？你叫什么名字？家住在哪里？要不要哥儿几个送你回去啊？"矮瘦子再次开口，语气比方才和善许多。

几人打着眼色，脸上的表情都很和善。

花焰用手指卷着发尾，绽开笑容："好呀好呀，我和哥哥走散了，正愁着怎么回去呢。"

四个人对视了一眼。

"别管你哥哥了，我们现在就送你回去，怎么样？"

花焰露出一副苦恼的表情："不管他没事，只是我跑了一天累坏了，而且天色这么晚了，我们明天再出发吧。"她指了指火堆，"先在这里休息一晚如何？"

"我们先商量一下。"

"好呀。"

花焰也不急，就在一旁等着，看四个人小声交流，时不时看向她。

按理说，她是听不到他们说的话的。

奈何花焰本来就是习武之人，耳聪目明，就算内力不在，听觉、视觉也远超常人。

"猴子，你看俺们四个是现在就上，还是……"

"别急，这小丫头什么都不知道，咱们明天直接哄着她去鸨婆那里……"

"说起来，这小丫头长得可真是水灵……"

"喂！你先别打歪主意，破了身可就不值钱了。"

"行行行，俺知道，说是跟哥哥走散了，怕是个情哥哥吧……"

聊完了，还是那个矮瘦子开口："小丫头，几个哥哥商量过了。行啊，咱们就在这儿凑合一晚上。这相逢即是有缘啊……"说着，他坐在了花焰给陆承杀准备的草榻上了，还好死不死地一屁股坐在那个石枕上。

花焰："呃……"

"怎么了小丫头？"矮瘦子不明所以。

只听"扑哧"几声，其他三人也陆陆续续坐在了那榻上。

花焰掏出绢扇扇了扇，粲然一笑道："没什么。哥哥你继续。"

映着火光，美貌少女脸上的笑容竟然有些勾魂摄魄。

四个人心怀鬼胎，原本想和这个小姑娘套套近乎再探听点儿消息，但一时间居然都忘了说话。

花焰就这么扇着绢扇，一下一下。

绢扇摇动间，风声飒飒，火焰灼烧着木柴，发出毕毕剥剥的火烤声，四个人仿佛被蛊惑了，只听见花焰的声音远远地飘来，像一阵雾气："起来。"

四个人恍恍惚惚地站了起来。

花焰看着已经被坐扁的草榻，郁闷地跺了跺脚。

她刚才明明弄得很蓬松的！

四个人此时仿佛如梦初醒，都有点儿摸不着头脑。

"发生啥了？"

"俺也不知道啊……"

"哦，没事了，那再坐回去吧。"

话音一落，四个人又"扑哧"几声坐了下去。

花焰攥紧扇柄，用力扇了几下。

很快，有人叫了起来。

"怎么俺身上有点儿痒？"

"被虫子咬了？大惊小怪什么……等等，我怎么身上也有点儿……"

四个人突然抓耳挠腮起来，好像浑身都不舒服，坐也坐不住了，站起来四处打量哪儿来的毒虫子。

"哎哟，太痒了，到底怎么回事？！"

"你快帮我抓抓！"

"我还想找人帮我抓抓呢！可痒死我了！"

矮瘦子挠着手臂，率先发现不对，火堆旁坐着的少女托着下巴百无聊赖地摇着她那把扇子，却是半点儿异样也没有。

"你怎么不觉得痒？"

花焰"哦"了一声，道："可能虫子没咬我吧。"

矮瘦子想问的正是这个，他现在浑身上下都仿佛被蚊虫叮咬，痛痒难忍："为什么虫子不咬你？"随着他的声音，其他三人也发现了这一点。

"你是放了香囊、涂了药膏，还是说……"矮瘦子忍耐住抓挠的欲望，眉头一皱，"这就是你弄的？"

比想象中聪明嘛。

——花焰心里这么想，面上丝毫不显，一脸无辜道："这我怎么知道！你们觉得这里有毒虫子咬，可以先走嘛。兴许这毒虫子只咬男子。"

她这么一说，其他几人脸上生出了犹豫。

主要是现在身上也太痛太痒了，他们想立刻去找个大夫看看！

"猴子，要不我们先去买点儿止痒的药膏涂涂吧，这也不是办法呀！"说话之人越抓语气越急迫，一看手臂，"老子都抓出血痕了！"

矮瘦子目光游移了片刻，突然一把抽出腰间的弯刀架到了花焰的脖子上："死丫头，快给老子说实话！到底是不是你搞的鬼？！"

花焰立刻露出一副楚楚可怜、泫然欲泣的样子："我只是在这里等我哥哥罢了，你们不送我回家就算了，怎么还冤枉我？太过分了！"

少女任性得恰到好处，控诉得非常有说服力。

至少矮瘦子那几个同伙看起来都信了。

"得了，猴子，我们先走吧。"

"俺快受不了了！痒死俺了！"

矮瘦子似乎也信了，缓缓收刀，抬腿仿佛要走，就在他即将转身的那一刻，矮瘦子回身一刀，猛地劈向花焰的方向。

可惜花焰早在他回身前一刻，脚尖轻点，往后跳去。

弯刀狠狠劈在花焰方才坐着的地方，在地上溅起尘埃，落下深痕。

若花焰当真只是个手无缚鸡之力的女子，此刻恐怕已经被他砍翻在地了。

花焰心道：江湖真的很危险呢。

这矮瘦子刚才装作要走的样子，可身上的杀气半点儿没消。

她能感觉到的啊！

一刀落空，矮瘦子不怒反笑："我就觉得你有问题，一个女子，还大半夜在荒郊野岭，哪儿有这么简单。别挠了，都先给我把她抓住再说！"

花焰祭出绢扇，摆好姿势，清了清嗓子，把一早准备好的台词吟诵出来："本大侠今天就替天行道、为民除害……"

可惜话音未落，四个人就已经朝着她扑过来。

"你们让我把台词说完啊！"

花焰一边说一边躲，身子极其灵活，腾挪之间反而让抓她的人撞到了一起。

四个人忍着身上的痛痒，拼命想要捉住她，可越是着急，越是觉得她滑得像一尾泥鳅，躲得游刃有余，甚至轻松惬意。

花焰玩了一会儿，觉得有点儿腻，正当她想着把他们打晕算了，就见一道剑光带着浓烈的杀气从她眼前闪过。

那杀气极凶极恶，恐怖森冷之意瞬间爆发，足以令人浑身冰凉。

而剑光抹过，快得迅如雷电，几乎不给人反应的时间——

刚才还气势汹汹要抓她的人，此刻已经倒在了她面前。

花焰顺着剑光看去，暗夜里如练的月华照在黑衣人身上，宛若为他镀上一层银芒，更显得他如凛冽寒霜，气势逼人，凶神恶煞。

陆承杀转眸，同时也望了过来。

一双寒眸还是没什么波动，他动了动唇，似乎想说什么。

花焰立刻惊喜道："陆大侠，你终于回来了！"

不知是否是错觉，陆承杀的额头上似乎沁出了一点儿汗。

花焰浑然不觉，开始添油加醋地描述陆承杀不在的这段时间她一个弱女子有多么不容易，只能靠着自己的顽强机智与歹徒周旋。

她滔滔不绝地说着，突然听见陆承杀的声音，凉凉的，有些发涩。

"我要是真走了呢？"

花焰脑袋上仿佛冒出了一个问号。

"你不是去方便了吗？"

"……"

"而且荒郊野岭，月黑风高……"花焰很自信地拍了拍胸口，"大侠才不会做把一个弱女子丢在这里的缺德事呢！"

"……"

陆承杀的额头似乎又流汗了。

他好像真的不知道说什么。

半晌，他抱着剑，坐到了花焰搭好的、已经被压得扁平的草榻上。

花焰满脸期待地问："觉得如何？"

"……还行。"

花焰想起刚才发生的事情，又有点儿郁闷："可惜刚才那些人先坐上去压扁了。我本来还想再弄软的……"

她叽叽喳喳地表达着自己的不满，却突然听见陆承杀的声音。

"你不怕我吗？"

"啊？"花焰愣了一下，才反应过来陆承杀是在问她，"我为什么要怕你啊？"

"……"

花焰眨了两下眼睛，看起来比陆承杀还疑惑。

"其实我想问很久了，那些人干吗这么怕你啊？"花焰思考了一下，"是不是他们做了亏心事比较心虚，怕你来找他们麻烦？"

"……"

陆承杀又沉默了一会儿，突然站起身，解开系在树上的马，翻身而上。

这次不等花焰开口问，他先说了："跟我走。"

花焰有时候觉得这位陆大侠也真的是很难懂，不是都已经决定在外面露宿了吗，难得她还特地弄了草榻呢，居然说走就走。

不过算了……

花焰骑上马，又优哉游哉地跟在陆承杀身后。

走了一会儿，她再次听见陆承杀的声音。

"你叫什么？"

"……"

花焰才发现，认识这么久，陆承杀居然还不知道她叫什么。

简直离谱啊！

在开口的瞬间她又意识到一件事——虽然"花焰"这个名字只有教内比较亲密的人才知道，但也说不准会不会露馅。

她犹豫了一瞬，决定借用老爹的姓氏。

江湖人有个化名什么的也很正常嘛。

"我姓周，叫小花。"花焰拍着胸脯道。

新鲜出炉的周小花闪亮登场！

他们又骑了几个时辰的马，赶到邻近的城池里。

在客栈里睡确实舒服多了，花焰在床榻上打着滚想。

换上让小二代买的新衣裳，又梳了个新发髻，天色刚亮，花焰就晃悠着出去，没等她叫好早饭，就看见陆承杀又从窗户出来了。

花焰冲他招招手："陆大侠早呀！"

陆承杀这次已经能在落地后，很平静地看着她说："在这儿等我。"

"吃了早饭再走嘛，小二说这家的汤包可好吃了，一会儿就出锅了。"

说到这里，花焰不得不感慨，还是外面好啊！

他们教的伙食也不能说差，但做什么都很简单粗暴，烤一下、煮一下就完事了，哪有这里的点心菜肴精致美味，吃得花焰赞不绝口，还想再买。

不过陆承杀显然没有等汤包出锅的意思。

花焰遗憾地想，反正以后还有机会再点，便跟着陆承杀朝外走。

"陆大侠你要去哪儿啊？"

反正闲来无事，花焰又继续她的每日追问。

许是终于被她问烦了，陆承杀硬邦邦地开口："想跟着我，就别说话。"

"哦。"花焰点头，突然反应过来，"那就是说你同意我跟着你了？陆大侠，你人也太好啦！"

陆承杀似乎噎了一下。

花焰立刻敏锐地发现:"怎么啦?"

"……"

"好了,我不说话就是啦!你别不开心嘛!"

花焰闭嘴跟在陆承杀身后,见他径直朝外走,不多时,到了一座宝塔前。

这是一座叠檐三层的朱红宝塔,精美的雕刻与画作沿着梁柱缠绕而上,塔身完全由红漆木构成,连接处则涂着金漆,顶上还覆盖着琉璃瓦,门前两个石貔貅,一串血红的灯笼挂在檐下,随风轻摆,可谓红得张扬、红得艳丽,极其华丽显眼,再一看上面写的字——

东风不夜楼。

花焰:"……"

这不会就是那个连锁客栈吧?一个客栈而已,有必要修得这么夸张吗?

"让让,让让,不进客栈别在门口挡着路啊!"

"小姑娘第一次见啊?东风不夜楼的标志就是这仙绛多宝塔,这三层的还算小的,修在停剑山庄外头那座据说有七层呢,塔尖都能戳到云里去……"

花焰还想再听听,就见陆承杀正要跨步进去。

背后是华丽到浮夸的朱红色宝塔,陆承杀一袭再简单不过的黑衣,可站在那里仿佛将宝塔的光彩都给夺走了。

花焰愣了一下,再一眨眼,陆承杀已经消失在门口,她赶忙追去。

东风不夜楼的大堂很大,视线开阔又富丽堂皇,最远处是一排柜台,小二们统一着装,有站在柜台后的,也有在前厅迎客的。

正中围着一个舞台,四周挂满轻纱,有乐师奏乐,伶人咿咿呀呀地唱着曲。

周围往来的不是江湖人就是衣着华贵的富商贵胄,其中不乏行色匆匆的,或是喝茶闲聊的,只是两方人分坐两边,泾渭分明,画面看起来有些滑稽。

江湖人都这么有钱的吗?

花焰正想着,就看见大堂中竖着一块牌子,上书"江湖人可享优待,五大门派均有独立区域"。

她摸了摸自己的绢扇,刚觉得与有荣焉了一瞬,突然发现下面还有块小牌子。

牌子上写着"天残教之人与狗恕不接待"。

"……"

干吗啦!

花焰默默吸了下鼻子,安慰自己,自己是个好人!

花焰回神时,才发现陆承杀身边又空出了一圈,不管是哪方人都离他远远的，隐约能听见周围的窃窃私语声。

"那是停剑山庄陆家弟子吧，我还是第一次见蓝剑穗。"

"蓝剑穗？陆家亲传弟子？这位什么来头，总不能是陆承杀吧？"

"看他这样子保不齐真是，陆家亲传弟子除了他，哪个出门不是众星捧月的……我们要上前打个招呼吗？"

"我劝你还是别冒这个险，据说陆承杀性情极其冷漠，不近人情，哎，反正陆家人也看不上我们这些小门小派的。"

陆承杀好像已经习惯了所到之处众人议论纷纷。

柜台后的管事满脸含笑迎了过来，姿势态度都很恭敬："陆少侠，二楼请。"

陆承杀迈步时，花焰紧随其后跟了过去，管事愣了一下，用非常惊异的眼神望着花焰，又看了看陆承杀："这位……"

花焰手指比画："我们一起的。"

管事："……"

花焰："有问题吗？"

全天下谁不知道陆承杀是什么样的人啊。

别说女子了，敢跟在他边上套近乎的男子都少之又少。

然而陆承杀不只没有反对，居然还默认了。

这天上是要下红雨了吗？

陆承杀自从牡丹楼一战成名后，时不时便有剿灭天残教恶徒的义举传出，之后又以碾压众人的实力连拿了两届问剑大会的魁首，短短数年，声名鹊起，不只在新生少侠中问鼎最强，甚至都有和成名已久的门派宗师相较之力。

东风不夜楼《江湖手册》的主笔百谷子就曾经评价他为正道百年来最强战力。不承认的，目前都已经败在陆承杀手下，所以也只能含泪认了。

这么一个百年一遇、出身名门的少侠，年纪轻轻又相貌堂堂，引得各大门派女侠对他满怀憧憬也就不奇怪了，但令人遗憾的是，目前陆少侠唯一的、仅有的与女侠之间产生的风流韵事，不过是在牡丹楼为七琴天下的秦沐烟姑娘折下的那一枝牡丹……且这件事的真实性还有待考证。

东风不夜楼曾经匿名采访过多位女侠对于近年名气最大的三位少侠的看法，提到陆承杀时，诸位女侠的态度出奇地一致。

"很强，也很可怕。"

"难以接近。"

"可远观而不可亵玩。"

"……虽然很仰慕陆少侠，可我实在没法靠近他三步以内。"

"喀喀，如果陆少侠愿意给我也折一枝牡丹，本女侠倒是愿意克服一下自我，尝试接近他……"

当然，最后陆承杀还是一如既往地独来独往、孑然一身。

但现在他身旁居然多了一个女子！

管事在心里默念数遍"无事发生、无事发生"，默默把自己惊掉的下巴接回去，恭敬道："没有问题。两位请……"

陆承杀抬起长腿迈向二楼，那个美貌少女就紧紧跟在他后面，丝毫不觉得有什么问题。

到了二楼，有专人把陆承杀引进雅间，里面隔着帷幔坐了一个人。

"不知陆少侠这次前来所为何事？"声音听不出年纪，甚至听不出男女。

陆承杀对着里面的人简单说了几句，不过一会儿，里面的人便送来了一张字笺。

"陆少侠，那个给你们停剑山庄发消息的人，便在这个地址。"

陆承杀展开，看完便随手将字笺捻成纸屑。

里面的人道："这消息的账已经有人付过了。"

陆承杀"嗯"了一声。

花焰很震惊，江湖人是这么查消息的吗？

里面的人又笑了一声，道："这并不算查消息，只是有人发消息委托了停剑山庄的大侠。当然，东风不夜楼也是可以查消息的。姑娘若是有事想询，自可以来。既是陆少侠的朋友，价格也会尽量低一些。"

花焰刚想问点儿什么，发现陆承杀已经出了门，只好遗憾地住了嘴："我先走了。下次再来问。"

陆承杀似乎打算再次翻身上马，花焰看见马顿时脸有些垮，昨天骑了一整天的马，虽然当时没觉得如何，回去之后腿却酸痛不已，睡前一看，腿上肌肤都磨得发红发痛了。

她忍不住道："陆大侠，我出钱请你坐马车好不好？"

陆承杀："……"

花焰道："马车赶得快一点儿也不会比骑马慢多少的。我来安排，绝对不会麻烦你，很快就能弄好。"

陆承杀握着缰绳，掂量了一会儿，似乎随时打算上马。

然而他最终开口道："一刻钟。"

这次花焰反应倒是很快！

"好！一刻钟，你等我！"

出教时她带了足够的银两，在钱的作用下，她几乎是飞快弄来了一辆上好的马车，还来得及叫人替她买了些点心。

这还是花焰生平第一次坐马车。

这辆重金租来的马车宽敞又舒适，中间还有个小几，备了茶具，另外放着她买来的点心。

陆承杀坐在马车里，面无表情，像座石像。

与之相反的是花焰。她觉得自己现在就在活生生的江湖传奇话本现场，两只大眼睛四处张望，闪着灼热的光芒。

花焰东看看西看看，给自己倒了杯茶，努力克制，不让自己显得太兴奋，又打开点心盒，问陆承杀吃不吃。

"……"

"都是刚买的！你真的不尝尝看吗？"

陆承杀还是那副面无表情的样子。

原来大侠不喜欢吃点心吗？

花焰带着狐疑，自己咬了一口。

甜软香口的糯米桂花藕，绵软的水塔糖，还有几小块爽口清甜的桂花糕。

花焰一口气全吃完了，还忍不住舔了舔手指，末了，端起茶杯咕咚咕咚喝了几口，温热清新的茶水顺着喉管涌下，既解腻又润喉。花焰满足地喟叹出声，还打了个嗝。

然后，花焰就发现陆承杀似乎一直盯着她。

"嗯？怎么啦？"她眨了两下眼睛。

陆承杀默默移开视线。

花焰脑袋上缓缓飘出一个问号。

第三章 行侠仗义

马车按照陆承杀所说的方位疾驰，几个时辰后，车停在一个小镇上。

花焰反正哪儿也不认识，便跟着陆承杀下来，好奇地四处张望，几乎下来没多久，便有人迎了过来。

"这剑穗……您应当就是那位停剑山庄里的大侠吧！您可算是来了！"

为首的是个身材矮胖的中年男子，他圆脸大耳，衣饰和浑圆的脸蛋一样富贵，此刻满面愁容，身后还跟了好些仆从。

陆承杀尚未开口，花焰先蹦跶过去。

"你有什么需要帮助的吗？"她语气有一点点小兴奋。

中年男子擦着额头上的汗，胖脸抖动，咬牙切齿道："替我们杀了那劫掠妇孺的天残教妖人！"

天残教妖人花焰："……"

中年男子还当花焰是被他吓到了，忙道："这位女侠莫怕，我说的是那天残教妖人！你不要紧张！"

花焰努力露出了尴尬而不失礼貌的微笑："我不是女侠，我只是恰好跟着陆大侠，我不会武功的。"

中年男子立刻转头看向陆承杀，讨好般地笑道："这位大侠，您看……"

陆承杀终于开口，简单粗暴两个字："杀谁？"

中年男子名为张福生，他把两人引进了一间厅堂里。

似乎是听见了动静，四面八方赶来了好些人，有老有少，拖家带口将陆承杀团团围住，就连花焰都被挤到了外围。

"大侠！我女儿她才十三岁啊，就被掳走了！"

"大侠！一定杀了那天残教妖人，把我女儿救回来啊！"

五六张嘴同时开口，有的哭，有的喊，一个比一个叫得凄惨，然后不知怎的，所有人突然瞬间安静下来，并且倒退着挪开了数步，硬是以陆承杀为中心空出一个圆形。

花焰也很疑惑。

她拍了拍旁边那位大姊的肩膀："怎么了？"

大姊抖了一下，用眼神示意陆承杀方向，刚才说话还流利得很，这会儿却磕磕巴巴："这位大、大侠，有点、点吓人。"

花焰感觉不到，其他人却能清晰感受到方才从陆承杀身上突然爆发出一阵森冷的杀气，像是一层无形透明的隔阂，令人下意识生出惊惧，想要远离。

"吓人？"花焰持续疑惑。

她朝着陆承杀看去，只觉得眼前的青年正气凛然，英姿不凡，怎么看都是一个堂堂正正的大侠，没什么问题啊？

大侠身上有点儿杀气不是很正常嘛。

花焰完全不受影响地三两步蹦跶过去，朝着陆承杀面前瑟瑟发抖的张福生问道："所以到底是发生了什么呀？"

事情倒很简单。

此刻，张福生坐得离陆承杀几丈远，叹了口气，脸上的横肉也跟着抖了抖，才开始缓缓叙述。

原来镇上近日有女子于夜间失踪，都是些年轻少女，他们觉得是天残教所为，而好巧不巧，他们真的发现附近有个天残教堂主的分堂，立刻便找东风不夜楼，发了消息请停剑山庄的人来。

花焰有点儿纳闷，这是哪个堂的啊？

其实在现任教主的带领下，他们正义教目前已经有所好转，不会随便打家劫舍、杀人放火，就算去找人麻烦也会寻个看起来合情合理的缘由，毕竟他们正义教本身是不认可自己在江湖上的名声的——他们觉得自己只是手段比较严酷、行事比较无常的一伙神秘人罢了。

但她多少还是有点儿心虚，毕竟他们教里难保没有……

花焰因愧生义，拍拍胸口道："没问题！我们肯定帮你们救出那些少女！"

陆承杀转头看她："……嗯？"

花焰也转过头看他："嗯？有什么问题吗？"

大侠就是应该行侠仗义的啊！

不待陆承杀说话，张福生已经满脸感激道："谢谢这位姑娘，这位姑娘真是深明大义啊！不过这些天残教妖人晚上才回来，两位可以先在镇上休息一会儿，我已经准备好房间了。"

总之是先住下了，但花焰觉得陆承杀好像对她有点儿不满。

她思前想后，觉得可能是因为在马车上她一个人把点心都吃完了，一点儿都没给他留——陆大侠可能只是因为不好意思，才没有开口。

花焰想想觉得也不是没有这个道理，于是便特地去问了张福生哪里有卖点心的。

张福生闻声一愣："姑娘若是想吃，我叫人去准备……"

花焰摆手："不用、不用，告诉我镇上哪里有卖的就行。"

自己买的才有诚意嘛！

张福生给他们安排的住处就在镇门口的客栈。

花焰买好点心，一进去，就看见两个约莫十五六岁的少女正在瑟瑟发抖地整理厢房，干什么都畏畏缩缩，就差把自己抱成一团。

"陆大侠人呢？"

其中一个少女继续瑟瑟发抖道："……在、在屋顶。"

花焰随便把她们打发走了，两个少女仿佛得救一般，光速消失在她面前，花焰不由得又疑惑了起来：陆大侠看起来这么难伺候吗？

出门一抬头，花焰就看见了坐在屋顶上的黑衣人。

客栈外的大路上人来人往，向下望是红尘喧嚣，向上看去却是与世隔绝。

墨黑砖瓦堆砌的屋顶上有风拂过，吹散了陆承杀的发，他支着一条长腿，手微微搭在膝盖上，面容依旧是冷的，却因为离得远，花焰有些看不清他，但他孤寂得好似与这个世界格格不入，仿佛一阵风吹过，这个人便不在了。

花焰怔了一下。

天哪，都是她的错！

她把点心全吃了，给陆大侠气成什么样了！

想着，花焰立刻挥舞着点心道："陆大侠，我给你带点心来了！"

陆承杀微微侧头，望了过去，黑白分明的眸子里又短暂闪过了一丝困惑，然后他就看见少女咬着油纸包，手脚并用地扶着一旁的梯子爬了上来，还毫不客气地坐到了他旁边。

"给你！"花焰非常豪气地把油纸包塞给了陆承杀，"别生我的气啦！"她还欲盖弥彰地补充，"我平时没这么馋嘴的，真的……"

"……"

"坐在屋顶上感觉原来这么好……"

此时，微风徐徐拂面，吹得花焰舒适又惬意，要是在他们正义教这么坐着，早吃了一嘴黄沙了！

陆承杀捧着油纸包，沉默不言，觉得很不适应，他甚至散发了一点儿杀气，准备等花焰坐不住自己下去。

可等了半天，花焰依然在喋喋不休。

"陆大侠，你尝尝看这边的点心好不好吃！"

"陆大侠，我刚刚问过了，他们说那天残教堂主在城北，好像白天不在，晚上才回来，你准备什么时候去呀？我跟你一起去呀！"

"陆大侠，你们行侠仗义一般都是个什么流程啊？"

陆承杀不知道怎么回答，他从未遇到过这种状况。

他站起身，脚尖一点，跃上另一个屋顶，再几跃，便到了最高的那棵树的树杈上，随后坐在上头，一身黑衣融入枝叶掩映处。

花焰瞪大了眼睛。

她又说错什么了吗？

花焰望着头顶的黑影，努力蹦了蹦。

唉，没有内力实在飞不上去。

虽然很遗憾，但也没有办法，花焰干脆就在镇上继续转转。

她倒是没发现自己一个小姑娘在镇里乱逛有多显眼。

花焰耳坠的一对蝴蝶红宝石耳环用细链相串，在风中泠泠作响，浅藕色的襦裙随着她轻快的步伐如花朵般绽开，一双明亮的大眼睛仿佛蓄着光，顾盼生辉，容貌鲜艳欲滴，像开得极盛的富贵牡丹，美得明艳又张扬。

"姐姐……"

花焰一低头，发现角落里一个七八岁的小女童正拉着她的裙角，小心翼翼道："姐姐，你这样太招摇了，不好。"

"招摇？"花焰眨眨眼睛，很迷惑，"有吗？"

出门在外，她都已经尽量挑朴素的裙子了！

小女童似乎不知道该怎么说，只能又拉了拉她的裙角，说："那些被抓走的姐姐也都很漂亮，姐姐你……小心些。"之后便溜走了。

花焰连句"谢谢"都没来得及说。

一直逛到累了，花焰跑回房间休息，她顺便往隔壁看了一眼，陆承杀还没回来。

他不会还在树上吧？

天快黑了，张福生已经叫那少女送来了晚膳，还体贴地问她有没有其他需要，花焰多要了一份饭食，走到树下，用力摇晃几下，大声道："陆大侠，你还在吗？肚子饿吗？"

摇得树枝乱晃。

半晌，才听见上面幽幽飘来两个字："不饿。"

还真在上面！

花焰吃惊，继续大声道："你不累吗？"

"……不累。"

"哦。"好吧，花焰把餐盒放在地上，"那我放地上了，陆大侠你记得下来吃哦，等你吃完了我再帮你收回去！"

回到房间里，她才继续吃她的饭，只是吃到第一口，花焰就感觉出了问题。

——饭里被下了最常见的蒙汗药，剂量还不小。

她立刻跑去查看陆承杀的那份，餐盒还放在地上，饭里并没有任何问题，也就是说，只有她的饭有问题。

花焰顿时来了兴趣！

她翻出应急的解药先吃了下去，然后大大咧咧地把饭菜扫得一干二净，随后便趴在桌上，假装昏睡。

大概过了小半个时辰，有人敲她的门，小声问道："姑娘，姑娘你在吗？"

花焰继续装昏迷。

见她不答，外面的人小心地推开门，听脚步声还不止一个人。

"她睡着了。"

"那药的剂量她早该睡着了。现在睡得怕是打雷都醒不了。"

"那陆大侠会不会发现啊？"

"这丫头不过是跟着他一道来的罢了，连武功都不会，我见他们根本不熟，那陆大侠还躲着她，估计就是个硬缠上来的。我们帮他解决麻烦，他估计还要感谢我们呢。"

说罢，这人还阴恻恻地笑了两声。

花焰本来兴致勃勃地看戏，这时倒还真有些发怔。

她愣怔之时，对方在旁边的柜子上推了一下，只听咯吱一声，柜子后一道暗门启开。

两人一人抬手一人抬脚，把花焰抬进了暗门里，又走了一截，直到面前有块浮板，两人把花焰放在浮板上，便解开一边的绳子，一拽一扯把花焰缓缓放了下去。

放下去时，她还听见他们在聊。

"这丫头倒是长得当真漂亮。"

"那可不，可惜又要送去给张福生的儿子糟蹋。"

"据说张公子今天白天在镇上看见她，要不是见那陆大侠在，差点儿就没忍住，想当场把人掳走。"

"不过，待那天残教堂主被陆大侠给剿灭了，可就没这么好的挡箭牌了，还不知道再上哪儿找姑娘给张公子。"

花焰从愣怔中回过神来，大概知道了这镇上究竟发生了什么。

很显然，不管他们正义教平日如何作恶多端，但这一次纯属背锅。

花焰被吊到下面后，眯起眼睛，看见下面正是车棚，她被吊下去的位置刚好有一辆运送稻草的牛车。

下面自然也有人接应，把她从浮板上推到稻草上，再在她的身上盖了好些稻草，直到花焰整个人几乎淹没在稻草里，才有人缓缓驾着牛车，把她运向别处。

此时天已黑透，小镇街上几乎无人，因为常有女子失踪，家家户户晚上都至少点着一盏灯，还有人专门守夜巡逻，生怕再出事——但没什么用，花焰想。

她不怕也不急，只是有一分伤心。

花焰突然意识到可能确实是自己一头热，陆承杀也许并不想被她跟着，毕竟说得再多，她现在看起来也只是连内力都没有的普通女子。

说不定还会拖他的后腿。

牛车过了一会儿便缓缓停在一座大宅的后院里。

驾车的人和另外一位仆从把花焰从牛车后面抬下来，然后一路径直将她抬进了一间靠后的卧房里。

花焰眯起眼睛打量，这间卧房与客栈里正常的房间截然不同，窗户都被封死了，除了一张床和一个柜子便再没有其他。

她学毒，嗅觉过人，此刻能闻到这间房里有股异常的血腥味。

虽然已经被清洗打扫过，但那股味道还是无孔不入地钻了进来。

她被放在了榻上，然后两个人便退了出去。

榻上，那味道更重，还有些对花焰来说比较陌生的气味，她一转头，就看见床榻一侧的墙上斑斑驳驳地刻着些什么，那些痕迹不像是用刀刻的，倒像是用指甲划的，还有些地方沾了血，触目惊心。

上面可能原本有些字迹，但大都被遮掩磨掉了。

她从床上下来，一推门，发现竟还被从外面锁上了，她折回去看那柜子，一打开便看见里面放着些不堪入目的物件，也都散发着那股味道。

花焰当即便皱起了眉头。

没等多久，外面有了声响，花焰立刻翻身上榻。

几乎她刚一躺定，一个陌生男子便推门进来，迫不及待地朝着榻边走去，边走还边说道："小美人，我来了……"

花焰在心里数着一二三，待他一接近，便骤然暴起，绢扇的钢骨抵在了对方的咽喉上，另一只手拽着他的肩膀一用力，将人反压在了床柱上。

"你就是那个张公子？其他失踪的姑娘在哪里？"

那男子长得和张福生堪称一个模子刻出来的，又矮又胖，贼眉鼠眼，没料到花焰居然醒着，还暴起胁迫他，一时愣在当场，回过神便要喊救命，花焰眼疾手快，掐住对方的喉咙道："敢叫就要你的命。"

说着，绢扇往下压了一分，张公子的咽喉立刻破皮流血。

一见血，他吓得魂飞魄散，两股战战道："别、别，女侠，我不叫了……你放过我！"

花焰道："那些女子呢？"

张公子还在装傻："什么女子啊？"

花焰道："别装傻！那些被你掳走的女子在哪儿？！不说，我现在就杀了你。"

张公子被她吓得够呛，终于支支吾吾道："都、都被卖掉了……卖到别的镇上了，哎，你别别别……"

花焰松了口气，没死就行。

"都卖到哪儿去了？"

张公子哆哆嗦嗦道："这……这我一时半刻也记不清了，我……我爹书房里有记录，我……我去拿给你。"

花焰道："你带着我一起去！"

张公子被她抵着要害，战战兢兢地往外走，只是出了房门，这张公子不知哪儿来的勇气，拼命挣扎，然后大叫一声："救命啊！这女人要杀我！"

花焰怒道："让你别叫！"

她当即一扇子朝着他切去，奈何花焰这辈子还没杀过人，不太熟练，慢了一拍，那张公子已经连滚带爬逃出去老远了。

几个手持长刀的护卫顿时冲了出来，将花焰团团围住，很明显都是会武的，和之前遇到的那几个流氓并不一样。

花焰若是内力在身自然不怕，现下却有些棘手，光是逃不成问题，可她还想抓了那张公子。

心念电转之间，几个护卫已经朝着花焰袭来。

张公子逃得性命，心下一松，立场倒转，大喊道："杀了她！杀了这个女人！不对，把她打个半死，我还要折磨她呢！"

花焰气得牙痒痒。

那位张公子还在捂着脖子谩骂："这女人竟敢伤我，我一定要、一定要……"

他的声音戛然而止。

因为一把漆黑的长剑从他的身后贯穿。

花焰正忙着应付张公子的这群护卫，稍一回神便见那群护卫一一倒下，熟悉的恐怖杀气袭来——这一次花焰觉得格外亲切。

"陆大侠！是你吗？"

陆承杀的剑还在往下滴着血。

他来得很急，剑出得也很快，模样看起来冷酷骇人，一般人见了只会退避三舍，眼前少女却浑然不觉，只满脸惊喜道："你怎么找到我的！我还以为……不对啊，你怎么会来找我，今晚不是应该去找天残教麻烦？"

本来应该是这样的。

陆承杀道："你没有来收。"

花焰这才想起，她跟陆承杀说会来收餐盒，但之后就被下药运到这里，自然没这个机会。

陆承杀又顿了顿道："有个女童告诉我的。"

花焰恍然，想起白天那个女童。

原来是她！

"对了，陆大侠，我刚好要告诉你，这个张公子才是掳走那些女子的元凶，还有……他爹就是白天那个张福生，他们蛇鼠一窝，监守自盗，是故意栽赃天残教的！他说那些女子被他卖到了别处，他爹那里有记录，可以逼问张福生，把那些失踪的女子都救回来！"

她迅速把刚得到的消息都告诉了陆承杀。

陆承杀点了点头，似乎想说什么。

花焰从得救和得知真相的兴奋中回过神来，想起之前听到的话，忽然解释道："我是故意被抓的，为了知道他们想做什么，我真的没有那么弱……"这话现在听起来显然不是很有说服力，她终于还是沮丧地道，"……你是不是当真觉得我很麻烦，不想被我跟着啊？"

陆承杀："……"

花焰咬咬牙道："如果你真这么不想被我跟着，也没事……我、我可以去跟别的大侠。"

她俨然一副壮士断腕的模样。

虽然她其实不想走……

就在她几乎以为陆承杀要点头答应时，她听见他微寒的声音缓缓道："……不是。"他顿了顿，补充，"你不怕……就可以跟着。"

花焰眨了眨眼睛，还有点儿不敢置信："你说真的？"

陆承杀不避不躲，点了一下头："嗯。"

花焰一惊。

陆大侠不仅不辞辛劳地来救她，居然还真的同意了让她跟着。

这天下怎么会有这么好的大侠！

第二天一早，花焰便将昨晚发生的事情和真相都一一说了出来。

张福生贼喊捉贼，立刻人人喊打，镇上那些女儿失踪的父母气得几乎当场便要找他拼命，他那些手下也都成了众矢之的。一夕之间，张福生名誉尽扫，痛失亲儿，被花焰逼着将那本写着失踪女子卖往何处的册子交了出来。

那些乡亲原本应当拿他没有办法，然而陆承杀在侧，他的护卫们连大气都不敢喘，生怕他们这种江湖人士一个不留神就替天行道了。之后张福生便被乡亲们押着送去了衙门。

只是花焰没想到，陆承杀还惦记着晚上去杀他们天残教的堂主，花焰立刻表示要跟着陆承杀一道去。

不料遭到拒绝。

"你不用去。"

花焰道："嗯？"

陆承杀又重复了一遍："在这儿等我。"看出花焰的疑惑，陆承杀动唇解释，但他显然对此很不熟练，只能干巴巴地说了一句，"天残教很危险，我杀完人会很快回来。"

是和"我买完东西很快回来"一样的语气。

偏偏说的人不觉得有什么问题，听的人也不觉得有什么问题。

花焰立刻表示："你放心！之前我真的是故意被抓的，我还是有自保能力的，绝对不会给你添麻烦，还可以给你打下手！你杀人……"她比画了一个扛麻袋的动作，"我收尸！"

换个人在这儿，只怕就要被她逗笑了。

陆承杀很认真地打量了一下她，一针见血道："你没有内力。"

这倒是句实话。

羽曳的药效果非凡，一路下来，花焰也没什么时间研究解药，到现在也不过是比旁人身强健体一些，多一些保命的身法。

但她会下毒啊，还会下蛊，摄魂魅术也学了一点儿！

花焰有点儿委屈。

当然，花焰不知道的是，正是因为她现在没有内力，才近得了陆承杀的身。

多年来混迹江湖杀戮的经验，让陆承杀对习武之人的接近极其敏感，形成了几乎本能般的反应。那日见到花焰，虽然她步速轻快，但脚步虚浮，显然并无什么内力，他当她不过是个学了些拳脚功夫的普通人。

停剑山庄弟子虽然对天残教中人赶尽杀绝，对其他门派的人不假辞色，但也有一条庄规叫不可妄杀无辜之人。

在停剑山庄看来，会武功、有内力，出来混迟早要还的；但是不会武功的普通人不一样，除非是真正罪有应得，否则他们不会轻易杀戮。是以，虽然大名鼎鼎的停剑山庄剑下亡魂无数，可在寻常人眼中口碑倒是不错。

花焰全不知情，委委屈屈道："那你早点儿回来。"

陆承杀回来得确实很快——因为人早跑了。

闹了这么大个阵仗，他们那个堂主再不知道陆承杀在附近也不可能。

陆承杀回来之后，花焰微微松了口气，跟在他身边，依然在滔滔不绝地说。虽然不知道陆承杀有没有听进去，但至少他表现得没有那么不耐烦。

花焰觉得他比之前好说话了不少。

之前她说十句，陆承杀兴许一句都不会回，现在只要她问，问一句，陆承杀说一句，简直堪称有问必答。

"接下来我们要去哪儿？哦对，是不是要去当山参加问剑大会？"花焰回想了一下，"一路向南对吧？"

陆承杀道："嗯。"

花焰掏出那本从赵攸手里顺来的《江湖手册》，开始了她的提问。

"书上说问剑大会起源于停剑山庄的一位前辈，是不是真的呀？"

"嗯。"

"哪位前辈啊？能不能具体说说？"

"陆长吟，他办的。"

"……能不能再具体点儿？"

陆承杀沉吟了一会儿，道："不是很清楚。"

花焰绝倒！

他们刚好路过一间茶寮，说书人原本正在与人闲聊，听见花焰的话，笑道："小姑娘，你是不是在问问剑大会？"

花焰立刻点头。

"甚巧，我们也在聊，这三年一度的盛会，不容错过啊。你看在下这书都不讲了，就是要往当山赶。"说书人捋了一把胡须，笑道，"小姑娘可是想知道这问剑大会的起源？"

花焰继续点头。

"当年停剑山庄陆家有一位前辈，名叫陆长吟，武功极高，正邪两道鲜有敌手，为人又极为肆意疏狂。他行遍天下，四处寻人挑战，将武林搅得是天翻地覆。武功不如他的自不必说，武功与他相当的也避着他走——只因陆长吟陆大侠爱武成痴，一旦难以取胜他便兴致百倍地前来纠缠，定要将对方完全击溃才肯罢休。后来他寻不到对手，干脆在停剑山庄外头的一间客栈外竖了一面旗子，广发英雄帖，办了这第一届的问剑大会。问剑大会这名字现在听来寻常，姑娘可知这大会的全名是什么？"

花焰觉得自己一定是全天下最好的听书人了。

她十分配合地摇了摇头。

说书人又捋了一下胡须，笑道："问剑大会的全名乃是'问天下之剑谁人第一大会'，真是何其疏狂啊！"他目中流露出向往之色，"当然，现在各位长老前辈轻易不会动武，这大会保留下来已成了各门各派年轻弟子较量排名的战场。以往两届弟子武斗的头名都是停剑山庄的陆承杀，可惜在下前几年有事脱不开身，无缘得见这位陆少侠的英姿，实在可惜！"

花焰转头看了一眼毫无反应的陆承杀。

他侧着身，剑穗刚好被挡住了。

"听说这位陆少侠自小便心无旁骛,一心向武,性格沉稳又冷静自持,不为外物干扰,对那些声色犬马之事都毫无兴趣,所以才年纪轻轻就武功了得……"

花焰已经坐到说书人对面去了。

她点点头,分外赞同。

陆承杀依旧毫无反应。

"更难得的是,他还疾恶如仇!对那巧言令色的天残教恶徒,丝毫不假辞色,这么年轻便有如此觉悟,真是前途不可限量……"

这话也太不中听了!

花焰:"喀喀喀喀……"

说书人十分关切:"小姑娘,你喉咙不舒服吗?要不我给你叫壶茶?"

花焰矜持地一笑:"不用了,你继续说吧!"

"当初有位天残教妖女,那容貌当真是闭月羞花、沉鱼落雁,小姑娘你别不信,长得比你还要好看几分……"

花焰有种不祥的预感。

"她装作一副纤纤弱质、惹人怜爱的模样,好些个名门弟子都为她所骗,对她那是百依百顺、掏心掏肝,更有甚者为她争风吃醋,甚至大打出手,可没承想,她胆大包天,把主意打到陆少侠那里,唉……"说书人摇了摇头,语气遗憾,面上却在笑,"大好颈脖差点儿断送在陆少侠手里。"

果然是水瑟。

花焰脖子一凉,她下意识地摸了摸,有点儿心有余悸,不由得转头偷瞄陆承杀。

陆承杀此刻恰好看过来,不过他黑白分明的眸子无甚反应,很是温和,连点儿杀气都没有,像一只养精蓄锐的猎豹正在午后晒太阳。

花焰突然心中大定。

我现在是个好人啊!我怕什么!

"哈哈,是不是吓到小姑娘你了?那不说这个了。"说书人不禁大笑,"对了,小姑娘,你有没有听过'于蓝三少侠'这个说法?"

花焰一脸求知欲:"你说。"

"这说的自然是江湖上目前为止最出名的三个少侠,停剑山庄的陆承杀、青城门的沐雪浪和当山派的褚浚。所谓的'于蓝'便是说他们都青出于蓝,武功更甚于自己的师叔辈。当然,因为陆承杀拿了两届问剑大会的头名,所以普遍认为他是最强的。不过沐少侠和褚少侠这三年据说也精进了不少,不知道今年问剑大会鹿死谁手,实在令人期待啊。"

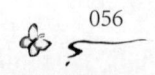

花焰立刻翻出那本《江湖手册》，一边记名字，一边对照着介绍看。

唉，人名太多真的很难记欸。

"说书的，你在浑说些什么！"说话之人声音冷冷的，只听"叮当"一声，众人还当是刀剑落下，却见一枚银元宝被放在了桌上，"以后别再让我听见你说什么于蓝三少侠。"

顺着银元宝往上看，来人一身雪衣，腰佩玉珏，头戴玉冠，雪白发带随风飘散，发髻更是梳得一丝不苟，手中还拿了一支手杖，身后跟了八九个人，也俱是这样的服色打扮。

花焰仔细一看，发现他们穿的不是雪衣，居然是狐裘！

所有人的领口还都围了一圈毛领子，装束风雅至极，从头到脚纤尘不染，白日里亮得闪瞎眼，若是冬日严寒时这般打扮，应该是高贵又风骚的，但在现在这个天气来看，就活像一群白傻子。

花焰正在想呢，说书人脸色一变，他连那银元宝都不敢碰，只小心翼翼道："敢问阁下可是白崖峰的大侠？"

"算你这说书的识相。"其中一个"白傻子"高高扬起下颔，"银子给你了便收下。今日我们少主心情好，才不与你计较。劝你谨言慎行，再用你那浅薄的见识给武林中人论资排辈，休怪我们不客气。"

说话时，他视线恭敬地向身侧看去。

花焰也跟着看了过去。

浮夸！太浮夸了吧！

只见另外三四个雪衣人从袖子里抖出几块雪白无瑕，还绣着银纹、挂有流苏的布，分别铺在长凳和木桌上，又掏出了一只玉茶壶，两只玉茶杯，一双玉箸，一张玉碟。

一一摆好后，他们才恭敬地弯腰请一直扇着羽扇，头顶上还插了几根白色羽毛的"白傻子"少主就座。

这位少主微微一笑，终于缓慢放下他的尊臀。

这什么排场啊，他们教主也没这么夸张的啊！

花焰不禁用手肘捅了捅坐在边上的陆承杀，小声问道："他为什么前前后后跟那么多人啊？"

陆承杀想了想，答道："因为弱吧。"

周围都是会武的人，耳力出众，此话一出，刚才那个撂银元宝的"白傻子"可听不下去了，一拍桌子怒道："是哪个说的？！"

周围人人自危，都不自觉地低下了头。

057

唯独陆承杀坐得标枪似的笔挺。

那个"白傻子"怒气冲冲地朝他走去，然后……

"……原来是陆少侠，那没事了。"

他还没说完，花焰就已经拍着桌子开始大笑了。

其实不只是她，周围人都在憋笑，只是没人敢笑出声罢了。

花焰一个人笑够了全茶寮的份儿，都顾不上看那"白傻子"由白转青的脸色。

他忍了又忍，忍了又忍，最后开口的却是那位"白傻子"少主。

"姑娘为何笑得如此开怀？"他说话的声音风度翩翩，又温和如水，全然没有一丝仗势欺人的味道。

花焰擦了擦笑出的眼泪，随口便道："这天气看一群人穿着狐裘，就很好笑啊！你不觉得吗？"

这位"白傻子"少主低头看了一眼自己，再看了一眼其他"白傻子"同伴，不由得一怔。

"姑娘说得是。我们从白崖峰而来，峰上常年飘雪，所以惯穿裘袍。因有内力在身，不觉得热，故而一路也没觉得哪里不妥。"

说完，"白傻子"少主便将外头裹着的毛领子狐裘脱了下来。

"少主，使不得啊！"

"少主，请三思啊！"

"白傻子"同伴连声劝阻，声音极为沉痛，仿佛他脱完外袍，就要裸奔了。连带着他们看花焰的眼神都仿佛在看一个祸国妖姬。

花焰满不在意道："没事，你想穿就穿嘛。我只是笑笑，又不会丢锭银子到你面前，让你脱衣服。"

此话一出，周围气氛骤冷。

不过没人觉得她不知死活，因为陆承杀还坐在她边上。

"你……"那"白傻子"怒而又要起身，被少主按住，他道："方才是师弟鲁莽了，我这个做师兄的替他道个歉，姑娘可否原谅？"

话都说到这个份上了，花焰也懒得继续找碴儿了。

"忘记说了，在下白崖峰弟子白聿江，不知姑娘尊姓大名……"

"周小花。"

"原来是周姑娘。"白聿江眉眼含笑，毫不在意刚才的插曲般道，"姑娘应当也是前去问剑大会吧，这一路劳顿，不若我们结伴而行，也能互相行个方……"

他那个"便"字还没说完，陆承杀站了起来。

"走了。"陆承杀说。

058

花焰连忙跟上:"哦哦哦。"

"陆少侠。"白聿江终于叫了陆承杀,仿佛这时才看见他,语气却陡然一变,变得又傲又冷,"怎么走得这么急?难得在此处相逢,也是缘分,你又带了这么个如花似玉的女侠一起上路,令在下十分好奇,我们能否再多喝两杯聊聊?"

陆承杀好似完全没听见他在说什么,径直朝外走。

花焰忍不住又笑出声。

花焰完全忘了自己最初缠着陆承杀的时候,受的也是这个待遇,她一蹦一跳跟在陆承杀身边,待走出去老远,才笑眯眯道:"你都不怕他生气吗?"

陆承杀:"嗯?"

"你完全不理他欸。"

陆承杀平静道:"那又如何?"想了想,他补充道,"他又打不过我。"

花焰思考了一下这个逻辑:"可是我也打不过你啊!"

陆承杀不说话了。

本来已经逐渐友善的陆承杀,又变得难懂起来。

花焰总觉得他不喜欢这位白崖峰少主,但又实在看不出端倪,陆承杀常年板着个脸,对谁都爱搭不理,能不说话就不说话,除了杀人的时候,其余时间恨不得能把自己活成真空的。

但……花焰觉得他好跩哦!

连带着跟他走在一起都很有安全感。

她和赵攸逃命的时候,一路也没少遇到打他们主意的坏人,虽然他们见赵攸是青城门弟子后都选择了放弃,但也不是没有一点儿危险。

可和陆承杀同行就不一样了!

周围人自动退避三舍,偶尔遇见需要打交道的人,对方也都显得异常友善。在这个过程中,花焰也发现了自己的存在价值——那就是,替陆承杀说话!

他真的很不爱说话。

哪怕住个客栈,去个酒楼,他都懒得和店小二说话,但花焰不一样啊。

她最喜欢跟人聊天了,尤其是从这些形形色色、三教九流的人口中探知新鲜的消息与故事,那就更有趣了。而且终于不用思考如何替陆承杀铺床叠被、洗衣做饭了,花焰松了口气。

距离当山不过三城,就算走过去,时间都绰绰有余。

陆承杀看起来也不赶时间,他们就一路边走边吃。

一进城,花焰就去打听哪家酒楼的东西好吃,然后带着陆承杀去吃,一天吃个三四家馆子都是寻常事，吃完，花焰还给每家店认真写了评价，装入信封投去东风不夜楼——《江湖手册》有个专栏叫《吃遍江湖》，每期刊上有那么一两篇食评，还接受投稿。

陆承杀倒是无可无不可，反正他总是要吃饭的，去哪儿吃都一样，无非是多走两步路。

吃完，花焰还顺路去茶楼听了一场评书，去书局买了好几本新到的传奇话本，又去戏园听了两场好戏，本来还想去青楼看看，但碍于陆承杀在，最终选择作罢。

她在教里无聊了，最多也就指挥几个弟子照着《义侠记》演，演得差不说，连词都记不熟，唉……

闲暇之余，花焰还买了好几套漂亮裙子，准备在问剑大会上换着穿。

两人一路走走晃晃，就到了当山脚下的离山城。

五大门派里，白崖峰处在山顶，停剑山庄修在山腰，而青城门和当山派却是建在了山脚下。

当山的东、西有两座大城，一座叫寻山城，一座叫离山城，今年问剑大会的地点就修在两座城中间。因为问剑大会这样的武林盛会，往往开始前半个月两座城里往来的人就会大幅地增多，来参加大会的武林人士倒占少数，更多的是对江湖充满向往、来围观的普通百姓。

在这里的一个月，他们能看到平时几年甚至几十年都见不到的武林名人，更有许多精彩绝伦的逸闻逸事发生。

东风不夜楼会专门为前来参加大会的武林人士登记、准备住宿、安排流程，保证住宿期间不会为外人打扰。在客栈大堂，随便什么时间都能看见赫赫有名的大侠或少侠，不只五大门派，还有各种声名鹊起的独行侠和销声匿迹许久的前辈高人前来，因而第一次前来参加的年轻弟子往往十分兴奋，看见什么都新鲜，尤其是一些小门小派，通常不指望能拿到什么名次，但只要多增长些见识，回去能与同门吹嘘，也就不虚此行了。

花焰更是兴奋至极。

问剑大会自然不会给正义教发去请柬。在长老们口中，这问剑大会不过是一群道貌岸然的伪君子互相吹捧的盛会。

不过他们也曾差点儿参与这项盛会，五十多年前，当时的天残教教主筹谋许久，带着教内七名长老、二十多名紫衣堂主、一百多名青衣弟子前来与会，本意是交好，结果被拒之后恼羞成怒，一言不合，双方大打出手。

那一架打得是天地变色，日月无光。

双方均死伤惨重，元气大伤，回去休养了好久。

他们前前代教主其实一直想与正道修好，奈何实在积怨太深，外加双方弟子中都有很大一部分人对对方心怀不忿，结果自然是不了了之，他临终前都还颇有遗憾。

当然，他们上一代教主就不这么想了，看不爽就打嘛。

至于这一代……

花焰也不知道怎么说，她挺久没见谢应弦了，也不知道他现在在干什么，教主位置都被人夺走了欸！虽然花焰根本没有在担心他，但希望他至少上点儿心！

就在花焰如此感慨完之后，一个天大的消息在离山城里传开了。

天残教教主谢应弦被抓！如今正关在当山下的地牢里！

花焰知道这个消息的时候，正在离山城最出名的酒楼观山居的包厢里吃白斩鸡。观山居的白斩鸡堪称一绝，鸡肉做得异常鲜嫩美味，泛着诱人的金黄，虽是荤腥却爽口清冽，加上葱花的清香，令人食指大动，然后白斩鸡就从她嘴里掉出来了……

她怀疑自己是幻听。

花焰放下筷子，推开包厢门追问："真的假的啊？"

说消息之人眉飞色舞，很是兴奋地道："东风不夜楼传出来的消息，还能有假？这次问剑大会可有好戏看了！不知各大门派会如何处决这大魔头！"

谢应弦出门前还跟她说，他随便遛遛就回来了，怎么遛着遛着都被人抓了？！

不对啊。

他武功那么强。

齐护法呢？他的两个侍女凝音、绛岚呢？

花焰的表情活像见了鬼。

回头发现陆承杀看了她一眼，意有所指。

花焰一凛，这才想起，她的"设定"是全家都死在天残教，且被天残教追杀。

她当即一拍对方的桌子，大笑三声，道："抓得好！就该抓了他千刀万剐！"

反正他们教主也听不见。

"这位姑娘说得好，天残教之人，人人得而诛之！"

"没错！天残教里没有一个是好东西！都该死！"

"要我说，该连那天残教护法和妖女一并抓了，通通处决！"

此话一出，更是一呼百应。

花焰："……"她招谁惹谁了啊。

一聊起天残教这个话题，大家似乎都很有话说。

"听说那天残教教主谢应弦极其阴狠毒辣，比起其父谢长云，有过之而无不及，小时练功便要每日食用一个三岁婴孩……而且不煮熟，直接生吃，吃得是满嘴血水，吃完还要号叫三声……"

花焰心说：这真没有，谢应弦他又不是头狼！胃口也没这么夸张的！

"可不是吗！我也听说了，谢应弦三岁练那魔功，五岁便杀人，七岁已经杀人如麻了！他长得青面獠牙，眼若铜铃、鼻若牛魔，一身横肉，虎背熊腰，往那儿一站，小儿都能被吓哭了！"

花焰心说，这不咋像人的描述好生耳熟。

他们教里不就是这么说陆承杀的吗！

……传言果然不值得信任。

"还有呢，听说这天残教教主奸淫掳掠无恶不作，心情好时便要到附近村庄劫掠一番，男的尽数杀了，女的便都被他奸污了，简直罪大恶极！"

花焰蒙了，这到底都是哪儿传出来的谣言啊！

想当初，他们教前教主夫人想抱孙子，天天往谢应弦房间里塞各式各样的美人儿，还让她娘教那些美人儿媚术，逼得谢应弦拔腿就跑，带着两个侍女在外面浪迹天涯三个月才回来。前教主夫人要是九泉之下得知她儿子的传闻一定很欣慰。

"那这次抓捕天残教教主，真是为武林除了一大害啊！不过听说这天残教教主谢应弦武功了得，他是如何被抓的？"

花焰顿时竖起耳朵。

"据说是当山派掌门凌天啸联合其他十几个门派长老、高手，设了一个局，将那天残教教主孤身一人引入瓮中，以当山派的千钧剑阵镇压之，重伤了天残教教主，令他无法反抗，被一路压回了当山地牢。"

花焰恍恍惚惚，觉得听起来好生奇幻。

谢应弦被人诓了，被一顿暴打后送进牢房——她怕不是认识了个假谢应弦。

"那这魔头是要当山派处置了？"

"那哪儿能啊！这不刚好赶上问剑大会嘛，我听说目前对天残教教主的处置权尚未有定论，大概率是由这次问剑大会的门派战决定。"

"哈哈哈，那停剑山庄还不得玩命拔得头筹。"

"这次问剑大会有好戏看了！"

"不知道有没有天残教妖人会趁机混进来，他们教主可都被抓了。"

"我看难得很,这次进城对习武之人管得可严了,必须报上名号,还得有大会请柬才能进,我看好几个江湖隐士和独行侠都被卡在城门口办手续呢,得等认识的其他大侠来认领才进得来。"

这倒是真的。

花焰进城的时候就留意到了,城门外百米远就有人设卡拦截,防止不速之客前来,一旦发现天残教之人,当即便会点燃引信,一拥而上,将其格杀。

要是她一个人,还真说不准能不能进得来。

当然,现在简单多了,她跟着陆承杀就好。

没人会怀疑陆承杀会带天残教之人进城。

更何况,她现在还没有内力,属于一推就倒,一打就跪——前提是能打得到她。

不过,和陆承杀一道,也有比较麻烦的地方。

比如这种时候——

"陆少侠,在下雷霆门弟子余青山,师承……今次前来,便是想要领教停剑山庄陆家的剑法,希望陆少侠不吝赐教。在下习武二十年有余……"

后面的人当即大叫道:"你能不能快点儿!后面人等着呢!"

被催的余青山额头冒汗:"好好好,在下长话短说,我……"

陆承杀连剑都没拔,身子飘过去,轻轻一掌拍在余青山肩上,余青山如临大敌,摆出一副异常谨慎的防御架势,然后……

就被陆承杀一掌拍飞了。

余青山撞在墙上瘫坐在地,爬了半天才起来,还想再战,可惜前面的位置早被人占了。

"他输了,快快,下一个、下一个!"

"哎,你这人怎么输了还想插队。再想打,到后面排队去!"

花焰趴在东风不夜楼的桌子上,感觉百无聊赖。

一开始见人挑战陆承杀她还兴致勃勃,看到第七个的时候,她已经趴在桌子上懒得动了。光是这些自报家门的挑战宣言她都快听腻了。

可惜,能打的一个都没有!

想来也是,那些大门派的弟子,都在等着问剑大会的正赛,没必要现在就来找碴儿,现在来的都是小门小派想碰碰运气,毕竟能在陆承杀手里撑个几十招就足够扬名立万了。

可惜他们全都在三招以内落败。

花焰又朝后看了一眼排队的。

真的不行啊！

她内力要是还在，这后面的看起来都没几个能跟她打的。

花焰想了想，决定抛弃陆承杀出去转转。

反正羽曳的追兵就算混进来，现在也不可能明目张胆地抓她。

这些日子陆陆续续有各大门派的弟子进城，城门口的客栈两个月前就被订空了，甚至有些离得近的城中百姓眼馋，将自家屋顶租出去，方便游人观赏。每日城里都热闹翻天。

酒楼茶肆通宵达旦，喧嚣不止。

城中百姓时不时就能见到大侠飞檐走壁，从屋顶上掠过去，又掠回来，引起惊呼连连。

还有些大侠在城中起了争执，一言不合大打出手，立刻就有游人呼朋唤友前来围观，其中还不乏拱火的和助威的。

大家都玩得很开心，除了当山派的人。

当山派每日焦头烂额，他们派了不少弟子来维持秩序，以确保在大会之前不会闹出太大的动静，但人手再多，也还是难以保证时时刻刻都能及时赶到。

花焰这两日也没少在城中看见当山派的人，当山派衣服的颜色是一片青灰，砖瓦似的甚不起眼，领口与袖口都是黑漆漆的，只有少数几个弟子用了殷红发带。

"那几个戴红发带的都是拜过师的内门弟子。"店小二小声跟她说。

花焰了然地点点头。

果然，在抓捕寻衅滋事者时，那几个"红发带"显得英勇非常。

通常他们刚解决这边，那边立刻有人道："师兄（师姐），收到线报，雷霆门几位大侠与霹雳派几位大侠在城北打起来了，速来！"

"红发带"们又火速赶往现场。

花焰不由得问道："……每次都这样吗？那还挺辛苦的。"

旁边一位上了年纪的大侠道："也就当山派和停剑山庄会如此，在青城门那年就随意许多了。"他端着酒碗，痛饮一口，笑道，"那年打得可真是痛快！青州好酒好菜好风景，人也有趣，实在妙哉妙哉，可惜每年换着门派办，要等上十五年才有一轮呢。"

花焰又很了然地点了点头。

经过一段时间的到处打听，她已经不是当初那个无知的她了。

五大门派里，青城门随性，白崖峰高冷，梵音寺佛系，而当山派和停剑山庄最为严格，尤其当山派，门风极严，弟子装束不能乱穿，衣冠不能不整，不能整日嘻嘻哈哈，不得以下犯上……林林总总，总之规矩很多。

弟子也等级森严，收进门的统一为外门弟子，在门内修习一段时间，若有长老和师叔辈愿意正式收徒，便算作内门弟子，而得掌门真传的弟子便是亲传弟子。

当然，到现在她还没见过当山派的亲传弟子穿成啥样。

喀喀……倒是见过停剑山庄的。

说到这里，花焰不免有些紧张，陆承杀跟她说停剑山庄来的人今日便到，他们自然是要会合的，她这个多出来的人就很尴尬了。

"是停剑山庄的人！"

"停剑山庄的人到了！"

说什么来什么。

花焰立刻探出头朝外面望去。

茶楼下的大街上，走来一行十数个黑衣人，气势凌人，异常醒目。

除了两位年过而立、师长模样的人，后面跟着的弟子都是一身绲银边的黑衣，长发高束，行走之间步速一致，全身上下最显眼的地方莫过于腰间的佩剑，每一柄都一眼便知绝非凡品，从剑柄美到剑鞘尖，挂的剑穗就颜色不一了，三个蓝的，一个灰的，其余全是黄的。

和当山派的区别一样，灰的是外门弟子，黄的是内门弟子，蓝的是亲传弟子。

他们所到之处议论声纷纷，不比陆承杀在时引起的议论逊色多少。

他们一路前行，停在了东风不夜楼门口。

花焰跟着望去。

——就看见了还在客栈门口打斗的陆承杀。

他怎么还没打完，排队的人不仅没少，好像还变得更多了。

停剑山庄来的人显然也看见了。

为首的那个中年男子长须美髯，瞧着十分英武，表情却很冷硬，声音同表情一般冷硬："承杀，过来。"

陆承杀一掌拍开下一个挑战者，便走了过去。

中年男子又道："走了。"

之后他便一句话也没再多言。

其中一个蓝剑穗的年轻弟子"哧"了一声，阴阳怪气道："你还挺会的嘛，下次也教教我怎么出风头啊？"

陆承杀恍若未闻。

"怎么又不会说话了？这么久没见面，来讲两句嘛。"

他还想再说些什么，那中年男子再次开口，语气不似方才那般冰冷，夹了一丝无奈："承昭。"

"好嘛好嘛，我不说就是了，搞得仿佛我在欺负他。我哪儿敢欺负鼎鼎大名的陆承杀陆少侠啊。"他撞了一下身边另一个蓝剑穗的同伴，"承阳，你说对吧？"

花焰面露不善："这人是谁？"

旁边人道："你说哪个？刚才说话那个？……陆承昭啊！你不认识？停剑山庄陆老庄主的亲孙子！哎，你可千万别得罪了他，得罪谁都别得罪他，不然可别怪我没提醒你。"

"得罪了他会怎么样？"

旁边人看了她一眼，压低声音道："姑娘，你人没傻吧？"

花焰遂去打听，很快她便知道为什么了。

曾经有个小门派的弟子得罪了陆承昭，被他废了武功，踩着脸按进了泥地里，又被挑断手筋脚筋，那小门派的掌门不愿得罪停剑山庄，迫于压力将他逐出门派，从此江湖上便再没这个人，所以江湖中人都对这位陆承昭陆少爷避之唯恐不及。

花焰眼神一凛，跟在后面也走了进去。

因为这几日跟着陆承杀进出，她一路走到东风不夜楼专为停剑山庄准备的院落也无人拦她。

院落内自是亭台楼阁、假山流水，风景绝佳，楼上楼下足有二十个房间，陆承杀和花焰各占一间，还剩下很多。

花焰等了一会儿，待停剑山庄的弟子们都一一入住，脚步声渐渐息止，才过去。

她正忖着，只见一扇门突然打开了，走出了一个黄剑穗弟子。

两人四目相对，都呆了一瞬。

花焰反应快些，她嫣然一笑，刚想开口，那黄剑穗弟子突然道："掌柜懂事，看来早安排好了。快点儿进去吧。"

花焰："？"

她稀里糊涂地跟着进去，黄剑穗弟子说了一句"人到了"，之后便将门

"砰"地合紧。

门内有人脱了外袍,背对着她,声音有些粗暴、不耐烦:"既然来了就赶紧过来,先给爷揉揉肩捏捏腿,这一路可累死爷了。哦,待会儿记得叫的声音小点儿,给人听见了,我就割了你的舌头,信不信?"

花焰闻声,面露凶光,卷起袖子就朝着陆承昭走了过去。

第四章 问剑大会

陆承昭十分不耐烦,平日里他前呼后拥、为所欲为,停剑山庄庄规再严,也管不到他头上,但这次不一样——这次问剑大会,他爹陆怀天特别重视。

他爹提早了三个月便开始日日监督他练剑,他好觉都睡不了一个!

都赖那个天杀的陆承杀!

哦,还有什么狗屁东风不夜楼,排的什么狗屁青年侠客榜,把陆承杀挂在第二,他前三十都差点儿没挤进去,堪堪挂个尾巴——排在二十八名。他爹觉得分外丢脸,于是这次说什么也要他在问剑大会上拿个名次。

拿个屁啊!

真当人人都是陆承杀那个只知道练剑的傻子啊?

就连这一路,他爹也没少盯着他练剑。白天赶路腰酸腿痛,晚上练剑浑身都痛,还逼着其他同来的弟子和他对着拆招,这算什么亲爹,简直毫无人性!

他弟陆承阳小他几岁,姑且逃过一劫。

于是,陆承阳每日用同情混杂着怜悯的神情看着他……

那个混账小兔崽子!

只要陆承杀还没从那个榜单上滚出去,以后你也落不着好!

陆承昭憋了一肚子火,不敢在他爹面前发作。

到了离山城,他爹总算让他歇息两天,要他好好休息,为问剑大会做准备。

他是要好好休息啊,至少得先泻个火。

陆承昭随手把外袍丢到一边,转头去看那个刚进来的少女,目光直白地上下打量。

他看着看着,忽然来了点儿兴趣。

"你叫什么名字?"

毫无疑问，对方是个美人。

当然，美人他见多了，环肥燕瘦什么样的都见过，羞涩的、娇媚的、勾人的，但问题是每每对方知道他的身份，总不自主地瑟缩发抖，就算掩饰得再好，手也会抖。

但眼前这个不会，不只不会，甚至还用那种极为大胆的眼神看着他，看得人心痒痒的。

花焰也在打量着陆承昭，平心而论，陆承昭长得不算丑，和陆承杀还有个一两分的相似，但是……怎么看起来这么猥琐啊这个人！

停剑山庄好歹是个名门正派，怎么还能出这种东西啊！

这让花焰的一颗向正的心都发生了微小的动摇。

不过很快，她想起陆承杀，心又定了回来。

唉，名门正派也难免会有几个败类，就像他们邪门歪道也会有自己这种正直善良的好人嘛！

花焰很快说服自己，换了一副笑脸，卷起袖子道："你叫我小花就行，不是说要揉揉肩捏捏腿吗？"

陆承昭回过神，自然不会拒绝。

一路行来，确实累得够呛，他当即趴在榻上，指了指肩膀，说："过来吧，你会按……嗷嗷嗷……"

陆承昭哀号一声，只觉得肩膀剧痛。

他猛地坐起来。

花焰十指呈抓挠状，一脸无辜道："怎么啦？"

"你想按死我是不是！轻点儿！"

"可是……"花焰眼中眸光闪闪，泫然道，"如果不痛的话，没有效果啊！"

陆承昭深吸一口气："那不用你按肩膀了，给我捏捏腿吧，再轻点儿。"

"哦。"

花焰把手挪到陆承昭双腿上，然后用力一按。

"嗷嗷嗷……你松手松手！快点儿松手，我的腿要断了！"

"这位大侠你忍一忍嘛，我这手艺师承我娘，很有效果的……"

她没说假话啊。

这招叫断骨手，拷问的时候真的很有效果。

她要是有内力，现在大概能直接把陆承昭的腿骨捏断。

剧痛之下，陆承昭抬起另一条腿便踹，不料踹了个空，他心头疑窦陡生，忍着痛楚一把抓住了少女的手腕，怒喝道："你到底是什么人？！"

一摸之下才发现，这少女气海空空，是真的没有内力。

少女被他抓住，惊呼一声，眼泪顷刻便如断线珠子似的落了下来，原本极盛的容貌就像是雨后海棠，我见犹怜："我只是给你捏个腿嘛，又没做什么，干吗抓我？"

陆承昭又迷惑了。

是不是他这几日劳累太过，身体损伤得有点儿多，所以一碰就痛得厉害？

他攥住人的手渐渐松了。

少女挣扎开，揉了揉手腕，突然又绽开笑容，声音清脆道："我不伺候你了，我走了，让其他姐姐来吧！"

她转头便去推门。

陆承昭隐约觉得有些不对，继而感觉到刚才抓过少女的那只手渐渐生起一股难忍的痛痒。这痛痒来得极快，摆明是有问题！

花焰一推才发现门居然锁上了，她抬起脚把门踹开，然后拔腿就跑。

陆承昭眼见少女跑得像脱笼的兔子，再意识不到问题他就是个傻子了！

毕竟再是不济，陆承昭也是停剑山庄亲传弟子，青年侠客榜上有名的人物，他强忍腿、肩、手三处的疼痛，御着轻功摇摇晃晃追了出去。

让他抓住了，绝对没她好果子吃！

动静闹得不小，周围房间里的弟子都听见了，纷纷出来查看。

陆承昭当即大声道："给我抓住那个女的！重重有赏！"

闻声，几个黄剑穗的弟子已经开始行动了。

花焰见势不妙，正要溜出东风不夜楼，就迎面看见一张熟悉的冷漠俊脸。

陆承杀不知何时也出来了。

花焰想也不想就绕过他准备往前溜——陆承杀应该不至于会抓她吧？

她刚想完，就发现衣角被人攥住了。

花焰："……"失策了！

"在干什么？"陆承杀平静地道。

在逃命啊！

花焰努力甩了甩衣袖，刚甩掉，就发现那几个黄剑穗弟子已经追到了她面前，只是碍于陆承杀在，没有出手抓她。

陆承昭也已经慢半步到了，他冷冷一笑，目光里全是怒极时的残暴之欲，令人不寒而栗:"把她给我。"

陆承杀缓缓转头,看向陆承昭。

陆承昭毫无耐心:"让你把那个女的给我,没听见?一边儿去,别挡着……"

他推了一把陆承杀,却发现怎么推也推不动。

陆承杀又转头看花焰。

花焰伸手一指:"他轻薄我!"

陆承昭:"……"

我还没开始呢好吗?

陆承昭气急败坏,隔着陆承杀伸手去拽花焰,脸上表情有些狰狞:"给我过来,我现在不仅轻薄,还要将你先……"

陆承杀拔剑了。

一股浓烈的杀气扑面而来。

周围所有黄剑穗弟子都感觉到了那股森冷的气息,像极冬的霜寒,冻得人不由得一颤,下意识便往后退了三步。

陆承昭也想退。

他用力掐了一下自己的大腿,忍住了。

腿更痛了!

"你现在是想干什么?为了一个女人对我拔刀相向?"陆承昭说完这话,顿时觉得十分滑稽。

这可是陆承杀。

他又不是第一天认识陆承杀!

这小子除了闷头练剑,平日里屁都不放一个,拿他取笑,他也毫无反应,跟个没有情绪的假人似的。名义上是陆承昭的表弟,但陆承昭从来没觉得这家伙也算个人。

都不知道他活着除了杀人还有什么意义。

但现在,他居然,好像在保护那个女的?

"你们俩到底什么关系?"陆承昭脑子一转,随即嗤笑道,"你小子开窍了,都会找相好的了?原来你对女人还不是全无兴趣啊,不过这种货色有什么稀奇的……把她交给我,赶明儿我再给你找几个更好的,保证你小子更满意。"

陆承杀半分退却的意思都没有,一双眸子既冷且清,陆承昭一看就知道,他恐怕连自己说的话都没听进去。

然而要在气头上的陆承昭就这么轻松放过他,也实在不可能。

更何况陆承昭手臂还痛痒着!

"你到底让不让开?"

陆承昭终于没了耐心,"唰"的一声,也拔出了自己的佩剑,剑尖直指陆承杀。

停剑山庄本就养了大批的铸剑师,极善铸剑,他这把"碧落"更是最顶尖的铸剑师用精钢打造,锻了不知多少时日才出炉的一把百里挑一的好剑,毫不夸张地说吹发即断,削铁如泥,就算陆承杀剑术再高,拿着那把破铜烂铁也未必能……

陆承杀伸出了两根手指,夹住了他的剑尖。

陆承昭用尽十成的力道挥剑,可脸憋得通红,剑尖却纹丝不动。

偏偏是如此场景,陆承杀的眸子依然没有任何波动,仿佛挣扎的不过是一只蝼蚁。

装什么啊这是!

陆承昭生平最讨厌的就是别人在他面前装腔作势。

他反手从袖口拿出一柄匕首,朝着陆承杀扎过去。

陆承杀轻巧避开,谁也没看见他是怎么提的膝盖,下一刻,陆承昭已经整个人飞出去了。

匕首掉落在地,发出清脆声响。

"怎么回事?"一个极为洪亮的中年男子声音响起。

昨日喝止陆承杀的师长模样的人从院落门口大步走了进来。

陆承昭就跟看见救星一样,连滚带爬起来,指着陆承杀说:"爹,他打我!"看见他身后的花焰,又立刻补充,"为了这个女的!"

陆怀天眉头一皱,看向花焰:"你是?"

花焰立刻眼一闭,泪一流,双手抱胸,浑身颤抖,语带哭腔道:"小女子父母双亡,路上被坏人追杀,幸得陆承杀陆少侠所救,收留小女在此暂住。可没想到这个人却对我意图不轨……"

陆承昭大怒:"你放屁!你明明是、明明是……"

就在这时,从门口走进来一个衣着暴露的妖媚女子,她娇声细语道:"哪位是陆承昭公子呀,奴家……"

闭嘴啊!

陆承昭脱下一只靴子就丢了过去。

想玩死我是不是?

"扑哧……"

有人忍不住笑出声了，不过很快止住。

陆怀天冷冷地看了一眼那妖媚女子，又看了一眼陆承昭，自己儿子什么德行他还不知道？他说："承昭，问剑大会开始在即，你还有心思想这些？这两日你就在房间里闭关练剑，除了送吃喝，谁也不许进去。"他扫了一圈，叹了口气，最终看向陆承杀，眼神中闪过一抹复杂的神色，"承杀，你就负责在门口看着他。"

陆承昭委屈极了："爹，明明是……"

"闭嘴。"陆怀天冷冷道，"技不如人，还有脸开口？"

说完，他转身便走。

陆承昭只觉是奇耻大辱，生平只有他诬蔑别人，哪有别人敢诬蔑他？

他转头怒瞪花焰，就看见那个脸上还带着泪痕的少女像找到靠山一般，躲在陆承杀身后，探出个脑袋，对他吐了吐舌头。

陆承昭："……"

怎么会有这么不要脸的女的！

那浑身痛痒足足两个时辰才止住，虽然陆承昭非常想弄死花焰，但一来他出不了门，二来陆承杀对他日夜盯防，就连半夜他想偷溜出去，都被陆承杀一脚踹回了房间里。

这个人是不用睡觉的吗？

他气得只能看着花焰磨牙干瞪眼，花焰还时不时捧着一碗糕点从他门前路过，吃得幸福又满足。

花焰这几日倒是过得非常悠闲，无人敢惹。

自从那日陆承杀冲冠一怒为红颜，暴打陆承昭之后，停剑山庄几个弟子见到花焰，就总是露出一副欲言又止，想问但又不敢问的表情。

花焰懂的，这叫好奇心。

不过花焰不讲，陆承杀就更不会讲——不如说压根儿没人敢问他。

花焰觉得挺神奇的。她原本以为陆承杀性格冷淡是对陌路人，但对这些同门师兄弟，陆承杀照样一概不理，其他人也都习以为常。

这弄得花焰也有点儿好奇，她特地去酒楼旁敲侧击着打听，想知道陆承杀为什么会这样，还有和陆承昭到底什么关系。没想到一提到这个话题，众人都讳莫如深，好似这是什么禁忌的话题。

一直问不到，反而更加好奇。

最后，花焰甚至憋不住跑去问陆承杀："你和陆承昭名字好像哦，是有什么亲戚关系吗？"

陆承杀点头道："嗯。"

"具体关系是不能说的吗？"花焰有点儿犹豫，人总是有不怎么想提及的事情嘛，"如果不方便就不用说啦。"

陆承杀有些奇怪地看了她一眼，说："他父亲和我母亲是兄妹。"

"哦……咦？"花焰总觉得陆承杀的描述有哪里怪怪的，可又说不上来。

想了一会儿，她干脆换个问题："这次来参加问剑大会的停剑山庄弟子你都不认识吗？"

"见过。"

见过？

"见过的意思是……是不是你们都没讲过话啊？"

陆承杀："嗯。"

花焰："……"不愧是大侠，就是厉害！

另一个年纪轻些的蓝剑穗弟子曾来找她，自称是陆承昭的弟弟陆承阳。花焰一开始还以为他是来找碴儿的，没想到他挠了挠头，表情有些窘迫地说："呃……那个，呃……我哥承昭脾气不太好，我代他道个歉……呃……"

他磕磕绊绊，说得花焰都急了："还有吗？讲重点！"

"呃……那个承杀哥……希望你们不要介意……呃……以后都是一家人的话，就……"他深吸一口气，"总之你不要生气，我走了！"

说完，他御起轻功翻上屋顶，随后消失无影。

花焰："？"他到底在说啥？

日子悠悠闲闲就到了问剑大会当日。

这几日花焰早把问剑大会的流程摸得熟透，只等开场。

问剑大会作为武林最大的盛会之一，共持续九天。前两日分别是文比与武比，旨在切磋与交流各派武学，不求胜负。

到了第三日，就是普通民众最期待的，七琴天下的琴会。

问剑大会最后六日便是重头戏，武斗。

武斗分两个部分，一个是弟子战，另一个是门派战。

陆承杀就是在弟子战拿到的两届第一，而这次的门派战在传闻中更是事关天残教教主谢应弦的处置权，可以说看点非常多。

前一晚花焰抱了本东风不夜楼新出的《问剑大会手册》，兴奋得一晚上没睡好，第二天一早爬起来，打着哈欠，顶着黑眼圈，跟在陆承杀后面前往大会会场。

停剑山庄的弟子已经见怪不怪了。

陆怀天看了花焰一眼，也没说什么。

这几日下来谁都得看出这个少女毫无内力，一旦她有什么不轨，轻而易举便可以将她一剑杀死，更何况还有陆承杀看着。

只有陆承昭恶狠狠地瞪了她一眼，大有"你只要离开陆承杀一步，我立马就杀了你"的意思。

逗得花焰又躲在陆承杀身后，朝他吐了吐舌头。

看得一众停剑山庄弟子颇为汗颜。

此时，正值盛夏，东风不夜楼安排的接待处在一座凉亭中，四周围满了盛开的荷花，荷叶覆盖着水面，优雅又清幽，美得宛若一幅徐徐展开的夏日风荷图。

凉亭之后便是各大门派的休憩之所，由凉亭后的石栈道延伸过去，像一座座巨大的船舶，修得极是气势磅礴。

正中央是此次问剑大会的会场，一个巨大的天然石台。再外围就是一些错落的小石台，坐的往往是一掷千金前来的普通百姓或是达官贵人——他们主要是看个热闹，感受一下江湖盛会的气氛，顺便见一见那些只在传闻中出现的英雄豪杰。

不知东风不夜楼的能工巧匠是如何做出如此浑然天成的武斗台的，但这次的会场显然令诸位大侠都很满意。

停剑山庄作为五大门派之一，人一到，便有人高声通传。

其实不用说，周围人也都已经在看，一群气场逼人的黑衣人实在太过显眼，再加上停剑山庄标志性的剑穗，想不注意到都很难。

而当中，视线停驻最多的对象自然是陆承杀。

虽然来的蓝剑穗弟子有四个，但就是一眼能让人看见他。

他气势太盛。

若是单独看那几个亲传弟子，包括陆承昭，都身姿挺拔，卓尔不群，让人想赞叹一句"少年英杰"，可一旦他们出现在陆承杀身边，便都成了微不足道的陪衬。

陆承杀冷着俊脸，眸光淡淡，没有任何表情，仅仅是站在那里，就好似周围的光被他掠夺而去，像一柄由天地淬炼而成的人间兵器，正面刻着极暗，反面篆着永夜，深渊般不近人情，又带着浓浓的侵略性与危险感。

花焰想，其实陆承杀长得挺好看的，他的五官并不锋利，反倒很柔和，眼睛黑白分明，凝视着你的时候，会显得既认真又专注，虽然表情很凶，但人一点儿也不凶，还很随和——毕竟她带着陆承杀满大街溜达找酒楼的时候，陆承杀连一句抱怨都没有，真的脾气很好。世人对他误解太深了！

落座以后，时不时有人前来寒暄拜谒，陆怀天便带着陆承昭一一回应。

花焰跟陆承杀打了个招呼，就趁机溜出去，兴奋地开始四处张望，到处是各家高矮胖瘦的年轻少侠，各式各样的佩剑、袍子看得人眼花缭乱。

他们客客气气地彼此交谈，一股清正高洁的浩然之气来回飘荡，令人向往不已。

不像他们教里那群乱七八糟的家伙，一开会各种毒虫子乱飞，没说两句就开始拍桌子吵架，恨不得出门互殴。

离得不远处，她看到了勉强算认识的那位白聿江少侠。他没穿狐裘，不过其他人似乎不肯轻易屈服，就导致白崖峰的席位上，像一大团一大团白棉花簇拥着一根白色柴火棒。

大夏天的，看着好傻。

花焰继续捧着那本《问剑大会手册》艰难辨认，就听身边有人说道："这位女侠，你也是第一次来这问剑大会的吗？"

"是呀。"花焰点点头。

"你是七琴天下的弟子吗？"见花焰不答，他连忙道，"啊，抱歉，在下只是见女侠你……"

花焰继续点头："见我长得漂亮嘛，我知道的。"

对方愣了一下，哈哈大笑道："女侠你真是有趣！我叫青远，也是第一次跟师父前来。"

花焰上下打量他："你穿青衣，是青城门的吗？"

"你可太抬举我了。"青远冲远处努努嘴，"青城门的都在那边呢……"

"呃，你是说那群……"

此时入口处站了一群人，他们站姿非常随意，和整齐划一的停剑山庄形成了鲜明的对比，而且叽叽喳喳、吵吵嚷嚷，除了统一的服色，根本看不出是一个门派的人。

不过，这群人的服装都是青衣白裤，腰间还围了条白玉腰带，只看一个还不觉得，一群人站在一起，瞧着完全就是一根根……

花焰惊道："——葱。"

青远立刻"嘘"了一声:"小声些,万一被他们弟子听到,肯定要来找你理论的!"

花焰不甚在意地"哦"了一声,指着为首那根挺拔的"大葱",兴奋道:"那就是'于蓝三少侠'里青城门的大弟子沐雪浪?"

青远点头,悄悄比了个拇指:"青城门掌门不爱管事,平日里都是沐少侠负责门内事务。可就算如此,沐少侠的武艺也没落下,今年才是他第二次参加问剑大会,他已经是武林青年侠客榜上的第四名了。沐少侠武功高绝、内力深厚不说,一手吹云剑法精妙无比,我师父说我要是有他一半出息,做梦都要笑醒了。"

"沐大葱"个子颇高,眉目温润,眼尾微微下垂,显出一些可以亲近的柔和来,不像大侠,倒像个邻家大哥哥。

在一群叽叽喳喳的师妹师弟中间,他鹤立鸡群,也是唯一一个认真严谨地把弟子服穿好的人,其他人要么敞着领口、衣带不系好,要么把弟子服下摆折得层层叠叠以求透气,再不然还有把袖子撸到肩膀上面的,看着很是不成体统。

稍微近点儿还能听见他们在说话。

"大师兄,好热啊,能不能办快点儿啊!"

"大师兄,我想吃西瓜,刚来的路上看见地里有,我能不能去偷几个过来?"

"大师兄,我摘点儿莲子吃行不行啊?"

"大师兄,待会儿能不能帮我去停剑山庄那儿问陆承杀要个签名啊?"

花焰在一旁目瞪口呆。

江湖上居然还有这种门派吗?

她虽知道青城门随性,可没想到青城门能这么随性。

"沐大葱"一边笔下如飞地在签到簿上写下弟子的名字,一边口中曼声应道:"行行行,我知道了,待会儿就去……好好好,等我先签完……可以可以,先别急……"

可惜,他还没签完,一柄剑斜插了过来。

他叹了口气,抬起头:"这又是……"

对面站着一个身着青灰剑袍、肌肤略有些苍白的少女,她用红发带系着长发,领口和袖口也都是与发带同色的红,衣服颜色深沉鲜艳,她的面容却如同笼着一层冰霜,巴掌大的脸上是颜色浅淡的眸,同样显得冷冷淡淡,几乎让人难以注意到她清雅秀丽的容貌,只觉得这少女实在冷若冰霜。

"当山派左惊霜,想在武比领教青城门沐雪浪的剑法。"

沐雪浪神色微惊,随后表情有些无奈,他还没开口,周围青城门弟子已经如临大敌地望着少女，满目戒备。

"武比不是明天才开吗，你今天来找什么碴儿啊！"

"你们当山派这么没有规矩的吗？"

"你当你谁啊你就想和我们大师兄比？先来跟我练过。"

嘴上说得轻巧，气氛却是一言不合就要开打，剑拔弩张。

青远凑过来小声和花焰说："青城门和当山派素来不和，关系极差，两派又离得很近，只隔了一条江，据说每次问剑大会，弟子都会斗殴，大打一场……"

他话还没说完，已经有一个青城门的弟子一拍签到石桌就飞身拔剑刺了过去："来战啊，当山派狗贼！"

左惊霜身后跟着的当山派弟子也已经忍耐不住。

"你们这群毫无规矩的青城门败类！"

花焰莫名感到了一丝亲切。

她热闹看得正开心，肩膀突然被人拍了一下。

花焰下意识转头，就看见一张表情复杂的脸，那脸的主人用极度深沉的表情凝望着她，唇瓣颤抖多次，终于缓缓吐字道："你……你没事吧……你、你竟真的追到此地，你果然对我……"

花焰看着他的脸，想了一会儿道："你是谁啊？"

对方一惊，随即道："我是赵攸啊！难不成你失忆了，竟连自己喜欢的人都不记得了？"

花焰："……哈？"

赵攸的心情非常复杂。

那日甩脱天残教追兵后，他本想去找花焰，可天不遂人愿，万万没想到，他……又迷路了。等他终于百般问路绕到东风不夜楼，托人给师兄师姐们送信去时，这位天残教妖女早已消失在了他的世界中，仿佛从未出现过。

他虽然不肯承认，但私下总是不免想起她。

不知道她是不是已经被她的右护法未婚夫捉了回去，不知道她现在身在何处，吃得好不好，睡得好不好，有没有想他……

赵攸好生烦恼，还要被师兄师姐取笑。

"小师弟，你是路上遇到哪个漂亮姑娘了，回来以后这么神不守舍啊？"

"说说是谁让我们小师弟春心萌动了呀，只要不是当山派的，师兄师姐们替你上门去问问情况啊？"

赵攸有口难言，他怎么能说，自己日夜惦念的对象是个天残教妖女呢。

虽然他们青城门一贯随性、不拘小节，但赵攸有这个自信，只要自己说出了花焰的身份，立刻就得接受青城门最残酷的惩罚——被绑着丢到当山派门口，任由他们蹂躏践踏。

然而，不承想，就在此时此刻……

他居然见到了她。她却仿佛失了忆般，不认得他了。

怎么会这样！

明明她为了他背叛天残教，救他出地牢，带着他逃出那个魔窟，他们还朝夕相处了足足几日，赵攸这辈子都没和一个女子这般亲密过。

一时间，赵攸的心头涌上无数种这期间可能发生的情况，他胸中百感交集，突然听见花焰开口。

"原来是你……"

赵攸声音哽咽："是我……你……"

花焰语气一转，八卦兮兮地道："你这个当事人快来说说，你们到底和当山派有什么深仇大恨啊？"

赵攸："呃？"

两人这边聊着，会场门口，青城门弟子和当山派弟子已然大打出手，十来个人混斗在一起，青白夹杂着青灰，看得人眼花缭乱，各种刀刃剑芒闪个不停。

其间还伴随着不曾间断的争吵声。

"你们当山派这群伪君子，整天装得一本正经，我们北岸那十几棵枇杷树是不是你们砍的？！"

"一派胡言，信口开河，我们何时砍过你们青城的树了！"

"还想抵赖！害得我们今年连枇杷都没得吃！当山派狗贼，看剑！"

那位大师兄沐雪浪满脸无奈，试图阻拦自家师弟师妹，可惜剑还没出鞘，就被左惊霜拦住了去路，他无意伤人，但对方不这么想，拔了剑砍来，招招致命。

赵攸看不下去了！

他拔剑就准备去帮自己大师兄，奈何刚一接近就发现自己根本不是对手，勉强接了左惊霜两剑，就被她一脚踹到边上去了。

他挣扎着爬起来，就对上花焰探究的脸。

"你怎么比之前还弱了啊……"

赵攸顿时脸涨得通红："我、我……我最近忙着、忙着……没怎么练剑……"

他总不能说自己是在忙着想她吧。

花焰双手环胸，一副很是怒其不争的模样，她掏出一颗超级大力丸，塞到赵攸嘴里，按着他的下巴迫他吞下，随后一拍他的后背道："去，上吧！"

赵攸只觉得浑身充满了力量，仿佛要撑破衣衫般，大叫一声便冲了上去。

这次他多撑了一会儿，大约接了二十招又倒了回来。

不过幸亏此刻一个须发尽白、身材魁梧的男子走了出来，他一身青灰长衫，站着便如一座巨山，巍峨沉重，黝黑的脸颊上沟壑纵横，一双粗白的眉毛，眉头深深皱起，他大喝了一声："住手！"

声浪之强，令周围还在打斗的两方弟子都不由得身体一晃，然后停了下来。

"掌门！"

"掌门！"

一直在旁边的青远捂着耳朵，小声跟花焰道："这估计是当山派掌门凌天啸……"

凌天啸的威信无可置疑，刚才还在发狠斗殴的当山派弟子此刻乖得宛若鹌鹑，就连左惊霜都偃旗息鼓，向凌天啸行了礼，又看了一眼沐雪浪，随后跟着凌天啸走了。

青城门弟子摆出严阵以待的模样，等人一走，立刻又吵闹起来。

"大师兄，你也太见色手软了吧！那个左惊霜才拜到当山派五年多，你也不带这么放水的！"

"就是，我们小师弟这么弱都能接她二十招呢！"

"对了，小师弟人呢？"

赵攸瘫软在地上，浑身都痛，意识模糊，一边觉得自己充满力量，一边觉得自己骨头都要散架了。

花焰知道他弱，没想到他这么弱，当即有些不好意思，跟青远打了个招呼，两个人把他扶起来，她又给他塞了颗疗伤的药。

"女侠，你居然认得青城门弟子吗？"

青远正说着，旁边的青城门弟子也注意到了他们。

"两位是……"

"哇，好漂亮的小师妹，你是七琴天下的吗？"

"小师弟，这个难道就是你惦记了好久的……"

青城门弟子七嘴八舌，说话实在太快了，花焰都还没插上嘴，其中一个师姐摸着下巴道："这位小师妹怎么瞧着有些眼熟，你……你刚才是不是跟着陆承杀一起进来的？"

她这一说，周围刹那间安静了一瞬，然后……

"不会吧，小师妹，你就是传闻中那个让铁树开花，能令陆承杀冲冠一怒的女子？"

"天哪，你是怎么做到的，能不能跟我透露一下？我实在是太好奇了！"

"这不是个假消息吗？难不成真有人相信陆承杀会为了一个女子打陆承昭？"

"当事人就在面前，不信你可以问她啊！小师妹，这事到底是真是假啊？"

花焰眨巴了一下眼睛，没明白他们为什么震惊，但听到关于陆承杀的谣言，不由得一拍桌子，澄清道："陆少侠才不是为了我，是为了武林正义罢了！"

"这居然是个真消息！"

"小师妹，请教你一下，你跟在陆承杀边上都不会害怕的吗？"

赵攸吃了伤药，这会儿稍微缓和了一些，恢复了些意识，听见花焰周围吵闹，还以为是师兄师姐们发现了花焰的身份，准备对她大打出手。

虽然他已经见识过天残教的险恶，但花焰也确实没做过什么坏事……想着，赵攸心中涌起一股莫名的冲动。

他跟跟跄跄地站了起来，把花焰护在身后道："师兄师姐们，你们别……"

赵攸头脑昏昏涨涨的，还没说完，就发现师兄师姐们用一种非常奇怪的眼神看着他，那眼神里，惊讶中透着一丝……怜悯。

"我们小师弟真的出息了，都敢和停剑山庄的陆承杀抢人了！"

刚才那位认出花焰的师姐还装模作样地抹了抹眼泪："小师弟长大了，师姐好感动。虽然你肯定打不过，但师姐还是支持你的……"

赵攸遭遇当头棒喝，浑浑噩噩地看向花焰："陆、陆少侠……怎么回事……"

难道说……

赵攸只觉得心口又是一口老血涌上来，这一刻他仿佛一个在青楼苦苦等着私订终身的书生前来迎娶她，却只等到情郎高中状元另娶了高官之女的倒霉女子。

他这一腔深情，终究是错付了。

他指着花焰："你……我、我……"竟然气急攻心，晕厥过去了。

花焰满脸茫然，他到底要她说什么啊？

不对，她有什么好解释的啊！

欸？人怎么都气晕了？

青城门弟子手忙脚乱地抬起赵攸："快快，小师弟晕倒了，快把小师弟抬到慈心谷医师那里！"

那位不知道是好心还是歹心的师姐趁机推了花焰一把，笑眯眯道："这位小师妹，你也跟去照顾一下小师弟吧！拜托你了！"

花焰跟着过去才知道，问剑大会的会场外面还布置了数间医馆，以备弟子受伤的不时之需。许许多多身着白衣的慈心谷大夫行走其间，下到中暑，上到断手断脚、命悬一线，通通送到这里来治疗。

说到慈心谷，花焰倒是很了解，因为当初羽曳将羽风堂做大之后，遇到的最大竞争对手就是慈心谷的医馆，当世对慈心谷有句评价叫"天下名医九成皆出此门下"，虽然有些夸张，但也不完全是空穴来风。每年上门学医的人都能把慈心谷的门槛给踏平，慈心谷的医馆也遍布整个江湖。

羽曳曾经非常头疼地对她说，幸亏慈心谷的主业是看病而非制药，否则他的羽风堂只怕都很难开下去。

这点花焰深有体会，往往他们正义教研制出某种毒药，刚用了没多久，慈心谷的解药就研制出来了，为了不被抢生意，羽风堂也得硬着头皮卖解药，实在很郁闷。

而且最夸张的是，他们还有专门的部门研究正义教的各种蛊，只是苦于没有实物。

几年前，羽曳还曾经抓到过两个潜入正义教的慈心谷大夫，他们辛辛苦苦混进来，就是为了能搞点儿蛊回去研究，不承想差点儿被羽曳手下的堂主杀了做蛊饲料，最后还是羽曳做主和慈心谷做交易，让慈心谷用几张绝密药方换了这两个大夫的命。

今天还是花焰第一次见慈心谷的大夫看诊，只见一位白衣大夫手脚麻利地替赵攸望闻问切，然后迅速开好药方递给一旁的药童，转去看下一个病人，片刻后药童已经抓了药，蹲在一旁开始煮了。

过程流畅到令人叹为观止，花焰都想在旁边鼓个掌了。

抬着赵攸一同来的青城门弟子问道："小师弟他没事吧？"

刚才那位大夫正扒着下一位病人的眼皮，头也不抬地道："没事，死不了。"

谁知道那青城门弟子也一副习以为常的样子，抱拳道："谢谢大夫了，那我先走了。"

药煮好，往赵攸嘴里一灌，片刻他就悠悠转醒了。

"喀喀……怎么这么苦，我这是在阴曹地府吗……"赵攸迷迷瞪瞪睁开眼，看见花焰后又露出一副惨遭辜负的模样，"花、花……"

周围人多嘴杂，花焰生怕他一不小心说出不该说的，立刻捂住他的嘴道："叫我周小花干什么？"

赵攸闻到从花焰身上传来的淡淡香气，顿时心头一荡，随后再重新收拢心神，只觉得好像莫名气短了三分，扯开花焰的手，委委屈屈地道："你和陆少侠现在到底什么关系……"

他这一问倒把花焰问倒了。

到底什么关系？

她想了想，实话实说："看着他行侠仗义，给他助威鼓劲的关系……"

赵攸眼前一亮："真的？你们真的没有点儿别的什么？"

花焰纳闷，他干吗这么关心啊？

难不成是怕她一个天残教妖女害了陆少侠吗？

"放心，你担心的那种事绝对没有！"

赵攸顿时放心了。

花焰见他露出一副傻乎乎、很好骗的笑脸，不由得又担心起来，她压低声音，靠到他耳边，恶狠狠地威胁道："你身上的千蛛蛊还没解呢！不许跟别人说有关我的事情，听到没有！"

陡然离得近了，花焰身上女子特有的香气更明显了。

赵攸只觉得心头又一荡，这妖女果然还是喜欢他的！

连带着花焰恶狠狠的威胁都像是在撒娇，赵攸没忍住，傻笑出声："我不会说的，你也不用骗我了，其实你根本没在我身上下蛊吧？"

花焰一愣："……我下了！"

赵攸还在傻笑："你不用解释了。我都知道的。"

不是，她真的下了啊。居然有自己做了坏事，别人都不相信的一天。

花焰无语了一会儿。

"算了，我走了。"

赵攸闻声一呆："……你去哪儿？"

花焰觉得他是真的傻，道："还能干什么，去看比试啊？"

赵攸："呃，其实第一天没什么……"

花焰已经裙摆一扬，风也似的溜走了。

等她回到陆承杀边上的时候，文比已经开始了。

花焰有些遗憾，听说第一日开场，当山派掌门和东风不夜楼楼主都会上台讲话，当山派掌门她见过了，那位传说中的楼主还不知道是个什么模样。

会场内三三两两的弟子已开始比试起来。

所谓文比，分好几类，第一类就是各门派弟子以理论来互拆对方剑招，以达到纸上谈兵的效果。

停剑山庄位置好，离得近，花焰托着下巴，能清楚听见前面俩弟子用嘴比武的全过程。

"你看我这一招'妙笔生花'，你如何破解？"

"那我就用本门的'飞云展翅'先后撤这么一下，再往上一跳，避开你这一扫，再往这里一刺……"

"好解法，那我再……"

听了不到半炷香的工夫，就给花焰整困了。

第二类比试是各门派功法之比，最初是为了方便各门各派长老掌门交流自己在习武中自创的功法。

可惜后来自创功法的少了，吵架的多了，就演变成品评各门各派的剑法、刀法、枪法、内功心法等秘籍的长处、短处。

各门各派从入门到精通，几代积累，每个大门派都至少有几十种功法，再加上那些小门小派的和时不时就有的自创功法，就算已经有些佚失了，但少说也有几百种。

给这几百种功法评个三六九等，想不吵起来都很难。

花焰本来强打起了精神，听着听着又困了，这不就是在抬杠吗？

她百无聊赖地转头，见陆承杀一动不动看向场内，花焰顿时精神一振。

不愧是陆大侠，这么无聊都能听得津津有味。

花焰戳戳陆承杀："陆大侠，你觉得他们说的这两种功法哪个更厉害啊？"

陆承杀转头，道："什么？"

花焰："……你在听吗？"

陆承杀看向场内，沉默了一会儿，答："差不多。"

不愧是陆大侠，只听这么一会儿，就能得出结论。

不过都问到这里了，花焰实在有些好奇，陆承杀这么厉害，练的是什么剑法？

她没忍住，问出口了。

她问完又有些担心，不会问到人家门派秘辛了吧？

陆承杀顿了一下，答："陆家基础剑法，陆家中阶剑法，陆家高阶剑法。"

"就这……"花焰不禁道，"没了吗？"

陆承杀点了点头。

花焰觉得陆承杀是在逗她："呃，陆大侠，你在跟我讲笑话吗？"

谁料，陆承杀回她："什么是笑话？"

花焰人都傻了:"你真的就练过三套剑法?"

他们正义教自然也是有功法的,祖上阔过,剑法、刀法、内功心法一概不缺,还有独门御使蛊虫的功夫,大都存放在教内的藏宝库里,什么名字都有,《霸气拳法》《无敌金刚剑》《魂飞魄散掌》等五花八门,最出名的要数那本《天残剑法》,可惜只有半本。

花焰她爹百般阻挠,她七岁才习武,但到现在也练了至少七八种功法,还不包括内功。

陆承杀:"嗯。"

还没等花焰出声,坐在前面的陆承昭已经忍不住了:"知道你厉害,能不能别吹了!搞得好像我们陆家只有那三套剑法似的!我们陆家总共有七十多种剑法好吗,光出名的就十七种了!"

花焰摒弃前嫌,忍不住问:"你练了几种?"

陆承昭隐约觉得不太对,含糊道:"十三种……"

花焰语气十分欠揍地道:"那你怎么还打不过他?"

"你这个女人,你等着我……"

陆怀天低吼道:"承昭。"

陆承昭咬着牙把头扭回去。

只听花焰在后面闷声笑得前仰后合,气得陆承昭脸都要扭曲了。

至于文斗的第三类比试,乃是外功与内功之争,也就是招式与内力孰轻孰重。

这也算是个经久不衰的话题了,就连他们正义教内部都因为这个吵过。

有的觉得只要内力足够强,就能以一打十,也有的觉得只要招式足够精妙,就可以以力打力,化解攻势于无形,任你内力再高也没用。两方人都高手辈出,百年来此消彼长,却从未停止过争议。

花焰倒是认真听了一会儿,主要是她现在没有内力,只有些花架子的招式,逃跑够用,打架实在不行,想看看有没有什么能参考的。

听着,花焰又悄咪咪地戳了戳陆承杀:"你怎么看?"

陆承杀似乎真的思考了一会儿,回答她:"剑招。"

哇,原来陆大侠也是外功派。

花焰不由得觉得亲切,伸出一只手,握住陆承杀的,上下晃了晃道:"英雄所见略同!"

陆承杀似乎是愣了一下,低头看了一眼他们交握的双手。

花焰眨眨眼:"怎么啦?呃,是我手太潮了吗……"

好像是有点儿，陆承杀的手摸起来就非常冰冷干燥……天气太热了嘛，她又没内力，不能怪她。

花焰心虚地把手收了回来。

只听陆承杀把头转过去，淡淡道："无妨。"

花焰心道：果然谣言止于智者，陆大侠就是最随和的。

她正想着，发现前头站了个瑟瑟发抖的少年，端着个盘子，里头放了几只小碗，一副想接近又不敢接近的样子。

"那个……能不能……"他声音细若蚊蝇。

"嗯？你大声点儿？"花焰凑过去问。

少年头低得越发厉害："大会……解暑发的……绿豆汤……那个……一人一碗……"

花焰向四周一看，果然人人都有，她随手拿了一碗，绿豆汤竟还凉着。

少年见她拿了，稍稍鼓起勇气，用眼角瞟了一下陆承杀，旋即移开："那个……陆、陆……"

"哦，给他的？"花焰想也没想，就又拿了一碗，递给陆承杀。

少年立刻露出一副感激涕零的模样。

陆承杀转头接过，目光随意地扫了过去。

少年一抖，立马举着盘子，头也不回地跑了。

花焰："……"

她痛心疾首，到底为什么成见这么重啊！

想着，花焰喝了一口绿豆汤。

又凉又甜，人间美味，花焰立刻瘫坐在座位上。她爱正道！

没几口就喝完了一整碗，花焰长舒一口气，转头发现陆承杀一口没喝，并且正在看着她。

"嗯？"

陆承杀直接把手里那碗也递给了她。

"原来你不喜欢啊？好吧。"

花焰觉得不能浪费，于是"咕咚咕咚"把第二碗也给喝了。

喝了两碗，花焰整个人都舒服了，这一舒服，就有点儿犯困，本来昨天就没有睡好，没想到今日的比试还这么催眠，她脑袋打着点，不一会儿就昏睡过去了。

再醒来时，发现天色已黑。

她是猪吗，睡这么久！

花焰立刻惊得站了起来，会场中央早已没人，其他各门派的弟子也走得差不多了，那陆大侠岂不是也……她一侧头，就看见沉沉夜色中，陆承杀正坐在她身边，点漆似的眸凝望过来，像暗夜中的星子，明亮又柔和。

周围的陆家弟子也已走完。

花焰看着陆承杀肩膀上那块扁下去的衣褶，内心疯狂大喊：不会吧！不会吧！我居然在陆大侠肩膀上睡到现在！我真的是猪吧！

陆承杀平静地站了起来，道："走吧。"

"哦。"她小碎步跟在了陆承杀身后。

花焰在反省自己，虽然陆大侠很随和，但她也不能这么随便。

第二日武比一开始，花焰就正襟危坐，不过也确实没有给她打瞌睡的机会，因为一上来，当山派那位冷若冰霜的左惊霜就一跃上了会场，剑指青城门，道："当山派左惊霜，想领教青城门沐雪浪的剑法。"

花焰知道后面弟子战的规则，有时候运气不好，往往不一定能和想打的人碰上，那就会选择在武比直接较量。

不过即便如此，她这么一说，也是众皆哗然。

沐雪浪是青城门大弟子，自幼入门，如今已二十几年，虽然因为门派中琐事繁多，只来过两次问剑大会，但成名已久，侠义之事做得也不少，从未有人质疑过他的武功。

左惊霜就不同了，她五年前刚拜入当山派门下，一年后成了凌天啸的关门弟子，三年前她甚至没有资格参加问剑大会，虽然江湖传闻中都说她是百年难得一见的习武天才，但因为有一个儿时便声名鹊起、未尝一败的陆承杀在，她便又显得差了些什么，总之不上不下的。东风不夜楼看在凌天啸的面子上给她排了个第二十九位，如今她却想越级挑战排名第四的沐雪浪，未免显得有些不自量力，更何况她还是个女子。

大部分人也都这么觉得。

沐雪浪苦笑一声，也纵身一跃上了会场。

"领教不敢当，烦请小师妹剑下留情。"

花焰兴奋地拽了拽陆承杀的衣袖。

终于，让她看到她想看的了！

是江湖！是打斗！是年少俊俏的侠客与美貌多情的女侠之间的故事！

还没等花焰去看，只见当山派又跃上来一个人。

武比旨在切磋，会场被均匀分成四块擂台，用纤绳围起，只要出了围圈，便算作败了，因而可同时举行四场较量，也免得想比试的弟子太多，一天的时间不够。

而当山派这个跃上来的人正站在第二块擂台上，他同样穿着当山派那套亲传弟子服，青灰色更衬得其皮肤黝黑，长发扎成一束，尾端则卷成了波浪，目光狂放中自有一股豺狼般的凶狠之意，他手里拿着的长刀一挥，便指向了花焰的方向。

"当山派褚浚，停剑山庄陆承杀，上来吧。"

花焰："！"

惊了！居然有人要挑战陆大侠了！

一瞬间，她兴奋得头皮发麻。

陆承杀自然不会拒绝。

陆承杀落地之时，陆怀天踢了一脚陆承昭，道："上去。"

陆承昭哭丧着脸说："爹，我能不能不去……"

陆怀天冷冷地看着自己的儿子。

陆承昭低声骂了一句，随后长叹一口气，携着自己的碧落剑，跳上擂台，找了找那团"白茸茸"所在的位置，道："停剑山庄陆承昭，想请教白崖峰白聿江的剑法。"

武比还未开始，整个问剑大会的会场就已经沸腾了。

第五章 武会预热

从前的武比往往从名声不显的弟子开始，逐渐到出名的弟子，但因为当山派主场这对师兄妹的惊人之举，直接让当今武林最出名的三位少侠在第一轮就上场了。

更何况还有白聿江和陆承昭这一场，这两人武功虽然不如前三人出众，但他们一个是白崖峰的少主，一个是停剑山庄庄主的亲孙子，若放在平时也绝对是一场焦点战。

如此一来，甚至让人不知道先看哪里好。

四周都是各门派弟子议论纷纷的声音，还有弟子此时正呼朋唤友，疯狂叫那些因为昨日太过无聊，想着今日晚点儿来的师兄弟前来，绝不可错过此次的热闹。

不过，最夸张的莫过于青城门弟子，他们已经全员站了起来，挥舞着手边一切可以挥舞的东西，为自家大师兄摇旗呐喊。

"大师兄，这次不准见色手软了！"

"大师兄，这次输了可得回去扫一个月茅厕啊！"

"大师兄，输给当山派小丫头，立马身败名裂、逐出师门啊！"

对此，正对角坐着的当山派弟子则轻蔑且嘲讽地一笑。

一时间，会场内热闹得仿佛在过年。

左惊霜和沐雪浪的比试率先开始了。

左惊霜那三尺长剑名为"清霜"，是她师父凌天啸特地请人为她打造的，极薄极轻巧，却不减锋利。

相比较起来，沐雪浪的那柄"化雪"就显得浑厚许多。

虽然有着这么温柔的名字，可化雪剑本身却是能分海破浪一般坚硬。

"清霜"撞上"化雪"，霎时间就显得十分脆弱，似乎随时会断裂，如同它的主人一般。

众人皆知青城门大师兄沐雪浪性格温和，脾气极好，可若以为他的剑也这般温文无害就大错特错了，每年死在他剑下的穷凶极恶之徒绝不在少数。他的剑法精熟又强势，像包围严密的铜墙铁壁，滔天巨浪般涌来，丝毫不给人喘息的机会。

左惊霜御使着清霜剑，左支右绌地应付着沐雪浪的剑法，同时拼命想要在他的攻势下寻找破绽，瓷白如雪的脸上都滚下了大滴的汗珠。

此时，已经有其他门派的弟子发出了嘘声。

当山派主场，凌天啸今日又来坐镇，他们自然不敢直接嘲笑左惊霜，但是不妨碍他们从另一个方向开嘲。

"沐雪浪怎么打个刚入门的小师妹还如此认真？"

"沐少侠，那可是个娇滴滴的小师妹，你可怜香惜玉点儿啊。"

"就是，跟个小师妹认真什么啊。"

和先前青城门弟子起哄自己大师兄的玩笑话不同，这些声音明显带有恶意。

花焰的思路完全不同。

她已经按照看过的传奇话本替左惊霜补全了故事。

这摆明了是这位冷若冰霜的小师妹爱上了这位温柔可亲的对家大师兄。

奈何爱在心，口难开，身份、门派又成障碍，所以她才这么努力练剑，一有机会就上门来挑战，拼命刷存在感，就是为了吸引"沐大葱"的注意啊。

花焰将双手拢在嘴边，大声替她助威。

后头冷嘲热讽的弟子的声音完全被花焰的盖过去了，他们刚想不满地看谁在捣乱，定睛一看，来自停剑山庄……算了算了。

不过好在他们的注意力很快被吸引走，因为另外两场也要开打了。

毫无疑问，围观最多的那一场是陆承杀与褚浚的。

目前正道武林年轻少侠中最出名的，武功也是最高的，莫过于这两人。

更重要的是，两人之间的渊源也非常令人感慨。

知道的人，谁不想说一声"既生浚何生杀"呢？

褚浚早陆承杀几年出名，当年他背着那把名字狂妄至极的降魔刀，孤身一人上各大门派挨个儿挑战，把所有出了名的少侠一个个打过去，结果一场未败。

其中就有现在正在比试的沐雪浪、白聿江、陆承昭。

他胜沐雪浪一招半，白聿江和陆承昭则被他打得毫无还手之力。

当时江湖皆惊，褚浚这么得罪了江湖上的少侠，不怕以后出门被套麻袋吗？

不过没人敢套褚浚麻袋，因为很快大家就知道了他师父正是当山派掌门凌天啸。

褚浚依旧我行我素，丝毫不给江湖人面子，然而他强，前来找麻烦的，来一个打一个，就这么打着打着，褚浚风头一时无两，连凌天啸都很是自满于这个性格怪异的徒弟。就在江湖上都以为他会在下一届问剑大会的弟子战上拿到魁首时，陆承杀横空出世了。

虽然当时陆承杀已经有了不少战绩，可传言向来夸大，褚浚压根儿没把他放在眼里。

就连当时的舆论也普遍认为陆承杀年纪太轻，经验太少，现在还无法胜过褚浚，能在他手里多过几招就不错了。

然后，陆承杀就在弟子战决赛上，暴打了褚浚。

凡是去过那届在停剑山庄办的问剑大会的人，都很难忘记当时褚浚铁青的脸色、狼狈的模样、不可置信的神情和满场的嘘声。

他本来名声就不好，又得罪了诸多弟子，虽然拿了第二，但搞得仿佛倒数第二。

褚浚可能自己也这么觉得，输完之后，他话都没说一句，撑着剑就走了。

之后褚浚销声匿迹两年多，说是在闭关练功，第三年的问剑大会他再度出战，对阵陆承杀，东风不夜楼还特地配合造势，印了告示满城分发，连原本不看江湖争斗的老百姓都来凑热闹了。

然后，很不幸地，他又输了。

那届还是在青城门办的，会场里那个嘘声，都快要响破天际了。

从此以后，褚浚有了个绰号，叫褚老二。

当然，没人敢当着他的面叫。

后来褚浚又销声匿迹了三年，仿佛之前那个剑挑江湖，爱打谁打谁，爱去哪儿去哪儿的人压根儿不存在，他这次露面很明显还是为了一雪前耻。

擂台两端。

一个是黑衣、高马尾、背负长剑，面容冷漠至极的人间凶神；一个是青灰袍、长卷发、手持长刀，满脸狂傲凶狠的当山派首徒。

就连花焰都顾不上看她的"青城当山绝恋"，转过头来紧紧盯着擂台，有点儿紧张。

虽然知道陆大侠很强，但还是紧张。

褚浚先出的手，他的降魔刀正如其名，极为霸道，劈斩过来之时，气势如虹，不可抵挡，一挥动便有金戈铁马之势。

陆承杀便举着他那柄平平无奇的"长铁"与褚浚对招。

这是花焰第一次见陆承杀打架不是瞬杀对面，双方不论是用刀还是用剑，都动作极快，褚浚即便在挥动那重若千钧的长刀时也如臂使指，时而气吞山河、厚重雄浑，时而又飘逸如风、行之诡异，让人看得眼花缭乱不知如何应对，然而最恐怖的是，每一刀只要斩下时，必然是霸烈且强横的。

刀锋划过地面，所过之处，刻下了道道深邃的裂纹——甚至在石面上。

"褚浚才不过多大年纪，刀法竟然已经到了这种地步……"

"看来他这三年闭关没白费，今次胜负还真不好说……"

此时，当山派弟子也忍不住露出了与有荣焉的神色。

褚浚来之前，在门内已经试过招，他的试招对象已然不再是同辈的师兄弟，而是更高一辈的师叔师姑，可即便如此，他依然赢了。用当山派的刀法，赢了那些习武时间比他多出十年、二十年，甚至三十年的人。

相比较而言，陆承杀的剑法就和他的剑一样显得平平无奇，没有多余的套路，没有迷惑人心的招式，简单，但是快，快得异乎寻常。

褚浚的刀已然极快，可陆承杀的剑却还要更快上一分。

短兵相接，因为速度过快而时不时有火花迸溅。

大部分弟子的眼睛已快跟不上两人的招式，只有少数已修炼到耳聪目明的人能看见在一招一式之下，有过多少差之毫厘便身首异处的凶险。

而唯有极少数的人能看得出，褚浚的刀，急了一些。

凌天啸便在其列。

他的眉头不易察觉地皱了一下。

接下来的二十招，褚浚的刀又更急了一些。

而陆承杀毫无变化，他已经和褚浚对了百余招，可连呼吸也不曾乱一分，目光冰冷，宛若木石。

下一招，褚浚忽地慢了半分。

只差半分。

胜负已分。

陆承杀的剑精准地停留在褚浚的咽喉前，一分不多一分不少。

他抵着褚浚的咽喉，往前送剑，褚浚被逼得急退，只刹那工夫，已抵到了纤绳。

褚浚又败了。

屏息凝神看完的众人都是一身冷汗，方才觉得喘过气来。

说是百来招，可因为二人速度实在太快，全程还不到一炷香的工夫。

这一次的嘘声，比想象中来得更快。

陆承杀依旧是恍若未闻的样子，他收剑，转身便走。

褚浚站在原地，仿佛已失了魂魄。

就在会场上纷纷开始议论刚才的比试时，褚浚突然抬手，抄起自己的降魔刀，朝着背对着他走向停剑山庄席位的陆承杀猛然掷了过去。

这一掷，用了全力。

降魔刀的速度快得极为惊人。

就在这时，一道焦急的女声石破天惊地破空响起。

"小心！"

这声音太过响亮，甚至一时间盖过了场中所有声响。

陆承杀微微侧身，降魔刀擦着他的身体切过，未等刀过，陆承杀突然抬手，在刀柄即将飞过去的那一刻，攥住，然后反手掷了回去。

这一切不过眨眼间。

下一刻，降魔刀已经深深插入褚浚身前的地面，以刀身为中心，周围的石地蛛网般裂开。

全场霎时安静。

陆承杀缓缓回头，看向面色浑噩而无措的褚浚，道："你赢不了我。"声音冷冽又冰寒。

平日陆承杀极少开口，他这一说话，周围更是安静。

"为什么？"褚浚下意识反问，语调甚至有些仓皇。

"你太想赢我。"

若是陆承昭此刻在侧，只怕又要嘲笑陆承杀装腔作势，可隐隐地又知道，陆承杀说的是实话。

他从不说谎。

陆承杀说完，便不再回头。

然而谁也没想到，此时一个身穿绯红色长裙、耳边长珠摇晃的少女一蹦一跳地从停剑山庄的席位上跑下来。

她三步并作两步走到陆承杀面前，扯着他的袖子就上上下下打量，仿佛在确认陆承杀是否安好——众人一时更加无语。

更让人没想到的是，陆承杀居然还开了口。

"我没事。"他顿了顿，又道，"你担心我？"

众人这才想起，刚才那石破天惊的一道女声。

不会吧不会吧——真的有人有必要担心陆承杀吗？

果然，那少女不再言语，仿佛害羞似的，又扯了扯陆承杀的袖子。

陆承杀不明所以，在花焰第二次扯他袖子时，微微低下了头。

只听花焰哭丧着脸，贴在他耳边用气声道："我当然担心了……不过，刚才太紧张，嗓子叫哑了。"

花焰是真的很悲伤。

褚浚好歹也算名门正派的弟子，她没想到，他居然这么卑鄙地偷袭，情急之下，花焰用了平生最大的嗓门儿叫出声。

她叫完就发现自己说不出话了。

呜呼哀哉！

花焰扯着陆承杀的衣袖，哭诉完忍不住还补了一句："不过陆大侠你刚才的刀甩得好厉害！"

她生怕陆承杀听不清，离得很近，贴着陆承杀的耳朵说完，只感觉他胸膛微微震动，肩膀轻轻耸了两下，随后撤开了身。

从陆承杀的脸上依然看不出任何表情，可花焰总觉得他好像还挺开心的。

下一瞬，花焰突然感觉到头顶似乎有什么轻柔地抚过，拍了拍。

咦？

陆承杀收回了手，仍旧毫无表情，仿佛刚才那个摸了摸花焰脑袋的人不是他。

花焰都觉得自己产生错觉了。

陆大侠在干啥？

在安慰她吗？

手收那么快是因为被她头上那两个银链缀蝴蝶的步摇扎到了吗？

花焰很蒙。

但她说不出话，陆承杀又不肯说话，气氛便尴尬地僵了下来。

花焰抱着自己的脑袋想，其实被摸摸头也没什么，她平时也没少被长辈、爹娘摸头，可能她的头真的比较好摸吧，只是出了正义教这么久，也没人对她的脑袋有什么想法，乍然被摸，对象还是陆大侠，她稍微有点儿不习惯罢了。

正想着，花焰只觉得自己的脑袋好像又被人摸了一下。

花焰："？"

她转头看向罪魁祸首,陆承杀眼观鼻鼻观心,十分淡定。

陆大侠,我的头好摸吗?

花焰用气声传达了她的想法。

陆承杀:"……嗯。"

……好吧。

这么一打岔,花焰都快忘了自己刚才还在气愤。

除了气愤,她其实还有些奇怪。

褚浚掷刀时,只有花焰一个人紧张地站了起来,停剑山庄的其他弟子都平静地毫无反应。

他们对陆大侠都这么有信心吗?

花焰想了想,感觉很惭愧,她以后也要对陆大侠更有信心一点儿才是!

陆承杀和褚浚战罢,剩下的两场都少了点儿意思。

尤其是陆承昭和白聿江的那一场,白聿江原本武功应在陆承昭之上,奈何其包袱实在太重。

看看他一身打扮就知道了。

白聿江穿了一袭纤尘不染的雪衣,腰间是九孔玲珑佩,头上一顶白银缠丝镂空雕花的玉冠,足蹬一双雪白长靴,两根上好的冰丝白锦缎带坠在肩侧,还用一条银丝绣云纹的腰带将精瘦的腰勒得格外挺拔出尘,远看便似一棵雪松,再加上一张俊俏白皙、精致秀雅的脸,不像江湖中人,倒像个准备修道成仙的翩翩公子。

白聿江使的招式也是无比优雅华丽、翩若惊鸿。

白崖峰的功法本来就以优美著称,白聿江使着他那支名为"凝冰"的手杖,更是将其发挥到了极致,每一招每一式都从指尖美到脚尖,身姿舒展,宛若舞蹈。

会场里已经有好些女弟子情不自禁地发出仰慕的惊呼声。

白聿江虽然在青年侠客榜上排名不行,但有一个榜他特别行——江湖女子择偶榜,其号称全武林女侠的梦中情人,不论美丑,待每一位女子都一般温柔体贴,往往令女子难以抗拒。

花焰打了个呵欠,又开始犯困了。

白聿江这个打法,优美有余,杀气不足,更何况他还极其注重个人形象,不肯为了迎敌稍显狼狈,因而,陆承昭就算武功不如他,也能与他打得有来有回。

陆家的剑法本就刚猛,很克制白崖峰的功法,于是两人就你来我往,不紧不慢，你一招我一招。

他们比试得文明且优雅。

看起来像两大门派功法展示。

这若是一男一女，恐怕还会瞧着郎情妾意，缠绵悱恻。

台下众人也慢吞吞地开始点评。

"白少主这一套'回天舞雪'的杖法使得好啊！"

"陆小庄主这用的，应当是停剑山庄的穷杀剑法吧，显见已有小成，颇为可圈可点。"

气氛非常和谐，全然没有上一场的紧张刺激，甚至还有些弟子趁机去外面转了转，上了趟茅厕。

唯有部分女弟子看得如痴如醉，甚至激动地攥紧了手中佩剑。

对此，白聿江在打斗的百忙之中，还不忘朝着那些激动的女弟子回眸一笑，直勾起阵阵惊叫。

和他对打的陆承昭见状，大大地翻了一个白眼。

花焰看不下去了，转头去看其他擂台，这一看才发现她的"青城当山绝恋"居然还没比完！

左惊霜与沐雪浪实力悬殊，照理说应当很快就能决出胜负，可没想到左惊霜如此能扛。

此刻左惊霜的模样已与开始大相径庭，她咬着牙，嘴唇煞白，苍白的脸上汗水密布，狼狈极了，身上大大小小全是伤，透过偏深的衣裳，能看见各处被血洇开的痕迹，这应该还算是沐雪浪剑下留情的结果。

沐雪浪现下的表情也非常无奈。

周围都在喊着让左惊霜认输算了，但她充耳不闻。

花焰很快知道她那些伤都是怎么回事了。

沐雪浪用化雪剑将左惊霜再次逼入死路，左惊霜只要退，触到身后的纤绳便可避开，可她不避，硬生生受了沐雪浪的剑，反手再战，顽强得简直可怕。

花焰都看呆了。

这是什么狗血虐恋故事，难不成是想身受重伤，然后让"沐大葱"负责？

花焰想着，甚至有些肃然起敬。

直到白聿江和陆承昭的花拳绣腿打完，左惊霜都仍未放弃。

最后她彻底力竭，当山派掌门凌天啸亲自出手阻断了这场武比，左惊霜纤瘦的身子摇晃了一下，随后清霜剑"当"的一声脱手，下一刻，左惊霜便倒在了地上。

当山派弟子连忙来人把她扶起来，送去医治。

原先嘲笑左惊霜的人也都不再说话，包括青城门的弟子。

没人会嘲笑一个竭尽全力的人。

就连沐雪浪也静静看着她的背影，目露不忍。

沐雪浪望着左惊霜，花焰望着沐雪浪，恨不得此时有一面铜锣，她可以一边敲一边大喊。

——心疼乃是情爱之始！

沐大葱，不要克制自己，担心，你就跟过去！

可惜花焰嗓子哑了。她好生遗憾。

有了前面几场珠玉在前，后面就实在没什么好看的了。

花焰跟陆承杀打了个招呼，便继续到处转转。

这次转就没上次那么轻松了，因为方才那一闹，周围人都已经认得她的打扮，知道她和陆承杀关系匪浅，纷纷用一种探究和好奇的眼神望着她。

就连昨日遇到的那个名叫青远的小弟子都结结巴巴道："原、原来女侠你和、和陆少侠一道来的，昨天、天我冒犯了……"

这让花焰莫名有种狐假虎威的感觉。

她有心解释，奈何没法开口，比画了半天才让青远明白只是被陆承杀所救，又想来看问剑大会，才会一同前来。

青远接受了这个说法，但眼中还是流露出羡慕的神情："能和陆少侠一起来看问剑大会是不是感觉非常好？"

花焰想了想，用力点了点头。

青远神色更加怅然若失，他叹了口气道："都不知道该羡慕谁好了。"

花焰："……嗯？"

青远见她疑惑，大笑道："无妨无妨，我也只是随口说说。"

他看向擂台上正在武比的弟子，又看了看停剑山庄席位上那一抹配蓝剑穗的黑色身影，心中涌起一股不知是何的滋味。

江湖弟子千千万，但有天赋、能站在武学巅峰接受万人仰望的，也不过那么几人。

问剑大会的第三日，花焰还未出客栈就感觉到了热闹，前两日来的多是武林中人,可第三日却是连许多平民百姓都削尖脑袋想要去窥看的,因为照例,今日是七琴天下的琴会。

七琴天下与一般的武林门派不同,它是由一位琴艺与武艺同样出众的女子秦箫然所创办的。

当年,她在七琴湖上举办了一个足有一整月的琴会,吸引来了众多喜乐的江湖人士,他们通宵达旦地切磋琴艺与武艺,丝竹乐声与舞剑之声终日不歇,极尽风雅,最终悟出了一套将琴艺与武艺结合的武学。

之后又有不少江湖儿女慕名而来,拜在秦箫然门下,甚至有一些江湖正派名门出身的女子特地改投门庭,也想要前来。

秦箫然曾有过"江湖第一美人"的美誉,其人不仅容貌绝美,同样气质高华,谈吐优雅,琴棋书画、诗词歌赋、礼仪无一不通,为无数江湖人士所仰慕,所以大多江湖人也乐于将女儿送入七琴天下修炼,希望能习得秦箫然一星半点儿的风采。

如今秦箫然已经仙逝多年,不过不影响七琴天下依然是江湖上女弟子最多的门派。

江湖门派的弟子大多男多女少,但到了年纪还是要成婚的,七琴天下又以女弟子貌美著称,就……咯咯……

总之,由于各大门派与七琴天下错综复杂的姻亲家属关系,再加上七琴天下本身与世无争,使得其地位十分超然。即便是问剑大会,也会专门留一天给七琴天下的弟子进行琴乐表演。

说到七琴天下,花焰还特地留意了一下。

水瑟当初曾经提到过,七琴天下那位大小姐秦沐烟和陆承杀有过这么一段一枝牡丹的暧昧往事——虽然她现在和水瑟一样怀疑这件事的真实性,但多少还是有几分好奇。

只是没想到,还没等她去见秦沐烟,秦沐烟就先找上了她。

清晨被叫住时,花焰正叼着一只八宝烧卖,沉浸在享用早餐的幸福中,回首便见一群抱着乐器的美貌女子。

她们都穿着烟黄裙衫,裙摆质地轻薄如纱,如水墨般层层叠叠晕染开,有种烟雨朦胧的韵味,当中有些女子坦荡地展露着姣好的面容,有些则在脸上覆着轻纱。

叫住花焰的那个女子便是如此,她用轻纱遮面,只露出一双妆点精致的眉目,眉如柳,眼如雾,繁复华丽的发髻中插了一支古琴模样的银簪,金纱做缀,耳垂上还有一对梨形埙似的金坠。

从上到下，一身绝世美人的打扮。

花焰一愣。

"呃……七琴天下？秦沐烟？"

面纱女子眼中闪过一丝得意的神色，抬起下颌，矜持地点了一下头，随后抬手摘下了自己的面纱，露出一张美丽的容颜。

因为女弟子众多，东风不夜楼在七琴天下的席位四周都特地罩了烟黄纱幔，防止登徒子窥视。是以，就算已经两天，这还是花焰第一次见到这位大小姐的脸。

花焰双手环胸，十分严肃地望着秦沐烟，以一种替陆承杀选老婆的标准审视着这位大小姐。

绝世剑客当然要配天下第一美人。

花焰特地打听过了，目前江湖没有公认的天下第一美人，秦沐烟已经是备选中呼声最高的一位了。至于长得是不是有那么美，传言靠不住，花焰觉得还是自己评判比较可靠——看完她就知道水瑟为什么对秦沐烟这么咬牙切齿了，因为两人分明撞了型，都是弱柳扶风、令人生怜那款。只是水瑟模样更清纯无辜，秦沐烟则长得更娇柔一些，好看是好看，就是和水瑟不过伯仲间吧……

花焰在打量秦沐烟，秦沐烟也在打量她。

这位突然出现在陆承杀身边的美貌少女最近极为出名，就连昨日，明明武比褚浚输给陆承杀才是头一桩大事，可两座城里最津津乐道的是少女一声石破天惊的"小心"和陆承杀从比武场上下来低头附耳与少女窃窃私语的模样。

去了的知道是怎么回事，没去的已经把这位少女吹成了天上有地下无的绝世仙女。

城里的说书人都开始摆摊说起不知从哪儿听来的少侠少女爱情故事了，说得像煞有介事，仿佛亲眼所见，偏偏明知他是杜撰，一群人还听得如痴如醉，让秦沐烟非常不爽。

三年一届的问剑大会，众所期待的七琴天下琴会，她会摘掉面纱，坐在最中心的位置抚琴，惊艳全场。最出风头的女子明明应该是她。

更何况，让对方出风头的对象还是陆承杀。

天知道她费了多大的功夫才把那个一地血花后陆承杀折下牡丹给她的谣言传出去，果然，那之后的数年里，陆承杀的名字都与她的名字系在一起，其他女子也往往会自惭形秽，不敢再去接近陆承杀。

陆承杀是当年她一眼相中的对象，不该有其他女子抢在她前面。

秦沐烟轻轻咬着下唇，面上仍维持着她的矜傲。

诚然，眼前的少女确实美貌，明眸皓齿，容貌昳丽，虽然衣饰简单，但仍难掩艳色，唇不点而朱，双瞳剪水流光溢彩，眼波流转间媚态横生。方才少女一路行来就已经有不少人在看她，她却似浑然未觉，仍旧全心全意吃着她的烧卖，殊不知这样反而更加惹眼，已经有好几桌客人专门找小二点了烧卖。

少女现在瞧着年纪还有些轻，再长大些，应当会更加美艳。

可惜，是个不知礼数、难登大雅之堂的粗鄙女子，就算再如何也无法与她相提并论。

秦沐烟深吸了一口气，柔声道："……姑娘应该就是被陆少侠所救下的那位女子吧？我已经同陆怀天前辈商量过，此行停剑山庄皆是男子，你一个姑娘家混在当中恐怕有损清誉，我们七琴天下与停剑山庄同为武林门派，同气连枝，这几日愿意先收留姑娘……"

花焰三两下把烧卖吃了，摆摆手，打断她："不用啦，我不是很介意。"

秦沐烟又深吸了一口气，维持笑容，反复告诉自己，自己身份尊贵，对面不过是个乡野村姑，根本不须与她斤斤计较："姑娘你这样，会给陆少侠他们添麻烦的……"

花焰继续摆手："没关系啦，我觉得他也不介意啊。"

秦沐烟嘴角微微抽了两下。

花焰忽然抬起头，道："哎，陆大侠你下来了？"

秦沐烟当即一怔，眼神有些慌乱，随后她紧张又矜持地转过头。

可她定睛一看，身后哪里有陆承杀的影子！

再一转头，花焰捧着肚子大笑道："……你还真的信了啊！"

秦沐烟几乎就要发火，但她忍了忍，眼睛一转，笑道："既然姑娘心态这般好，那我也不必多言，不过有些事我觉得姑娘心里还是要清楚，陆少侠现下救了姑娘，不过是……"

花焰好奇："不过是什么？"

秦沐烟莞尔一笑道："不过是见你可怜罢了。"

花焰奇道："对啊，难不成还能有什么其他原因？"

秦沐烟："……"气死她了！

这个女的怎么回事，都不按照规矩出牌！

秦沐烟出身高贵，琴艺出众，又生得花容月貌，从小被众星捧月着长大，江湖中其他女子见了她都不自觉地矮上几分，七琴天下的弟子更是不敢违抗她，哪里遇到过这样同她抬杠的。

"哎，陆大侠吃烧卖吗？"

秦沐烟轻嗤一声，道："一个法子用两次便不好用了，陆少侠怎么会……"

她身后响起一个冰寒的男声。

"嗯。"

秦沐烟立刻浑身一僵，接着缓慢又僵硬地转过头。

黑衣青年依旧瞧着冷峻无情，黑发高束，眉眼如冰，只是周身那拒人于千里之外的冷淡气息却似乎少了些许，他从停剑山庄的一众人里走了出来，接过花焰递给他的油纸包，慢慢打开，就着上面丝丝缕缕的热气，旁若无人地吃了起来。

"城东那家烧卖铺子的八宝烧卖可抢手了，我排了好一会儿呢。还热着呢，你尝尝看好不好吃。对了……"花焰指了指目瞪口呆的秦沐烟，"我跟她聊一会儿，你先走吧。"

"嗯。"陆承杀随着花焰的手指看了一眼秦沐烟。

秦沐烟浑身更僵。

陆承杀的视线一掠即过，拿着烧卖就走了，好像压根儿不记得她是谁。

花焰很迷惑："你们不是认识吗？"

秦沐烟回过神才发觉自己的表情有多么失礼，连忙调整表情，可已经有些晚了。

花焰更加纳闷："怎么你看起来也怕他啊？"

当然会怕啊！

秦沐烟就差直接吼出声了。

她第一次见他的时候，就在那间客栈，当时她们正被几十个天残教妖人围攻，陆承杀从天而降，持刀杀进天残教众里，那一道漆黑身影像是在刀切豆腐，又或者是某种铰肉器具，惨叫声伴随着鲜血四溅。

别说牡丹了，四周哪里不是血。

一刻钟，陆承杀从头杀到尾，既没有红眼，也没有发狂，就那么平静地杀光了所有天残教敌人，全程一个字也没说，像一柄没有任何感情的上古凶器。

在江湖行走不是没有见过杀人的人，但确实不曾见过陆承杀这样的，仿佛多看一眼就要被他吞噬。

秦沐烟吓得跌坐在地，话都不敢说，周围其他七琴天下女弟子也都一样瑟瑟发抖。

明知陆承杀是来救她们的，而且只杀天残教的人，却还是会心生惧怕。

可是陆承杀也是真的强，见过那一晚的陆承杀，秦沐烟确信，他一定会在武林中扬名立万，他是足够配得上她名声的人。所以她找人放出了那个谣言。

两个门派间原本就有姻亲，停剑山庄自然也不会特地去澄清。

之后，事实证明了秦沐烟的眼光不假，没过多久，陆承杀便为江湖上最名声显赫的少侠，她的名声自然也水涨船高，和陆承杀的诸多江湖传言一起，被涂上了神秘的色彩。

唯独可惜的是，即便她特地跟着姑母去停剑山庄做了几次客，可仍然没能和陆承杀搭上话。

而且她还有点儿怕。

不过在秦沐烟看来，这都是小事，她不行，其他女子难道就行了吗？陆承杀是陆老庄主的外孙，还有那样一桩往事，她的身份配他绰绰有余，假以时日，她迟早会将他拿下，"江湖第一美人"的称号也毫无疑问会是她的囊中物。

可谁承想，半路杀出个周小花。

听名字就知道，八成是个乡野村姑！就算长得美又如何，怎么能与她相比？

秦沐烟定了定神，道："你是不是从未见过陆少侠杀人的模样？"

花焰道："见过啊。"还不止一次呢。

秦沐烟一噎。

刚才那一幕近在眼前，周围七琴天下的弟子表情都同样吃惊，昨日隔着纱幔，她们只远远看见这女子与陆承杀席间耳语，十分亲密，可谁也不清楚两人是如何相处的。

居然、居然……看起来这么正常。

能和陆承杀正常相处，本身就是一件极其不正常的事情。

"你怎么啦？傻了？"花焰在她面前晃了晃手。

秦沐烟盯着花焰，神色复杂，少顷，她突然问道："……你怎么做到的？"

花焰："……啊？"

秦沐烟："我问你怎么、怎么……近得了他的身？"

花焰道："他也没赶我走啊？"

她算看出来了，眼前这个女子可能对陆大侠求而不得，她在话本里见过的。《义侠记》里，虽然商大侠红颜知己无数，但也总有那么几个女子爱而不得，黯然离去。可惨可惨了！虐得花焰都抹了两滴眼泪。

想着，花焰把手搭在秦沐烟肩膀上，满含同情道："你是不是真的很喜欢陆大侠呀？"

秦沐烟："……"她在干什么！在耀武扬威吗？！

花焰继续饱含同情地道："天涯何处无芳草，虽然我知道这很困难，毕竟陆大侠确实长得好，脾气也好，性格随和，又好说话……"

她绝对在炫耀！

秦沐烟气得浑身发抖，她猛地抖开花焰的手，冷冷道："你是不是真的以为陆承杀会娶你？你应该知道陆少侠是停剑山庄嫡亲的孙辈，他是无论如何都不会娶一位来路不明、不会武功的女子的。"

这下轮到花焰傻了。

"陆大侠干吗要娶我？他要娶也是娶天下第一美人。"

秦沐烟："？"那不就是我？

"对了，江湖上还有比你更漂亮的女子吗，或者差不多漂亮的也行？"

秦沐烟下意识道："没有了。"

花焰："？"这人这么膨胀吗？

花焰开始觉得她们有点儿难以交流。

所谓话不投机半句多，花焰本来还想问秦沐烟，陆承杀真的摘牡丹给她了吗，现下觉得似乎也不用问了。

花焰想走了，可秦沐烟不肯放过她。

秦沐烟觉得花焰应该认清现实，声音里慢慢透出优越感："你想清楚了，问剑大会结束，他们都要回停剑山庄，停剑山庄是不会收留你这样一个来路不明、不会武功的女子的，最多把你托付给附近的农户。"她顿了顿，"看在停剑山庄的面子上，我们七琴天下愿意收你做个外门弟子，你若有心，修炼两年，自可以觅得一个更适合你的夫婿，比如……呃……"她向四周看了看，看见一个满目凄然又透着傻气的年轻男弟子，"这种？"

赵攸沉浸在内心的悲痛中，没有察觉到自己正被人指着。

他昨日也见到了花焰与陆承杀亲昵，可始终不愿相信，今早又在东风不夜楼的大堂近距离目睹了两人你侬我侬喂烧卖，只觉得精神受到了震荡。

他早该知道的！这天残教妖女哪有什么真情可言！

前脚还在和他私奔天涯，下一刻便移情别恋上了陆少侠。

果然长得越漂亮的女子越是负心薄幸，难道这就是少年成长的必经之路吗？

"如何？"秦沐烟还在锲而不舍地道，"你不知道每年有多少女子想进七琴天下，要不是看在……"

"不用啦。"花焰对她失去了兴趣，敷衍道，"你不是还有表演吗，不用早点儿过去吗？"

花焰敷衍的态度过于明显，秦沐烟气得冷冷地一甩袖，道了句"不知好歹"，说完转身就走。

身后七琴天下的众人也跟着她一道离开，只是离开时，这群漂亮女子纷纷多看了花焰几眼，露出了既惊叹又八卦的神色。

花焰转头也想走，忽然想起一件事，拽过一旁愣怔的赵攸："过来过来，我有话问你。"

赵攸猛然回神，低头一看是花焰："……嗯？"他脸上一红。

被花焰拽出几步远，才听见她压低声音问："对当山派你有多少了解？"

赵攸一头雾水："……就一般了解吧。"

当山派是他们青城门一江之隔的宿敌，要说完全不了解也是不可能的，师兄师姐代代相传、耳提面命，当山派各种不为人知的黑料在他们认知里至少占一半。

"我想去当山派逛逛，会很危险吗？"花焰刻意压低的声音里飘出了一丝诱哄般的味道。

魅音入耳摄人心魄，赵攸瞬间便觉得迷迷糊糊，犹如踩在云雾中，意识都不怎么清晰，说出的话也不受控制："平日里可能会有弟子巡逻，近日他们精力都放在问剑大会上，应该不会很危险。"

花焰想了想，道："你最近一次哭是什么时候？"

赵攸仿佛被控制的傀儡一般，问啥答啥："昨晚。"

花焰惊讶了一下，忍不住问："为什么哭？"

赵攸语气平板中透着委屈："我在意的女子移情别恋。"

"哦。"花焰没想到还有这种八卦，不过……她不是很感兴趣。

确定赵攸说的是实话，她加深了声线中的魅惑，声音越发诱哄道："那，能不能告诉我当山派的地牢在哪里？"

得到了想要的信息，花焰还顺便给赵攸下了绝对不能对其他人说出花焰身份的暗示。

她娘亲传的魅音入耳确实很好用，可惜限制颇多，比如只能在单独面对对方时用，一旦在场的超过两个人，便不奏效了；还有，只能对意志力较差的人用，面对意志坚定者也会大打折扣。

心情一好，花焰忍不住多买了两包油酥糖，准备待会儿边看七琴天下的表演边吃，只是拿着糖刚要走的时候，却被人拦住了去路。

两个衣着打扮都十分普通，瞧着像城中居民的汉子拦在她面前，愁眉苦脸道："这位姑娘，能不能来帮我们一个忙？"

"什么忙？"

"这里人多不好说，能不能到那边的角落说？"

花焰捧着油酥糖，笑眯眯道："不行，就在这里。"

那汉子露出苦笑，声音只有近在咫尺的花焰能听见："圣女，你这样，我们真的很难和羽教主交代。"

羽教主？

这个称呼让花焰瞬间起了一身鸡皮疙瘩。

她转身就要跑，不料对方先花焰一步攥住了她的胳膊，花焰反手翻出绢扇，刚要切下，便被人截住。随后，她听见对方道："圣女，冒犯了。只是你现在走了，不怕我们转头告诉陆承杀您的真实身份吗？"

花焰僵住。

她缓缓回头，声音里终于有些不爽："所以你们是要干什么？"

"自然是请您到一个更安全的地方去，羽教主不日便会前来与您会合。"

"如果我说我不去呢？"

汉子道："那恐怕只能对您采取一些必要的手段。"

花焰若是坐以待毙便不是花焰了。

她当即大声喊道："救命啊！这两个歹人要绑走我！有大侠救救小女子吗？"

声音清晰且洪亮，在大街上更是分外明显。

两个汉子没想到她居然这么大胆，一时愣住："等等，圣女你难道不怕……"

花焰故意把嗓音掐得很细，继续尖叫道："——他们还要诬蔑手无缚鸡之力的小女子！"

现在离山城里别的不多，唯独大侠特别多。

眼见已经有几个会武功的侠客逼近，两个汉子不得不闪身逃遁。

"姑娘，你没事吧？"

"姑娘，要不要去追那两个人？"

花焰抚着心口，满脸感激道："没事没事，谢谢几位大侠啦！若不是几位大侠，小女子可能就要被那两个歹人绑走了。"

虽然暂时没事了，但花焰还是很头疼。

隐约能听见远处传来的丝竹琴乐声，七琴天下的表演显然快开始了，演奏将会从巳时持续到申时，路上的行人都已渐渐往会场赶去。

虽然她很想去听，但她目前还有更重要的事情做。

花焰回到房间，摘了身上的钗环首饰，将长发盘起，换了最朴素的一套衣服，从包袱里挑出易容的药膏，偷偷溜了出去。

第六章 天残教主

当山派就在山脚下，远远便能看见山门外牌楼上的匾额，笔走龙蛇地写着"当山派"三个大字。外面还修了间很大的庙，被遮天蔽日的树荫掩盖，气息清新、幽静，虽然此时行人稀疏，但从门口石鼎的香火里能看得出平日里往来人不少。

花焰一惊。

往日听水瑟骂当山是和尚庙她也没当真，没想到门口还真的有座庙。

门派外围是青灰色的砖墙，覆盖着红瓦，一如他们的门派服装的颜色，花焰踩着树杈翻墙进去。

确实如赵攸所言，人不多。

她藏在树后，暗自算了算几个弟子来回巡逻的时间，便照着赵攸所描述的地方潜了过去，最前面是大殿，往后是弟子的居所，再往后一些是练武场，当山的地牢就在练武场侧面一扇小门里。

赵攸跟她说，因为他们青城门和当山派实在不对付，双方互有私自关押对方弟子的事情发生，解决办法要么是各家师长出来领人，要么就是弟子率众前来地牢抢人，只要不闹得太离谱，师长都会睁一只眼闭一只眼，后者的次数远多于前者，故而都对彼此的地牢印象深刻。

花焰仔细望了望那扇小门，觉得要不是赵攸告知，她自己找，还真的找不到。

因为它——实在太不起眼了！

花焰没想到，这个时候当山派还有这么多人在练武，好在那群"红发带"大部分都不在。

她瞅着练武场发愁了一会儿，转身返回，潜进弟子的居所，挑了间没人的女弟子房间，偷了一套当山派女弟子的衣服换上，又用易容膏药遮掩了一下过分出挑的五官，这才走了出去。

就算是地牢，至少也要送饭。

午时已到，练武场的弟子三三两两到偏殿吃饭，花焰混入其中，顺便观察了一下当山派的伙食。

红烧肉、扒皮鱼、盐酥鸡、一碟清炒竹笋，还配了一碗南瓜汤，道道精美。她悲伤地发现，果然哪里都比他们正义教强！

花焰摸了摸肚皮，忍耐着，摸到厨房外头，找了个隐秘处等着。

等得她腿都麻了，才看见两个外门弟子把十来份简陋的餐食装进一个特殊构造的推车里，这跟刚才当山派弟子的餐食比起来，就宛若猪食了。

这花焰就懂了。

毕竟他们正义教地牢的饭菜喂猪，猪都不一定吃。

花焰不动声色地从旁路过。

不一会儿，其中一个弟子便捂着肚子道："我、我……有些内急，先、先去趟茅房。"

另一个道："快去快回，别耽误了送饭的时间，免得师叔怪罪。"

花焰早等在去茅厕的路上，没有内力，她心里也没底，于是一掌用了十成十的力，对方瞬间便晕了过去。她手脚利落地将人拖到一处草丛中，又下了足够昏睡半日的药，才迤迤然走了出去。

干完，花焰拍拍手，紧张又兴奋地走到另一个弟子面前。

对方一愣："你是……"

花焰粲然一笑："师兄！我是新来的小师妹，刚才那位师兄内急，便让我跟你一起去送饭。"

"呃，可是……"

花焰放慢语调，刻意压低的嗓音十分缥缈："没什么可是的，走吧……"

眼前当山派外门弟子的意识仿佛也恍惚了一下："哦，好吧。"

魅音入耳确实好用，难怪当初她娘跟她说，别的都可以偷工减料，唯独这个一定要好好学。

花焰抑住兴奋，推着车，跟着那个外门弟子进了地牢，门口的守卫随便看了一眼，便放他们进去了。

当山的地牢远没有正义教的地牢那般阴冷幽暗，看起来就像个普通的牢房，关的人也正常许多，一个个看起来心情平静，也没有惨叫声和血腥味。

外门弟子负责派饭，她就跟在后面一个个看。

一路走到底，也没看到那张熟悉的脸。

花焰松了口气，果然是假的，她就说怎么可能……

正想着，那外门弟子拐了一下，走到更深的地下。

花焰才发现下面还有间黑牢。

不同于外间只隔着铁栅栏，下面那间黑牢全部封闭，只留下一个铁皮覆盖的小口子。

外门弟子将铁皮口子打开，把餐食推进去，再飞速合上，快得仿佛有人追着咬他的手似的，里面立刻便有声音传出来。

那声音懒洋洋的，像没睡醒，慢条斯理中透着一股说不出的随意与闲适，好似那间地牢是他家一般："你们当山派就是这么招待客人的吗？饿死我对凌天啸有什么好处？"

这声宛若平地惊雷，把花焰劈焦在当场。

不好！正义教危矣！

这倒霉蛋好像真的是他们教主谢应弦啊！

她做了好一会儿心理建设，才上前掀开那块铁皮口子，透过外头微弱的光亮朝里张望。

草垛之中，坐了个年轻男子，他背靠着墙壁，懒得像没有骨头，再仔细一看，他手腕、脚踝上均扣着铁环、连着锁链，被固定在墙壁上。

"……呃，教主？"

年轻男子闻声睁开双眼，可能有段时间没有见光有些不适，那双细长的眼微微眯了起来，随后，他笑道："惊不惊喜，意不意外？"

花焰："……"这一眼就认出她，还能有心情调侃，是教主没错了！

确定了是教主，花焰更发愁了。

虽然她是很向往正派，但好歹从小长大的地方马上就要更名为羽曳教了，花焰有种即将流离失所的感觉，本来觉得只要谢应弦能搞定，她就随时能回去的。

花焰大大叹了口气。

谢应弦心态比她好多了，甚至还在笑："你在外面叹什么气，要进来坐坐吗？"

花焰奇道："怎么进去？"

谢应弦道："你是跟着送饭的弟子进来的吧，先让他出去。"

花焰用魅音入耳哄骗那个外门弟子先出去，待他走远，才慢慢转身，只听"咔嚓"两声，关着谢应弦黑牢的门，打开了。

111

花焰："你能打开这门？"

谢应弦不以为奇道："能啊。"

花焰脑袋上问号更多了："那你干吗不逃？"

谢应弦更不以为奇道："当然是有事了。"

行吧。

花焰拉开门，仔细打量这间牢房，再看了一眼摆在台子上的猪食，觉得他们教主这段时间还真是卧薪尝胆，想到自己天天跟着陆承杀吃香的喝辣的，她顿时还有点儿心虚。

谢应弦道："有酒吗？"

花焰实话实说："……没带。"

谢应弦挑了挑眉，声音终于有点儿不满："来看我，你不带酒？"

花焰抗议："谁知道你真的在这里啊！"她在身上摸了摸，摸出路上吃剩下，只有半包的油酥糖，"油酥糖要吗？"

谢应弦很嫌弃地看了一眼，说："拿过来吧。"

光照进来，谢应弦的面容才慢慢清晰。

前教主夫人是胡姬，因而谢应弦的样貌也有几分异域风情，他的瞳色较常人略浅，眼眸狭长，眼尾上挑时则锋利又薄情，像只狐狸变的精怪，面容俊美得有些妖异，若再做些类似邪魅一笑的表情，会显得极其妖冶，非常符合天残教教主的形象。

奈何他本人实在气质懒散，头发平常就爱随便一扎散在身后，衣带也不肯好好系，现下更是长发松散，衣衫凌乱，唇无血色，中和过后，那股俊美妖孽的味道也荡然无存，他看起来就像个闲散且落拓的二世祖。

从花焰认识他的时候他就是这样。

过去，前教主夫人得撵在他屁股后面让他习武——当然，谢应弦本人天赋异禀，躺着都能把功练了，可此为后话了。

接过油酥糖，丢了一颗进嘴里，谢应弦又懒洋洋地往后面一靠，牵动银铛作响，指着锁链道："正道真的很没劲，锁手锁脚有什么用，要是我，就先下药，再挑断手筋脚筋，穿琵琶骨……"

这话花焰就不爱听了。

她敲了敲墙面："不要得了便宜还卖乖！你还没说你到底是怎么被抓的！"

谢应弦并不嗜甜，他咬着甜腻的油酥糖，表情略略扭曲了一下，才叹了口气道："还能是什么。有叛徒，被出卖了。"

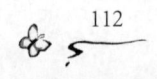

花焰一惊。

难不成是羽曳？

她脑内整理了一下，把羽曳反叛的事情避重就轻地说了出来。

谢应弦听完，点了点头，了然道："所以你趁机就跑出来了。"

花焰道："你怎么一点儿都不惊讶的样子？"

谢应弦道："我应该表现得很惊讶吗？好吧，其实我早觉得他有问题了，也不是毫无防备。"

"那你……"怎么还被抓了。

不对，花焰突然反应过来，顿时一挑眉："那你不早跟我说！"

谢应弦睨着她道："我说了你会信？说实话，他确实对你不错。"

花焰面无表情道："他和水瑟有一腿。"

谢应弦难得语塞了一会儿，道："……对不起，这我真不知道。"

"算了算了，都是过去的事情了。"花焰摆摆手，很大度地表示不在意，然后眼巴巴地望着谢应弦，"你什么时候出去收拾他呀？"

见过谢应弦不知道多少的操作，导致花焰对他有种盲目信任。

虽然他做事天马行空了点儿，但从小到大，就没有他摆不平的事。

谢应弦扬了扬手里的锁链，那双细长的眼睛微微弯起来，很是无辜道："大小姐，我现在可是个阶下囚。"

花焰热心道："需要我帮你越狱吗？"

谢应弦当即拒绝："不用，谢谢。"

花焰突然想起来："齐护法和凝音、绛岚呢？他们不是跟着你一起出来的？"

谢应弦不以为奇道："在忙啊。"

"忙什么？"

"很多事。"谢应弦继续浑似无骨地瘫坐着，"我就比较辛苦了，只能在这里等他们。"

花焰刚想说"在这里瘫坐着哪里辛苦啦"，就听见谢应弦轻轻"咝"了一声。

"你受伤了？啊……你真的被那个什么千钧剑阵重伤了？"花焰忽然想起在观山居听到的传言，忍不住凑近去看，地牢里光线不好，也看不清谢应弦到底受没受伤。

下一刻，她只觉得额头一痛。

花焰捂着额头："干吗崩我脑瓜！"

谢应弦收回手指，挑挑眉："我好几天没洗澡了，你不嫌臭，靠那么近干什么？"

花焰哼唧了两声："受伤就受伤嘛，还死鸭子嘴硬。"她从衣袋里摸出两瓶伤药递过去，"自己看有没有能用的。"

"不必了，小问题。"谢应弦看也不看，又瘫坐了回去，逼仄的地牢里，他那一身灰衣倒是把本人掩藏了个彻底，要不是知情人，绝对猜不出这是个教主。

天残教教主原本是有专门服饰的，不管是出席大典，还是日常巡视，都各有一套绛紫色教主服，还有配套的配饰，包括发饰、腰带、耳环等，甚至还有面纹，威仪与妖冶并存，令人不敢直视，总之保证全套穿着下来，就算是个要饭的也能觉出这个人非常危险可怕。

前代教主还挺喜欢那套衣服，花焰小时候就常见一抹茄影飘来荡去。

但谢应弦觉得穿着不舒服，于是自上位以后他一次也没穿过，每日照样穿着他那件衣带都不肯好好系的灰袍子招摇过市，有时闲来无事到周围边陲小城遛遛的时候，还会坐在路边和小贩闲聊，聊得兴起，称兄道弟，不分彼此，对方甚至还会热情邀请他入伙。

当然，结局通常要么是被他两个侍女以死相逼，拖着带走，要么是被花焰胡搅蛮缠地拉走，再不然就是齐护法从天而降，把其他人吓走。

花焰有时候觉得他可能真的不是很想做这个天残教教主。

就像她也不是很想做这个天残教圣女一样。

每每想到这里，花焰都有种"啊，正义教要完蛋"的感觉。

唉。

"叹什么气啊，我又没打算死，我们教也没这么容易完蛋……"谢应弦又丢了一颗油酥糖进嘴里，龇牙咧嘴一番，神情依旧显得懒洋洋的，他突然问道，"你现在住哪儿？"

花焰卡壳了一下，道："客栈。"

"哪家？"

他问得猝不及防，花焰来不及思考，下一刻她便听见谢应弦笃定道："东风不夜楼是吧？来，说说看，你是欺骗了哪个纯情少侠的感情？"

"……"

花焰情不自禁地辩解："我才没有！"

"嗯？"谢应弦看着她脸上的表情，唇角勾了勾，一刻不停地道，"这有什么不好意思的？走进来的时候我就注意到了，你的内力是被封了还是被散了？一个人不安全，找个人为你送死也叫人放心点儿。说说吧，到底是五大门派哪家的弟子？你总不至于连水瑟也比不过吧，那燃姨要气醒过来了。"

谢应弦从小敏锐，又极会套话，导致花焰在他面前说谎屡屡暴露，以至面对他时下意识地不太会编。

"你不说，那就我来猜，停剑山庄？"

花焰一惊。

谢应弦也愣了一下："我一猜就中？难不成是陆家人……陆承杀？"

花焰矢口否认："不是！"

谢应弦："……居然真的是。"

花焰："都跟你说了不是！"

谢应弦毫不留情道："在我面前说谎有意义吗？"

花焰气馁，耷拉下脑袋："好吧……"

谢应弦一脸"吾家有女初长成"般的欣慰，语调也愉悦了起来："不错，不错，我们大小姐出息了，我走之前你还不认得陆承杀是谁吧，现在他人都被你骗到手了。"见花焰满脸写着"欲言又止"，谢应弦敛了几分调侃，笑笑道，"他人如何？"

花焰实话实说："……挺好的。"

"怎么个好法？"

"就……正派大侠啊，很能打，很正直，脾气也很好。"

谢应弦满脸狐疑："你确定你说的是陆承杀？"

花焰刚想开口争辩，突然间谢应弦眸光一闪，神色微变。

他直起身，将食指抵在唇间，比了个"嘘"，轻声道："有人来。"

花焰立时一凛。

不多时，牢狱的尽头便传来了脚步声。

花焰服了一颗止息丸，敛去气息，藏在角落里一动不动，借着地牢微弱的光线，看见来的正是当山派的掌门凌天啸。

他那副黑脸白发、脸上沟壑纵横的模样，在昏暗光线下更显凶恶可怖。

花焰忍不住想，要是光看长相，这才是传说中天残教教主的样貌吧。

凌天啸走进谢应弦的牢里，一开口，声音威严中透着肃杀感："谢魔头，你还不肯从实招来吗？"

谢应弦装作一副刚刚见光的样子，抬手挡着眼睛，唇角勾笑，吊儿郎当道："我招什么？对了，凌掌门，要是再没有酒、没有肉，说不定我这个天残教教主明天就饿死在你们牢里了。"

凌天啸却似听不懂谢应弦的调笑，揪起他的领子，将他提起，道："谢魔头，你若从实招来，问剑大会后处决你时，老夫还能给你个痛快。"

谢应弦被这么一提起，身形越发单薄，手垂在身侧，锁链仍是摇晃作响。只是，他的吊儿郎当劲儿丝毫未少。

谢应弦奇道："你说的我一概不知，要我怎么招？比如那谜音龙窟惨案发生时，我才不过几岁，这也要算是我做的？"

凌天啸将他一丢，他被重重掷在了墙上，又是一阵银铛乱响声。

"父债子偿。谢长云与烈炎妖女造下的这桩杀业，总要有人偿还一份公道。"

谢应弦从墙上滑坐下来，咳了一声，就地瘫倒，懒懒笑道："我爹又不喜欢我，我辛苦替他收拾这个烂摊子，还要替他去死，那谁来还我公道？要不，凌掌门，我们打个商量，我愿用那半本《天残剑法》和两只我教秘宝续命蛊来换我的命，如何？如果不够，我们还可以再谈……"

凌天啸迟疑了片刻，随即道："谢魔头，你花言巧语也无用，就算不提这一桩，你们天残教的所作所为，一桩桩一件件也都记录在案，多少普通人命丧天残教弟子之手。"

谢应弦随口道："我们教弟子也没少死在你们正派手里吧。"

凌天啸用拇指将佩剑抽出刀鞘，眉峰一皱，面容显得越发可怖："强词夺理，巧舌如簧。"

谢应弦道："这样，你拿酒拿肉来，我就招了，都是我做的，怎么样？"

凌天啸："……"

谢应弦继续得寸进尺道："最好能再给我一桶水，让我擦个身什么的，不然还挺难受的。"

凌天啸似乎终于意识到无法与谢应弦交流，他朝外走，再度将黑牢的门锁上："谢魔头，老夫劝你还是不要逞一时之快，若是等到问剑大会后那些想处决你的人来，就没这么简单了。"

待凌天啸走远，花焰立刻从藏身的地方出来，震惊道："你没事吧，牺牲这么大，真的不要伤药吗？"

谢应弦瘫坐在那里："他下手挺轻的，死不了。"

花焰不由得问道："还有重的吗？"

"当然有，你不知道这段时间我这儿多热闹，隔三岔五就能看见各路江湖大侠，来说什么、干什么的都有，还有来观光的。"谢应弦又摸了一块油酥糖，放在嘴里嚼了嚼，拧着眉头道，"也好，省了我不少事……你还有别的零嘴吗？"

116

花焰摸了摸衣袋:"没了,都吃完了。"

谢应弦定定地看了她一会儿,道:"你好像胖了。"

花焰大惊失色:"?"

谢应弦:"南边东西这么好吃吗?"

花焰持续失色道:"你不要胡说!我哪里胖了!"

"行行行,没胖没胖,就是圆润了。"谢应弦笑笑,"圆润也挺好,总之我的事情你就不用操心了,你跟在陆承杀身边,只要不被他发现,应该还是挺安全的。"

"走吧走吧,时间也不早了,免得待会儿再来人。"

花焰叹了口气,点点头,想了想,还是丢下了一瓶伤药:"你可别真的死了哦。"

"好的。"谢应弦眉头舒展开,那双狐狸似的眼睛微微上挑,是个有些懒散却又好看的弧度,"对了,羽曳骗你的仇,我记下来了。"

花焰冲他摆摆手:"先顾好你自己啦!"

进来麻烦,出去却容易,大抵问剑大会期间,守卫确实有些松懈。

花焰原路返回,没惊动任何人,甚至还来得及把那套女弟子服物归原主,又卸掉脸上的易容。

可惜她溜回去的时候,七琴天下的表演已经快结束了,再赶去会场已经来不及。

花焰有些遗憾,想要再看,只能再等上三年了。

三年后,她还不知道在哪儿呢。

花焰悠悠闲闲地朝着东风不夜楼客栈走,又重新买了两包油酥糖,想着还可以分给陆承杀一包,却忽然被人握住了胳膊。

不会是那两个汉子又阴魂不散吧!

花焰悚然一惊,从袖底翻出绢扇,一转头却看到了陆承杀的脸。

咦?

陆承杀的脸上依旧没什么表情,可攥着她胳膊的手有些用力,花焰倒抽一口气,陆承杀蓦然松开了手。

他似乎想要和花焰说些什么。

花焰揉着胳膊,眨眼等他说,等了一会儿,才听见他仿佛松了口气般地说:"走吧。"

他到底想说什么呀!

等等，这个时间他应该还在问剑大会的会场啊。

花焰想到，立刻就问："你怎么在这里啊？"

陆承杀道："我在找你。"

花焰"啊"了一声，才想起自己原本说好和秦沐烟聊完就去找他，结果去当山派地牢这一趟"失踪"了足有半天，一时有些心虚："我下午是去逛了逛……"

脑袋上又有什么轻飘飘地拂过，她听见头顶传来陆承杀的声音，清冽的嗓音沉沉的："没事就行。"

"姑娘你可算回来了，陆少侠找了您一个下午呢，生怕你被天残教的人掳走。"

"那天残教当真是可恶至极，真不知这俩人是如何潜伏进来的。"

回来花焰才知道，早上试图绑走她的那两个卧底已经被抓了。

没等她紧张担心，接着便得知那两个卧底在被抓以后立刻服毒自尽了，黑锅自然是牢中的谢应弦继续背，整个离山城都加强了戒备。

花焰越发心虚了起来。

陆承杀一路回来，什么也没跟她说。

花焰没话找话："那个，白天七琴天下的表演好看吗？"

陆承杀："不知道。"

花焰惊："你没看？"

陆承杀平静地道："没注意。"

花焰："……"

"那个……"花焰又戳戳他，"你真的找了我很久吗？"

陆承杀想了一下，道："多久算久？"

花焰思忖着："就是你开始觉得不耐烦了，不想做了……"

陆承杀："那不久。"

花焰第一千次感慨，陆大侠真的脾气太好了！

她拽拽陆承杀的袖口，轻声说："好啦，我下次要是一个人走，一定先跟你打个招呼。"说着，花焰分出一包油酥糖，塞到陆承杀手里，"让你担心啦。"

陆承杀接过糖，似乎迟疑了一下，只过了一小会儿，他摸出一个小酒囊递给花焰。

这会儿轮到花焰迟疑了。

她是不喝酒的，一路行来也没见陆承杀喝过酒，总不能是给谢应弦的吧？

花焰在心里干笑了两声，索性打开酒囊，放到鼻端闻了闻。

没有酒味。

她干脆倒了一点儿进嘴里，味道清爽又甜丝丝的。

是绿豆汤。

花焰："咦……"

她转头看向陆承杀。

"你特地去给我装的？"花焰有点儿难以想象，那天送汤的弟子光是远远看着陆承杀就满脸写着害怕，陆承杀要是亲自找他去装汤，不知道他是个什么反应。

陆承杀又不说话了。

过了一个下午，绿豆汤已经不再冰凉，而是温温的，像带着陆承杀的体温。

花焰又喝了一口。

甜丝丝的汤润口，花焰的心口也像被绿豆汤滚过一样，感觉怪怪的，不过很快她调整过来，继续拽着陆承杀的袖口道："陆大侠，正好白天我看上了一家馆子，走，我们去吃吧！"

问剑大会进行到第四日才算是正式开场，因为万众瞩目的弟子战开始了。

弟子战一共持续三日，与武比不同，擂台只有一个，而且不存在点到为止。

打，就一定要决出胜负。

各门派前来报名参赛的弟子经筛选后共留下四十八名，抽签后，两两对战，决出二十四名，再两两对战，直至决出最后一名。以往两届，陆承杀都是这么夺得优胜的。

若对入选名单有异议，也可以对已入选的弟子申请挑战，抢夺对方的资格。到了弟子战当天，才是确定下来的名单。

弟子战第一天最是热闹，足足有二十四场比试，各门派的人也是来得最齐的。

作为主场掌门，凌天啸上去致辞，他内力深厚，嗓音低沉，随便开口便声如洪钟。

"诸位都是武林中年青一代的翘楚，也是我们武林的未来与希望，希望诸位能在此次弟子战的比试中，发挥出自己的实力……"

花焰远远看着凌天啸那张脸，想起在当山地牢中所见，不由得眯起眼睛——这位看着浓眉大眼的名门正派也会动用私刑、屈打成招！

"此次我们虽擒到了天残教教主，但天残教余孽犹在，十分猖獗，百足之虫，死而不僵……今后诸位弟子也要多加防范，惩奸除恶，早日铲除邪教，匡扶正义。"

花焰在心里"哼"了一声。

致辞完，就轮到抽签。

停剑山庄的四名蓝剑穗弟子和五名黄剑穗弟子尽皆入选，硬生生占了九个名额。

五大门派参加的人数，除了梵音寺，也都差不多。梵音寺弟子来了不少，但只报名了三个，也只进了三个，其余弟子要么在城里讲经，要么在布施，会武的不少，但爱斗的不多，说佛也是真的佛系。

其他门派弟子不管是在数量上还是在质量上都无法与五大门派相比，能进一两个就算是不易了。

抽签时，按照门派上前，签纸上写着一到二十四，若抽到相同数字，即为第一轮的对手。

东道主当山派的弟子第一个上去抽，只是抽签的时候，众人赫然发现，褚浚人不见了！

"褚少侠是受打击太大了吧……"

"年年做老二，这谁受得了，今年眼见还是打不过陆承杀，干脆不上算了吧。"

"那今年不是没什么看头了。"

"后悔了，那天武比我没来，错过了啊。"

"等等看门派战他上不上吧，今年有天残教教主做彩头，门派战估计会激烈得很。"

领头的是左惊霜，经过慈心谷医师一夜的救治，她看起来身体无恙了，只是依旧带着病容，脸色苍白，花焰都觉得她未免太拼了吧！

然后花焰立刻转头去看青城门那边。

沐雪浪正领着弟子过来准备抽签，看见左惊霜，眉头微微一皱，似乎低声说了一句什么。

左惊霜抬头看他，也回了一句。

但是距离太远了啊！花焰根本听不清！

花焰又没学过唇语，急得恨不得立刻冲过去听八卦。

青城门抽完便轮到停剑山庄，东风不夜楼有专门的人将抽到的签记录在一块可供大家随时查阅的布告栏上。

之后，随着各门派弟子一个个前来，便能看见人生百态。

抽到停剑山庄黄剑穗之类弟子的神情复杂，避开当山派和停剑山庄的立刻眉开眼笑；抽到青年侠客榜排名前列的哭丧着脸，至于抽到陆承杀的那位……

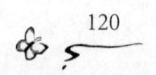

"我……我现在能不能弃权啊？"

得到否定的答复后，众人纷纷用同情的目光看着这位少侠。

青年侠客榜排名的一大指标就是每届的问剑大会，沐雪浪脾气好，一般在第一轮会放放水，过个几十招再击败对手，但陆承杀从来是瞬杀。

陆承杀的对手第一轮就出局，连展示武功的机会都没有，还要被单方面殴打，这一趟基本算白来了。

不管是喜是忧，弟子战的第一轮还是开始了，台下也开始议论纷纷。

"今年签运不错啊，第一轮没遇到热门对撞。"

"三年前那次，白聿江是真的惨，按照实力，他那届能进前十二的，结果第一轮就撞上陆承杀。"

"我上次没来，还有这一出呢？难怪白聿江对着陆承杀敌意那么重。"

"哎，他对陆承杀敌意重可不只这个缘由，不可说，不可说……"

"不知道今年那个左惊霜能拿到第几名。"

几乎选手一上场，花焰就能感受到与武比不同的气氛，空气凝滞，双方皆剑拔弩张。弟子战的胜负标准是对手失去抵抗力，是以双方都非常小心、谨慎，而且拼命。

就连前几日坐镇场外的慈心谷大夫也挪了进来，严阵以待，随时准备冲进去救人。

听说他们比试前还要负责检查弟子有没有服用禁药，如无敌大力丸之类的，可谓非常繁忙。

花焰从袖子里掏出瓜子，大眼睛一眨不眨地看着会场。

只是看过陆承杀和褚浚那场比试以后，看其他的比试确实都仿佛在看花拳绣腿，总觉得像是放了慢动作，不够刺激。

陆承杀此刻已经抽完签回来，他的签在第十八位，比较靠后，最快也得下午才能轮到，所以便坐在花焰边上一起看。

花焰看着看着就忍不住问："你觉得这场谁会赢啊？青城门的那个还是白崖峰的那个？"

陆承杀道："青城门。"

一刻钟后，果然如陆承杀所言，那名白崖峰弟子落败。

之后，一连三场陆承杀都猜对了。

花焰叹为观止："你怎么猜到的？"

陆承杀说："能看出来。"

花焰疑惑道:"看出来?"

陆承杀言简意赅道:"强弱。"

花焰忍不住咳嗽了一下,道:"我是不是在你心里挺弱的……"

陆承杀沉默了。

花焰:"……无妨,我懂。"

说实话,花焰当初习武主要是为了应付她娘,只是现在内力不在了,还是有点儿令人郁闷。想解羽曳的毒,若在教中倒还好办,现在出门在外,确实一时束手无策。

鬼使神差地,花焰小声道:"要不,你教教我?"

说完她就有点儿后悔,陆承杀是停剑山庄的弟子欸,怎么可能随便就教……

陆承杀立刻答:"好。"

花焰:"啊?"

简直像在这里等着她一样。

花焰蒙了。

陆承杀转头看她:"你是真的想学吗?"

花焰蒙蒙地点头。

陆承杀起身,道:"跟我出来。"

花焰跟着他起身,更蒙了:"哦……啊?!你真的要教我啊?"

陆承杀转眸过来,眼睛里简直写着"不然呢"三个大字。

瞬间她反应过来,估计是之前差点儿被天残教的人抓,让陆承杀担心自己拖他后腿,所以他才答应得这么爽快。毕竟,陆承杀说不出什么"因为你太弱了,所以你需要学点儿武功保护自己"这样的话。

花焰的心情很复杂,就这么没头没脑地跟着陆承杀走出去,因为此时正在比试,所有人都关注着会场中,竟也没有多少人发现他们走了出去。

到了一片无人的空地,陆承杀把自己背负的那柄长剑抽出来,递给花焰。

花焰接过,一拎,手臂立刻一沉——好重啊!

不是吧!他天天拎着这么重的剑打架,还速度这么快?

陆承杀似乎也意识到了问题,默默又接过了剑,跟花焰说了一声"等我",几乎眨眼工夫,又拿了一柄轻薄的长剑过来给她。

这剑就凑手了许多,花焰随意地挥了挥,感觉还不错。

与此同时,陆承杀随手折了一根树枝,拿在手中,对着花焰道:"来。"

花焰举着剑不明所以:"嗯?"

陆承杀道:"跟我打。"

花焰:"?"

是这么教的吗?

"来。"

花焰不敢暴露正义教的武学,因而只能用这几日看到并偷师来的剑法招式。

虽然她记性不错,但一没系统学过,二没人家的内功心法,威力大打折扣,没舞两下,陆承杀的树枝就抵在了花焰的要害。

然后陆承杀撤开树枝,道:"再来。"

之后也没什么意外。

"再来。"

"再来。"

"再来。"

不一会儿,花焰就头上都是汗了,虽然陆承杀放水放得犹如泄洪,但她还是打不过啊。

不如说,怎么可能打得过啊!

她是习过武的,就算没习过武,至少也看过江湖传奇话本,哪儿有这么教人武功的!

花焰向来不会委屈自己,想完,立刻就说出口了。

陆承杀握着树枝,停住了,眼中闪过迷惑之色:"不是这样吗?"

花焰见状,道:"……难道你就是这样习武的?"

陆承杀道:"嗯。"

花焰道:"你平时都跟谁打?"

陆承杀道:"我外公。"似乎怕她不认识,他还补充了一下,"陆镇行。"

行。

停剑山庄的老庄主,陆镇行。

——二十年前就公认的武林最强者,决战青城山之巅的主人公之一,当年杀得他们天残教鸡犬不宁的老疯子——最后这条评价来自他们教的屈长老。

花焰揉着脑袋,不知道怎么说:"那总有人教你武功招式吧,还有内功心法什么的。"

陆承杀眼中又浮现出一丝迷惑,他想了一会儿,道:"你想学什么?"

花焰情不自禁地问:"你能教什么?"

陆承杀道:"都可以。"

"都可以的意思是……"

陆承杀道:"所有门派的。"

花焰大吃一惊。他不是只练过陆家三套剑法吗,怎么突然就会所有门派的了?她有些凌乱地随口道:"青城门的行吗?就那个吹云剑法。"

几乎是她说完,陆承杀就已经开始舞剑,哦不,舞树枝。

他不以花焰为对手,便挑了一座假山,以树枝为剑,身体腾挪,快速抽打在假山上,看得出他没有用内力,但威力丝毫不减。

花焰是见过沐雪浪使这套剑法的,可觉得完全不一样,沐雪浪在使剑,陆承杀在杀人。

不一会儿,陆承杀停下。

假山顷刻之间便碎成了一块块小石子。

花焰情不自禁"啪啪啪"鼓起了掌。

陆承杀转头看她,连呼吸都没有乱一分:"学会了吗?"

花焰一愣:"你教完了?"

陆承杀点头。

她光顾着看陆承杀,根本没注意他用的招式啊!

"能……"花焰有点儿不好意思,"再来一遍吗?"

陆承杀眨了一下眼睛,似乎有些意外,不过还是又找了一块假山,演示了一遍。

这次花焰总算是记住了个大概。

她举着剑比画之前,忍不住问:"你看一遍就能记住吗?"

"嗯。"

"其他门派的剑法你也都是这么学会的?"

"嗯。"陆承杀看出了花焰欲言又止,似乎想要安慰她,于是摸了摸她的脑袋。

花焰任由他摸,叹气道:"……谢谢。"

陆承杀好像真的不知道怎么办了。

于是,他举起树枝,又演示了一遍。

可怜这儿布景的三块假山,眼见着就要碎一地了。

其实,花焰已经算是相当有武学天赋了,她习武的时候不管是她娘还是教里的长老,都没少夸赞她,说她有灵性、天赋高、学得快,奈何后来遇到了他们教主。

再到现在遇到了陆承杀,要不是谢应弦被关在当山地牢里,花焰真的很想知道他俩到底谁更天赋异禀。

谢应弦那种随便翻翻武功秘籍，三天打鱼两天晒网，平日里天天见他混日子，一到关键时刻就能出手吊打人的怪胎，花焰本来以为只有这么一个。

当年，前代教主一走了之，丢下谢应弦和前代教主夫人孤儿寡母，教内一时乱成一团。

谢应弦不过十来岁，不服他的、想上位的极多，他们正义教从来也不是什么讲道理的地方，前代教主夫人急得都去找花焰娘求救，她娘也十分头疼，答应无论如何会保住他们母子俩。没想到谢应弦干脆就懒洋洋地坐在教主宝座上，来一个打一个，对方不服就打到服，硬生生把这个教主之位抢下来了。

也怪谢应弦平时不显山不露水，没人知道他这么强。

他们左护法齐修斯就是。当初齐修斯是他们教里最出名的天才少年，板着一张貌若好女的脸，习武速度一日千里，所有人都觉得他会从谢应弦手里抢走教主之位，可能连他自己都这么想。

然后他就败在了谢应弦手里。

再然后，他就成了谢应弦的头号拥护者，对谢应弦的话言听计从，说一不二，包括穿女装。

要知道在那之前，他最讨厌别人说他像女子。

花焰觉得特别神奇，还特地跑去问过齐修斯。

金发碧眼的齐修斯冷着一张比水瑟还要美丽动人的脸，身上是一套加大码的裙装，碧绿的眼，眼波不动道："因为他强。"

"如果有一天你比他强了呢？"

齐修斯淡淡道："那我就杀了他。"

花焰："……"

谢应弦懒在一旁，衣衫散乱，笑得前仰后合："你第一天认识他啊？他就是个榆木脑袋。大小姐，过来，我让他再换两套裙子给你看。"

花焰想起了自己早就想做的事情，立刻恶向胆边生，道："那我能不能再给他上个妆，加点儿配饰什么的？"

谢应弦哈哈大笑道："行啊。"

齐修斯："……"

最后还是羽曳及时赶到，满脸无奈地拦住了他们俩胡作非为。

花焰恍惚了一下，现在想起羽曳都有些恍如隔世。

人非草木，要说一点儿感情都没有是不可能的，只是眼见他哄骗水瑟，甚至和她亲到一起的画面，还是让花焰觉得反胃。

"怎么了？"

花焰回过神，见陆承杀正望着她，表情有些犹豫地道："再来一遍？"

"？"

花焰再一看，只见碎了一地的小石子，已经没有第四座假山供他们糟践了。

"不用了！"花焰连忙叫停。

这也太费假山了。

她赶紧把脑子里的其他念头都扫出去，握着剑道："那我舞一遍给你看哦。"

"嗯。"

不知是否是错觉，陆承杀似乎松了口气。

花焰照着刚才陆承杀的模样，对着空气舞了一遍，陆承杀的眸子便这么一眨不眨地看着她。

为了证明自己不是个笨蛋，她有意在陆承杀面前表现，一套剑法与陆承杀刚才的动作姿势分毫不差。只是陆承杀舞得杀气十足，花焰舞得则更像是吹云剑法原本的模样，举重若轻而且潇洒飘逸。

若是有外人在此，应当会非常惊讶，这样的武学天赋放在哪个门派都是不可多得的天才，可现在花焰只希望陆承杀不要觉得她太笨才好。

一套舞完，花焰轻喘了一口气，有些得意地转头看陆承杀，道："怎么样？"

要是在教里，她现在应该已经被夸得鼻子翘到天上去了。

陆承杀点点头："可以。"

没等花焰高兴多久，陆承杀举起他的树枝，道："来打。"

花焰的脸垮下来了："非要跟你打吗？"

干吗啦！她又打不过！

陆承杀也没料到花焰的反应，他眼睫眨了眨，似乎在思索，片刻后，他丢开树杈，一动不动地站着，道："打我。"

花焰："？"

叹了口气，花焰道："算了，我还是跟你打吧！"

和陆承杀对打，确实进步良多，但是，累也是真的累。

花焰觉得过去习武一整天都没有和陆承杀打这半个时辰累，虽然陆承杀一没有用内力，二很少主动攻击，基本上是花焰攻击，他见招拆招，但她不得不集中全部的精神和反应力去应对陆承杀的招式。

一套吹云剑法很快就不够用了，陆承杀又演示了两套其他门派的剑招，花焰一边费力地记，一边接着跟他打，到最后她只想瘫倒做咸鱼。

急于求成不可取啊!

她还是早点儿把内力弄回来吧。

陆承杀见她累了,也不再勉强。

花焰坐在一块石台上,撑着剑喘息:"……你都是这么练的吗?"

陆承杀:"嗯。"

花焰算知道他为什么这么厉害了。

"那你外公对你还不错欸,肯天天陪你这么练。"花焰感慨了一下,"我还以为……"她卡壳了一下,有些不知道怎么形容,总觉得虽然同行,但陆承杀一直游离在所有停剑山庄弟子之外。

陆承杀略垂下眼睛。

平时他总是杀气甚重,又冷又硬的模样,但不知为何,垂下眼睛之后,好像忽然就显得单薄了。

那种无人可以走近他的单薄。

花焰下意识地伸出手。

然后听见陆承杀道:"待会儿再练。"

花焰的手僵在空中。

"会变强的。"他补充道,仿佛在鼓励她。

花焰:"……"

不妙!她现在已经有点儿开始后悔了。

第七章 武比风波

花焰蔫了吧唧地回到座位上，本来只是随便瞟了一眼，突然发觉不对。

此时在台上打斗的正是青城门大弟子沐雪浪，照理说只要不是陆承杀，他不论抽到谁，都能轻松取胜，但他现在看起来一点儿也不轻松。

沐雪浪的额头此刻已经沁出了汗珠，化雪剑也不再那么强势，他打得有些捉襟见肘。

他的对手穿着一身朱红长衫，用一根红缎带遮住眉心，看不出是哪个门派的，他单手提着一把九环大刀，仿佛不要命似的攻击沐雪浪。

这位"红缎带"的攻击迅捷且随意，好像只是随手乱砍，但每一下偏又能砍在沐雪浪剑招最薄弱处。

仔细看去，发现这位"红缎带"嘴角还噙着一抹笑。他的五官长得十分端正，忽略削薄的嘴唇，原本应是个看起来很诚恳的青年，可这红缎带一系，霎时让他显得攻击性十足。

事实也是如此，他好像放弃了防御，只一味地攻击。

偏偏青城门的功夫讲究的就是稳妥，只要攻势撕不开青城门功法的防守，就无法给予足够的伤害，反而会被克制，就如左惊霜与沐雪浪打斗时一样。

左惊霜虽然剑法已有小成，可始终不够凌厉，被沐雪浪一一挡下之后，只能任他施为。

而眼前这位"红缎带"不一样，他的刀法简直像是完全不顾自身一样地乱砍，虽然压制住了沐雪浪，可他身上也没少受伤，甚至脸上还有沾上的血痕，然而他毫不在意，脸上带着笑，持续地用九环大刀将沐雪浪压制到避无可避，仿佛在燃烧自己换取攻势。

用句不太好听的话形容就是：

他看起来像条疯狗一样。

平时喧嚣声不断的青城门席位，此时鸦雀无声。

四周嗡嗡，有些议论声，大家都在猜测这个人是谁。花焰朝布告栏看去，在沐雪浪的对手那一栏，写着这么一行字——"尤为天，石山派"。

别说花焰了，在座各位基本也没听过这个石山派是什么。

至于尤为天是谁，更没人认识。

但现在他打得青年侠客榜上排名第四的沐雪浪都难以招架，一时间大部分人都很难接受，这比那年看着陆承杀暴打褚浚还离谱啊。

好歹陆承杀也是停剑山庄嫡传、名声在外的少侠，可这人就像是横空出世一样。

尤为天这个名字不消片刻，已经传遍了整个会场。

这也是问剑大会的魅力所在，因为江湖的人此刻都聚集在了这里，一旦在大会上展现出不俗的实力，很快便能扬名立万，哪怕是之前从未出过山的隐修秘士也一样。

花焰都惊呆了。

她转头去问陆承杀："你觉得谁会赢？"

陆承杀道："尤为天。"

"啊？"不是吧！沐雪浪好歹是和陆大侠齐名的于蓝三少侠之一呢，居然这么不顶用！

花焰情不自禁地扭头去看当山派那边。

大部分当山派弟子此时都抑制不住嘴边的笑意，本来他们最有希望的褚浚不来参赛，眼见这次弟子战要丢脸，气氛都很沉闷，可没想到最大的竞争对手之一居然会被个无名小角色逼到这种程度，如果不是凌天啸现在就坐在边上，可能好几个弟子已经笑出声了。

然而，花焰发现，在一群喜笑颜开的当山派弟子中，唯独左惊霜一脸紧张，她甚至攥紧了自己的佩剑，眉头微微皱起。

花焰不禁捧起脸，不然怕忍不住自己的笑意。

她恨不得立刻冲下去，大喊三声，她的"青城当山绝恋"是真的！

真的是真的！

沐雪浪的防御已经被尤为天撕开缺口，而尤为天的攻势丝毫未减。

"大师兄小心！"

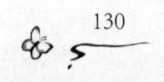

"大师兄！"

随着一声声接连不断的惊呼，尤为天的九环大刀径直砍在了沐雪浪的右肩上，虽然沐雪浪已经及时闪避，可这一刀已经在沐雪浪的肩膀上劈开了一道深可见骨的伤口，涌出的血顿时浸透了沐雪浪的青衫，就连地上也溅出一圈血迹。

即便如此，尤为天的攻势仍未停止。

他勾着唇角的一抹笑，仍旧朝沐雪浪攻去，沐雪浪单手连点右肩的穴道止血，再去接尤为天的刀，可明显已经落于下风了。

尤为天的刀又接连斩到了沐雪浪的左臂与右膝，尤为天那身朱红长衫令人看不清晰，沐雪浪的青衫上却是血迹显眼，斑驳大块，甚是骇人。

"在下认输。"沐雪浪已知不敌，干脆道。

尤为天却没有放过沐雪浪的意思，挑起眉，红缎带系在眉心，殷红如血，他仍在笑，笑容里有些邪性："不是打到没有抵抗力才算输？沐少侠，你这样多没意思。"

不等沐雪浪开口，青城门已经开腔了。

"你什么意思！赢了就赢了，还要羞辱人吗！"

"你小子别太得意，我们大师兄不过是一时大意了……"

"大师兄，不要尿，跟他打！"

"你们别吵了，慈心谷大夫呢，快点儿给大师兄止血啊！大师兄这流得跟血崩似的，怪吓人的……"

尤为天充耳不闻，仿佛和沐雪浪有深仇大恨似的，一刀接着一刀地挥砍。

若不是沐雪浪开场时想着放水，剑法使得松散，也不至于这么快便无法招架，可弟子战放水这事可以暗讨，却不能明说，通常除了当山派，其他门派弟子对上青城门也不会这么不饶人。

总之，种种凑在一起，沐雪浪也不得不苦笑。

右臂一麻，化雪剑"当"的一声脱手，跌落在地，而尤为天的九环大刀随之而来，沐雪浪不得不就地一滚，避开刀锋去势，既狼狈，又牵动周身伤口。

尤为天却只挥刀，笑意更深。

就在这时，当山派的师叔辈终于上场了，从边上抢下来一人，拔剑拦住尤为天的刀，挡在两人中间。

"青城门沐雪浪已无抵抗力，本场胜者，石山派尤为天。"

尤为天睨了一眼，道："没意思。"转头便收刀。

此时，当山派席位上的左惊霜突然从座位上下来，快步走进会场内。

她的比试还在后面几场,众人都有些不明所以,但花焰懂啊!

花焰举着刚才陆承杀给她的那柄剑,拼命捣地,露出一脸梦幻的笑容。

她肯定是心疼"沐大葱"了!

所以才会不顾在场众多当山派弟子的面,准备下去看他的伤势如何!

然后,花焰就眼睁睁地看着左惊霜快步走到尤为天面前,那张一直无甚表情的脸上突然显出一抹笑容,像是冬雪过后梨花初绽:"真的是你。"

花焰的剑也"当"的一声掉在地上。

左惊霜甚至没有多看重伤的沐雪浪一眼。

花焰捂住心口,只觉遭受重击。

完了。

她的"青城当山绝恋"是假的!

慈心谷的大夫很快便将浑身浴血的沐雪浪抬了下去,谁也没想到第一轮他会被淘汰,还是被一个无名小卒。

青城门弟子之后没有比试的都已经跟去医馆里,剩下的则怒目而视,瞪着尤为天和左惊霜,仿佛看着一对奸夫淫妇。

两个当事人倒是毫无所觉的样子。

尤为天笑着看向左惊霜,左惊霜则满脸惊喜,甚至露出些许之前绝不可能有的小儿女的情态,像一夜之间换了个人似的,两人边走边聊,消失在了擂台边。

看来之前她紧张担心的也根本不是沐雪浪,花焰完全搞错了!

花焰没精打采地捡起剑,在地上戳了戳。

也许是她沮丧得太明显,陆承杀转头看她,她连忙强笑道:"没事没事,不用管我啦。是不是快到你了?"

她总不能跟陆承杀说是自己擅自给人家少侠女侠编派关系,结果完全弄错了。

于是,陆承杀又在她脑袋上摸了摸。

花焰:"……"

她怀疑陆承杀是不是摸上瘾了。

陆承杀进场准备弟子战的比试,花焰也准备再去转转。

左惊霜已经站上了擂台,她和沐雪浪打得吃力,可换其他对手就不是这样了,那柄"清霜"便如电闪雷鸣,引一道青芒来去纵横,开合间尽是杀意。

当山派的武学讲究的是强横霸道,左惊霜占尽优势的情况下,打得对方节

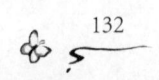

节败退，很快便溃不成军。

不过入门五年，已有这样的功夫，前途不可限量，就连凌天啸都脸色稍霁。

花焰拿着陆承杀给她的剑比画了一下，手腕轻转，脚步腾挪，刚才陆承杀也教了她一套当山派的招数，不算难学。

和陆承杀打完以后，她现在有点儿膨胀了。

要不是现在内力全无，花焰也挺想报名上去打打看的，运气好的话，说不定还能进前几名呢。

当然，也只是想想，太危险了。

刚想到这里，花焰眼前突然出现了一个人。

朱红长衫，红色缎带，尤为天背着那把九环大刀正对着花焰走了过来，花焰愣了一下，离得近了才觉得尤为天身上有股熟悉的味道，说不上来，但让花焰脑中突然警铃大作。

尤为天的表情似笑非笑，路过花焰时，她清晰地听见他低声说："圣女，好久不见。"

花焰头皮一麻，当即一把扯住尤为天，急促道："……你是什么人？！"

她刚才才说太危险了，没想到眼前就有这样一个疯子。

"圣女记不得我也很正常，不过你们羽教主托我给你带句话，他说他很想你。"

尤为天似乎刻意在模仿羽曳的声音语气，最后一句话说得尤其温柔缠绵，反而令人毛骨悚然。

本来花焰还不确定，听他说完立刻就猜出来了。

"你是万蛊门的人？"

那股味道花焰也想起来了，其他人察觉不到，可她惯用毒和蛊，即便只有那么淡淡一点儿，也能分辨出来，是万蛊门独有的驱使蛊虫的药味。

尤为天轻笑了一声，道："话我带到了，圣女你好自为之吧。"

花焰心思一转，感觉十分不妙，脱口道："你是来做什么的？阴相思站了羽曳那边？"

阴相思正是万蛊门的门主。

正义教是江湖人口中的邪教，但被称为邪教的却不只有正义教，比如现在提到的万蛊门甚至比他们正义教更加臭名昭著，东风不夜楼的武林讨伐榜上，万蛊门的门主阴相思赫然名列第一。

说到这里，就不得不提起天残教内部的纷争，虽说大家都是坏蛋，但天残教内部也并非风平浪静。

实际上经过几次大大小小的内部斗争，教内早就分裂成了几支，一支是他们天残教本源，也就是现在被改名叫作正义教的天残教，另一支便是万蛊门，还有一支已经远去西域，暂且不提。

万蛊门如今的门主阴相思瞧着是位妙龄少女，只不过妙龄了几十年，也就变成了惊悚。

花焰她娘曾经咬牙切齿地提过这位说话阴阳怪气又嗜好养男宠的门主阴相思，说她是装嫩的老妖婆，靠采阳补阴，以吸食男人精气保持年轻美貌，让花焰以后行走江湖务必小心她。

后来花焰才知道，她娘当初最横行霸道的时候没少跟这位结梁子，甚至有两次险些被她害死，当然她娘也没少坑回去，婚后她娘专注在教里和她爹甜甜蜜蜜养女儿，才算是少和这位打交道。

正义教与万蛊门面对面，平日里相看两相厌，摩擦不断，并且经常互相坑害。

当初前代教主一走了之，阴相思得知后就带人来搞过事，暗中威逼利诱教中各方，试图离间，使天残教分崩离析，可惜小看了谢应弦。谢应弦以其人之道还治其人之身，不知如何买通了阴相思刚抢回来的新宠，搅得她后宫不宁，逼得阴相思不得不回去费心处理，同时趁机把教内那些本有异心的揪出来杀鸡儆猴。

最后，阴相思偷鸡不着蚀把米，反倒是让谢应弦坐稳了天残教教主之位。

花焰这么一想，阴相思怀恨在心，和羽曳勾搭上，狼狈为奸倒也并不奇怪。

羽曳还曾皱着眉头嘱咐过她，说阴相思狠毒泼辣，极难打交道，如果她以后遇上的话，最好绕开，不要硬拼，免得吃亏，他会心疼。

现在想来，当年两个人应当就遇到过。

花焰想想就觉得头疼。

这个节骨眼上，万蛊门掺和进来，不知又会横生多少枝节。

还能不能好好开问剑大会了！

尤为天仍是一笑："无可奉告，我还有事，这就告辞了。"

眼见他要走，花焰忍不住道："等等，你就不怕……"

一个万蛊门中人，居然堂堂正正参加问剑大会，还大出风头，简直恨不得全天下的人都认得他，还和左惊霜攀上关系……对了，还拆了她的"青城当山绝恋"！

尤为天原本已经转身，闻声微微回头，眉心的红缎带艳得像在燃烧："我可不是那两个蝼蚁，也不是羽曳的手下，没什么可顾忌的。只要我想，我随时可以告诉陆承杀你的真实身份。

"——到时候看看,是我怕还是你怕。"

陆承杀轻松地从比武台上下来,却没看到熟悉的身影。

他找了一会儿,才在角落,看见发着呆的少女。

陆承杀刚想走过去,却微微一怔,因为他发现眼前的少女在微微发抖。

花焰攥紧了袖底的绢扇,指节都有些发白,蓦然听见一道清寒又沉着的声音响起。

"怎么了?"

她愣了一下,才茫然地抬起头。

会场的角落,陆承杀正一步步朝她走过来,还是黑衣、黑发、藏蓝发带,陆承杀脸上没有多少表情,可花焰偏偏觉得他似乎有些担心。

花焰刚才确实挺害怕的。

她害怕自己一不小心就想去杀了尤为天。

在尤为天话音一落的瞬间,她确确实实,脑海里闪过强烈的杀意,手底翻出绢扇,甚至已经选好了三种见血封喉的烈性毒药,保证只要在尤为天身上的伤口上擦一下,就能让他无声无息地死于非命。然后花焰就反应过来……

不行啊!

她是个好人啊!

哪有好人一被威胁,就想着杀掉对方的啊!

可是不杀尤为天,万一她真的被他抖出去怎么办?不像之前那两个卧底,尤为天赢了沐雪浪,已经不算无名小卒,他又与左惊霜有旧,如果让左惊霜代为指认,那她岂不是要完蛋!

于是,花焰不由得思考起来该怎么办。

只是还没思考出个结果,她就看见了陆承杀。

"你……怎么了?"

见她不答,陆承杀又问了一遍,黑眸有一些无措。

陆承杀曾遇到过一只受伤的鸟,他在路边坐着休息,那只鸟儿不知被谁射中,落在了他的肩膀上,翅膀受伤染血,奄奄一息,动弹不得,于是陆承杀便也动弹不得。

他可以轻易地把这只小鸟捏成齑粉,却不知道如何去救它,总觉得一碰,它便要碎了。

此时陆承杀就是这样的感觉。

花焰回过神，突然笑道："没事啦，我就是……"她随便找了个借口，半真半假道，"刚才想起我过世的爹娘啦，他们在世时感情可好了，所以要走也是一起走的……就是丢下我一个人孤零零的……"

　　陆承杀默默听她说，然后动唇道："别怕。"

　　陆承杀的声音很轻，说完以后，他略垂下眼睫，好像不知道后面应该怎么说了。

　　奇异般地，花焰的心定了下来。

　　车到山前必有路，万蛊门来的也不一定只有尤为天，她杀得了一个，杀不了全部，更何况他们现在未必会揭穿她，把柄只有握在手上才有价值，而且……就算说了，只要她不认，陆承杀相信她就好。

　　想到这里，花焰情不自禁地笑了起来："谢谢你啊！陆大侠，你真的特别好！"

　　陆承杀想了一下，不知从哪儿又拿出了一根树枝，定定看向她道："打吗？"

　　花焰立刻答："这就不必了。"

　　陆承杀再次强调："会变强的。"

　　他看起来竟还有些跃跃欲试。

　　花焰含泪道："明天吧！"她赶紧岔开话题，"对了，刚才比试我没看，你已经打完了吗？"

　　陆承杀理所当然地道："嗯。"

　　不愧是陆大侠！

　　花焰顺便问了一下："那你下一场打谁啊？"

　　陆承杀道："陆承昭。"

　　下一刻，花焰已经开始捶墙狂笑了。

　　陆承昭心情很不好，不光因为他签运极烂，第二轮就对上陆承杀，还因为那个不知哪儿来的尤为天横空出世以后，他爹又训了他一晚上，大意是说他玩物丧志，不好好认真习武，给停剑山庄丢脸云云。

　　关他屁事！

　　他人在房里坐，祸从天上来好吗！

　　偏偏他在被骂时，外面还时不时传出女子的喘息声，更是气得陆承昭牙痒痒。

　　陆承杀不知道哪根筋搭错，要教自己相好的武功，大晚上不睡觉，在外面你来我往、郎情妾意，打得比那天武比上他和白聿江还离谱。

136

你有种明天跟我打的时候也这样啊!

陆怀天是不会管陆承杀的,就算他上房揭瓦都不会管,更何况只是带个人习武,教的还不是停剑山庄的功夫。

陆承昭一边被骂,一边还要听外面的响动,心里把陆承杀骂了千千万万遍,不愿意承认自己居然还有点儿羡慕。

他爹走后,他看见隔壁陆承阳探出个小脑袋,满脸好奇地偷看,陆承昭立刻骂道:"看什么看!还不滚回去练功,你明天不要比试的吗?"

他自己再转头去看,只见陆承杀相好的拄着剑,明艳美丽的脸蛋儿上滚着豆大的汗珠,她用白皙的手背擦了擦额头的汗,拖长声音,形似撒娇道:"……说好最后一遍的!"

陆承杀道:"嗯。"

"打完就不打了!明天也不打了!"

"嗯。"

陆承杀就说了两个字,陆承昭愣是听出一种铁树开花的感觉。

凭什么!他不只身边没有女子陪,还要被迫听墙根,受这种苦!

陆承昭气得一晚上没睡好,第二天一早顶着黑眼圈去打弟子战,对面的陆承杀倒是神采奕奕,两招就给他干趴下了,和昨晚疯狂放水的根本不是一个人。

花焰也没睡好。

昨晚找的那家酒楼太好吃,花焰忍不住吃多了,想起谢应弦说她胖了的那句,她摸着肚皮十分惆怅,跟陆承杀抱怨了两句,陆承杀便建议可以练一练。

于是他们就练了练。

一直练到半夜。

他可能觉得她因为太弱了才会觉得害怕,初衷是好的,她也很感动,就是真的好累哦。

花焰揉了揉眼睛,看见陆承昭两招之后便落败了,还是情不自禁地鼓起了掌。

到会场之前,花焰看见东风不夜楼外面在开盘赌今日弟子战的胜负,二十四进十二,一共十二场比试。

花焰想过去凑个热闹,她一上前,四周人便让开了道,然后她惊讶地发现其他十一局开盘赌的都是胜负,只有陆承杀和陆承昭这盘赌的是陆承昭几招落败。

赌五招十招二十招的都有,花焰本来想赌一招,觉得有点儿过分,便赌了两招。

很好，这几天的饭钱都赢回来了，花焰美滋滋地想。

她顺便探头看向布告栏，想知道陆承杀下一轮的对手，便赫然看见了"尤为天"三个字。

说实话，花焰看到尤为天还是有点儿心有余悸。

他第二日的对手远不如沐雪浪，赢得更是轻松，大出风头之后，往来结交、寒暄拜谒他的人络绎不绝，名不见经传的石山派也突然有了姓名，不少人都在打听这门派到底什么来路，从武学上也看不出端倪来。

花焰倒是看出来了，八成是阴相思教的。

万蛊门从天残教分出去时也带了不少武功秘籍，同出本源，有相似的地方，尤为天练的功法应该是最毒的那种。

当初花焰习武的时候，她娘就跟她说过："你想学什么都随你，但是有一类记得千万别碰。"她娘站在正义教的功法库里，指着那堆红色封皮的功法，戳戳她的小脑袋道，"这些练了，虽然短期内武功能提高得非常快，但对身体损耗极大，非常折寿，不到万不得已，千万别碰，记清楚没有？"

花焰捂着脑袋："知道啦！"

她娘又戳戳她："爹娘不要紧，你可得活长点儿。"

花焰现在想起，再联想到当日他比试时的表现，只觉得尤为天真的是个疯子，为安全起见，她还是离远点儿好了！

就是可惜她的"青城当山绝恋"。

花焰正在感慨，忽然听见有人叫"周姑娘"，她浑然未觉，之后那声"周姑娘"又响了起来，一道白色身影出现在她面前。

花焰："呃，你在叫我吗？"

白衣公子手持羽扇，腰别玉杖，一身行头虽是素色却难掩华贵，从头到脚无可挑剔，风度翩翩，挡在她身前，微微一笑道："正是，不知周姑娘可还记得在下？"

前两天才看他和陆承昭打完，她倒也没有那么快失忆。

花焰点点头，不明所以道："有什么事吗？"

白聿江笑得温文尔雅，说话慢条斯理："在下是特地来为当日师弟失礼之处道歉的，前几日忙着比试，分身乏术，不曾前来叨扰……"

花焰随口道："咦，你比完了吗？赢了还是输了啊？"

白聿江一滞。

花焰反应很快："对不起，我是不是问了不该问的问题？"

"无妨。"白聿江维持住笑容，依旧翩翩君子模样，"是在下学艺不精，让周姑娘笑话了。在下今日前来，便是想邀请周姑娘去停云斋，权当是给周姑娘赔礼道歉。停云斋的斋菜做得极好，听说周姑娘近日在打听哪家酒楼的菜品出众，在下去过停云斋多次，确实不错，想来周姑娘应当也会喜欢。"

这个人说话简直像她爹一样。

花焰神情复杂。

白聿江误会了她的神色，柔声道："周姑娘可是有什么顾虑？在下此行绝无恶意，乃是认认真真想要向姑娘赔礼道歉。白某混迹江湖虽不久，也略有些薄名，正人君子不敢当，却从来也是堂堂正正、光明磊落……"

这人居然话比她还多。

花焰头疼道："好了，你不用说了，我答应你就是了。"

白聿江顿时一笑，他样貌十分秀雅，笑起来也文质彬彬，再配上周身素白的打扮，不染半点儿人间烟火气，似乎随时要羽化登仙，便是此时都能看见不少女子正在偷偷瞧他。

"多谢周姑娘。"

花焰道："不过，我能不能再带个朋友一起去吃啊？"

闻言，白聿江轻笑道："那有何不可？"

花焰道："哦，好，那你等一下，我叫他过来哦！"

停云斋三楼的雅座包厢里。

白聿江的笑容略微有一些不自然。

花焰眨着眼睛道："你之前不是还想邀请他喝两杯聊聊吗？你们要聊聊吗？"

白聿江望着坐在自己对面，黑衣黑发，目光冰寒，浑身上下散发着生人勿近气质的青年，有些艰难地笑了笑道："陆少侠肯赏脸，在下自然是……很高兴。"

他如何能想到，花焰说带个朋友来，带的居然会是陆承杀，令他颇有种挖人墙脚却被抓个正着的尴尬之感。

陆承杀冷冷地看他一眼，连点儿多余的情绪都没有。

白聿江对他这副态度并不意外，继续笑道："只是不知陆少侠今日怎么有空前来，在下还以为陆少侠并无口腹之欲。"

陆承杀还是不理他。

倒是花焰插嘴道："没有啊，我每次带他去吃，他也吃得挺开心的。"

陆承杀："嗯。"

白聿江："……"怎么这你都搭腔？

惊讶过后，白聿江微微一笑："倒是个新鲜消息，在下还当陆少侠当真对什么都不感兴趣，心中只有剑道，原来并不是。"

陆承杀又不理他了。

花焰转过头去，忙着招呼小二点菜。

"你们这边的招牌菜有哪些呀……这么多的话，那每道来一份吧。点心？点心也每种来一份吧！桌子上放不下？那再加一张桌子呗。好啦！"

花焰话音一落，双腿抖若筛糠的小二几乎立刻连滚带爬冲出包厢，好似这里是什么修罗战场。

上菜的速度也如小二溜走一般，仿佛生怕晚了一会儿，就会被人砸了店。

停云斋的盘子颇大，菜却不多，摆在当中，极为精致小巧，白聿江显然是常客，对此如数家珍，指着菜肴，温声道："这一道叫旭日东升，这一道名为人间如梦，至于这一道，叫余烟袅袅……"

花焰看着眼前的南瓜豆腐、白菜煮粉丝和清炒黄豆芽等，感觉十分离谱。

抱着将信将疑的态度，花焰夹了几筷子，挨个儿尝了尝。

好吃！

白聿江没有骗她，真的好吃！

南瓜的清甜配上豆腐的软糯，入口即化，齿颊留香；白菜粉丝以极浓的高汤为底，熬煮了不知多久，不管是菜还是粉丝都饱吸汁水，又嫩又鲜，一咬下去满口生津；黄豆芽一尝便知是刚摘下来的新鲜嫩芽，出锅的时间恰到好处，脆而爽口，回味又有一丝甘甜。

她立刻转头催促陆承杀："你尝尝！"

陆承杀拿起筷子，也尝了尝。

花焰满脸期待道："如何？"

陆承杀点点头："嗯。"

白聿江微微有些震惊，回过神，咳嗽了一声。

花焰迅速把筷子伸向新加的另一张桌子上："这边的也尝尝看好了……陆大侠，你看看哪道比较好吃？"

她指哪儿，陆承杀吃到哪儿，最后回她："都好。"

花焰很满意，她也觉得都不错。

白聿江又咳嗽了一声。

花焰很好心地问："你嗓子不舒服吗？"

白聿江道："……没事。"

心思一转，白聿江叫店家替他温了一壶酒，又拿了两个琼脂玉杯，用指尖轻压酒壶，斟到三分之二处，温雅的眉目扬起，问花焰："周姑娘，可要尝尝这当山附近有名的佳酿'醉烟霞'？这酒香醇芬芳，并不醉人。"

花焰答："不喝酒，谢谢。"她转头问陆承杀："陆大侠，你要喝吗？"

陆承杀同样回答得很迅速："不喝。"

"那还是你自己喝吧！"花焰和白聿江说完，转头又去跟陆承杀道，"这菜分量好少哦，刚才那个旭日东升味道不错，要不让店家再来一份？"

陆承杀道："嗯。"

白聿江觉得自己看起来真的十分多余。

继而又有种难以言喻的感觉，白聿江是知道自己受欢迎的，让江湖上的女子在陆承杀与他之间做抉择，只怕九成九都会选他。

他温柔体贴，知情识趣，知道如何讨女人欢心，就连那个一心想贴着陆承杀的七琴天下大小姐秦沐烟在与他相谈时，都会不自觉地脸红，语带娇意。

可眼下好像根本就不是这样。

花焰对他好似完全无感。

至于陆承杀……他仿佛第一次认识陆承杀。

"好啦，我吃饱了。"花焰拍了拍肚子，品尝完最后送上来的点心，拽了拽陆承杀的衣袖，"我们走吧！啊，对了……"她似乎才想起来，对白聿江露出笑脸，"谢谢你的款待啦！"

白聿江有些愕然："你们就这么走了？"

花焰已经站起身，准备朝外走，闻声道："你还有什么事吗？"

白聿江顿了一下，道："在下是想与周姑娘和……陆少侠，交个朋友。"

花焰道："哦，那我们已经是朋友了。还有别的事吗？"

她身边也已经站起来的陆承杀冷冷地看过来。

白聿江不由得道："……没事了。"

他前脚刚说完，后脚花焰和陆承杀就已经走得没影了。

小二跟在他身旁，小心翼翼道："白大侠，这顿饭一共一百两银子，您看……"生怕这位大侠一个不开心就决定吃霸王餐。

白聿江看着杯盘狼藉的桌面，心生滑稽，不禁哑然失笑。

一路走回东风不夜楼，花焰正准备回房间，忽然见陆承昭坐在院中，凉凉道："你还真带着他去赴了白聿江的宴？你是真不知道还是假不知道？"

花焰有点儿蒙："怎么了？"

她下意识地看向陆承杀，而陆承杀则看向陆承昭。

顿时，陆承昭额头就流下了汗。

紧接着，陆承昭暴怒！

白天，陆承杀明明可以让他几招，却一点儿情面也不留，他被揍得身上现在还隐隐作痛，回来又要被他爹训。

本来陆承昭就一肚子火无处发泄，正准备寻个对象出气，现在罪魁祸首又出现在他面前，数怒并起，陆承昭根本控制不住自己的嘴。

"你恐吓我有什么用，和白崖峰有婚约的是你娘，逃婚的也是你娘，丢停剑山庄陆家脸的还是你娘，就算你强也改变不了你就是个野种的事实！"

话音一落，万籁俱寂。

原本尚有停剑山庄的弟子在边上说话，此刻也都缄默不言。

陆承杀还没什么反应。

花焰一把抽出陆承杀给她的佩剑，速度快得惊人，剑尖指着陆承昭的鼻子，似笑非笑道："信不信，我真的会杀了你。"

就练了两天剑，陆承昭自然没把花焰放在心上，可眼下忽然心头一跳。

眼前少女在笑，瞳仁却极冷。

有一瞬间，他仿佛觉得举剑的不是花焰，而是陆承杀本人。

她怎么把陆承杀的杀气都学会了？

花焰觉得自己是一身正气。

陆承昭话音未落，她就头脑发热地上了，可能最近几天用剑用多了，拔得无比麻溜，笔直地指向陆承昭。

正道到底为什么会有这种渣渣啊！

陆家有没有人能来清理一下门户啊！

她现在涌起的杀意比那天面对尤为天还要猛烈，然而半丝自省的意思也没有。

陆承昭看着近在咫尺的剑锋寒芒，愣了愣，随后反应过来，立刻摸向了腰间的碧落剑，同时嗤笑道："你是跟了两天陆承杀，飘到心里没数了吗？就你，也敢向我拔剑。"

下一刻，只见陆承杀的手也放到了身后的剑柄上。

陆承昭紧张了一瞬，就听见花焰举着剑，一字一句道："道歉。"

看着少女满脸认真又气愤的模样，陆承昭只觉得好笑。

"他都没反应，你气个屁啊，你还真当自己是他什么人了……"

话还没有说完，花焰居然真的举剑刺了过来。

这也太可笑了！

他就算不勤奋也练了十多年的剑，她和陆承杀比画那两下花架子，能有什么用？一个娇滴滴的小姑娘，只怕剑都握不稳……

然后，陆承昭就感觉到一道凛冽的剑风擦着他的颊边而过，他下意识躲闪才避开了那道剑风，只是颊边的头发被削掉了一缕。

陆承昭："……"奇耻大辱！

花焰也没指望一下就能刺中。

不如说，如果这都能被她刺中的话，陆承昭还是原地自杀算了。

对手不是陆承杀，再用剑时，花焰只觉得分外好使，剑随心动，畅快淋漓，恨不得眼前有个瓜让她来砍一砍。

陆承昭此时就充当了这个瓜。

她现在没有内力，气力不够，但胜在速度够快，一招一招形如电闪，一旦陆承昭出招阻挡，绝不恋战，即沾即走，身体如风，换个姿势再来一次。

陆承昭本来是没打算认真的，免得血溅当场，陆承杀找他麻烦，可现在他觉得有点儿见鬼。

这女的怎么这么快？

总不能陆承杀的天赋异禀还能传功的吧？

花焰滑得像一尾泥鳅一样，每每陆承昭剑未至，花焰已经先一步避开去，反手再刺过来，虽然没什么力道，可陆承昭的衣服被她划得七七八八。

像狗熊拍蚊子，没什么实质伤害，但就是很烦人。

而且眼下，好些停剑山庄的弟子都已经悄悄出来看戏，他每和花焰多过一招，就更丢人一分。

陆承昭不得已敛起精神，认真了起来，细细看去，花焰明显不常用剑，转腕和使剑都有些生涩，剑招也没那么熟练，不过仗着身法快——也不知道陆承杀又是怎么教的，停剑山庄剑法无数，是有专门应付这种快剑的招式，陆承昭难得用脑，略一思忖，心里有了计策，剑招速度反而慢了下来。

花焰本来打得正爽，突然见陆承昭放慢速度，心里也一咯噔。

果然。

陆承昭速度放慢，力道却增加了，剑气的攻击范围也随之增加，花焰可以闪避的位置就缩小了，几招过后，陆承昭的剑追在花焰身后，眼看便能用剑气伤到她。

总算可以打到这个死女人了！

陆承昭正在得意之时，从身侧斜飞过来一根树枝，正打在他的手腕上，他顿时手腕一麻，五指一松，碧落剑立刻掉在了地上。

这力道……

陆承昭转头对陆承杀怒目而视：还带二打一的？

花焰趁机几剑连刺，把那套刚学会的吹云剑法完整使了出来，陆承昭失了剑，又想着去骂陆承杀，只能有些狼狈地避开花焰的剑招，往后躲时，又有什么猛地打在了他的膝盖上。

陆承昭吃痛，膝盖一软，跪在了地上。

花焰的剑也顺势抵在了陆承昭的咽喉上。

她依旧笑着，声音又轻又冷，吐出来的还是只有两个字："道歉。"

陆承昭张口就骂："我道你……"

花焰抬起脚，就踹到他脸上去了。

"就你会骂人是不是，你再骂一个字试试！"

这一脚用了十成十的力道，陆承昭只觉得脸上剧痛，鼻腔一热，他伸手一摸，低头看见手指上沾满了自己流出的鼻血。

陆承昭蒙了。

她怎么敢！

然而，花焰不只想踹，还想砍他。

终于，在边上围观的停剑山庄弟子此时也不得不出来，拦在两人之间。

年纪略小、相貌还有些少年气的陆承阳露出有些为难的表情道："周姑娘且慢。"

花焰道："那让他道歉。"

"这……"陆承阳还未开口，就被陆承昭打断，"这女人死定了！"

陆承昭一抹鼻血，从地上爬起来，已经是暴怒至极，他随手拔出陆承阳的佩剑，将全部的内力蓄在剑身，朝着花焰攻去。陆承杀向前一步挡在了花焰身前，暴怒中的陆承昭没有理智可言，他一招攻去——陆承杀侧身一躲，掌击在陆承昭手肘，随后劈手夺剑，剑身一转，压在陆承昭颈脖上，从头到尾一气呵成。

陆承昭抵着剑锋，啐道："有种你就杀了我！"

"这是在干什么？"陆怀天此时终于和另一位师叔赶到。

面前的场景确实滑稽，陆承杀用剑抵着陆承昭的咽喉，花焰举剑指着陆承昭，其他人一副严阵以待却又不知如何是好的模样。

陆承昭语带嘲讽道："爹，你还看不出来吗，这女的包藏祸心，故意想挑事啊！我们陆承杀陆少侠不仅被她迷得亲自教人武功，连自家兄弟都要刀剑相向，这才几天啊，下次是不是真的要把我的脑袋割掉了？"

也不知陆怀天信是没信,他沉着脸,面色不动,看了一眼两人,道:"承杀,把剑放下。"

陆承杀放下了剑。

陆承昭得意扬扬地瞪了他一眼。

花焰也把剑收了回来,隐约有些不太好的预感。

"都回去练功,聚在这里做什么?"陆怀天说完,其余弟子立刻四散走开,片刻间,只剩下他们四人。

陆承昭趁机卖惨:"爹,你看我这脸上肿的,还有……"

"你也回去!"

"爹……"

陆承昭在陆怀天的瞪视下,不情不愿地走回自己房间。

陆怀天终于把视线转向了花焰。陆怀天长得并不凶,只是总一脸严肃,令人发怵,若是不知道,只怕以为他和陆承杀才是亲父子,然而这些天,花焰还是能感觉到明显的差异,陆怀天看陆承昭的眼神里有温度,会生气,会怒其不争,是家人的模样,但面对陆承杀时,只像看着一个不太熟的外人。

"这位姑娘,犬子与你相处得不太愉快,想来你也不是很想见到他。"陆怀天语气平静道,"问剑大会也没有几日了,不如姑娘还是另寻他处住下,若是盘缠不够,尽管开口。"

他说得客客气气,语气却是不容置喙的。

花焰愣了一下。

"五百两够不够?不够就一千两。"

花焰有些恍惚,仿佛听到了某些话本里门不当户不对,被棒打鸳鸯时的台词。

如果不是场合不对,她真的很想说,给我多少银两我都不想走。

可她一脚踹在人家亲儿子脸上,陆怀天能容得下她才怪。

就在这时,一直沉默的陆承杀道:"外面不安全。"

陆怀天闻言看向陆承杀,神色有些意外,但还是声音冷硬地道:"外面不安全,这里也不安全。"

又沉默了一会儿,陆承杀道:"她一定要走?"

陆怀天神色意外更甚,但语气也更加冷硬:"是。"

两人俱是那一身绲银边的黑衣,陆承杀黑发高束,陆怀天则顶着盘髻发冠,站在一起仿佛同一个人跨越年代。然而两人对话生硬,毫无感情,像上下属,丝毫不像舅甥。

陆承杀似乎还想说什么。

陆怀天道:"承杀,别让你外公失望。"

这话仿佛一句咒语,让陆承杀所有的情绪都消退了。

花焰心头浮现出一种很异样的感觉。

她不想陆承杀为难。

花焰把剑别回腰上,绽开笑颜道:"陆大侠,你们别吵了,我走就是啦。"说着,她朝自己房间走去,"我收拾收拾东西就走,盘缠就不用了,我还有剩的。"

等她收拾起这些天买的裙子、首饰、小物件时,陆承杀就站在门口看她。

花焰一边手脚麻利地收拾一边道:"陆大侠,没关系啦,只是换个地方住而已,我还可以来找你啊。不用太在意啦。"

陆承杀看着她没有说话。

花焰收拾好她的包袱,准备出去再找个客栈住下,还没走出东风不夜楼的大门,发现陆承杀跟了过来。

抱着包袱缓慢地走着,花焰觉得自己应该说些什么,可又不是很想开口。

然后,就听见陆承杀道:"你刚才吹云剑法用得不错。"

花焰:"?"

打死她也没想到陆承杀开口的第一句会是这个。

她下意识道:"是陆承昭太弱了。"

陆承杀道:"嗯。"

不知道为何,听到这句熟悉的"嗯",花焰刚才还郁闷的心情突然好了一些。

她犹豫了一会儿,道:"……你都不生气吗?"

陆承杀道:"嗯?"

"就是他说你……"花焰想了想,住了嘴,觉得自己不该提,又不是什么开心的事情。

陆承杀回道:"为什么要生气?"

花焰"啊"了一声,转头看他,夜晚微凉的风拂过陆承杀的额发,他的眼睛黑白分明而清澈,平时看起来会显得冷酷,但花焰此刻看去,只觉得他双眸纯粹又温和,像一汪清泉。

"他说你坏话,你就应该生气的呀!"

陆承杀不确定道:"是吗?"

花焰用力点点头,比了比拳头:"然后再去教训他!"

陆承杀看着她,若有所思地点了一下头。

花焰忽然觉得有些难过。

这种难过隐隐约约，并不强烈，在她看见其他停剑山庄的弟子刻意和陆承杀保持距离时会有，在她看见陆承昭口出恶言、其他弟子无动于衷时会有，在陆怀天同他说话时也会有。

花焰虽然从小在坏坯子聚集的正义教长大，但父母都很疼爱她，也不缺少玩伴，虽然现在知道羽曳和水瑟不是什么好人，但过去他们确实待她不错，一直以来她身边的人都很友善，不会像陆承杀身边的人这样……这样……她不知道怎么形容。

花焰想了想，停下脚步，拽了拽陆承杀的衣袖。

陆承杀也停下来，看向她。

花焰道："你头能不能低下来一点儿？"

陆承杀依言微微低头。

花焰踮起脚尖，抬手摸了摸陆承杀的头，陆承杀的头发和他的人不大一样，软软的，很好摸，她忽然理解了陆承杀为什么喜欢摸她的脑袋。

陆承杀不明所以地看着她。

收回手，花焰心满意足道："好啦。"她转回头，抱着她的包袱，笑着道，"继续走吧。"

天已经全黑了，街道两边是川流不息的行人。

问剑大会第五天的晚上，离山城里依然热闹非凡，每家酒楼茶肆都坐满了人，时不时能听见高声谈论白天比试的声音，混杂着酒碗碰撞声与吆喝声，显得喧嚣又生机勃勃。

鼎鼎大名的陆承杀即便是穿着一袭黑衣在黑夜里行走，也还是那么显眼。

花焰去了几家客栈询问，都被告知客满。

兜了一圈，两个人又绕回了东风不夜楼，花焰心道不妙，难道她真的要露宿街头吗？也太惨了吧。

陆承杀想了一下，道："等我一下。"

"哦，好！"

不多时，一个管事从里面出来，恭恭敬敬对着她道："已经替这位姑娘询问过了，虽然我们暂时没有空房，但有门派的弟子表示愿意让出一间空房来给姑娘暂住。"

花焰："……"这也可以？

搞了半天，这不就是搬到隔壁？

花焰心情复杂地同陆承杀跟着管事循径而行，一路过去，小桥流水自不必说，比较特别的是沿途种了许多时令瓜果，仿佛随手可以采摘。

似乎看出了花焰的惊奇，管事笑道："这里的瓜果都可以随便摘下品尝，姑娘若是想吃，不用客气。"

还没走到就听见院落里吵吵嚷嚷的声音。

"都说了大师兄要静养疗伤，你们能不能别吵了！"

"哎呀，大师兄自己都说没关系了，而且我们声音又不大！你说我们让那位姑娘住进来，明天陆承杀能不能帮我们暴打那个姓尤的？"

"你不是说要自己替大师兄报仇的吗？怎么这会儿又指望上别人了？"

"说起来，他和左惊霜到底什么关系啊，你们打听了半天问到没有？"

"这个……据说好像是以前认识。"

"你这不是废话？傻子都看得出他们俩以前认识，你能不能打听点儿有用的。"

"要求这么多，你自己问去啊！"

花焰："……"

好了，她知道是哪个门派了。

希望赵攸人没事。

几乎花焰和陆承杀一进来，一身青衣白裤、刚才还议论纷纷的青城门"大葱"们立时噤声，用一种观察珍稀宝物的眼神望着二人，眼神之间游走的全是八卦与探寻。

花焰不得不先开口："呃，我住哪间呀？"

"哦哦哦对。"其中一个师姐率先道，"那间空房在后面，我带你过去，来来来，跟我走吧。"

虽然布局不太一样，陈设倒是没太大区别。

花焰把包袱放下，就见这位师姐扒住门框，眨着眼睛道："陆少侠今晚也住这儿吗？"

"他晚上回停剑山庄那边住啦。"

"哦。"师姐点了一下头，仿佛很失望似的，"这样啊，我知道了，那个……你们聊吧，我就不打扰了。我叫陶彩舟，有什么需要的尽管来找我。对了，我还带了些青州的点心，周姑娘你要是想吃，晚上可以来问我拿。"

花焰好久没遇到这么热情的人，还有些不适应，点点头道："谢谢啦。"

师姐转身出门，顺便带走了在门口围观的一众弟子："不客气不客气，出门在外互相关照嘛！"

花焰把东西放好，发现天色确实不早了。

"你明天还有比试吧，早点儿休息呀。"花焰想起来，"对了，你明天是打尤为天吧？"

陆承杀道："没注意。"

她想也是。

"总之你明天的对手……"花焰本来想让陆承杀教训一下尤为天，可念头一转，又有点儿担心，"不太好打，他的功法邪得很，你小心一点儿！"

虽然花焰充分相信陆大侠就是最强的，但……他们教的功法邪门起来，花焰自己心里都没底。

陆承杀闻言，露出了有一些迷惑的表情，他动了动唇道："你为什么会担心我？"

好像那天和褚浚比试的时候，他也发出过类似的疑问。

花焰被他问得也很莫名其妙："因为我不希望你受伤啊，所以才会担心你……你不是也会担心我嘛。"她思考了一下，觉得还是因为陆大侠人太好了，所以被别人骂也不会生气，没人担心他，他也不在意，甚至冷嘲热讽都不放在心上，不像她这么斤斤计较。

这就是正道大侠的涵养吗？

花焰再次感慨，她要是陆承杀，陆承昭可能已经被她暗杀一百次了。

陆承杀好像还是有疑惑未解，花焰只听他又道："为什么不希望我受伤？"

花焰有一瞬间也被他问傻了。

这个问题需要思考吗？

反应过来，花焰立刻道："因为我觉得陆大侠你是一个特别好的人！"

"特别……好的人？"陆承杀重复着她最后几个字，好像在努力理解词义。

花焰重重地点头。

她这一路过来，见到的少侠也不少，从赵攸到白聿江，再到陆承昭、褚浚、沐雪浪，不是弱就是傻或者坏，只有陆承杀在她眼里不仅没崩了大侠的形象，还愈发闪亮。

陆承杀只是站在那里，看在花焰的眼中就好像自带光。

花焰正想着，陆承杀突然转身，快步走了出去。

"……哎？"

花焰睁大眼睛，挠了挠自己的脑袋。

她又说错什么了吗？

第二天天还没亮，花焰就被外面的声响吵醒了。

"走走走，快点儿，去晚了，大堂里虾饺可就卖没了！"

"师姐你等等啊，我袜子还没穿好呢！昨晚我总觉得房间里有只蚊子，叮得我睡不好觉……"

"哎，大师兄你怎么出来了？不是吧，你还要去看？"

花焰本来想再赖会儿床，一听见这声，想起她光速去世的"青城当山绝恋"，迅速爬起来洗漱穿戴好，推门出去。

沐雪浪正垂着眼睛和其他师兄弟说话，他脸色白了些许，不过看起来并无大碍，语气也很温和："我已经没事了，不用太担心。左姑娘昨日赢了吗？"

另一个师弟立刻嘴一撇，道："大师兄你还关心她干吗，反正她也进不了六强，就算进了也赢不了那个陆承杀。"

沐雪浪无奈道："我只是问问……"

"我们和当山派不共戴天！大师兄，你不许见人家姑娘长得漂亮就心软！"

沐雪浪更无奈了："行了，我不问了行吧。"

花焰捂着脸，有点儿感动，至少她的"青城当山绝恋"还有一部分是真的。

"周姑娘，你起来了啊。"那位陶师姐远远就冲着花焰打招呼，"要不要一起去吃个早饭？"

花焰道："好呀。"

陶师姐走过来，一脸八卦道："陆少侠有没有说在哪里等你啊？"

花焰愣了一下，摇了摇头。

他昨晚啥也没说，就这么跑了啊。

陶师姐十分遗憾道："停剑山庄就是管得严，没意思。"她拍了拍花焰的肩膀，"没事，待会儿我带你进去找他。"她是好人啊！

花焰立刻回道："谢谢师姐！"

陶师姐笑得有些不好意思："不客气不客气。"她搓搓手，道，"就是我能不能跟你打听点儿事？"

花焰道："什么事？"

陶师姐又搓了搓手，仿佛在忍耐兴奋，这模样看起来竟然还有点儿微妙的熟悉感："就是……你和陆少侠是怎么认识、怎么熟悉的啊？我们……啊不，我就是有点儿好奇。你知道的，陆少侠那个人，瞧着就一副生人勿近的模样，平时连点儿情绪波动都没有，这么些年，我们其实一直怀疑陆少侠他不是个人……"

花焰："嗯？"

陶师姐忙道："你不要误会！我不是在骂他。我们是怀疑他是不是傀儡人

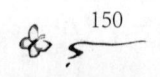

之类的,或者是陆家造出来的秘密武器,毕竟人不能连点儿七情六欲都没有是吧……不过最近陆少侠确实看着不一样了,所以就实在忍不住生出些好奇……"

说真的,花焰十分理解这种好奇心。

只是这件事放在自己身上,花焰总觉得有点儿怪怪的。

但她还是决定老实回答:"陆大侠在路上救下被追杀的我,于是我跟着陆大侠一起来看问剑大会。"

"……然后就没了?"

"没了。"

陶师姐震惊道:"你们认识了多久啊?"

花焰不确定道:"差不多半个月。"

陶师姐:"……"

花焰:"怎么啦?"

陶师姐用一脸"叹为观止"的表情看着她道:"没事,没事,我去消化一下。"她嘀嘀咕咕,"陆承杀这么好追的吗?这不对劲啊……"

正说着,打边上来了个熟悉的青城门弟子。他还没接近花焰,就被陶师姐一把拖走了。

赵攸大叫道:"师姐你放开我,你拉我干什么——"

陶师姐道:"人家名花有主了,你别老缠着人家了!"

赵攸脸红道:"我哪儿有……"

陶师姐冷酷地戳着他的脑袋道:"小师弟,你看看陆承杀,再看看你自己,醒醒吧!"

吃了早饭以后,花焰跟着青城门一行到了会场,今日是弟子战的最后一日,也是最火爆的一天,上午是十二进六,下午则是六强争霸,最终决出今年的魁首。

陆承杀连拿了两届第一,但今年依然是夺魁热门。

他和尤为天的比试也被放在了第一场。

几乎是尤为天一出现,青城门的弟子就已经开始大声"嘘"了起来,沐雪浪坐在最前面,试图劝阻他们,但完全没有效果,和对面在凌天啸坐镇下正襟危坐、一言不发的当山派形成了鲜明的对比。

左惊霜也坐在第一排,神色比上一次还要紧张。

花焰也很紧张,陆承杀还是那一身黑衣,出现在比试台的另一边,原地站着,向周围望去,似乎在寻找什么。

视线对上的瞬间,四周好像一下安静了下来。

花焰冲着陆承杀露出大大的笑脸,握拳比了一个努力的姿势。

陆承杀隔着遥远的距离,极轻地点了一下头。

"当当当!"

锣鼓敲响,比试正式开始。

几乎是一开场,尤为天便举刀甩了过去,动作又重又烈,刀锋映着眉心的红缎带,一股十足的戾气。陆承杀抬剑接刀,丝毫不显费力。

与沐雪浪不同,陆承杀在接刀的同时,半点儿没有被压过去的迹象。

甚至,更为强势。

藏蓝剑穗在空中画出近乎幻影般的弧度,刀与剑都坚硬非常,碰撞间铮铮之声不绝于耳。

不过二十来招,已经有人发现尤为天不敌陆承杀了。

他明显落了下风。

虽不出人意料,但也未免有些意兴阑珊。

有人断言:"至多不过一百招,这位尤少侠就要落败了。"

此时,陆承杀的剑正斩在尤为天的刀上,尤为天接招,双脚踩在地面上,因为力道过大,甚至在地面上留下两个微微凹下去的鞋印。与此同时,尤为天的额头上滚下了大滴的汗珠,可他仍然在笑。

"正道百年一遇的天才,陆承杀果然名不虚传。"

"这就是天才吗?哈哈哈。"

他一边说一边笑,好似这是一件什么可笑的事情。

花焰此刻紧盯着他,眼见他瞳孔深处突然闪过一抹血色,那血色一闪即逝,快得非常,几乎要让人以为是错觉,下一刻,尤为天的速度骤然加快,抽刀的力度也猛然翻倍,九环大刀"当当当"砸在陆承杀的剑上,声响震耳欲聋。

众人都有些骇然,尤为天刚才的攻势已是极猛,没想到还能更猛!

花焰却想大声尖叫,他作弊!

在场的没几个认识蛊,她却清楚认出,就在刚才,尤为天瞳孔闪过的那个蛊虫叫丰饶天,名字起得很吉利,实则是一种极危险且变态的蛊虫。这蛊虫平时潜伏在颈侧,被激活时会游到人的脑中,占据眉心处,给予刺激,能极大激发中蛊者的潜能,同时侵蚀人脑。

用的次数多了,再聪明的人都会变成疯子。

不,眼下尤为天说不定已经疯了。

刚才还在被压制的尤为天突然一转攻势，甚至隐隐有将陆承杀压制住的趋势。

这可不得了。

四周立刻议论声大起。

花焰忍不住有点儿担心，谁知道尤为天身上还有什么阴招。

虽然现在她也觉得陆大侠肯定会赢，但是……她脑子疯狂转动，忽然灵机一动，起身绕到了当山派的席位附近，所有人都在关注着场内比试，根本没人注意到她。

一只昏睡蛊沿着花焰的掌心滑出去。

蛊虫爬得很慢，她若无其事地走了回去。

不过一会儿，花焰就听见有人大喊："左师妹，师妹你醒醒！师妹你怎么了！"

场上的尤为天果然眯起眼睛，分神看了过来。

在这样的比试中，哪怕有一瞬的分神，都无异于找死。

他慢了一拍，而陆承杀快了一拍，短短三招之内，陆承杀将尤为天的优势尽皆逆转。另一边，当山派的人连忙叫慈心谷的大夫把不知为何晕倒在地的左惊霜送去医馆，尤为天再次分神。

下一刻，陆承杀就将尤为天重重摔在了地上，剑擦着他的鬓插入地面。

局势瞬息而变。

尤为天看着陆承杀的剑尖，静默了一瞬，忽然放声笑了起来，像是要将心肝肺都笑出来似的，单手撑着额头，笑声时停时续，几近如泣如诉："这可真是太好笑了……怎么会有如此好笑的事情……原来……也……"

没人知道他在笑什么。

陆承杀已经拔剑走人了。

尤为天在他身后轻声道，像是自言自语，却清晰地传入陆承杀的耳中："……你现在这么喜欢她，那以后呢？"

陆承杀头也不回地走到了……青城门的席位边上。

花焰一蹦一跳地下来，还是有点儿紧张："下次别跟他打了，他有问题。"

陆承杀道："嗯。"

反正她也没把左惊霜如何，就是让她睡一会儿而已。

花焰在心里自我安慰完，跟陆承杀道："那个人古里古怪的，你别听他说的！"

陆承杀又道："嗯。"

花焰听着他沉稳的声音，决定将不开心的事情放到一边："下午你能拿魁首吗？"

陆承杀想了一下，道："能。"

花焰顿时就乐观了："赢了，我们去吃顿好的！"

陆承杀点点头，似乎也有些开心。

——然后陆承杀就真的又拿到了魁首。

花焰曾经想在东风不夜楼门口投注陆承杀拿魁首，结果发现赔率实在太低了，她投注一百两，可能赢了还拿不到一百零一两，遂作罢。

褚浚、沐雪浪、尤为天都不在，陆承杀后面两场的对手明显不够看，他几乎是以碾压的态势赢得了比试。虽然可看性降低了，但是周围围观者的满足感倒是不缺，青城门最先开始起哄，满场叫着陆承杀的名字，好像是自己人拿到了魁首似的——当然主要原因还是尤为天被他淘汰了。

围观者也都与有荣焉，问剑大会三年一次，亲眼见到这样的场面，说出去也是极好的谈资。当山派还特地为弟子战的魁首准备了一块锦盒包装的环形佩玉，有手掌大小，水头清亮，玉色均匀，找匠师刻上了"问剑大会魁首"六个字。

只可惜花焰拿到时，忍不住觉得这六个字实在是太破坏美感了，白白浪费了一块好玉。

陆承杀还以为她喜欢，问道："……你要吗？"

花焰摇了摇头，放进锦盒里塞还给他。

陆承杀没说话，只是看起来竟然还有些失落。

花焰则喜滋滋道："走走走，去吃饭啦！"

她找了一间陶师姐介绍据说口碑很好的小酒馆，领着陆承杀进去。

小酒馆里没有包厢，他们大大咧咧地坐在大堂里，周围硬生生空出来三桌，幸亏花焰这些日子已经非常习惯这些目光。

点完菜，花焰晃着脚，有一搭没一搭地跟陆承杀聊天。

主要是她说，陆承杀负责"嗯"。

正聊得开心，突然从门口走进来一个十来岁的小少年，他穿着青灰色的剑袍，腰间别了把佩剑，脸上稚气未脱，还有点儿娃娃脸。他进来四处一看，对准陆承杀的方向，深吸了一口气，仿佛是在给自己打气。

反复几次后，他一脸坚毅，大踏步走向了陆承杀。

花焰心道：不像是来找碴儿的啊，总不能是……

只见，少年走到陆承杀面前一步处，双腿一跪道："师父在上，请受徒儿一拜！"

花焰："？"

陆承杀："？"

"陆大侠！收我为徒吧！我一定会乖巧听话，勤奋练功，继承您的衣钵，孝敬您老人家和……呃……"他顿了一下，道，"和师娘的！"

花焰："？"

陆承杀："……"

花焰整个人都不好了。

她才刚出家门一个月，怎么连辈分都升了。

还有，"师娘"又是个什么意思啦！小鬼，你说话小心点儿哦！

少年丝毫没有察觉花焰的不满，还在继续，他声音洪亮，眼神中充满祈求："陆大侠，你就收了我吧！"他往前爬了半步，想去抱陆承杀的大腿，又不是很敢，"我真的很想变强，只要能变强，我什么都愿意做，我给您做牛做马都行……"他说到后面，语气越发急切，甚至带上些哭腔。

可惜陆承杀完全没有理他的意思。

少年还跪在地上哭诉着，他那身青灰的剑袍拖在地上，倒是分外眼熟。

花焰情不自禁道："你是当山派的吧，这么随便改换门庭没问题吗？"

那少年闻言，怔怔地看了一眼自己身上的剑袍，神色中浮现出些沉痛，随后眼中闪过更加坚毅的光，心一横，眼一闭，立刻开始脱衣服，两下就将外袍脱掉，丢到一旁，娃娃脸上是与之完全不符的严肃："师娘说得是！只要陆大侠肯收我为徒，我立刻叛出师门，绝不再回当山派！"

花焰忍不住道："……不是师娘！"

少年一愣，沉吟了一会儿，小心道："师、师姐……？"

这会儿换花焰愣了。

虽然情况好像不太对，但花焰确实和陆承杀学过武，这么叫也不是不……而且被人叫师姐，她莫名其妙还有点儿开心，总觉得自己好像也变成了名门女侠似的。

她愉快地接受了这个设定。

"所以你到底是为什么非要拜陆大侠为师啊，当山派也不差……"

少年低着头道："我想给家人报仇，可我现在还太弱……师叔们说要我再等几年才肯收我为徒，但我实在忍耐不住了……陆大侠武功盖世，只要陆大侠肯教我，我一定能变强，替家人报仇！"

花焰"哦哦哦"点头表示理解。

少年握紧拳头，竭力忍耐住激动之情："天残教教主虽然已经死了，可天残教尚未彻底铲除……迟早有一天，我会亲手杀上天残教，将它彻底粉碎的！"

花焰："……"

她就知道。谢应弦人还没死呢。

算了……反正她也习惯了。

花焰有些木木地道："你……要报什么仇啊？"

少年的眼中闪过浓烈的怨恨与丝丝缕缕的悲伤："我的家人，大多死在了谜音龙窟，我娘生下我之后没多久，也抑郁而亡……都是天残教那些丧尽天良的人渣……"

谜音龙窟惨案，一桩大到所有江湖人，甚至花焰都耳熟能详的惨案。

事情发生在十几年前，那年秋天，江湖各大门派的高手都收到了天下第一铸剑大师段研发来的英雄帖，他说自己前些日子寻得了一块不得的陨铁，以毕生之力锻出了一柄稀世宝剑，不日这柄宝剑便要出世。为了不使宝剑蒙尘，段研想为它择一位合适的主人，因此邀请各位高手前来谜音龙窟一聚。

段研是铁匠学徒出身，一生兢兢业业铸剑，为人忠厚老实，不管是谁来委托他铸剑，他都会一丝不苟完成，江湖上不少人都曾受过他的恩惠，因此他在江湖上声誉极好。

他发完英雄帖之后，许多侠客义士，甚至是门派掌门都一同应邀前去谜音龙窟，其中就包括当时青城门的掌门和白崖峰的峰主。除了停剑山庄因本身就擅长铸剑而来的人较少，各大门派的高手都赶到了，热闹更甚问剑大会。

毕竟问剑大会来的多是弟子，而去谜音龙窟的大都是门派师叔、掌门等。

谜音龙窟是距段研居所数里外的一个石窟，众人都知道段研为了专心铸剑，特地在这个石窟里造了锻剑炉与剑池，铸剑时吃住都在里面，待到名剑出世才从里面出来，因而也并不意外。

众人赶到谜音龙窟时，段研还未从里面出来，只有一个剑童招待了众人，说等所有人到齐时，段大师便会出来。

只是没人想到，等所有人到齐时，等着他们的不是段研，而是一阵天摇地动后骤然封死的洞穴。

洞窟里百来号人尽数被困，而众人进到洞窟里才发现，段研早已经死在铸剑炉旁，就连刚才招待他们的剑童也已经毒发身亡。

这自始至终就是一场骗局。

原本各大高手联手逃出生天绝不成问题，然而谁都没有察觉到那洞窟中熏了一种极其歹毒的香，此香可致人神志不清，变得肆虐暴戾，大开杀戒。

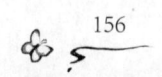

在近乎密闭的空间中，香的作用被放大到最大。

他们于洞中自相残杀，没人清楚地知道在那里面究竟发生了什么，只知道当有人察觉不对，前去破开石窟时，里面尸横遍野，到处散落着残破的躯体，景象犹如人间地狱，血蜿蜒着从中流淌出，洞窟内散发出浓烈的腥臭，久久不散。

据说不少前去认领自家师叔、掌门尸首的弟子都被吓破了胆。

少数几个重伤昏迷但侥幸没有死的人，也都在之后出现了不同程度的神志不清和疯癫。

这些大侠大都是精神力过人者，实在难以想象究竟发生了什么才会让他们不愿回忆。

此事以后，正道元气大伤了多年，各门派青黄不接，尤其是一些小门派，失去了掌门师叔，只剩下一些小弟子，近乎名存实亡。

这桩惨案在当时震动了整个江湖。

至于真凶，花焰很无奈地想，几乎正道所有人都认定是天残教，或者说是谢应弦他爹和花焰她娘联手所为。

也不难理解，正道元气大伤，最受益的莫过于天残教，而且天残教一贯擅长使毒和鬼蜮伎俩，设下这么一桩大阴谋似乎也理所应当。

那段时间来他们教复仇的人多如过江之鲫，许多甚至是犹如自杀般的报复，他们教虽然刻意防范，但也死了不少弟子与堂主。

当时的天残教自不可能平白吃亏，定然要报复回去。

如此一来，双方死伤也就更惨重了。

虽然花焰她娘确实幸灾乐祸过，但这件事当真与他们正义教无关。

她爹为此还曾经和她娘吵过一架，因为她爹不喜欢，所以她娘婚后几乎金盆洗手，别说那些丧尽天良的事了，平日里杀个鸡都得背着他爹，怕他见血晕了。

这件事传出来以后，她爹也曾经怀疑过，气得她娘就差拿刀抹脖子证明自己的清白了。

后来她爹知道确实不是她娘所为，自知理亏，老老实实负荆请罪，哄了她娘半个多月，把这辈子的情话都说得差不多了，才算把她哄好。

这件事对于花焰来说，就像一个遥远的故事，然而眼前活生生的惨案遗孤，让她意识到这可能不仅仅是一个故事，而是真实发生过的事情。

以及，他们天残教在被冤枉，很可能永无清白之日。

光是这一桩惨案的审判，就足够谢应弦死上千百次了。

希望谢应弦自己想想办法吧。

花焰难得有些惆怅。

陆承杀虽然看不懂她的惆怅，但还是拍了拍她。

少年见状，一把抹去眼中的泪光，道："师姐，你别难过，将来我一定会报仇的！所以师父，您愿意收下我了吗？"

听到回答，少年眼中的失望清晰可见，他捡起自己的袍子一步步摇晃着走了出去。

花焰都有点儿于心不忍了。

陆承杀见她如此，又有些犹豫。

半晌，菜都上来了，才听见陆承杀道："不然我去收了？"

花焰正夹着菜，听他说，一愣，道："是你收徒，你决定就好啦。不用问我的。"

饭菜都吃了大半，她又听见陆承杀道："我不习惯。"

花焰吃着嘴里的肘子，抬起头，有点儿蒙："你不习惯什么？吃不惯肘子吗？之前没听你说过啊。"

陆承杀又沉默了一会儿，道："没什么。"

花焰很大度地道："你要是不喜欢就直说嘛，我们下次就不点了，这么多种菜呢，想吃什么都可以。不用勉强自己啦。出来吃饭，最重要的是吃得开心嘛。对了，你之前什么都吃，我还一直想问你究竟喜欢吃什么菜呢，是甜的、咸的、辣的，还是什么别的？"她眨着眼睛问道。

陆承杀蓦然松了口气，他看着桌上琳琅满目的菜，想了想，道："都喜欢的。"

想起当初陆承杀买了个烧饼就上路，完全不挑的模样，花焰由衷道："陆大侠你真是太好养活了！"

吃完饭，陆承杀又蠢蠢欲动地想找花焰练剑。

花焰心有余悸地揉着手腕，虽然陆大侠人很好，但和陆承杀对打可一点儿也不好玩。

倒是陆承杀拿来的佩剑十分好用。

停剑山庄出品，质量保证，既轻盈又锋利，持握感绝佳，剑身精巧白不必说，剑鞘都华美绝伦，晶莹镂空花纹细腻宛若珠宝，花焰还特地去附近停剑山庄的剑铺看过，虽然好剑不少，但都比不上这把，自然也没法估计价格。

这把剑挂在腰上，花焰觉得自己就是个正儿八经的女侠。

她爱不释手地把玩着，想起各大门派知名弟子的剑都有名字，喜滋滋道："我要不要给它起个名字啊？"

陆承杀道："嗯。"

"叫什么好呢？哎，你的剑有名字吗？"她当初就问过，不过陆承杀没有理她罢了。

陆承杀闻言，道："无刃。"

花焰惊了："居然真的有名字！为什么叫这个啊？"

陆承杀道："外公起的。"

"咦？那剑也是他给你的吗？"花焰看着陆承杀背后那柄黑漆漆的长铁，想问很久了，"为什么你的剑是这把？这把看起来一点儿也不像宝剑。"

陆承杀似乎没想到花焰会有此一问，他把剑抽出来放在手里。

确实是黑漆漆一柄长铁，平平无奇，放在路边或许都不会有人留意到。

停剑山庄名剑无数，到他手里就只有这一把。

陆承杀看了一会儿，道："它够硬，就足够了。"

花焰想想也是，陆大侠这么强，拿什么不是一样打。

"要不陆大侠你给我的剑起个名字吧。"她把自己的剑凑到陆承杀那柄长铁边上，两把长剑，一柄华丽精致，一柄漆黑深沉，原本天差地别，却又微妙地有些相称。

陆承杀看了看，想了一会儿，又一会儿。

花焰胳膊都举累了："陆大侠，你想好了吗？"

陆承杀沉吟许久道："春花。"

花焰："！"

陆大侠，你认真的吗！

陆承杀略有一丝犹豫："不好吗？"

"没有，就叫春花吧！"花焰努力点了点头，"春花剑。挺好的！"

她看着手中那柄精致修长、美丽宛若收藏品的剑，心中含泪道：委屈你了！

两人快走到东风不夜楼客栈门口时，忽然见刚才那个少年抱着个包袱出现在门口。

少年已经换了一身袍子，一脸没事人似的靠过来，停在一步之遥的位置，娃娃脸上甚至还露出了笑脸，道："师父，师姐，从今往后我就跟着你们了！"

花焰不由得瞪大眼睛："等等！"

少年不管不顾地道："忘记和师父师姐说，我叫宁常，你们可以叫我小宁或者小常。有什么需要尽管吩咐，只要不赶我走就行……"

宁常就这么眼巴巴地望着两人，稚气未脱的脸上，一双大眼睛闪着光，像只被遗弃，等待着主人的小狗。

陆承杀看了一眼花焰。

花焰也看了一眼陆承杀。

然而，花焰不得不告诉他一个残酷的事实："你跟不了。"

宁常脱口道："为什么？"

花焰冷酷道："因为明天是门派战。"

我都不知道能不能跟得了，别说你了。

第八章 天残陷阱

问剑大会的最后一项比试，门派战。

最初是没有这项比试的，后来因为问剑大会的战绩往往能决定各门派在江湖中的影响，而弟子战的战绩又过于偏颇——只要门派有一名能打的弟子就能脱颖而出，而无法准确判断门派新生弟子的实力，故应运而生。

门派战的形式多样，不拘泥于一种，一般由五大门派共同商议。

在以往的比试中，有简单粗暴的各门派各出五人大混战，哪个门派弟子最终站着便为胜者，也有各门派各自派出五人去剿灭某一处天残教据点，以战绩最为优异的门派为胜，还有一年闹了大饥荒，各门派都派了弟子前去赈灾，问剑大会临时改了规则，以救助的百姓更多者为胜，那一年的门派战胜者非常令人意外——是慈心谷。

今年的门派战比法已经提前公布，每个门派会各出五名弟子，进入提前准备好的探险地中，以使对手失去抵抗力为胜。为期三天，最终剩下有战斗力的弟子最多的门派为胜，届时也会有各派师叔藏于其中，及时援救受伤弟子。

门派战衡量的不仅仅是弟子的实力，也有门下弟子组织、应变与合作的能力，虽然很多时候不方便观赏，但不妨碍大家的热心关注。

花焰打听了一下，以往门派战胜利次数最多的是青城门。

她有种意料之外、情理之中的感觉。

陆承杀也很干脆地道："嗯，没赢。"

想了想陆承昭，又想了想其他停剑山庄的弟子，花焰心道：果然带不动啊！

知道陆承杀要进去住三天，花焰提前就在想准备点儿什么行李，被告知主办方会准备好每个弟子三日的口粮和简单的行囊后，花焰反而有点儿郁闷。

她和陆大侠认识了这么久，还没有分开超过一天呢。

想想居然还有点儿不舍。

探险地会提前封锁，不允许其他人擅自闯入，也无法围观，只能等东风不夜楼的人送来比试的最新消息。

大清早的，花焰就蔫蔫的，宁常死皮赖脸跟在她旁边也蔫蔫的——他不太敢去跟陆承杀。

青城门昨晚闹腾非常，好似去秋游，沐雪浪那一身鲜血淋漓的伤，现在已然快看不出来了。当山派的弟子中出现了褚浚的身影，不少人看着他，议论纷纷，他顶着一头卷发，黑着脸，看起来也很不爽。

左惊霜正在一旁和尤为天说话，尤为天同她说话时勾着嘴角在笑，但至少没有发疯的迹象，花焰阴沉着脸盯着两人，用力在心里哼了一声。

石山派是凑不够人数的，尤为天和另外几个小门派的弟子一道进入，算作一个门派。

花焰正在到处看，一道黑影映入眼帘。

陆承杀走过来时，两旁的人下意识避开，像以他为分界线将人群拨散，周围的人便都逐渐不起眼起来，好似满场喧嚣人群都只是他的陪衬。

他黑衣黑发，面无表情，藏蓝发带同藏蓝剑穗一道飞扬，神情依旧冰冷，目光却非常温和。

"小心一点儿哦。"花焰想着要说什么，"虽然陆大侠你很强，但是万一有偷袭什么的，千万别受伤了……如果其他人——像陆承昭之类的人有危险，就别管他了。还有……"她从衣袋里取出一个油纸包，"城西的粽子糖，带着吧，路上可以吃。"

陆承杀默默接过，放进怀里。

花焰又絮絮叨叨地说了一会儿，发现实在没什么可说的了，可是……明天早上起来她就见不到陆大侠了啊。

"比完早点儿回来哦。"

陆承杀点了点头，道："嗯。"

两个人就这么站着对望，发了一会儿呆。

凌天啸已经上了台，准备开始讲规则。

花焰小声道："……那你走吧。"

陆承杀轻轻点了点头，长睫覆盖下漆黑的眸子慢慢眨了两下。

看着陆承杀逐渐走远的背影，花焰莫名地还有些伤感，然后她转头就看见宁常目瞪口呆的脸。

宁常好震惊："师、师、师姐和师父感情真好……"

都这样了还说不是师娘!

花焰没理他,长长叹了口气:"唉。"

凌天啸大致说了一下规则,随后表示门派战胜者将有权在之后举行的审判仪式上优先处置天残教教主谢应弦。此话一出,各门派弟子纷纷响应,对天残教教主表示深恶痛绝。

花焰默默地想,谢应弦到底能不能搞得定啊?

此时,凌天啸边上还有一个戴了面具的红衣人,面具和服装都极其华丽浮夸,尤为天的朱红长衫已十分惹眼,可这人身上的红衣偏偏更艳丽几分,衣料上花团锦簇,姹紫嫣红,张扬至极,衣服下摆更是拖曳在地,比戏园子里的戏服还要夸张。

花焰随口问道:"这是谁呀?"

宁常道:"江楼月啊,师姐你没见过?"

"江楼月是?"

宁常小心翼翼道:"师姐你住了这么久东风不夜楼客栈,应该知道他们的楼主叫什么吧……"

对不住,还真不知道。

原来这就是东风不夜楼的楼主,花焰有点儿肃然起敬,能开出那么多家连锁客栈还承办问剑大会的人果然不是个普通人,难怪她一看这个人的造型就想起了东风不夜楼那浮夸的仙绦多宝塔。

凌天啸说完,便轮到江楼月说话。

江楼月的声音同那日陆承杀在东风不夜楼打听消息时,花焰隔着帷幔听到的声音十分相似,辨不出年龄也辨不出男女。

"这么神秘吗?"

宁常立刻阿谀道:"师姐说得是!江楼月神秘很久了,论年纪,江楼月应该有百来岁了,可你看这哪里像百岁的人……传说中,'江楼月'不过是个代号,每一任楼主继任后,都会成为新的江楼月。"

花焰点点头。

江楼月的话说完,很快便轮到弟子进场。

试炼地在一片茂密的森林中,就在会场后不远处,东风不夜楼专门修了一条栈道过去。

依旧是抽签决定顺序,第一个门派的弟子进场两刻后,第二个门派的弟子才会进场,如此这般,等到最后一个门派的弟子进去后,计时便开始了。

这过程很漫长，花焰等得有些不耐烦，决定去转转。

这一转，就给她转出问题来了。

她远远看见尤为天正在跟一个看不清模样的人说话，对方给了他什么东西，便走了。

之后，尤为天也走了。

这些天尤为天接触的人也不少，寻常人不会在意他与人交谈，但花焰不一样，彼此知根知底，万蛊门有多毒她还是知道的。

本来她就一直疑心尤为天来干吗，此时更加不放心。

再加上他和羽曳勾结，保不准要干什么坏事。

花焰顿时眉头一皱。

门派战开始在即，停剑山庄抽到的签是第五个进场。

他们一行五人按照陆怀天事先交代的，分别站在五个方位，小心谨慎地留意四周，且行且看，只有陆承昭很不以为意：谁会这么不长眼，第一个偷袭停剑山庄。

森林茂密，树影丛丛，四周静悄悄的，只有隐约的蝉鸣，他转头看了一眼旁边的人。

陆承杀目光冰冷，凶神恶煞，杀气十足，看得陆承昭都没来由地一个哆嗦。

自从相好的离开之后，陆承杀待他越发地冷，时不时让他觉得脖子发冷，后背发凉。

他现在不怕其他门派偷袭，有点儿怕陆承杀会不会中途对他下黑手。

应该不至于吧，就算走了，陆承杀不也没少见那女的吗！

小别胜新婚，陆承杀还该感谢他呢。

陆承昭想着，又哆嗦了一下。

按理说三日的门派战，开头绝不至于如何凶险，陆承昭一边努力安慰自己，一边又小心地偷瞄陆承杀，生怕他突然暴起。

其他人根本拦不住他的。

早知道他前段时间就不嘴欠得罪陆承杀了。至少等熬过了问剑大会再说。

不对，他嘴欠，可陆承杀根本不在意啊。他又不是第一天嘴欠了。

女人果然是红颜祸水。

探险地很大，他们行了约莫半个时辰，已过响午。

陆承阳小心翼翼提议道："要不要先休息一下，吃点儿东西？"

这么精神紧绷，确实也有些累，他们择了一处相对视野开阔的河边掏出些干粮，一边咀嚼一边警惕地望向四周。陆承昭本来也不想来参加，都是他爹逼的，他无奈地咬了一口干粮，又冷又硬。

这东西只有陆承杀会吃吧。

他转头一看，却发现陆承杀正拿着一包琥珀色、如琉璃的糖慢慢吃着。

陆承昭情不自禁道："你从哪儿来的？"

陆承杀冷冷地看了他一眼，继续吃。

这小子跩什么跩啊！

陆承昭气得够呛，但他又不敢真的去找陆承杀麻烦——别说找麻烦了，他只是看了一眼，陆承杀就刻意地侧过身去，好似在护着手里那包糖。

至于吗，不就是一包糖！

他还能去抢不成！不对，他抢得过吗？

陆承昭越想越气，狠狠咬了一口干粮，就在这时，突然见南边有一簇烟火冒了上来。

是信烟。

几人这时都不由得看去，神色微变。

凌天啸提前已经说明，门派战弟子会提前携带一支信烟，在受重伤无法战斗时发射，一方面求助附近的师叔，一方面也以示淘汰，让还在里面的弟子大致知道余下人数。可谁也没想到，第一个被淘汰的竟如此之快。

快得有些离谱。

这个时候有些弟子甚至可能都还没有进来。

然而随着这一簇烟火，之后接连又有四簇烟火引燃升空。

一个门派的弟子全灭了。

这一下所有人的神色突变，包括陆承昭都有点儿紧张了。

门派战参赛人数远多于弟子战，经过筛选后进入弟子战的只有四十八名佼佼者，而门派战参赛的足有二十个门派，大大小小的门派都有，甚至包括慈心谷和七琴天下这种本身不善武艺的组织，再加上一些如尤为天这种与其他门派拼合的小门派，进来的一共有一百余人。

可一来就淘汰了一个门派，证明有人在开场就下了狠手。

"是褚浚吗？"

当山派是东道主，自然想凭借这次问剑大会出风头，所以才会在武比就让两位年轻弟子发出挑战，当然结果不尽如人意，褚浚憋着满肚子的气，又被迫参加门派战，心情不好找个弱点儿的门派出气也无可厚非。

与此同时，几个人悄悄把目光投向陆承杀。

他们自己就是停剑山庄的，自然知道不是，但其他人……估计不少人也会猜测是陆承杀所为。

陆承杀依旧神色淡定，吃着他的糖。

虽然同队，但是其他几人还是和陆承杀保持着一定的距离，这已然是种习惯。

刚才他们小心翼翼的时候，陆承杀还是神色平静，步履如风，根本无所畏惧——也是，除了褚浚，没人想不开跑来袭击陆承杀。

上一届门派战发生的事情还历历在目。

那一届门派战内容与此次有些相似，当时领队的是停剑山庄的另一位师叔，没对陆承杀交代任何事，于是在其他门派弟子都小心躲藏的情况下，陆承杀坦坦荡荡地走在大路上，成了一个非常显眼的靶子。

这靶子过于诱人，明知不敌，还是有不少弟子想借着偷袭或者其他办法解决掉这个劲敌。

然后无一例外，都被陆承杀送出局了。

最后干脆好几个门派的弟子联手，想要靠车轮战解决掉陆承杀，然而还是打不过，于是变成了前仆后继送人头——当然，陆承杀没有真的杀人，只是一个个重伤过去。

就这么从白天打到黑夜，那一届的人数还特别多，打完三十来个人，陆承杀站在原地，眼神都没动一下，就见各弟子的信烟犹如烟花般在他背后的天空炸开。

陆承杀站在当中，面容冷峻，长剑如影，衬着身后绚烂的烟花，颇有些无人可敌、寂寞如烟的味道。

都是习武之人，又是少年英豪，本就是热血不肯服输的年纪，好些其他门派弟子见状更是激起了心头斗志，无论如何都想要击败陆承杀。

整个停剑山庄的小队，后半程没有一刻是平静的。

陆承昭想起那届就头疼，陆承杀是打得爽了，他们呢？

三天。

他们整整三天没有好好睡觉、好好吃饭，还要时时刻刻提防偷袭。

陆承昭自觉身手不差，寻常门派的弟子他也是来一个打一个，然而除了陆承杀，谁也受不了觉都没的睡还要打架，他好不容易撑到最后一天，其他门派弟子的偷袭越发肆无忌惮。

最后，他躲在草丛边上方便的时候，被人打了一闷棍，裤子都没来得及提。

他想起来就恼火！

那届门派战结束，其他门派的弟子和停剑山庄几乎两败俱伤，又被青城门捡了个漏——毕竟获胜是以仍有战力的弟子数计算的。

今年有了上一届的前车之鉴，应该没人会重蹈覆辙了。

毕竟所有人都已经切实地意识到了陆承杀的强大，不抱侥幸心理，不浪费精力。

陆承昭怀疑这三天都没人敢来找陆承杀的碴儿，搞不好还会绕着走。陆承杀可以安安稳稳在这里住上三天，然后回去找他又凶又坏、妖里妖气的小情人——这傻子迟早被人骗感情。

可惜其他人就不一定有这么好运了，陆承杀又不会给他们当护卫。

然而没想到的是，没过多久，又一组信烟引燃，五枚烟花升上天空。

第二个门派的弟子被全灭了。

所有人面面相觑，神色更加凝重。

此时他们刚离开那条河道——河道虽然视野开阔，但也同样很危险，在遇到袭击时无法躲避——走到一片小树林里，有乌鸦等鸟叫声在头顶盘旋，暂时还没遇到人，但已经足够让人警惕。

所有人的剑都已经被拔了出来，握在手中，蓄势待发。

不多时，他们看见树丛中有一个小坡，一个相对来说适合伏击的地方。

"要不我们先在这儿等等？这么走也不是个事。"

陆承昭早就累了："行行行，赶紧休息！"

话音未落，不远处的阴影里有人影浮现，几个人立刻噤声，小心翼翼地躲在坡后观察。

"刚才太邪门了吧！幸好我跑得快……这是哪个门派弟子干的，缺不缺德！"

"我也看到了，那里怎么会突然有个陷阱？居然还有箭……不是不给带箭的吗？"

"林师弟和张师弟可惨了，他俩连信烟都没来得及发，待会儿我们看看附近有没有师叔，让师叔去救一下吧，那陷阱看起来还挺深的……"

"小心点儿。"

听完他们的话，几个人也觉得有些奇怪。

然后，他们就看见陆承杀已经举着剑下去了。

"哎，等等……"

眼前门派的弟子只剩下三个人，他们三个看见陆承杀先是一怔，随后其中一个弟子立刻大喊道："陆少侠，先别动手，我们有话说！"

陆承杀的剑已经放在他脖子上了。

这弟子的汗当场就流下来了，被陆承杀拿剑身打这么一下，立刻就得重伤送出去，他紧张道："在下雷霆门余青山，之前和陆少侠在离山城切磋过，不知道陆少侠还……"

陆承昭也下来了，他没耐心道："说重点！"

普通门派的弟子见到停剑山庄的弟子，天然便有些畏惧。

余青山更加紧张道："我们刚才发现一个陷阱，就在这后面，我们两个师弟被困在陷阱里了，这陷阱实在有些蹊跷，两位陆少侠能不能……先随我们看看……"

陆承杀无所谓。

陆承昭嫌麻烦。

陆承阳从上面下来，同样也很头疼，夹在两位大哥中间他也很难做人，他努力让自己显得亲切："哥，我们去看看？"

余青山说的陷阱确实不远，地上一个深坑被树叶遮掩着，能看见里面有两个人影，他们昏迷不醒，还有几根已经散落折断的箭矢。

"两位师弟已经尽量避开了箭，可还是摔下去着了道。"余青山心有余悸道，"停剑山庄的诸位少侠觉得有可能是其他门派的弟子设下的吗……"

"等等……"陆承阳突然道，"这里面好像还有东西。"

众人仔细看去，深坑里没有光照，漆黑模糊一团，可观察一会儿，会发现里面隐约有什么在爬动。

像是……虫子或者蜈蚣之类。

这个发现令所有人都悚然一惊。

蛊虫！

这里怎么会有天残教的东西？！

"林师弟、张师弟……"余青山连忙大声叫唤，他原本以为两位师弟是昏迷过去，可现在看来可能不只如此。

果然，不论他怎么叫，里面的人都无应答。

而此时，无人敢下去，谁知道下面还有什么陷阱诡计在等着。

余青山吓得脸色都变了，门派战不是没有伤亡，但以往都会有师叔辈的及时前来救援，各门派弟子下手往往又都留有余地，哪里会有这种状况。

陆承昭只思考了一会儿，就举起碧落剑指着余青山："你，把信烟点燃了。"

余青山迟疑："这……"

"现在，我不想重复第二遍！还是你想在这里被我打到重伤垂死？"

余青山无奈，哆哆嗦嗦取出信烟点燃。

时间一点一点过去。

一刻后，四周安静，仍然没有师叔前来，就好像他们被放弃了一样。

这个发现让众人更加不安，如果说信烟没有效果，那之前的弟子点燃信烟同样不会有人前去救援，这种情况下……

日光西斜，天色慢慢将要黑下来，又陆陆续续有信烟被点燃，入夜了更不知还要发生什么。

有个雷霆门的弟子小声道："要不我们现在回去……"

陆承昭语带嘲讽道："你自己回去吧，路上小心点儿啊。"

"可……"余青山哭丧着脸，"两位师弟……至少要知道他们到底……"是死是活。

他没有办法，眼下只能寄希望于陆承杀："陆少侠，您能不能……"

陆承杀看了他一眼。

余青山立刻吓得快哭了。

陆承昭心中只觉得好笑，他凭什么觉得陆承杀会多管闲事。这家伙除了杀人，根本什么都不会好吗！

下一刻，只见陆承杀已经纵身跳了下去。

陆承昭："？"

那小情人真把他教成个傻子了？

陆承杀足尖轻点，身姿如云，极为轻盈地落在了地上，几乎是同时，深坑上方树叶荫翳处突然掉下来一块巨石，正对着坑中人砸了过来。

陆承杀随手甩出无刃剑，刀锋劈在巨石上，刹那间将巨石粉碎。

众人："……"

坑底的蛊虫快速朝着陆承杀爬动，他用长剑轻轻一划，剑气瞬间将坑底的生物一并斩死。

众人："……"

陆承昭情不自禁在心底大骂：你厉害行了吧！

陆承杀垂手探了一下两人颈侧脉息，又踩着坑壁跳了上来，言简意赅道："死了。"

三个雷霆门的弟子此时都忍不住露出些悲戚的表情。

离开了陷阱，他们跟在停剑山庄的人身后，一路都有些沉默。

陆承昭倒懒得管他们，现在需要找个地方过夜，按照时间，现在所有门派的弟子都已经进来了，其实门派战才算刚开始。

夜深下来，树林在静谧中显得更加诡秘。

忽然，一阵浓雾飘了过来。

这个节骨眼儿上遇到浓雾，简直堪称屋漏偏逢连夜雨。

雾气来得极快，瞬间便覆盖住众人的视线，陆承昭艰难地举着剑，就在这时，他听见后面两个雷霆门弟子突然大喊大叫起来。

"叫什么叫啊！"他刚说完，眼前突然出现了一幅诡异的画面。

陆承杀也觉得不对。

只是他没有说话，在浓雾中他干脆闭上双眼，耳畔的声音变得分外清晰，他几乎能听见一切的动静，包括身后人的大叫和树叶落地的声音。

有脚步声从远处接近。

有人朝他伸出手。

陆承杀剑已经挥出去了，忽然听见了一个极轻的声音。

"是我啦。"

他生生把剑收住了。

可又觉得是幻觉。

犹豫间，他的手就被那只手攥住了。

那只手比他的小不少，很软，有一点儿清淡的香气，像清晨过后被露水沾湿的花瓣。

声音还在继续，轻到在他的耳畔萦绕，像在梦中，极为蛊惑："跟我走。"

四周异常安静，静到陆承杀足以听见自己的心跳声。

感觉很怪异。

紧接着，那只手拽着他，一路左拐右绕，轻车熟路地就走出了迷雾。

但陆承杀仍然觉得像在梦中。

直到他睁开眼睛，看见了少女那张极其明媚、灿若春阳的笑脸，才恍惚间从梦中醒来。

花焰单手叉着腰，非常得意："陆大侠，惊不惊喜，意不意外？"

陆承杀："……"

花焰道："怎么啦？"

不会吧，他不是闭上眼睛了吗，还能被蛊惑吗？

花焰有点儿担心。

不料，她凑过去，陆承杀反而别开了脸。

片刻后，他转回头，仿佛回过神道："你……"

"是不是想问我怎么进来的？这个我待会儿跟你说，总之我们先找个安全的地方，你们这个探险地问题大了去了。"花焰松开了他的手，"不过你跟着我走就好啦。"

陆承杀低头看了一眼手，抬起头看她，忽然皱起了眉。

"这里很危险。"

花焰刚想说不危险不危险，所有的陷阱她都超级熟，又有点儿心虚。

想了想，她说："反正你会保护我的嘛。"

陆承杀沉默了一会儿，郑重地点了点头："嗯。"

两人离开迷雾时，天已经全然黑下来了。

回头望去，只能看见郁郁葱葱的密林沉在一片黑漆漆的雾中，像是一整片蛰伏着的黑影，连声音都听不见，其他更是什么也辨不清。

花焰还有些后怕。

刚才她如果再晚点儿到，说不定都没法把陆承杀拽出来，虽然陆大侠闭着眼睛，正常来说也不会出事——但她会担心嘛。

这雾气花焰一嗅就察觉到了。

这是羽曳研制出来的一种迷魂药，教内的医馆就有卖的。

因为是羽曳的个人兴趣，名字起得很文艺，名曰"惊梦"，效用是令人心生恐惧，眼前频频浮现出自己害怕的画面，教内堂主人手常备一份。

只是花焰从未见过如此大量，甚至形成雾气的惊梦，它通常的用法不过是放在香炉里熏出一点儿香来，便可以使人畏惧，很适合拿来御下。

应对惊梦的方法也不难，只要神志足够坚定，或者——闭上眼睛。

当然，花焰可以这么快确定这就是惊梦的原因是，这一路过来，她已经遇到了不知多少个天残教的陷阱。

对尤为天产生怀疑后，她放出了一只追踪蛊跟着方才同他交谈的人，那人一身朴素黑衣，打扮得非常不起眼，长相也很寻常，混进人群中几乎难以辨别。

花焰跟着追踪蛊过去，逐渐远离人群，只走到一半，就发现她的蛊死了。

她已经走出了问剑大会会场的范围，眼前是条狭窄的小巷，曲曲折折，四周石墙高砌，寂静无人，走到哪里连她自己都不认识。

花焰人都傻了。

她也不知道这到底是什么鬼地方。

小巷通路暗含奇门八卦阵，犹如迷境般，花焰在原地留了一只结丝蛊，硬着头皮往前走,心想实在迷路就原路返回吧,没想到最后稀里糊涂被她走了出去,之后就到了一片密林。

再然后,她远远看见了秦沐烟一行五人。

花焰脑子转得飞快,知道自己也在探险地里之后,便迅速欢呼雀跃着决定去找陆承杀。

她想偷偷给陆承杀一个惊喜!

她吞了一颗止息丸,一路小心翼翼自不必说,奇怪的是一路过来,她绕开了无数正派小队的同时,也瞧见了无数熟悉的机关陷阱,整个探险地不像是正派门派战的场地,倒像是天残教的机关试验地。

花焰按下满腹的疑惑继续寻找,总算在天快黑了之前,找到了陆承杀。

躲在树后偷偷探出个脑袋来远远看着他,花焰的心情倒是没来由地好了起来。

可还没等她找机会避开其他人单独去找陆承杀时,就见他们走进了那片迷雾。花焰差点儿就叫出了声,无奈只能跺了跺脚,闭着眼睛冲进去,一把攥住陆承杀的手,总算把他顺利带了出来。

眼下这雾越发浓了。

陆承杀看着雾气没有说话。

花焰觉得他肯定是担心里面的其他人。

唉,陆大侠人真好。

虽然非常非常讨厌陆承昭,但花焰还是要为了做个好人而努力。

她拽了拽他的衣袖道:"这雾不自然,肯定是有人故意弄出来的,想救他们的话,我们可以找找附近有没有鼎炉之类冒烟的东西。"

陆承杀顿了一下,道:"怎么找?"

这她也不知道啊。

花焰只好挠挠脑袋道:"……摸索看看?"

陆承杀轻轻"嗯"了一声。

然而此地实在太黑了,夜晚的探险地伸手不见五指,视线被隔绝得彻底,哪怕习武之人目力过人,陆承杀又用火折子点了一支火把,也只能看见近在咫尺的画面和远处隐隐约约的轮廓。

花焰想赶紧找个安全的地方待着,就算她很熟那些陷阱,晚上也难免有中招的可能。

"陆大侠,我们可千万别走散了。"

说着,花焰的手指攀着陆承杀的衣袖一点点滑下去,轻轻攥住了陆承杀的手。

几乎是瞬间,陆承杀的身体一僵。

果然。

花焰之前就发现了，只要她碰到陆承杀，陆承杀的身体就会随即一僵，像瞬间绷紧了的弦似的，变化异常明显。

大概是很少与人接触吧。

还蛮好玩的，花焰有点儿坏心眼儿地想。

陆承杀的手指修长干燥，指节分明，只在握剑处有一层剑茧，温度偏低，花焰的手则一贯温暖，夏日里握着陆承杀的手，觉得像握着一块寒玉。

一块笔直的寒玉。

花焰才察觉，陆承杀的手僵硬地直着，好像连弯曲都不会了。

她情不自禁地捏了捏陆承杀的手，发现陆承杀又僵了一下。

他们一步一步在雾气外围小心翼翼地走着，脚下的土地松软而泥泞，夜风诡谲，树影参差摇曳，伴随着静谧而漆黑的环境其实相当令人不安，可花焰有点儿想笑。

她忍住了。

视野有限，花焰侧过头，只能看见离得极近的陆承杀隐在黑暗中的侧颜。

他的五官很柔和，轮廓却很清瘦凌厉，从耳后到下颌的线条利落流畅，眉宇清俊，一双眼睛像工笔绘就的，斜飞且微微上挑，初看时觉得凶煞又冷漠，但看久了居然也觉得温柔了起来，哪怕现在陆承杀用警惕又凛冽的眼神扫视着四周，花焰也觉得好温柔哦。

是和羽曳那种不太一样的温柔。

她正想着，陆承杀道："找到了。"

花焰顺着陆承杀举起的火把抬头，顿时惊到了。

只见眼前的土坡上嵌入了一个铜制的香炉，香炉巨大，从他们的位置只能看见一小部分，因为颜色同土地相似，几乎难以辨别。它正朝着外面吐出大量的雾气，似乎源源不绝。

花焰："……"

这也太狠了！

陆承杀把火把递给花焰，同时单手拔剑，三两下将那香炉劈碎。

香炉粉碎，土坡立刻塌下，将香炉整个淹没，那些由此而来的雾气也停止了供给。

"这雾气一会儿就会消散，不用担心他们了。那个，我们……"

花焰说完，有些紧张地看着陆承杀。

她怎么混进来的不太好解释，生怕陆承杀待会儿要和其他停剑山庄弟子会合，那她又得偷偷找地方躲起来了。陆承杀不怀疑她，其他人可未必。

好在，陆承杀似乎也没有要会合的意思。

花焰的话还未说完，就听陆承杀道："我们找地方安顿。"

"好。"花焰用力点了点头。

可没想到，不等他们走多远，突然下起了暴雨。

这雨来得不讲道理，几乎片刻就由丝丝细雨变为倾盆大雨，雨水被枝叶挡去了些许，但依然有大量的雨滴倾斜而下，溅起噼里啪啦的声响，伴随着偶尔落下的一两道震耳欲聋的雷声，更显可怖。

花焰猝不及防，很快便被淋湿，手中的火把也就此熄灭。

两人只能先在附近找了一个很浅的石洞躲避。

石洞浅到只能容纳下两个人。

外面雨幕倾天，宛若瀑布流泻。

花焰坐在里面，只觉得浑身都湿透了，她现在没有内力，无法御寒，浑身冰凉，而且石洞太浅，还时不时有雨水溅落进来。

这就是乐极生悲吗？

花焰打着喷嚏心想，她刚高兴了不到一炷香的工夫啊。

她转过头，想看一眼陆承杀，就见一件黑色绲银边的外袍被丢了过来。

不湿，甚至还温温的。

花焰正在瑟瑟发抖，想也不想，立刻用外袍裹紧自己。

是用内力烘干的外袍，十分暖和。

陆承杀此刻只穿了一件雪白的中衣，单腿弯曲，扶着膝盖坐在花焰身侧，目不斜视地看向外面。

"很冷吗？"

花焰不由得拼命点了点头。

是真的很冷，她身上还湿漉漉、黏糊糊的，以往随便用内力蒸一下就烘干了，但现在……她好想她的内力啊。

花焰望着陆承杀，陆承杀却没看她，他漫步出去，只听几声巨响，树木应声而倒。

陆承杀抱着一堆湿木头回来，用内力烘干、火折子点燃，搭了一个小火堆。

花焰努力挪了过去，伸出手烤了烤，但外面风雨飘摇，还是很冷，她又打了个喷嚏。

陆承杀见状，又带来了一堆木头，像种土豆似的，围着花焰和火堆，挨个儿把它们拍进了地里，然后自己坐到了边上。

"还冷吗?"

花焰不知道怎么说。

她控制不住又打了个喷嚏,更加努力地裹紧陆承杀的外袍。

陆承杀好像确实不知道怎么办了。

半晌,他低声道:"把手伸出来。"

花焰不解,依言把手伸了过去。

陆承杀用指尖触到了她的手,片刻后他的指尖变得温暖,一股热流从指尖传递过来,花焰周身顷刻涌入暖意,像浸泡进温泉水里一般。

好一会儿,她才反应过来陆承杀是把内力传过来了。

花焰愣了。

就算他内力多,也不是这么烧的啊。

她想了一会儿,还是把手抽了回来。

陆承杀这时倒是转头了:"嗯?"

花焰把自己裹紧,道:"我没那么冷了。"

陆承杀似乎现在才松了一口气,过了一会儿,他把中衣也脱下来,丢了过去,只余下一件单薄的里衣。

中衣上还沾着陆承杀的体温,花焰难得地不好意思,一时迟疑。

一阵冷风吹过。

她迅速接过,把自己裹成个粽子。

陆承杀的中衣上有一股冰雪过后松针的味道,很清新,花焰是第一次这么近地闻到别人身上的味道——水瑟曾经跟她说过,男人都是臭的,不管是多么光风霁月的男人,凑近了闻都有股怪怪的味道。可是此刻,花焰一点儿也不觉得难闻。

她觉得自己的脸有点儿烫。

她忍不住又转过头去看看陆承杀,夏日的里衣很单薄,勾勒着他修长挺拔的身躯,连起伏都清晰可见。

然后花焰就发现……

"咦,陆大侠你身上为什么会有伤?"

陆承杀闻声,似乎不明白她的疑惑,道:"怎么了?"

花焰换了个说法:"我是说,你也会受伤吗?"

虽然不太明显,但能隐约看见其下的伤痕,大多已经愈合,像是陈年旧伤。

陆承杀道:"嗯。"他顿了一会儿,又道,"很奇怪吗?"

也是,陆承杀又不是什么器具,是人就会受伤,没什么可奇怪的。

花焰摇摇头，但还是觉得有些闷闷的，不太开心。她闷了一会儿，又忍不住问："你是为什么受伤的啊……"

陆承杀简单道："小时候。"

"练剑的时候？"

陆承杀回："嗯。"

花焰年幼习武的时候，顶多偷懒被她娘戳着脑袋说一说，没说两句就被她爹护在身后，说焰儿一个女孩子家习武已经够辛苦了，没必要过多苛责。

就连前教主夫人也会出来劝劝，有谢应弦做对比，她只觉得花焰听话懂事得多，是花焰娘要求太高。花焰娘气得半夜把花焰拖起来，气呼呼道："你个小笨蛋可千万别听他们的，女孩子家不好好习武，长大以后被人欺负了怎么办？你要是以后找个弱的，比如你爹这种，你还得保护他呢。"

这也是她娘当初不喜欢羽曳的原因之一——嫌他弱，保护不了花焰。

可是花焰怎么想也想不通，习武为什么会把自己弄得一身是伤？

她想着，忽然记起陆承杀之前跟她说的，犹豫道："不会是……你和你外公对打来的？"

陆承杀道："部分是。"

花焰忍不住凑过去一些。

她借着火光看得更清楚，纯白里衣下的身躯上，好些伤痕都十分可怖，几乎难以想象当时是怎么受的，这些伤又怎么会出现在陆承杀身上。

和自己家人对打，会出现这样的伤痕吗？

花焰还是觉得很迷惑。

"你习武的时候，和你外公打得很凶吗？"

"嗯。"

花焰想了想她近期看到过的比试："像你和褚浚的那场那样？"

陆承杀摇了摇头，道："那场不凶。"

花焰："……"

是……这样的吗？！

如果每一次，就连习武时，都面临生死威胁，那确实会进步很快，但……也会很痛吧。

花焰自己最怕痛了，所以学轻身功法时格外努力，这样打不过还可以跑。

只是，习武时难免会有磕碰划伤，她以前受了一点儿伤，就去找羽曳把伤口上药，包得层层叠叠，然后去找她娘哭诉，顺便偷懒。

她娘平时凶巴巴的，这时候也会心软。

花焰想了一会儿，道："你娘不会心疼你吗？"

陆承杀闻言，道："我没有见过我娘。"他的语气十分平静，甚至没有起伏。

花焰愣了一下，觉得自己失言。

"对不起哦……"

反倒是陆承杀道："为什么要道歉？"

花焰张了张嘴，很多话到嘴边，却又说不出来，她第一次有点儿想知道，陆承杀以前是什么样子的，在没有遇到她之前，在停剑山庄的时候，在他小的时候。

最终她只轻声开口道："这么多伤，你受伤的时候，是不是很疼啊？"

这时，陆承杀也沉默了一会儿。

石洞外，依然电闪雷鸣、风雨交加，树影幢幢，雨水冲刷着大地，连绵不绝，像要一直下到时间尽头。

陆承杀视线仍旧向外，道："为什么问这个？"

花焰道："因为看起来很疼啊。"

说完，陆承杀又沉默了。

他好像不太习惯被问这个，也不擅长回答。

过了一会儿，他回答道："会疼，但可以忍耐。习惯了，就不疼了。"语气还是十分平淡，没有痛苦也没有伤心，像是在说别人的事情。

只是越是如此，就越让人觉得难过。

花焰裹着衣服，双手抱膝，声音里透出些不平："我觉得他们对你不好。"说着，她意识到自己身上还披着陆承杀的衣服，顿时有些心虚。

陆大侠都对她这么好了，她也应该对陆大侠更好一点儿。

想着，花焰把身上的衣服脱了下来，递还过去，道："陆大侠，衣服还是你穿着吧，我不冷。"

陆承杀："……"

但没想到身体实在不给面子，她身体哆嗦，牙齿抖了一下。

陆承杀道："穿回去。"

……她居然第一次从陆承杀的声音里听出了一点点严厉的味道。

见花焰没有动作，陆承杀终于站起身，走了过来，他接过自己的衣服，兜头把花焰罩了起来。

花焰猝不及防，被裹得更紧了。

陆承杀的衣服对她来说实在有点儿大，花焰扯了半天，才把自己的脑袋探出来，就对上了陆承杀的眸子，是近得能看得清陆承杀睫羽的距离。

夜晚寒冷，距离又近，几乎能感觉到陆承杀的吐息拂过她的面颊，微微温热。

再近一点儿，就能碰到了。

那双漆黑的眼瞳在撞上她的视线后，迅速地移开。

陆承杀又坐了回去。

然后陆承杀就不说话了，花焰也没有开口，气氛突然变得尴尬了起来。

花焰莫名地有一点点紧张。

刚才离得太近，她又闻到了陆承杀身上的味道，依然是那种很清冽的、仿佛在冰天雪地里滚过的松针的气息，有点儿好闻。

花焰用冰凉的手碰了碰自己有些发热的脸，总觉得现在气氛怪怪的。

沉默还在继续。

花焰觉得自己应该说点儿什么，但大脑有点儿空白。

石洞外，雨不知不觉小了一些。

谁也没想到，最后打破沉默的是一阵"咕噜噜"的声音。

陆承杀道："……你饿了。"

花焰立刻道："不饿。"

陆承杀道："我去弄点儿东西吃。"

花焰道："不用。"

她捂着自己不争气的肚子十分怒其不争。

又冷又饿，她也太娇气了。

刚想着要对陆大侠好一点儿，不能什么都麻烦陆大侠啊。

要是她的内力还在，她立刻冲出去打头野猪回来。

陆承杀从边上拿了一个黑色的行囊，花焰认出是问剑大会替弟子们准备的那个，陆承杀把里面准备的干粮取出来，放到花焰面前道："这个不太好吃。等我一下。"

花焰忙道："不用啦。这个就行……"

陆承杀已经大步走进了雨里。

花焰裹着他的衣服，看着摆在面前足有三天分量的干粮，心情十分复杂。

她一时间不知道是先感慨陆大侠真的对她太好了，还是先纠结说好的不给陆大侠添麻烦，但还是不小心添了麻烦……

她想着想着，有点儿犯困。

外面的雨一时半刻停不下来，多裹了两层衣衫，又有陆承杀的内力和他做的木栅栏，花焰觉得没那么冷了，只是里面衣服湿漉漉的，黏在身上，还是很

178

难受。

她的脸还有点儿烫。

花焰抱着双腿，下巴搭在膝盖上，迷迷瞪瞪睡了过去。

等雨停时，花焰才模模糊糊睁开眼睛，一缕诱人的甜香从鼻尖飘过，接着她便看见陆承杀靠在石洞门口，警惕地望着洞口外，好像守了一整夜。

她很感动，但脑袋还是昏昏沉沉的。

一开口，花焰发现自己的声音更虚软无力，软绵绵的："陆……大侠……"

陆承杀闻声回头，眸光里有什么闪了闪，道："醒了？"

花焰轻轻点了点头，低头看见她身侧的地面上铺了几片很大的扇叶，分别摆着几种可以食用的果实，和……一只蜂巢。不见蜜蜂，只见里面晃荡的橙黄色蜂蜜，刚才她闻到的甜香也是从这儿散发出来的。

她有点儿想笑。

可她还是晕晕的。

花焰脑子转了转才转动，她轻声道："陆大侠，我好像中毒了……"

她现在连伸手去怀里找药的力气都没有了，不知道是什么时候中的，她明明一路都很小心啊……

陆承杀神色微变，眨眼间已经到了花焰边上。

花焰茫然地看着他。

陆承杀把手贴到了花焰的额头上。

片刻后，他的声音有些无措道："你生病了。"

"啊？"

从小习武，又有内力傍身，身体健康，吃嘛嘛香，花焰这辈子还没有生过病。

花焰呆呆地看着陆承杀，脸越发烫，张嘴就觉得自己口干舌燥，连呼吸都变重了。

她摇摇晃晃地站起来，在脑子里拼命回忆怎么在这林子里找到能用的药材，怎么配风寒药，奈何她实在没有生病的经验，腿脚一软，往前扑了过去——然后便跌到了身前人的怀里。

她能明显感觉到对方身体全僵住了。

花焰感觉很不好意思，她手忙脚乱地想要站起来，只觉得对方更加僵硬。

"别动。"

清寒的声音微微发涩，从头顶上方传了过来。

花焰很听话地住了手,她本来也没什么力气,额头抵着对方的胸膛,浅浅呼吸。

她不动,陆承杀也不动。

"对不起啊陆大侠……"花焰迷迷糊糊地说,都没意识到自己声音软得可怕,"我以前不生病的。"她还有点儿委屈,"我睡一会儿,再睡一会儿就好……"

靠着陆承杀的胸膛,能清晰听见他心跳的声音。

一下一下。

又快又强健,一听就是很健康的心脏。

花焰靠着他,用脑袋蹭了蹭,觉得莫名地有安全感。

陆承杀笔直地站着,一动不动,像已经变成了磐石。

这个诡异的姿势竟然就这么持续了一会儿,花焰头还是很晕,并且觉得腿有点儿酸,她刚想说要不要坐下,外面突然响起了人声。

花焰顿时一凛,晕晕乎乎的脑子都清醒了三分。

"今天又有多少被淘汰了?"

"我都没数了,反正这信烟放完,也不会有人来……唉,已经快过去一天了,我们再撑个两天吧,等外面人发现不对,进来救我们就行……"说话的人不由得叹气,"这天残教真是歹毒,早该知道了,他们教主被抓,定然会不顾一切地反扑,可没想到会这么狠毒,竟然在这探险地里设下这么多陷阱埋伏。待出去以后,一定要将这教主千刀万剐了!"

"我们派一同前来的师兄师姐都死在那天残教陷阱里了,还有些中了毒,不知三天过后,还能剩下多少弟子……"

他们说话的工夫,花焰强打精神,压低声音道:"我们赶紧躲起来。"

陆承杀却不太同意:"你在生病。"

花焰努力晃了晃脑袋,用力咬住下唇,用疼痛刺激自己的神经,保持清醒:"我没事,走吧走吧。"

她现在身份尴尬,还是不太想被人发现。

万一不小心,说不定还会连累到陆承杀。

可不料,之前什么都态度随意的陆承杀出乎意料地坚持。

"你在这儿,别动。"他径直走了出去,不过一会儿,外面议论的几人就走了。

花焰这才松了口气。

她差点儿忘了,在其他人的眼里,陆承杀是很可怕的。

可是这个石洞到底不安全。

花焰靠着石壁，摸了一把自己的额头，眼神有些涣散，原来生病这么难受的吗……

还没等她回过神，就见陆承杀走了回来。

花焰觉得自己眼睛里全是雾气，连看陆承杀都不怎么分明，危机一过去，她脑子又有点儿糊涂，口干舌燥，身体发热，她把陆承杀的外袍脱下，忍不住抱怨道："难受……"

没想到陆承杀又把她裹了起来。

里面的衣服适才半干，裹着更难受了，她恨不得全脱了。

"不舒服……"

陆承杀按着自己的外袍也不知如何是好。

片刻后，他背对着花焰，单膝跪在地上，道："上来。"

花焰反应了一会儿才明白他的意思，她手软脚软地趴到陆承杀背上，攀住他的肩膀，听见陆承杀轻声道"抓紧"，然后便背着她跃了出去。

雨后的清晨，空气清新得不可思议。

陆承杀背着她快速掠过森林，他的速度很快，背后却很平稳，大半呼啸而来的风都被陆承杀挡住了，只有少许在耳边拂过，微微的凉意让花焰舒服了一些。

她趴在陆承杀背上，有点儿想睡觉，随口问道："我们去哪儿啊？"

陆承杀道："找慈心谷弟子。"

花焰猛然警醒："……你说什么？"

陆承杀重复了一遍。

花焰整个人都不好了："你就不怕他们看到我……我们在一起，到时候怎么解释啊？我其实、其实只是一不小心进来的……"

陆承杀道："无妨。"

似乎怕花焰不明白，他又补充了一句："不用解释。"

怎么办啊！好糟糕啊！

花焰头晕晕乎乎地想，明知道这样不对，但还是觉得陆大侠这样好跩哦。

明齐运气不错，他们慈心谷一行五人进来，目前为止只有一个弟子不幸中毒，而他们带了足量的药物，虽然暂时无法解毒，但可以最大限度地缓解毒发。

天残教的毒真的太难解了，他有些头疼地想。

谁也没料到，门派战里会出现这种事，昨日接连不断的信烟让所有人都预感不妙，晚上又下起了雷暴雨，逼迫他们不得不疾行赶夜路，所幸一路小心没有碰上危险。

现在他留在原地守着师弟，其他三人则出去寻找有没有需要帮助的其他门派弟子——门派战自然是没法好好比了，慈心谷救人的宗旨还是可以继续践行下去。

然后他就看见了陆承杀。

明齐人都快傻了，他下意识地拽了拽半昏迷的师弟，心想要不要逃。

他很害怕啊，那可是陆承杀！

门派战出了意外，其他人可能会偃旗息鼓，他可不会。

明齐正想着，发现陆承杀背后似乎背着一个人，他把那个裹着黑色外袍的人轻轻放下，外袍略略松开，露出了一张泛着不自然潮红的精致脸蛋，显然是个漂亮姑娘。

明齐心道：啥情况？

不等他思考，陆承杀就朝他走了过来。

明齐紧张地咽了一口口水，忍不住后退了一步。

陆承杀又朝前走了一步。

明齐又退了一步，大叫着："陆少侠，有话好说有话好说！不要动手！"

他就听陆承杀郑重地道："拜托你，救她。"

明齐："……"

……明齐还以为是什么重伤，原来只是风寒。

"你放心，这种程度的风寒，一服药下去，睡一觉就没事了。"

陆承杀看着他道："真的？"

拜托您了，别这么盯着我看了好吗，没病都要被你吓出病了！

明齐这么想着，嘴上却道："陆少侠放心。真真的。不能更真了。"

陆承杀还是一副很不放心的样子。

有必要吗？没必要吧。

明齐一边熬着药，一边忍不住偷偷看不远处的男女，不怪他八卦，实在是这一幕太令人惊奇了。

那漂亮姑娘没一会儿就醒了，她穿着明显大不少的停剑山庄外袍——看着像陆承杀的——隔一会儿就想脱，然后被陆承杀按住，再脱，再按，就这么持续好一会儿，她终于放弃似的靠着树假寐，没一会儿就睡得东倒西歪，陆承杀没办法，只好坐下，给她当枕头。

那漂亮姑娘就枕着陆承杀的膝盖睡了，睡了还不安稳，滚来滚去的，陆承杀也就这么任由她滚。

两个人瞧着都快能拉丝了。

这是个假的陆承杀吧？

虽然明齐在问剑大会上有所耳闻，陆承杀似乎有了个红颜知己，但也没人告诉他是这风格啊。

几年前他见过陆承杀的，冷酷无情，杀伐决断，目光冰冷，眼神凶恶，远远看着就令人害怕，打斗起来一招一式更是精密得犹如假人，怎么现在就变成这样了！

明齐又瞅了一眼，就是瞧着陆承杀似乎有些僵硬——当然也可能是他的错觉。

他这一愣神，被药炉的火又扑了一鼻子灰。

明齐回头看看自己，孤家寡人的，旁边只有一个中毒半昏迷的师弟，还要被恐吓着给他们熬药，顿觉自己好生委屈。

第九章 情愫暗生

花焰也觉得挺不好意思的，衣服总算快被她折腾干了，但身子一会儿冷一会儿热，非常难熬，想睡也睡不好，头还痛。她觉得自己惨兮兮的，还是陆大侠人好，借了她一个膝盖。

她的脑袋在陆承杀腿上辗转了一会儿，还是忍不住小声道："好难受哦……"

花焰都没意识到自己的声音听起来实在很像撒娇。

她只是没生过病，觉得自己像是身中奇毒，又被人照脑袋打了几十闷棍，因而分外脆弱。要是此时还在爹娘面前，她必定已经开始装可怜了。

陆承杀身姿挺直，背脊如标枪，闻声，他略略低下头，视线从花焰艳若桃花的面容上滑过。她嘴唇微张，额头发丝间沁出汗珠，连鼻尖都是红的，眉心蹙着，脸上是委屈又有些茫然的情态。

陆承杀瞬间移开视线，看向远处，声音还是那般平淡，听起来却莫名有几分无措："……药一会儿就煮好了。"

他真的很不善言辞。

隔了一会儿，陆承杀又道："你忍一忍。"

花焰只好点点头，道："哦。"

花焰闭上眼睛，又过了一会儿，忽然感觉到有什么在她头顶上轻轻地抚着，她睁开眼睛，见陆承杀的手正安抚似的拍着她的脑袋，轻轻地，像在哄她。

花焰一下子差点儿笑出声。

小时候调皮睡不着觉，她爹就是这么拍着被子哄她的，还会给她唱青州的小曲。

花焰忍着笑，看向陆承杀，陆承杀一双黑眸目不斜视地望向前方不知某处，她的角度能看见他绷得很紧的下颌线条，嘴唇紧抿着，喉结在颀长的颈脖中间艰难地滑动，看起来格外紧张。

花焰更想笑了。

她忍不住伸出手，用指尖在陆承杀的喉结上轻轻点了一下。

陆承杀身体一震。

他旋即垂下眼眸看她，花焰早已缩回手，闭上双眼，在心里狂笑。

陆大侠也太有趣了吧！

花焰闭了一会儿眼睛，忍不住睁开一只眼睛偷看，结果刚一睁开，正对上陆承杀的视线，被抓了个正着，她脸上立刻又红了几分。

陆承杀说话的声音都有些发紧，他低声道："不要闹。"

花焰乖乖道："嗯。"

不过也能理解，咽喉是要害之处，习武之人通常不喜欢被碰到要害，难怪陆大侠会生气。

理解是能理解，但花焰还是有点儿手痒。

于是她又拽了拽陆承杀束着长发的藏蓝发带。

停剑山庄标配的藏蓝锦缎材质很好，入手细腻光滑，陆大侠每天早上也要起来束发吗？他头发看起来也很好摸的样子，好想摸一把……

正想着有的没的，花焰的手腕就被陆承杀攥住了。

陆承杀动了动唇，似乎有些无奈。

花焰扬起脸笑，试图蒙混过关。

"呃，打扰一下两位……"明齐非常小心翼翼地举着手里的碗，眼神谨慎中透着害怕道，"药熬好了……还……需要吗？"

陆承杀："……"

花焰："……"

三人面面相觑，一时气氛尴尬。

花焰顿时收回手，迅速爬起身，理了理鬓发，正襟危坐道："要！"

片刻后。

要个头啊！这药好苦。

花焰捧着药碗，苦味透过鼻腔直冲天灵盖，无论如何下不了口。

以往羽曳做药，为了好卖，不管毒药、解药，什么药都直接做成药丸，也方便随身携带，煎熬出来苦得要命的药只见其他天残教弟子试药时喝过，她自己反正是没喝过的。

犹豫纠结之间，那个一身白衣的慈心谷弟子还很好心地提醒她："趁热喝，凉了更苦。"

花焰："……"

谢谢你哦。

倒是陆承杀站起来，朝外走去。

那个慈心谷弟子立刻离开花焰八丈远，问道："陆少侠，你去哪儿啊？"

陆承杀丢下一句"很快回来"便消失无踪。

他说很快，就是真的很快，回来的时候花焰碗里的药热度和他走之前几乎没有区别。

他把之前落在石洞里的蜂巢和果子都带回来了。

看着蜂巢与果子，花焰才想起自己腹中空空，风寒来得突然，都给她病忘了。

陆承杀把东西放下，指了指蜂巢。

花焰明白他的意思了。

她看着那碗黑漆漆的药，叹了口气，吸吸鼻子，一口气灌进嘴里，顿时苦得脸都皱起来了，然后她立刻抱起蜂巢，倒了一点儿进嘴里。

蜂蜜极甜，涌入口中，瞬间中和了嘴里的苦味。

花焰又喝了两口，嘴里甜蜜满溢，慢慢才觉得自己活过来了。

她一转头就发现陆承杀在看她。

"嗯？"

陆承杀道："还苦吗？"

花焰摇了摇头，抱着蜂巢一脸惊喜地跟他说："你要来点儿吗，这个好甜的……"

正义教附近全是荒漠黄沙，别说蜂巢了，花都没几朵，她之前只是听说过，今天也是第一次尝蜂蜜。

很快，明齐便看见那两人坐在一起，一人拿了一块干粮，蘸着蜂蜜，你一下我一下吃了起来，好似那块坚硬干瘪的干粮是什么人间美味。

看得他也饿了，明齐从怀里掏出今日的干粮，用力一口咬下去，然而干粮冷硬不说，还没味道，他低头看了一眼边上还昏着的师弟，莫名觉得悲愤。

花焰喝完药，吃了干粮，稍微小睡一会儿，很快便觉得身子松快，精神也回来了。

把外袍脱下来还给陆承杀，花焰活动了一下手脚，甚至还有心情去关心一下慈心谷那个中毒的弟子。

"姑娘也会医术吗？"

花焰谦虚道："一点点吧。"

不知为何，那个名为明齐的慈心谷弟子总是刻意地和她保持距离，仿佛她是什么洪水猛兽，同时还一脸紧张地看向陆承杀。

陆承杀倒是没什么反应，只是四下看了看，确定这里是否安全。

明齐又往边上挪了挪，道："师弟是昨晚走夜路的时候，不小心吸入了毒雾，不过已经用药遏制了毒素扩散，暂时不用担心……"

听他说，花焰才有些庆幸，幸亏那天陆承杀他们遇到的只是迷雾，要是毒雾，恐怕会更麻烦。

她探了探那个弟子的脉，问过明齐症状，又看了看他的眼皮、舌苔、耳后等地后，对他中的什么毒大概心里有了数。

确实又是来源于正义教。

花焰在心底叹了口气。

其实现在她也不太确定这件事是不是谢应弦做的，谢应弦虽然性格随意又懒散，但绝不是什么心慈手软、善良无辜之辈，不然他也没法稳坐正义教教主之位这么些年。

此时他被困在当山地牢里，又吃了那么些苦，说不准就想不开打算报复江湖。

至于羽曳和尤为天所在的万蛊门，也有很大的嫌疑。

阴相思虽然坏得声名远扬，但因为万蛊门的人数远少于正义教，来江湖里混迹的人又较少，在正派来看不成气候，所以正道对其的仇恨远没有正义教那么深。因此时有发生的事情是万蛊门的弟子做了坏事，正派一并记到正义教头上，如此一来阴相思变本加厉，经常刻意犯下祸事，而后留下正义教的印记。

反正他们正义教债多不愁，也不会刻意澄清。

花焰想想，又忍不住叹了口气。

"明师弟，不好了……"一个慈心谷白衣弟子捂着手臂踉踉跄跄跑了过来，白衣上染了血，还有些正透过他的手指缝隙涌出，"他们被天残教的陷阱困住了！"

明齐也快步过去："怎么回事？李师兄，我先给你处理伤口。"

"先别管我了，跟我走……"

"等等……"明齐咳嗽了一声，道，"我们这儿现在还有两个人，大家一道去，也互相有个照应。"

李师兄顺着看了过来，也是一愣，他拍了拍明齐的肩膀道："明师弟，有你的。"

莫名其妙被安排了的花焰和陆承杀走在后面，慈心谷两位师兄走在前面，不多时他们就看见密林深处的树杈上，结了好些巨大的蛛网，蛛网里分别困了大约五六个人，还有两个粘在外面，也都多多少少受了些伤。

快接近时，李师兄拦住了三人，道："别过去，地上有东西。"

花焰早已看到，地上细微处闪着光，是最常见的那种陷阱，一脚踩下去，只怕就被蛛网弹到天上去了。原本是捕兽用的，正义教经过特殊改造，越是挣扎，勒得越紧，无人来救的话，最后会慢慢窒息，困死在网里。

她一眼看去，好几个已经挣扎过久，呼吸不畅了。

花焰大声道："先别挣扎了！马上就来救你们！"然后她戳戳陆承杀，小声道，"你小心点儿，地上那个很危险的，还有上面那个也很危险，看着黏糊糊的，千万不要用手碰……"

李师兄也苦笑道："辛苦陆少侠了，麻烦也就麻烦在这里，这蛛网极黏，手不能碰，一剑斩断的话，里面的人掉下来也会……我原本是想叫明师弟一起过来想想办法的。"

陆承杀点了点头，双腿一蹬，轻轻松松踩着树干便攀了上去，他用无刃剑在蛛网上方连接处卷了几下，确保粘牢，一剑劈断，随后单手提着蛛网和里面的人跃了下来，将人放在地上。

身姿兔起鹘落，极是轻盈。

花焰忍不住"啪啪啪"鼓起了掌，明齐和李师兄情不自禁也跟着鼓起了掌。

陆承杀："……"

如此这般，他把树上挂着的人都一一放了下来，接着再一个个斩去蛛网，将人救出。

最后，陆承杀挥了几下，将剑上的蛛丝尽数震掉。

"多谢陆少侠相救！"

"多亏了陆少侠，我差点儿在上面闷死。"

"唉，我也以为自己要死了呢……"

"陆少侠救命之恩，在下必谨记不忘！"

几个人陆陆续续得救，都露出松了口气的表情，尤其跟在陆承杀身边，感觉甚是安全。

"你的信烟用了吗？"

"用了啊，都没反应，不知道这次怎么回事……反正我是退出门派战了啊，陆少侠，我能不能跟着你啊？"

他这话一出，其他人也纷纷开口附和，眼巴巴望着陆承杀。

虽然陆承杀也很可怕，但还是活命比较重要。

陆承杀看了一眼花焰。

花焰很随意道："你决定啦。"

事实是，就算他们不想，那几个弟子似乎也打定主意要跟着陆承杀了。

李师兄提议，让受伤的弟子都留在原地，伤轻或者无事的弟子跟着陆承杀到外面看看还有没有其他需要救的弟子。

此时刚过晌午，天色正亮，花焰心里有底气，对着陆承杀豪气万丈地道："那我们就去救人吧！"

陆承杀又看了一眼花焰，道："嗯。"

明齐和其他三个弟子跟着两人继续在探险地里走，陆承杀和花焰打头，花焰自然不能说她对这些陷阱有多熟，只能假装是观察出来的，因而走得十分慢。不过一下午且行且救，也被他们救回来数十个人，其中还包括三个中毒昏迷的。

所有人看着陆承杀的眼神都极其惊异，随后纷纷表示想要入伙。

在天色黑下来之前，他们赶了回去，再加上原先就有的，足有二十人。

慈心谷弟子忙着给受伤的人包扎上药，另外一些则在原地生了火堆，取些山泉，倒有几分安营扎寨的味道。

陆承杀显然不习惯与人扎堆，他一个人坐在不远处河岸的一块石头上，黑衣融入渐渐沉下来的夜色，也像是一块巨石。

其间有不少人一副想要和陆承杀攀谈的意思，但最终都没敢上前。

花焰在周围兜了一圈，走走看看，顺便和人聊了聊，大概了解了一下目前情况，只是每每有弟子对她态度殷切时，那个叫明齐的慈心谷弟子都会阴魂不散地凑过来："这位姑娘是和陆少侠一起的。"

对方立刻就一副"懂了"的表情，继而和她保持距离。

花焰觉得他有点儿怪。

等问完了，她便抱着用扇叶裹好的一小包山泉去找陆承杀。

此时此刻，花焰有种很切实的行侠仗义感，因而心情很好，她坐到陆承杀身边，把水递给他。

大雨过后的夜晚，泥土和树荫间泛着潮湿而清新的芬芳，夜空湛蓝，不见阴云，只有一轮明月当空，高挂在天际一角，流泻下温柔的光。

月光如水般从陆承杀的面颊上滑过，他接了花焰手里的扇叶，一饮而尽。

花焰坐在巨石上，晃了晃腿，心情好的时候，好像做什么都很开心，她本来还很担心其他人问她的身份，但她实在太小看陆大侠的威信了，根本没有人问。她就这么名正言顺地跟在了他旁边。

"陆大侠。"

"嗯？"

花焰又晃了晃腿，笑着道："没什么，就是叫叫你。"

此时不冷不热，溶溶月色下，有花香，有蝉鸣，有流水声。风拂在面上，也很舒服，一切美好得犹如梦境。

陆承杀道："还难受吗？"

花焰愣了一下，才反应过来，他是问她早上风寒的事情。

"早就好啦。"

她转过头去，发现陆承杀并没有在看她，依旧看着远处。花焰有些不满，她又伸出手，拽了拽陆承杀的藏蓝发带。

只是现在不比生病时手软脚软，她一用力，没想到竟然把陆承杀的发带给整个拽了下来！

猝不及防，陆承杀束起来的长发就这么散落在肩头。

花焰看着手里的藏蓝发带，心里咯噔了一下，顿时傻了。

陆承杀转过头，表情也有些傻。

他日常高束长发，又冷着个脸，虽然显得很精神，但也显得有点儿不近人情，未免过于冷酷，花焰只觉得是个标准的大侠模样。

但此时，像是将黑木匣子打破，里头琳琅满目、璀璨的珠宝钗环散落一地。

皎洁月华笼在陆承杀的身上，浮起一层朦胧的淡光，一头如墨长发瀑布般自陆承杀肩头流泻，丝丝缕缕的黑发衬在他的颊边，将他锋利的轮廓与气质尽皆柔和，如临水照月。他五官原本就温润，如此一来反差过大，乍然间，竟显出了几分惊艳的感觉。

花焰呆了呆，心跳快上一拍，情不自禁道："陆大侠，你好好看啊。"

陆承杀："……"

咦……陆大侠怎么转过头，看起来像是脸红了？

不远处。

有人探头张望，看到这一幕，担心地道："那姑娘胆子也太大了，居然把陆承杀的发带给拽掉了，不会惹怒他，被他砍了吧……"

"是啊，陆承杀不会一气之下把她丢河里了吧？"

明齐在一旁煮着药，头也不抬地道："不要多管闲事，管好你自己。"

呵呵，明齐在心里疯狂腹诽，你们那是没见过他们俩黏糊的时候。

陆承杀哪里舍得。

不一会儿，陆承杀又把头发束起来了。

花焰有点儿遗憾，虽然陆大侠平时就很好看，但头发放下来总觉得更好看一些，而且他不只把头发束起来，等花焰回过神，发现他人还往边上挪了挪。

察觉以后，她也跟着挪了挪。

陆承杀又挪了挪。

花焰再挪了挪，发觉陆承杀要跑时，她眼疾手快地攥住了陆承杀的衣角。

"陆大侠，你跑什么呀？"

陆承杀被她抓个正着，只好又坐回去，视线看向前方。

临着月光，花焰觉得他的脸确实是比刚才红了一点儿，再仔细看去，好像连耳朵尖都是红的。她认真观察，两只大眼睛一眨不眨，看着看着，发觉陆承杀的耳朵尖好像更红了……

陆承杀的眼睫极快地眨动了几下，眼眸里终于透出几分无奈。

他轻轻舒了一口气，仿佛像是在叹息。

而后，他反手攥住了花焰的手腕，道："别再看了。"

花焰道："……嗯？"

陆承杀终于看向她。

花焰才发现，自从那天下过雨后，他好像一直都不太看她，总是奇怪地移开视线。

他攥着花焰的手腕微微抬了起来，动了动唇，似乎觉得很难表达，于是便又沉默了一会儿。

花焰歪着脑袋等他的下文。

夜风都静下来了。

陆承杀看着她道："我觉得有点儿奇怪。"

花焰忙问道："哪里奇怪？"

陆承杀好似终于放弃，实话实说道："被你看的时候很奇怪，看着你的时候也很奇怪。"

花焰眨了眨眼："怎么个奇怪法？"

陆承杀道："人……不太舒服。"

不会是因为照顾她，照顾得陆大侠也风寒了吧？

花焰顿时一惊，昨天暴雨风凉，她把陆大侠的衣服都穿走了，而且陆大侠脸这么红，果然……她立刻伸手就想去探陆承杀的额头。

然后被陆承杀攥住了另一只手腕。

陆承杀道："被你碰到的时候更奇怪。"

花焰也蒙了："陆大侠，你不会是中毒了吧？"

陆承杀沉吟片刻，道："不知道。"

这可不妙了！

花焰拼命回忆教里有没有这种让人不得近身的毒，搜肠刮肚想了几种，都觉得不太对。

她严肃地问道："你还有别的症状吗？"

陆承杀竟也认真思考了一下，道："心跳很快，身体发热，想去冲凉，还有……"他仔细思索，然后有些不太确定地道，"……心绪不宁？"

听语气，这对陆承杀来说，相当不可思议。

花焰也觉得，这简直像超级大力丸的服药后反应。

她从陆承杀手里抽出手腕，又思忖了一会儿，单手握拳拍在另一只手掌上，道："我知道了！你等一会儿！"

花焰一路小跑，冲到明齐面前。

吓得药炉旁的明齐差点儿一屁股栽倒。他道："姑娘你、你慢点儿！"

花焰道："陆大侠病了，你能不能给他开服药？"

明齐闻言一惊，语气异常惊奇："陆大侠病了？什么时候的事情？要紧吗？"

刚才看人不还好好的？

花焰道："还行，还行，就是需要开一服凝神静气、清热去火的药，调理一下就行，你这儿应该有药吧？"

明齐："……"

你在逗我？

花焰见他沉默不答，不由得催促道："有没有啊？没有我自己找了。"

姑娘，求你，别浪费我的药了行吗？我的药很珍贵的。

明齐心里这么想，嘴上却道："不用药了，你离他远点儿就行了……"

花焰大惊："你也看出他中毒了？"

明齐："……"

不是，这姑娘长得漂漂亮亮，原来也是傻的吗？

明齐叹了口气，道："行吧行吧，我开药……"他挑了些凝神静气的，凑成一服，递给花焰，指着边上的药炉道，"去熬吧。"

见花焰真的去熬了，他实在有些欲言又止。

他看了看远处还坐在巨石上吹着风的陆承杀，又看了看低头认真熬药的花焰，莫名生出一股操心感。

怎么会这样，他们俩难不成……

明齐在药兜里翻了翻，没找到相思子，便掏出了几颗模样相近的红豆，递给花焰。

此物最相思总听过吧？

花焰接过，看清是什么，毫不犹豫地就丢进了药里一起煮。

明齐："……"

……算了，他尽力了。

熬完药，花焰看着陆承杀"咕咚咕咚"、毫无反应地就把那碗黑漆漆、苦兮兮的药汁喝下去，不由得生出一丝佩服之情。

"你不觉得苦吗？"她还特地挑了两个甜果子放在手里。

陆承杀放下药碗，迟疑了一下，道："还好。"

不愧是陆大侠！

花焰关心道："那喝完有感觉好点儿吗？"

陆承杀又迟疑了一下，道："……嗯。"

花焰总算放下心来。

其余弟子围着火堆而坐，有的四处巡逻查看，有的则坐在原地闲聊，还有些已然沉沉睡去，倒是难得地闲适，白天的兵荒马乱已有些恍如隔世。

花焰和陆承杀聊了几句，慢慢也觉得困，用山泉水稍稍洗漱后，就也靠着巨石睡了过去。

门派战的第二夜就这么过去了。

花焰是被吵醒的。

"快起来，有毒虫子！已经有人被咬了！"

花焰闻声而起，天还没彻底亮，只见她闭眼前还安谧的营地再不复安静，有的弟子举剑挥砍，有的弟子惊慌失措地跳着，有的甚至爬上了树。

她低头一看，地上正密密麻麻地爬着些猩红的小虫子。

这些小虫子不足指甲盖大，瞧着剧毒无比。

花焰顿时头疼。

到底是谁干的啊！谁把这玩意儿都放出来了！

有的弟子举着火把，对着毒虫准备烧去，花焰连忙道："……不要！"

但已经迟了。

火焰一点燃毒虫,那虫子立刻爆开,引起周围一片毒虫爆裂,爆裂同时溅起一波血雾。

血雾比毒虫更毒,带着腐蚀性,溅到人身上,瞬间便将衣服侵蚀出洞眼,随后侵入皮肤,将之腐蚀得皮开肉绽,那弟子顿时一声惨叫,手中的火把也掉落到地上。

紧接着,火舌吞没毒虫,溅起更大的一波血雾,把那弟子整个人都淹没了。

只眨眼工夫,他已然变成一个血人,连惨叫声都说不出口,因为他的咽喉也被侵蚀了。

他捂着喉咙,发出"喀喀"一声,便倒在了地上。

那浑身浴血的模样实在惨不忍睹,一时把众弟子都震住了。

他们不敢轻举妄动,一个两个都爬上了树。

中毒昏迷躺在地上的弟子就没办法了,其他人只能眼睁睁看着他们被毒虫爬满全身。

花焰身后的陆承杀倒是毫无畏惧地准备向前,花焰一把拦住他:"等等,危险——"她抬头问道,"有人有酒吗?很烈的那种……"

树上众人面面相觑。

"我这儿有,姑娘你要吗……"

明齐抱着其中一棵树大叫道:"我药篓里有。去腐肉时燎刀子用的。"

陆承杀闻言已然身子轻飘地掠过去,足不沾地地将明齐的药篓拎了过来。

花焰从里面掏出酒壶,远远洒过去,那毒虫仿佛有所感应地避开,留下一条酒渍痕迹。

其他有酒的弟子有样学样,也倒了些酒出去,果然毒虫退开了。

花焰擦了擦额头上的汗,心道:还好有用。

这虫名为嗜血,是教里一个长老养的爱虫,被他养得剧毒无比不说,繁殖能力极强,还喜欢到处乱爬。他自己是不怕,躺在虫堆里仿佛在做按摩,还热情地向其他堂主兜售。毒虫乱爬,害死了好几个弟子之后,被谢应弦勒令只能养在自己院里,他才不情不愿地用酒洒满院子四周。

她让陆承杀用酒洒到那些昏迷弟子身上,驱退毒虫,众人刚松了一口气,又听见有人大叫道:"见鬼,这都是什么鬼东西!"

这声音颇为耳熟。

声已到,人随后就至。

陆承昭打头,后面跟着陆承阳和停剑山庄的另一名弟子,模样全都狼狈不堪，衣衫褴褛，再往后则是数百只拳头大小的巨蜂。

嗡嗡一片，声势浩大，极为骇人。

陆承昭已经快气死了。

他就知道自己不该来的！都怪他爹！

光是打架被偷袭也就罢了，这都是什么鬼。那晚迷雾袭来，他眼见他爹变成一只吃人的怪兽，还要数落他不肯好好练剑，骂一句咬一口，痛得他原地打滚，涕泗横流，丢人至极。

好不容易雾散去，陆承杀不知所终也就罢了，其中一个弟子倒地，眼鼻流血，不省人事。

他们放了信烟，可仍然还是无人理会，他只好带着那个弟子一边走一边碰运气，看能不能撞到慈心谷的弟子。

一路过来，他们又遇到了两个陷阱，一次毒雾，一次迷雾。

得亏他神功盖世，才没有栽在里面，但干粮和行囊丢了，走得一路宛若逃难，没想到清早又遇到这群巨蜂，他的肺都要气炸了。

他一边听着身后嗡嗡声拔足狂逃，一边觉得头皮发麻。

陆承昭只觉在这里的头一天，快把自己一个月的脏话都骂完了。

他躺在客栈里吃着美味佳肴，听着美人抚琴难道不爽吗，为什么非要来这种地方受罪——他爹真是有病！

万一亲儿子有个好歹，有他后悔的去！

他现在唯一的心理安慰就是陆承杀指不定比他更倒霉，这陷阱既然是天残教设下的，那陆承杀必然比他更拉仇恨，也会比他更狼狈不堪，更……

怎么眼前这个人瞅着这么像陆承杀。

他旁边这个……

陆承昭眼一花，就见那两个人迅速没入水中。

花焰看着那巨蜂和迎面而来的陆承昭，心里又道一声"不妙"，拉着陆承杀就往水里跳。

到底是谁干的啊！怎么什么都往这里放？！

那巨蜂她也很熟，是另外一位堂主研制出来的，他的爱好就是将各种毒虫，在保留其特征的情况下巨大化，最成功的是一只足有半个人大的蜘蛛。他将那蜘蛛养在洞窟中，每日探看喂养，宛若看自己的情人，眼里全是深情厚谊……

花焰想想就觉得有些不适，她真的是正义教仅存的正常人啊！

谢应弦还劝她想开点儿，既然不能选择出身，就干脆选择接受——然后就送了她两只碗口大的蜘蛛，美其名曰看久了还挺可爱的。

　　不过眼下，至少她可以确定，这巨蜂和普通黄蜂一样，都不会入水。

　　花焰跳水之前没来得及解释，好在陆承杀也没有什么异议。

　　水流湍急，她拽着陆承杀的胳膊顺流而下，艰难地眨着眼睛在水里沉浮，只能模糊看见陆承杀的黑衣在水中散逸，花焰有些担心两人会不会被冲散，正在纠结间，感觉有什么紧紧揽在她的腰上。

　　陆承杀忽然变得很近。

　　花焰努力张了张嘴，吐出一串泡泡，在水里实在听不见彼此说话的声音。

　　她无奈地在心里叹气，也靠过去，双手紧紧抓住了陆承杀的腰。

　　即便在这种情形下，花焰依然能感觉到，陆承杀身体突然僵硬，仿佛一块铁板。

　　虽然不合时宜，但她实在忍不住在水里笑了出来，又吐出一串泡泡。

　　水流在山峦间起起伏伏，速度极快，他们根本无法控制身体，最终被涌到了一座小瀑布前，花焰明显感觉到身体腾空，随着水流急速下坠。

　　然后突兀地，停了下来。

　　只见陆承杀一剑插在了瀑布壁上，此时距离水面已不远，花焰被他揽着腰，两人全身湿透，之间距离不到一拳，她几乎贴在他身上。陆承杀闭着眼睛道："你先下去。"

　　花焰不明所以："一起下去嘛。"

　　陆承杀没有说话，手掌带上内力，轻飘飘地把她送了下去。

　　花焰落在地上，有些狐疑地想：他毛病还没好吗？

　　随后陆承杀也落到了她身旁，背对着她，身上丝丝缕缕冒起了白气，不一会儿衣服就被蒸干，然后就见他一副又要脱外袍的样子。

　　花焰对穿着湿衣服的感觉心有余悸，连忙道："等等！不用。找个地方坐下，把衣服烘干就行！"

　　陆承杀顿了顿，道："也行。"

　　这一次两人运气不错，不远处就有一个瞧着十分宽广的石洞。

　　花焰刚准备进去，就发现里面已经有人了。

　　陆承杀挡在花焰身前。

　　花焰仔细一看，愣了愣。

　　洞里是两个熟人。

尤为天只穿了中衣坐在火堆面前，左惊霜披着他的朱红长衫，边上放着她的清霜剑，而火堆旁边，正烤着明显属于左惊霜的当山派剑袍。

花焰："……"

左惊霜："……"

陆承杀："？"

尤为天反应最快，只呆了一瞬，就抚着额头笑出了声："这可真是太巧了！两位，要进来坐坐吗？"

花焰拽着陆承杀的衣服转身就想走，只听尤为天道："这么急着走做什么。这附近其他石洞都被人占完了，你们确定要去？"

花焰脚步一顿。

尤为天又道："走得这么快可显得有些心虚了，不如我们聊聊你是怎么……"

花焰迅速回头打断他："聊聊你和这位左女侠是怎么认识的？"

尤为天一顿，随即笑道："你很想知道？"

她就算不想知道，现在也得想知道了。

花焰生怕尤为天胡说八道引起陆承杀怀疑，本来想着惹不起难道还不能躲吗，现在却觉得他还是在自己眼皮子底下比较放心……而且花焰也确实有一点点好奇，只有一点点！

于是片刻后，花焰穿着陆承杀的外袍也坐到了火堆旁。

火堆燃烧发出毕毕剥剥的声响。

花焰的衣服并左惊霜的一同烤着，她忽然意识到一个问题。

"左女侠为什么不用内力把衣服烘干？"

尤为天语气凉凉地道："她中毒了，现在用不了内力，我刚把她从河里捞出来，再晚点儿可能人都没了。"

他说话间，左惊霜那略显苍白的脸上浮现出了一丝红晕，她有些懊恼地低下了头，声音细若蚊蚋："师兄……"

花焰："……"

明明和花焰八竿子打不着，但她就是莫名地心口一痛。

"当山派其他人呢？"

尤为天不甚在意道："谁知道呢，可能已经死了。"说着，他似想起什么，突然又笑出声，"那个褚浚倒不愧是褚浚，明知如此情况，还要继续打门派战，在这种陷阱重重的鬼地方打架，他不死都对不起别人。"

花焰情不自禁地看了一眼左惊霜。

然而左惊霜毫无反应。

怎么这样，不是同门师兄妹吗！你也不生生气的吗！

不过花焰回过味来："她叫你'师兄'？"

尤为天挑眉一笑道："你还真的好奇？"

花焰道："随便问问。"

尤为天随手捡了两根树枝丢进火里，倒也没有继续卖关子："我们以前是师兄妹，就那个石山派，当然她后来拜入了当山派门下。"

花焰顿时觉得不妙。

人家青梅竹马早就认识了，难怪沐雪浪没有竞争力了。

她有心想问尤为天，左惊霜知不知道他现在是万蛊门的人，但也知道这个问题是绝对不能在左惊霜面前问出口的。

犹豫间，花焰忽然听见身旁的陆承杀开口道："你们认识？"

花焰道："不认识。"

尤为天道："认识啊。"

花焰怒目而视："……"

尤为天顿时大笑出声："这不刚认识的吗？停剑山庄陆承杀和他的红颜知己，问剑大会这一趟下来，想不知道都很难。"

花焰疑惑道："红颜知己？"

尤为天挑眉道："嗯？有问题吗？"

花焰下意识道："谁啊？"

根据花焰看的若干江湖传奇话本，大侠通常是会有红颜知己的，一般都是那种温婉美丽又善解人意的柔弱大美人，会抚琴，会作画，会跳舞，兴致来时还会给大侠吟诗……

没等花焰想完，就听尤为天抚着额头狂笑了起来。

算了，是她不该和疯子说话的。

转过头，她发现陆承杀好像坐过来了一点儿。

花焰十分惊喜，道："你现在不觉得奇怪了？"

陆承杀沉吟了一会儿，拽着她的衣服，把她往离自己更近的方向拖了拖。

花焰察觉，不由得想，他可能也是看出尤为天危险。她当下拍了拍陆承杀，示意他不用担心，尤为天武功没那么高，想杀了她也没那么容易。

那厢，尤为天笑得更厉害了。

花焰觉得他可能会笑死，不由得转头问左惊霜："他这样多久了？以前就这样吗？"

左惊霜听到她的问话，却未开口，显得有些高冷。

倒是尤为天笑够了，同花焰道："你就别问她了。她自幼内向，容易害羞，不善与人交际，也不习惯同陌生人说话。"

花焰惊了，随后心凉了半截。

那她的"青城当山绝恋"是彻底完了！

"好了，你问完了，该我问了吧？"尤为天理了理刚才笑乱的长发和眉间的红缎带，看向陆承杀道，"你们认识多久了？"

花焰警惕道："干吗！"

"别这么紧张，我不过也是随便问问。"他又拿了一根树枝，拨弄着火舌，那耀眼灼目的火焰映得他系在额头上的红缎带越发妖娆，"毕竟这很有趣嘛……"

他声音越发地低，随着他的说话声，一旁的左惊霜慢慢闭上了眼睛，倒在了尤为天的肩膀上。

花焰在这种时候极其敏锐。

她已经嗅到火焰里有一丝熟悉的味道，立刻掏出一颗正义教万用的解毒药塞进嘴里，转头正准备也塞给陆承杀，听见尤为天说："且慢，我有话跟你说……你别这么紧张，我又没打算害你，只是说几句话，不想让他们听到。"

花焰迟疑了一瞬。

眼看着陆承杀也慢慢闭上了眼睛，缓缓地朝她倒了过来，她连忙伸手接住陆承杀。

啊……好沉。

花焰手里攥着解毒药丸，努力让陆承杀也靠在自己肩膀上。

"我跟你无冤无仇，真没打算害你。"尤为天强调。

说话的时候尤为天确实没动，依旧拨弄火舌，左惊霜软软地靠着他的肩膀，乌发一缕缕流泻下来掩住她的脸颊，将少女苍白的脸衬得十分清丽，火焰徐徐跳动，他转头看了她一眼，伸指小心地拨开她的长发将到耳后，动作轻柔，竟还有几分缱绻与温柔。

火光融融而温暖，此刻静谧安宁的画面意外有些岁月静好。

尤为天道："一点儿助眠的小东西，也不是什么迷魂药，陆承杀指不定下一刻就醒了。"

花焰还是警惕道："你到底想跟我说什么？"

尤为天抬起头，笑道："别敌意这么重嘛，坐在这里，我们怎么也算一头的。你放心，就算是让我带话的那位，也没对你真有什么恶意，他甚至还嘱咐人不要伤到你，啧啧，着实情深。"

花焰面无表情道："如果你想说的是这个，那就不必了。"

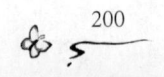

"当然不是，那和我有什么关系。"尤为天回答得很快，迅速和羽曳撇清干系，"我只是有些好奇，你现在跟在他身边算什么？你又能在他身边跟多久呢？"

花焰奇道："我现在也没地方可以去啊，能跟多久我怎么知道。"

"那我换个问题，他对你来说，算什么呢？"

花焰觉得这个问题怪得很，想了一下，道："算……是一个很重要的朋友！"

她有些心虚，不知道陆大侠有没有把她当朋友，但总之她是有的。

闻言，尤为天笑了几声，道："那你有没有想过，如果他知道……"

花焰迅速道："我还想问，她知道吗？"她指了指左惊霜。

尤为天一愣，随后道："所以我才来问你的啊。"

花焰严肃道："我跟你不一样。我，是个好人！"

尤为天的肩膀抖动，眼看着又想笑，不过因为左惊霜靠在他肩膀上，他忍住了，道："谁跟你说我就是坏人了？你见过我干坏事了？"

花焰道："那你来干吗的？不是阴……"

"好了！"她刚说一个字，就被尤为天高声打断，他脸色微变，不过瞬间又恢复正常，"我的问题问完了，你可以走了。"

这个人真的有毛病啊。

"我衣服还没烘干呢。"

尤为天道："你最好……"

话音未落，尤为天突然感觉到一股极为惊人的危机感，他下意识按住左惊霜的肩膀，往旁边一跃，只听"嗖"一声，一柄漆黑的长铁就这么砸进了他方才坐的地方，那块石头刹那间四分五裂，碎成齑粉。

尤为天头皮麻了一下，就看见陆承杀醒了，目光冰冷又骇人。

和他们在弟子战打斗时完全不一样，陆承杀压迫力十足，令人胆寒，心生惊惧，有将对方完全当作死人来看的眼神。

这位圣女大小姐可真是品位惊人，在这样的人身边待着，难道不觉得可怕吗？

不过，至少在今天之前，他都以为花焰故意接近陆承杀，只是为了破坏这把正道最好用的"剑"。

剑，只是工具的时候是最好用的。

有了感情，就会变钝。

花焰也没想到陆承杀会突然醒过来。

她都吓了一跳。

他一步步走过去，拿过自己的剑，身上弥漫出浓烈的杀气，周围温度似乎都降了下来，眼看着他便要去诛杀尤为天。

尤为天大叫道:"我还有件事忘了说,花……"

花焰连忙一把拽住陆承杀。

"陆大侠,等等!"

陆承杀停住了。

尤为天趁机一把捞起左惊霜的剑袍和清霜剑,眼中浮现出一抹猩红,随后他携着左惊霜眨眼工夫便消失在了两人眼前。

他飘然过去的瞬间,心道:你看这剑,可不就钝了。

花焰见尤为天走了,松了口气。

下次他应该没机会再活着见到陆承杀了。

陆承杀身上的杀气一点点消散,他转头看向花焰,漆黑的瞳眸在她身上停留了一会儿,随后移开,半晌他道:"没事吧?"

花焰:"啊?"

愣了一下,花焰才反应过来刚才陆承杀怕是以为尤为天弄晕了他,是要对花焰做点儿什么。

"没事啦,我什么事都没有。"花焰连忙道,还举起双手转了个圈,给他展示了一下健健康康的自己。

陆承杀似乎安下心来,道:"嗯。"

好了,现在这个石洞是他们俩的了。

陆承杀可能也这么想,花焰不知道他怎么弄的,总之他搬来了两块巨石和一些草木,将石洞的入口处掩映住。

花焰总算可以放下心来继续烤火了。

午后,她的衣服也差不多干透。

陆承杀又去寻了一些果子、一只蜂巢,还带了两条鱼回来。

花焰惊喜道:"陆大侠,你还会捉鱼的吗?"

陆承杀迟疑道:"……会吧。"

怎么还不太确定?

花焰道:"你怎么抓的?"

陆承杀道:"一掌拍下去,它们便翻上来了。"

花焰:"……"

还真方便呢。

花焰这些日子去各大酒楼品菜,也没少去人家厨房偷窥,寻常人偷窥一般会被赶出去,但见她长得漂亮,出手又阔绰,后厨就都睁一只眼闭一只眼。

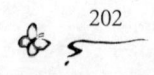

她见得多了还没自己动过手,此时见这两条鱼,顿时厨兴大发,卷起袖子摩拳擦掌道:"陆大侠,我来做给你吃吧!"

陆承杀道:"嗯!"听声音倒还有些开心。

花焰觉得自己已经渐渐能从陆承杀那个单调的音节中品出他的情绪了。

她到山泉边上洗干净手,学着厨子的模样,用春花剑去鳞剖腹,弄掉内脏,又找了根极细的木棍削成竹签,把鱼穿好,才迤迤然进洞走回火堆边。

陆承杀一路看着她弄,花焰翘着嘴角,成就感满满,一副尾巴翘上天的模样。

举着鱼烤了一会儿,渐渐能闻到鱼肉香味,见两面慢慢泛出焦黄,看起来像是熟了,花焰立刻拿到陆承杀嘴边,一脸期待地看向他:"尝尝!"

陆承杀接过,动作慢条斯理却又速度很快地把一条鱼吃完。

花焰眼巴巴地看着他,问道:"好吃吗?"

陆承杀点了点头:"嗯。"他顿了一下,又补充,"好吃。"

花焰心满意足,拿着自己手里烤好的鱼,也咬了一口。

……好腥,还没有味道。

怎么会这样!

她狐疑地看着陆承杀,陆承杀黑白分明的眸子看起来甚是无辜。

花焰想起来了,他是一个日常连冷硬干粮都能吃得很香的人。

她有点儿沮丧:"陆大侠,等下次我真的做好吃点儿再给你吃吧。"

陆承杀道:"……可是确实好吃。"

花焰道:"你不用安慰我啦。"

陆承杀想了一下,拿过她手里那条被咬了一口的鱼,用同样的速度慢条斯理吃完,然后告诉她:"好吃。"

花焰:"……"

虽然她是很感动没错,但鱼是一人一条的。

她也很想吃鱼啊。

似乎在花焰责问的目光下察觉了哪里不对,陆承杀又拍出来两条鱼,然后自己拎到河边,照着花焰的样子做了起来。

不过花焰看着他用那把又粗又大又不锋利的无刃剑去鱼鳞的时候,还是感觉到微微的震撼——而且他去得还比她干净。

陆承杀掏出明齐的烧酒在鱼身上浇了浇,又在鱼身两面都涂上了蜂蜜,这才放到火堆边灼烤。

都弄好,塞到花焰手里的时候,陆承杀的表情看起来竟然还有些紧张。

花焰尝了尝。

居然没那么腥了，鱼肉焦香中泛出一丝甜。

花焰一脸吃惊地看向陆承杀："比我做得好吃！"

陆承杀道："你做的好吃。"

花焰道："你不是不说谎的吗？"

陆承杀道："……是实话。"

花焰道："明明是你做的好吃。"

陆承杀道："你。"

花焰道："是你。"

陆承杀终于不说话了。

回过神，花焰心道：这对话实在是太幼稚了，还好没被其他人听到。

花焰脸有些红，转过头去默默吃掉了两条鱼。

餐足以后，稍微休息了一会儿，没想到陆承杀居然又找了根树枝，问她要不要练练。

花焰人都傻了。

陆承杀自己练剑都没这么勤奋，没必要吧。

陆承杀道："变强更安全。"

之前他都是说"会变强的"，现在居然还改了词，她想了想，可能是因为方才尤为天那段插曲。

花焰只好苦着脸掏出春花剑，道："就练一会儿……"

练完剑，天色已渐渐暗下来。

花焰今晚就打算在这个石洞里过夜了，只是这个石洞大得有点儿过分，他们白天活动的范围不过是前面一块，里面却不知多长。

想了想，花焰还是有点儿不放心，和陆承杀提议进去看看里头是什么。

万一是个野兽巢穴之类的，那入夜睡在这里可就刺激了。

陆承杀也没有意见，他们点了一支火把，就朝着里面走去。

石洞里并无缝隙和天顶，漆黑得不见五指，宛若那日的迷雾，花焰攥住陆承杀的手，察觉他比之前僵硬的时间要短一段，不由得又有些想笑。

石洞深处越发狭窄，曲曲折折竟成了一条甬道，甬道一路微微倾斜，四周漆黑得令人摸不着方位，又走了不知多久，眼前突然出现了岔路，足有五条。

花焰直觉不对："要不我们原路返回？"

陆承杀道:"嗯。"

可一回头才发现,他们来时的路也变成了好几条。

这石洞竟看起来像个迷宫。

花焰心道:不会又是个天残教陷阱吧!奇门遁甲恰好是她最不熟的。

陆承杀道:"不然就直接出去。"

花焰疑惑:"怎么出去?"

这周围都是石壁。

陆承杀拔出无刃剑,随手一剑劈在石壁上,只听几声巨响,眼前的石壁顷刻间便化作碎石。

花焰:"……"这也可以?

不得不说,陆大侠真的让人很有安全感。

只是花焰没想到,自己感慨早了,陆承杀连斩了三块石壁后,眼前石洞突然摇晃了起来,好似承受不了重量,就连脚下的地面也莫名地开始摇晃。

花焰心道不妙,不等她再多思考,只觉得地面下陷,脚下再也站不稳。

她的身子一轻,已经握着陆承杀的手一起掉了下去。

怎么这一趟什么都被她赶上了。

第十章 地下迷宫

不知多久后花焰才苏醒，从高处跌落，浑身上下都隐隐作痛。

尘土扑面，她努力挥挥袖子，扫开尘埃与地面碎石，略微活动手脚，艰难地爬起来，随后睁大眼睛张望，但四周仍旧一片漆黑。

"陆大侠！陆大侠！"

她叫了两声，居然不见回应。

花焰不由得心头一跳，又加大声音叫了两句，她的声音回荡，越发显得空寂。

不会被压在石头里了吧？

花焰此时才反应过来，刚才石洞塌陷，她掉落下来，居然没有多少碎石砸在她身上，她除了跌坠的疼痛，连点儿擦伤都没有。

等等，难道是陆大侠帮她挡住了吗？

花焰越发紧张，连忙蹲下身，四处摸索，更急切地叫道："陆大侠，陆大侠你在这里吗……你……"

过了好一会儿，才有一道沉闷的"嗯"声响起，随之而响的是若干碎石滚动落地之声，像是陆承杀慢慢坐了起来。

花焰总算放下心来。

听声音才知道，陆承杀离得不远，竟就在她边上，只是实在看不见。

陆承杀坐起来，很快便点燃了火折子。

借着火焰，花焰才看清这里似乎是个地宫，地面规整，像是一块块巨石垒成，墙壁之上有落了灰、似是常年不用的烛灯。

花焰有一点点兴奋。

她忍住到处参观的欲望，伸手摸了摸墙上的烛灯。

不想蜡烛竟还能用。

花焰挨个儿点燃，四周终于慢慢亮了起来。

确实是个年久失修又破败的地宫，地上的青苔都积了老高，有的地方甚至还有些积水，空中飘着一些腐朽的味道，他们掉落下来的上方也已经被石头封死，透着股森然之气。

这对花焰来说就有些亲切了，相传他们正义教以前可喜欢建这种地宫了，可惜近年来越来越少。她出生得晚，也只是听过，从来没见过。

百闻不如一见。

她不免越加兴奋。

陆承杀站起来，打量了一会儿，便道："走吧。"

他神色如常，好似不管眼前是什么样的状况，都不能对他造成影响。

花焰点了点头，跟在陆承杀身后，这会儿又安下心来。

地宫内潮湿又阴冷，时不时有水滴落下，再往前走一点儿，还能看见地宫顶上倒垂下的柱状钟乳石，它们似乎也成了地宫装饰的一部分。

走了没多久，他们就被一堵石壁挡住了去路。

陆承杀试着推了推，自然没能推动，花焰干脆在附近找找有没有机关，只是找着找着，鼻端总是似有若无地飘过一缕血腥味，她还特地检查了一下周围，并不见尸首或者血迹。

花焰带着狐疑在地面一寸寸摸索，用指节轻轻叩动地面——他们正义教也经常这么搞密道。果不其然，敲到其中某一块的时候，声音发生微妙变化，底下是空的。

"陆大侠！这里是空的，可以下去！"

用剑掀开那块石板，底下果然露出了一条通路，只是随之而来的还有更加陈腐、不见天日的气味，尘埃顺着入口旋转着飘散出来，同时溢出一股难闻的味道，花焰努力挥了挥袖子，很是嫌弃。

陆承杀先一步迈了进去，道："我先下去。"

花焰在门口等了一会儿，听见他道："可以下来，不过……"

顿时，花焰心头一紧。

陆承杀道："下面有尸骨。"

哦……尸骨有什么吗？

花焰愣了愣，难道死状特别凄惨？那她也不是没见过啊。她迅速走了下去，只见两边的地面确实堆了好些骸骨，看样子过去很久，如今只剩骷髅骨架。

陆承杀道："害怕就抓着我。"

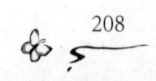

花焰："……"

可是她一点儿也不害怕啊。

他们教还有长老专门喜欢用骷髅做装饰，房里房外都装满了，还在院子里堆了个小小的骷髅山，饰以若干珠宝点缀，每日欣赏，颇为得意，就连花焰生辰他都要送个什么腿骨打造的长琴、肋骨做的竖笛。

心里想着，花焰还是抓住了陆承杀的手。

一路过去尸骨越发地多，花焰留意到墙壁上似乎还有些文字，她此时正拿着一盏从墙上撬下来的烛灯，映照着墙壁。墙上的字迹触目惊心，有的是凿的，有些是用血书写的，还有些是用指甲、手指硬刻出来的。

——救救我！我不想死！

——我可以活下去的！只要他们都死了，我就可以活下去！

——这里太恐怖了……让我出去……

——他们都疯了！

字迹僵硬扭曲，越发潦草，最后行若癫狂。

她看见了，陆承杀自然也看见了。

他轻轻把她拉开，攥紧了她的手道："别看了。"

花焰："……嗯？"

她正看得津津有味呢，怎么就给她拉开了？说不定里面能有些线索，或者有趣的故事呢。

陆承杀又对她道："别怕。"

可她真的没有害怕啊。

花焰想了想，发现自己确实有点儿发抖——主要是兴奋的，她不知道怎么解释，只能也攥紧了陆承杀的手。

陆承杀立刻给了反馈。

花焰苦着脸道："……陆大侠，你手攥得太紧了，有点儿痛。"

陆承杀僵了一下，这才稍稍松开手。

那股血腥味倒是自始至终萦绕在鼻尖，挥之不去，几乎让花焰觉得有些怪异。

走到尽头，是一个宽敞的圆形石室，里面同样散落了许多尸骨，石室另一头还有条对称的通路，而石室中央摆放着一个巨大的人形石像。

这石像穿着长衫，留着长发，双手环胸，双眸紧闭，分不出男女，然而诡异的是石像四周如同蚕茧般牵连着无数丝线，一头插进石像中，另一头则散落在地上，仿佛要将周围人的生命力供给石像中的人。

整个石像台子也像是一个祭坛。

花焰都傻了——这怎么看怎么像他们天残教的东西。

依然是花焰只听过没见过，好多年前就被取缔了的仪式。天残教既然是以教立派，自然也有些坑蒙拐骗的玄学仪式，眼前的景象看着像是当中最有名的一个，邪得令人发指。

之所以出名，是因为据说可以复活死人。

为了足够令人信服，他们还编过一个传说，说的是当年他们有一位非常厉害、聪明无比的教主，因为自己深爱的圣女被人蒙骗与人私奔，直至最终身亡，他痛苦懊恼不已，于是决心复活圣女，便将她的尸身保存完好，封在石像中，放入阵法的阵心中，引天地灵气，蓄养了十年——并且在阵法范围内，死的人越多越好。十年后，他打开石像，圣女容颜完好如初，并最终醒来，两人喜结连理。

花焰当时还问她娘："为什么非要等十年啊？"

她娘拍着她的脑袋道："因为如果说是立刻，这不瞬间就露馅了？"

花焰呆了："是假的啊？"

她娘道："不然呢？不会真有傻子以为人可以复活吧？"

花焰实在没想到，真有人这么干了。

看着眼前邪到无法直视的场面，她顿时就一阵心虚，谢应弦上位以后早把那些乱七八糟的仪式都给取消了，他们现在没这么邪的……

陆承杀似乎也感受到了她的紧张。

"你很害怕？"

"……没有。"

这是实话，但因为过分心虚，反而听起来很假。

陆承杀停下了脚步，转头看向花焰，脸上就写着"不信"两个字。

花焰："……"

她也没想到有朝一日会被人当成娇弱小白花看。

从小到大，什么稀奇古怪的尸首，花焰都没少见，甚至后来为了给她讲解毒药效果，她娘还会专门找些身中奇毒的死尸给她看，什么脸部浮肿、身体膨胀、局部溃烂，等等，因为见得多了，花焰一边吃饭一边看都不会有什么影响，虽然在她爹的教导下知道随便杀人是不对的，但真的见到了也不会因此大惊小怪。

她娘都夸她胆子大得出奇，并且告诫她千万不可以变成那种胆小怕事的闺阁小姐。

花焰张了张嘴，话到嘴边变成了："好吧，我怕。"

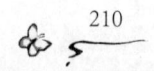

……希望她娘不会被她气得从棺材里蹦出来。

陆承杀闻言，从袖中又取出了一条藏蓝发带。

咦，你有备用的啊。

没等花焰感慨完，陆承杀就靠过来，用发带蒙住了花焰的双眼，语气轻柔道："跟着我走就行。"

"哦。"她乖乖应声。

发带上还带了点儿陆承杀的味道。

陆承杀道："有我。"

花焰点头道："嗯。"

有一刻花焰忽然理解为什么水瑟明明真打起来一点儿也不弱，平日里却要装作一副娇娇弱弱的样子——被人保护的感觉确实很好。

"那里面是什么？"

陆承杀道："打开便知。"

听见陆承杀要拔剑的声音，花焰猜他是要拦腰砍断石像，连忙按住他："等等！还是先别破坏了吧。万一有什么机关。"

这阵法邪得很，谁知道还有什么危险。

陆承杀把剑又收回了鞘里。

拉着她，两人又走了一段，花焰因为眼睛看不见，其他感觉反而更敏锐，那股血腥味又飘了过来。

走了没一会儿，陆承杀停下了，花焰猜测是又走到了尽头。

她偷偷拉开一点点发带偷看。

圆形石室对面的另一条通路，并没有出路，绕了一圈，最后只能回到那个石室。

陆承杀让她稍等，片刻后，他把所有的尸骨都清了出去。

花焰坐在原地等他，实在有些不好意思。

她又偷偷扯开一点儿发带，看见陆承杀正举着烛灯一寸寸检查石室内，包括那座诡异的石像，烛灯昏黄的光映着陆承杀的侧颜，和他额头上微微沁出的血迹。

血迹——！

花焰悚然一惊。

"你受伤了？"

她一把扯开发带，走了过去——她就说自己明明没有受伤，血腥味是从哪里飘出来的。

211

陆承杀闻言也一怔，道："没事。"

"你让我看看。"花焰伸手就想去碰他。

陆承杀略一闪身，继续道："没事。"

地宫里光线不好，再加上陆承杀穿的又是黑衣，她竟然完全没有发现他受伤了。

"不行，陆大侠你让我看看！"

陆承杀还是道："不用。"

花焰实在没想到他这么别扭，急得她直跺脚："不会很严重吧，你快点儿！给我看看！我带了药的！"

陆承杀道："不严重，一会儿就好。"

"都流血了！"花焰忍不住道，"你怎么又骗我！"

陆承杀被她说得哑口无言，但还是不肯让她看。

在这件事情上陆承杀简直执着，花焰发现实在说不通，干脆直接动手去拽他衣服，他想要挡，但又怕伤到她，十分"投鼠忌器"。

地宫湿滑，光线又差，花焰心里着急，一个不留神，脚下一滑，就往前扑了过去。

陆承杀手里还拿着烛灯，被她扑得猝不及防，也朝后倒去。

下一刻，花焰已经骑到了陆承杀身上。

陆承杀手肘撑着地面，上身向后仰，后背几乎触到地面，花焰随手就把陆承杀手里的烛灯抽走，放到边上，然后一把推倒他，开始检查他的伤口。

他看起来怔怔的，完全没有回过神，连点儿抵抗都没有。

花焰先是凑近看他的额头，随后低下头嗅了嗅他身上的血腥味，一把扯开了陆承杀的外袍，果不其然在肩膀处，看到了一片殷红，俨然已经浸透了里衣。

他怎么一声不吭的。谢应弦好歹还知道"哇"两声。

她刚才拽陆承杀的手也不知道有没有扯到他的伤口。

花焰懊恼了一瞬，心想估计是刚才从上面摔下来砸到的，她想着，又动手去剥开陆承杀的里衣，属于男子温热的胸膛和肩膀一并露了出来，就着烛光能看见他腰腹的位置有些新鲜的瘀青，花焰的心头一紧，指尖顺着他的肋骨往下，想知道有没有摔断肋骨，难怪清醒后的陆承杀好像没有平时那么简单粗暴——

她有一点点心疼，正想着，手被人攥住了。

陆承杀好像这时才清醒，他哑着声音道："下去。"

花焰哪儿能听话，她这时候下去了肯定就上不来了，当即道："你别动。我

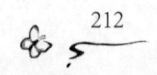

检查一下给你上个药就下来。"

陆承杀的声音沙哑极了："不用上药……下去。"

他握着她的手似乎想把她推下去。

花焰力气没他大，又怕挣扎的过程中会碰到陆承杀的伤口，干脆整个人趴了下去，一副死活不肯下去的样子，耍赖道："我就不下去。你别动了嘛。"

摇曳的烛光下，她看见陆承杀忍耐似的扬起下颌，长长吐了一口气。

那点儿伤对陆承杀来说实在几近于无，只是眼下却十分折磨。

他既起不了身，也没法把花焰掀下去，他已刻意没有去与花焰接触，可没有想到她会直接扑过来，猝不及防间陆承杀生平罕有地慌乱起来。

半明半暗的烛光映着少女的面容，唇红齿白，眉眼如画，明艳得不可方物，长发从她的颊边滑落下来，发梢在陆承杀脸边轻蹭过，伴随着淡淡清冽的幽香。

陆承杀闭上双眼，不敢再看，额头沁出汗来，混杂着伤口微微的刺痛感，心跳声却如擂鼓。

身体发热，似乎连呼吸都是灼热的。

地宫里明明很清凉。

确实不太对劲儿。

也许自己真的中了毒。

他用内力想把这股奇怪的感觉强压下去，可下一刻便感觉到有什么轻触在他的胸口。陆承杀猛然睁开眼睛，只见少女还在不管不顾地碰着他。

细长的指尖像凝着雷与电，每一下都炸在他的心脏上，使人混乱不堪，又分外难受。

陆承杀终于忍不住攥住了她的手。

他总觉得这样很危险，但又说不上是哪里危险，直觉应该尽快摆脱这样的状况，他的伤根本无关紧要，他们需要保持一点儿距离，一点儿正常的、不会让他变得奇怪的——

陆承杀的意识尚未彻底回笼，就感觉到身上的少女赖皮似的趴到了他身上，长发蜿蜒着落在他的胸口，柔软馨香扑面而来，刹那间将他淹没。

他脑中"嗡"的一声炸开。

瞬间身体热度翻倍，确实像中毒已深的模样，连她在说什么都不太听得清，只觉得自己在忍耐，在努力忍耐着……但究竟在忍耐什么，陆承杀自己也不知道。

他只知道眼下状况从未遇到过，既陌生又可怕。

"好了，就这样。别动了啊，我来给你上药。"他身上的少女丝毫没有察觉到问题，还在喋喋不休地说着。

她掏出一个药瓶，指尖蘸了药，就大刀阔斧地往他身上摸来。

陆承杀再度握住了她的手腕。

花焰语气颇为无语："陆大侠，你别别扭啦。上个药而已……怎么像要你的命似的。"

确实像是要他的命一样。

毕竟陆承杀就算重伤垂危，都不会有此刻这般尴尬难挨。

他总觉得如若不克制下来，会对眼前少女做出很可怕的事情——陆承杀呆了一下，难不成自己竟想杀她？

按着自己的伤口，陆承杀清醒了几分，涩声道："我的毒还没解，你离我远一些。"

这时，换成花焰呆了。

"你确定？那个慈心谷弟子怎么这么靠不住啊！"花焰大声叹气，在兜里摸出了一颗万用解药——解刁钻的不行，但大部分常见的毒都能解——道，"你先用这个试试。"

陆承杀接过，毫不犹豫地咽了下去。

谁料，花焰还是没有下去的意思。

"陆大侠，你怎么流了这么多汗，是不是很疼啊？"花焰声音听起来还有些关切，"你有觉得好点儿吗？我继续给你上药了啊……"

陆承杀终于忍无可忍。

他猛然坐了起来，花焰被吓了一跳，身子往后滑了滑，双手撑着地面，后脊几乎抵上了石室的墙。

陆承杀曲起腿，上身前倾。

忽然间，两个人的距离拉近。

烛火在陆承杀身后微微摇晃，逆着光看去，他额头的血迹与汗水交错，一双瞳仁漆黑而晦暗，上身被花焰扯开的衣衫里，能看见陆承杀胸膛在起伏着。

花焰还没搞清楚状态，但终于也察觉到了不对。

陆承杀把手伸了过来。

她眨了眨眼睛。

陆承杀的手在她耳边停留了一会儿，有些僵硬似的按在了墙上。

两个人四目相交，短暂地对视了一瞬。

就连花焰都觉得这一瞬莫名地漫长……透出些不可思议的味道，仿佛连冰冷而阴森的地宫里都弥漫出一股灼热的气息。

下一瞬，陆承杀微微垂下眸子道："你现在最好不要接近我。"声音清寒又喑哑。

花焰呆住："啊？"

说完，他就站起身，走到了石室另外一边——和花焰离得最远的地方。

花焰回神："可是你的伤……"

陆承杀道："药给我。"

花焰"哦"了一声，把药瓶丢给他。

陆承杀快速给自己上了个药——如果不是怕花焰再找麻烦，他看起来都不想上——然后便把衣衫重新穿好，领口都拉得整整齐齐，之后盘膝坐在地上闭上双眼，一副运功疗伤的模样。

花焰被他警告过之后也不敢贸然接近，只能自己又举起烛灯到处看看。

然而看的时候她总有点儿心神不宁，时不时朝着陆承杀的方向瞅上一瞅。

陆大侠真的没事吧。

什么毒啊……她不记得有什么毒还能让人无法接近他人，总不能是蛊吧，可她没在陆承杀身上察觉到蛊的气味啊……

一个多时辰过去，花焰都有些困了。

她靠着石壁沉睡，醒过来时，见陆承杀醒着，她刚想打个招呼，就发现陆承杀远远看见她，便退了一步。

花焰："……这么严重吗？"

她有点儿受伤。

陆承杀点了点头，然后岔开话题道："我看过了，上面没有出路。"

花焰愣了一下，才忽然有点儿危机感。

她已经有点儿饿了。

陆承杀又道："你在这里别动，我再上去找找。"说完，他便离开了石室。

又只剩下她一个人。

花焰坐下才发现先前的烛灯早已燃尽，陆承杀又从上面拿了一些蜡烛下来，摆在她边上，同样放在边上的还有之前剩下的干粮，几乎全留给她了。

她有点儿开心，又有点儿郁闷。

最后她还是把干粮收了起来，没舍得吃。

百无聊赖，花焰只好去研究那个石像，传说已经久远，她也记得不是很清楚。

石像原本应该雕刻精美，但过去太多年岁，已经日渐被磨钝，甚至还有些斑驳破损。

四周的祭台尘土飞扬，花焰轻轻用手抹了抹，还能看到一些字迹，应该是天残教的咒文，花焰学过一点儿，她将烛灯凑过去，仔细辨认。

除却祭祀用的文字，最后还写了几行字。

——凡害你之人，我将尽皆斩杀。

——吾爱至深，愿有朝一日得见你苏醒归来。

最后这行字刻得尤为深入，配上诡异的仪式，令人毛骨悚然。

难不成他们教的传说还能是真的吗？

花焰眨了眨眼睛，有些疑惑。

忽然，她看见台子上滚落下来一颗鲜红的珠子，那珠子血般艳红，犹如一滴滚落的血泪，紧接着，花焰就感觉自己像是被操控了，情不自禁上前握住那颗珠子。

瞬间，她听见身后人大声道："危险。"

紧接着，惊人的一幕出现了。

台子上的石像突然出现了裂缝，从一寸逐渐延展扩大，直至整个石像上布满了裂缝，再然后，石像内涌出了大量的鲜血，顺着周身的细线泉涌般溅射出，浸透了四周地面。

下一刻，只听得"砰"的一声，那些石块纷纷扬扬落了下来。

石像中，是一个全身血红、人形的怪物，它没有皮肤也没有五官，像是只有血肉与骨骼，血不停从它身上流了出来，它发出难以言喻的惨叫声，尖叫着朝花焰扑了过来。

花焰顿时起了一身冷汗。

她有些踉跄地躲开，身旁已经有人拔剑迎了上去。陆承杀把它拦腰斩断，怪物发出了更加凄厉的惨叫声，然而它竟就这么一分为二，仍旧朝着两人攻击过来。

陆承杀的剑自然是快得惊人，可这东西仿佛疯了似的朝着两人攻击，而且杀不死。

几剑过后，它甚至变成了八块。

陆承杀不得已竖起剑身，仅做阻挡，同时低声道："你先出去。"

花焰当机立断往外跑，可一出去，就发现地面犹如泥沼，一脚踩下去，几乎像是陷进去，而石室外的那些尸骨都好似闻到味道，颤抖了起来。

它们颤颤巍巍地拼凑成人形，也朝着花焰扑了过来。

花焰拔出春花剑，随手劈砍，心里还有一丝庆幸，还好最近练剑练得认真。

陆大侠真是深谋远虑。

只是尸骨的数量实在是太多了，花焰一边劈砍一边觉得手腕渐渐麻木，额头上也不停滚落下汗，陆承杀似乎也察觉到了不对，从石室里出来，抬手劈倒了一片尸骨。

花焰正惊喜道："你解决里面那个了？"

就见那四分五裂的血影也冲了出来，它几乎被陆承杀斩成了一缕一缕的，犹如一道道红色的血光，所过之处都是它切割下的裂口。

"站到我后面。"陆承杀道。

花焰才发现他身上已经不知被割破了多少个裂口，可他看起来依然冷静。

"上去。"

花焰即刻明白过来，是要回到上面那层地宫。

两个人背靠着背，且行且打，走到入口的位置，花焰动手去推上面那层石板，可石板纹丝不动，仿佛焊死了一样。

她背靠着陆承杀，死到临头却还有些想笑："陆大侠，我们这算不算并肩作战啊？可惜是第一次，也是最后一次了。"

被困在这个地宫里已经有一天以上了，找不到出口，没有食物和水，他们也迟早会被困死在这里，虽然花焰很乐观，但此时此刻再碰到这些不知哪儿来的怪物，只怕确实凶多吉少。

陆承杀道："你不会死的。"

花焰道："没事啦，不用安慰我。"

陆承杀没有回头，依旧道："你不会死的。"

他手下的动作疾如风，尸骨还没爬起来就被他迅速砍倒，那些朝着花焰冲过来的血影也被他尽数挡下，他好似不知疲倦。

"我死，也不会让你死。"陆承杀目光冷峻，一字一句道，然而语气平淡，仿佛说出的话不值一提。

花焰握着春花剑，心里忽然涌起了些说不出的滋味。

虽然她也不想死，她还有那么多话本没看，那么多美食没有品尝，那么多地方没有去过，那么多江湖故事没有经历过……

可此时此刻，她忽然觉得，就算和陆承杀一起死在这里，也没什么关系。

不知过了多久，血影速度放慢，一点一点又逐渐凝结起来，慢慢变成了一个人形。

血还在一滴一滴地流。

"我好恨啊……"它的声音嘶哑难听,"为什么、为什么……让我死……让我死……"

这声音听得花焰脑子里"嗡"地响了一下:不会吧,这难道就是他们教复活出来的东西吗?不是,这真的能复活吗?不是骗人的吗?早该知道了呀,这么邪门的仪式,怎么可能复活出什么正常的东西……花焰脑中混乱地想着……忽然想起她刚才捡起的那颗红色的珠子。

她想起来了。

那血影此时正朝着陆承杀再度扑去,被反复割裂,陆承杀的脸颊上也有数道划伤,他似浑然未觉。

花焰猛然捏碎了那颗珠子。

眼前忽然一阵摇晃,意识开始变得模糊,转瞬她便失去意识。

再醒来时,她又重新回到了那个石室,陆承杀也刚刚苏醒。

周围没有成堆的尸骨,也没有血影怪物,石像坍塌倒地,里面只是一具寻常的尸骨,一切都很正常。

花焰长长吐息,松了口气。

幸亏她想起来了。

他们天残教邪门的东西太多了,一时都给忘了,早年他们藏宝物的时候为了防止有人窃取,都会在里面设置一些障眼法,同之前遇到的迷雾"惊梦"差不多,只是更为高级,幻觉也更真实。

破阵的东西往往一开始就会出现,但通常历经幻境后,根本不会记得。

如果刚才真的死在幻境里,他们可能压根儿都不会醒来。

不过劫后余生的感觉真好,花焰对着陆承杀露出大大的笑脸,却发现陆承杀慢慢转过脸去,并不看她。

花焰:"……"

怎么了嘛,他的毒还没解吗?可恶!

花焰郁闷地爬起来,到石像中间看了看,发现里面有本薄薄的小册子,花焰随手塞进怀里,再把石像推开,往下看,下面居然有条通路。

"陆大侠,快来!这里有条路!"

与来时的甬道相反,这条路是微微倾斜着向上的。

几乎两人刚一走进去,就听见身后传来了剧烈的摇晃声,随后是震耳欲聋的坍塌声,花焰连忙拉着陆承杀快步朝外跑,差不多在他们拔足狂奔的同时,身后的地宫也在摇摇欲坠地倒塌。

甬道内漆黑一片，耳畔只有他们的呼吸声，两个人只能拼了命地往前跑。

起初是花焰拉着陆承杀，之后便是陆承杀拉着花焰。

山摇地动，身后不断有碎石落下，仿佛再晚一步就要被砸死在下面，两人一路跑了不知多远，终于在最前方看见了漆黑的天穹。

等他们总算走出了地下，停下脚步，回头望去，整个甬道和地宫都被无数石块堵得严严实实，再无法见天日。

花焰双手扶着膝盖，大口喘气，头顶着夜空，才真正迎来了劫后余生的庆幸。

真好，她和陆大侠，都还活着。

相比花焰，陆承杀的反应平静许多，他连气都没有多喘两下。

花焰伸手想拽拽他，表达一下自己现在激动的心情。

就见陆承杀又往旁边躲了一下。

花焰不禁道："你够啦！刚才那个说'我死，也不会让你死'的人难道不是你吗？"

陆承杀："……"

完了，他看起来似乎真的不想承认的样子。

地宫的出口隐在一片悬崖峭壁下面，他们站的地方不过方寸大小，上面还有斜出来的枝丫遮挡，树木荫翳，任谁也想不到这下面还别有乾坤。

此时，沿着地平线可以看见一抹亮光，正预示着东方将白。

花焰现在自己上去或许还有点儿麻烦，但有陆承杀在就简单许多，他踩着崖壁，近乎垂直地踏上去，随后，一根树藤垂下来，花焰握紧树藤，就被陆承杀拽了上去。

在半空中的时候，花焰就已经看见了日出。

明媚温暖的光染过云朵，灿金的碎光一层层铺满灰蓝的苍穹，美得壮阔又令人心生雀跃，虽然陆承杀看着依旧有些别扭，不过花焰决定大度地不去计较，招呼着陆承杀一起来看。

陆承杀将她放在地上，也抬头望去。

花焰笑得一脸得意道："好看吧！"

陆承杀的黑衣被阳光镀上了一层金边，他看了一会儿，终于败下阵来似的，点了点头，道："嗯。"

既然出来了，花焰还是决定再去找找那个慈心谷的弟子。

他的药没有用，总得负起点儿责任来吧。

只是路上,还是不免会心有余悸地想起刚才那个地宫,她现在可以确定那个地宫和他们正义教脱不了干系,不知道是为了复活谁,只是她娘说得没错,人死怎么可能复生,只有执念使人成魔。

　　想着,花焰又想起刚才那个小册子,她偷偷从怀里掏出来看了一眼,小册子也已很陈旧,纸张泛黄,封面没有字迹,她略略翻开看,应该是本武功心法。

　　然而正义教的武功心法太多了,花焰随手又把它塞回了怀里。

　　路上他们又抓了两条鱼烤了充饥,只是陆承杀一路都显得非常沉默,不仅和她保持距离,还看都不看她,给花焰郁闷坏了——她以为他们已经是同生共死过的好友关系,怎么也该比之前更亲密吧。哪儿想到还能倒退。这实在太没有道理了。

　　不过没一会儿,花焰也沉默了,门派战已经到了第三天,明天就该有人发现不对劲,可沿路过去,他们看到了许多具在天残教陷阱或毒虫下丧生的正派弟子尸体。

　　"陆少侠,陆少侠救命啊!"走了不知多久,才遇到一个还活着的弟子,他看见陆承杀仿佛看见了救星,一路踉跄,连滚带爬着跑了过来。

　　这弟子瞧着神情萎靡,蓬头垢面,似乎已经担惊受怕了许久,以至于他面对陆承杀都没那么怕了。

　　花焰还记得问剑大会刚开始,其他弟子看陆承杀的表情,反正绝不是此刻的模样。

　　之后,不断有闻声来投靠陆承杀的弟子。

　　他们全挤在陆承杀身边,好似站在陆承杀身旁就能壮胆,花焰反倒被冲到了旁边。

　　人一多,她连和陆承杀说话的机会都没有,只能看见一袭黑衣的青年走在人群簇拥的最前面。

　　不过他好像本来也不是很想和她说话。

　　花焰闷闷不乐地想。

　　等他们再见到明齐,已经是两个时辰以后。

　　慈心谷弟子此时分外抢手,他们又找了块地方做营地,除了中毒昏迷的那位,另外几个都带着伤,仍旧在忙前忙后地照顾伤员。

　　花焰甚至还在伤员群中看到了秦沐烟。

　　她的面纱早已不翼而飞,烟黄纱裙的裙角也染了污泥,脏乱不堪,此时正坐在地上,捧着一碗伤药颤颤巍巍地喝着,看起来我见犹怜。

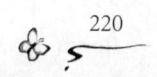

花焰怕她再来找自己碴儿，刚往边上躲了躲，就见她忽然抬眸，眼前一亮，朝着陆承杀走了过去。

"……"怎么你也不怕他了？

秦沐烟似乎甚是委屈，眼中含泪，步履虚浮，还捧着药，走到陆承杀面前，当时两行清泪就顺着她的脸颊滑落……

陆承杀倒是没什么太大的反应，每个人走到他面前，他差不多都是相同的态度。

但花焰就是有点儿不爽，怎么其他人都没事，就躲着她？

然后花焰就见秦沐烟居然伸手去扯陆承杀的衣角。

她在一旁远远瞪着。

陆承杀躲开了。

很好，她心里面平衡了。

秦沐烟见状，擦干净眼泪，怏怏地坐了回去，花焰莫名地松了口气。

她立刻转头去找明齐。

明齐忙得焦头烂额，一见花焰，当即道："姑娘你不是会点儿医术吗？快来帮忙。来来来，把这三包药先煮了……给那边当山派的弟子送过去……"

花焰莫名其妙被他安排了任务，稀里糊涂地就去煮药。

这次受伤的弟子可比上次多多了，伤势也不容乐观，还有一堆中毒昏迷的需要服药抑制毒发，他们几个人手根本不够。

花焰煮好药，正准备送去，就看见一袭青衣、只受了些轻伤的沐雪浪正有条不紊地指挥着营地内的弟子们，他语气温和，说话不疾不徐。

"这些柴火放那边就可以了，蜂怕熏烟，如果再来可以以烟雾驱之。

"午饭的干粮和果实已经挨个儿分配好了，马上就给大家送去。

"其他师兄弟我们也不会放弃的，待会儿我们几个武功好的会再在附近搜寻有没有需要救援的弟子。

"大家辛苦辛苦，再撑一日，明日掌门师叔他们发现不对，一定会来救我们。"

沐雪浪武功高，资历深，脾气又好，虽然周围弟子来自各个门派，但面对沐雪浪，都显得十分服气。

不过一看见他，花焰就想起了另外两个人，不由得又心头一痛，更痛的是，待人群散去以后，她看见一个弟子小声说："还是没有找到左女侠……"

沐雪浪眉头微皱道："她应是同其他当山派弟子一道滚落河中，明日若是还找不到，我亲自去瀑布下游看看吧。"

花焰："……"

大师兄，你怎么人这么好啊！

花焰感慨完，吸了吸鼻子，便捧着药去送。

明齐指的方向正躺着几个穿了当山派剑袍的弟子，昏的昏，晕的晕，十分不好喂药，但对花焰来说毫无难度。她熟练地掐着对方后颈，把药挨个儿灌进对方嘴里，他们教里遇到昏迷不醒的弟子都是这么灌的。

灌到最后一个的时候，她忽然被人攥住了手腕，对方猛然坐起，大口咳了两声，眼神如鹰隼似的望着她："是不是陆承杀要你来害我？！"

花焰："？"

他又道："我认得你。"

花焰哪儿管他胡言乱语："快松开我！"

对方握着她手腕的手越发用力，显得凶神恶煞："快点儿老实交代！"

褚浚此时似乎刚刚苏醒，脸色铁青，眉心泛黑——毒还没解，但精神头倒很足。

花焰是真的手腕被他掐得很痛，又挣脱不开，对比之下才知道陆承杀之前握她的手腕握得有多轻，几乎像是轻轻拢着。虽然她可以随手再把褚浚毒倒，但真做了，也就坐实了她是来害他的，用魅音入耳又难免会有风险。

各种念头在花焰脑子里转了转，她二话不说，眼一闭，泪一流，大声哭道："我好心给你送药，还要被你诬蔑，有没有天理了！"

褚浚大约也没有见过脸色变得如此之快的女人，怔了一瞬。

花焰立刻挣脱他，拔腿就想跑。

但褚浚到底反应比陆承昭快得多，他一把抓住了花焰的衣袖，花焰急着跑，撕扯之下，随着"刺啦"一声，整片袖子被他拽了下来。

这时花焰都有点儿呆了。

她现在可没衣服换啊。

就在这尴尬的瞬间，有人走了过来，一把提起了褚浚的领子，随手将人摔到了一边。

褚浚回过神来，就感觉到那柄色泽沉沉的黑铁正抵在他的咽喉上，随后对上的是一双凶煞冷冽至极的眼睛。

这阵仗过大，已经有人前来围观，此时他手里正拿着半片裙装的袖子，边上还有一个泪眼婆娑、露着半边胳膊的少女，再加上一个暴怒的陆承杀。

褚浚忽然意识到，这事情似乎无法解释。

围观群众已经瞬间将刚才发生的事情补全。

花焰也感觉到事情即将往无法收拾的地方发展，她立刻拽住陆承杀的衣角，道:"我没事——我们走吧。"

陆承杀回头看她。

花焰拼命点头,努力扯他的衣服。

陆承杀放下了剑,又从褚浚手里夺过了花焰的袖子,才被花焰慢慢拖走。

"我没事啦,我真的没事,刚才有点儿误会……"

发觉陆承杀好像很生气,她小声解释。

陆承杀还是没有说话。

他只是攥着手里的衣料,垂着眸子,片刻后,他抬起头看向花焰。

花焰以为他终于要说点儿什么,却不料他突然伸出手,用食指的指腹轻轻蹭过花焰的脸颊,把那一抹湿痕慢慢地抹掉了。

这一下虽然十分轻柔,但花焰也傻了。

她下意识道:"你的毒没事了?你可以碰我了吗?"

陆承杀摇了摇头。

花焰连忙追问:"那你现在是?"

陆承杀又闷不吭声了一会儿,好像一切对于他都很难解释。

过了许久,他闷声道:"心口有点儿不舒服。"

他怎么都发展到心口去了?

花焰只好拽着他又去找明齐。

明齐真不知说什么,他已经听闻了,褚浚对陆承杀的红颜知己欲行不轨,被陆承杀当场抓获,差点儿就被捅死了——好大一个八卦,瞬间消解了所有人紧张的心情。

仿佛也坐实了花焰是红颜祸水。

当然,明齐觉得可能不是这样的——这两个傻子懂个屁。

但他也不敢说。

他只能说:"不需要开药,你们俩保持点儿距离就行。"

花焰不由得道:"你这算什么解决办法!"

明齐道:"很实用的解决办法。"

花焰道:"你换一个。"

明齐想起陆承杀刚来找他求医时的模样,再看看眼前的少女,只觉得真不愧是……这霸道的气质简直一样一样的。然而他总觉得贸然捅破,自己会很危险。明齐想了想,找出一张病笺,写了几个字,塞进一个药囊里,递给花焰,道:"我这里写了张给陆少侠的药方,你现在别看,等我们离开试炼地,出去了以后再看。"

花焰疑惑："为什么非要等到出去？"

明齐心道"因为出去了我就安全了"，嘴上却说："这张药方在这里打开就不灵了，请一定出去再打开。"

花焰将信将疑地收好，然后又道："呃……还有个问题。"

明齐道："……嗯？"

花焰道："你会缝衣服吗？"

明齐："……"

怎么会这样，陆少侠不会也就罢了，这么个如花似玉的姑娘竟然连点儿针线活都不会。

她长这么大到底都学了些什么！

明齐心累地掏出缝伤口用的羊肠线，顶着陆承杀视线的压力，一针一针小心翼翼地在不触碰到花焰肌肤的情况下，把花焰的袖子给重新缝了上去。

希望以后不要再遇到了，他心累地想。

众弟子在营地里一直等到第二天。

其间花焰再度受到了众多视线关注，她都有点儿心虚了——她一个天残教妖女这么高调地混进来，岂不是比尤为天还要夸张。

好在，沐雪浪的愿望没有落空。

午后，第一个背着长剑、面带长须的师叔终于走了进来。

"诸位弟子，你们都还好吗？这里面到底发生了什么？"

好几个已经有些浑浑噩噩的弟子连滚带爬，冲了过去，抱着这位陌生师叔的大腿，涕泗横流道："终于！终于有人来救我们了！"

随后，陆陆续续有十多个各门派的师叔前来，慈心谷也专门带了一队白衣医师为弟子诊疗。

伤员一个两个都被送了出去，死在陷阱和毒虫中的弟子的尸首也被抬了出来，凌天啸亲自带队，他面容看起来分外沉痛。

"这件事老夫一定会给大家一个交代，弟子们不会白死的。"他的声音越发狠厉，"老夫一定会让天残教付出代价。"

"多谢凌掌门，不将这天残教教主千刀万剐，实在难解心头之恨。"

"天残教犯下这桩桩件件血案，罪行实在是罄竹难书。"

"不只要将他们教主千刀万剐，更要彻底铲除天残教！以慰死去弟子之灵！"

花焰在角落里张了张嘴，但到底什么也没说。

真要是谢应弦做的，那她……唉……

门派战进来一百多名弟子，最后出去的只有七八十人，其中还包括中毒昏迷的二十多名弟子。

天残教的毒，花焰很清楚，又阴又毒又变化多端，十分难解。

果然，她听说慈心谷医师已经连天加夜地研制解药，也还是需要不少时日。

花焰有心帮忙，但身份又实在不合适。

然而她没想到的是，她刚出去，就听到了另一个消息。

之所以救援来得如此之晚，是因为在门派战期间，天残教弟子趁机肆乱，他们在寻山城和离山城外制造了大量的伤亡，正派人士不得不前去处理，而他们得知门派战里发生的事情也是因为他们在离山城外救下了一个被天残教追杀围攻的叛徒。这位叛徒自称因不满教主谢应弦所为，叛出教中，方才遭遇追杀，但他无论如何良心不安，想把门派战中的阴谋告知正派，如今自知罪孽深重，只求一死。

花焰还思忖他们教里竟有这般有觉悟的人吗，就在听到对方名字时喷了出来。

这位叛徒，名叫羽曳。

花焰一开始还疑心是同名同姓，又听见有人说，这位天残教叛徒以往就曾多次救过正派中人，而且从未滥杀无辜。

正义教里能得到这种评价的只可能是羽曳。

羽曳是不杀人的。

他在天残教庇护过的弟子数之不尽，即便外出路遇正派袭击，也尽量不伤人性命。

当初，羽曳就曾语气悲悯地同她说过："除非到生死关头，否则我不愿杀人。"

他的手上从未沾过鲜血，只救过人，没杀过人，这也是花焰她爹当初那么满意他的原因之一，她爹觉得羽曳心慈心善，虽然生在天残教，但和自己一样都是迫不得已。

当然，花焰现在确定了，他不想手染鲜血是真的，但心慈手软肯定是假的——至少在叛教时，羽曳杀人杀得非常干脆利落。

"真的假的？天残教竟然还有这种人？"

"好几个门派弟子出来证实了他的话，确实是落入天残教手里又被他饶了一命。"

"我不信！天残教都是丧心病狂之徒，怎么可能会有这种人——即便有，也多半是装出来的。"

"不信你自己去慈心谷的医馆看看，他如今重伤，被送到慈心谷医馆派人看守，好些人已经去瞧过了，他看着实在不像个坏人……"

听到这里花焰有些许紧张，曾经熟悉的未婚夫变成全然陌生的模样，虽然不过才过去了一个来月，对她来说却已经恍若隔世，现在她听到羽曳的名字竟然还有些慌。

慈心谷的医馆就开在东风不夜楼客栈不远处。

谢应弦到底管不管他了啊！

"对了，听说这个天残教叛徒还会医术，说可以设法替门派战里那些中毒的弟子解毒……"

"是他天残教下的毒，他自然会解。"

"他到底是好心是坏心？"

"依我看，天残教的人都该杀！"

"万一他真的从没害过人，而且弃暗投明了呢？"

一时间东风不夜楼的大堂里众说纷纭，花焰不由得竖起耳朵。她也没杀过人，没做过坏事，能不能也弃暗投明啊？

不等她多听两句，大堂里顿时安静下来。

花焰一转头，几道熟悉的黑色身影出现。

她是和陆承杀与停剑山庄的另一名师叔一道回来的，据说陆怀天亲自去寻陆承昭了，如今总算把人带回来了。

陆承昭垂头丧气地跟在他爹身后，身上像被洗劫过，后面跟着陆承阳和另外一名停剑山庄弟子，模样都十分狼狈，不过没人敢笑。

大堂里一片寂静，等人走过去才渐渐有说话声。

自从早上和陆承杀在东风不夜楼大堂分开，花焰还没见到过他，她不由得悄悄跟了过去，还没走近，就听见陆怀天正在骂陆承昭。

陆承昭这会儿都没有力气应付他爹的骂，他只觉得自己能活着回来就不容易了。

他爹知道个屁啊。

有本事他爹年轻二十岁自己去啊，就知道骂他——别以为他不知道，这次死了好些弟子，其中不乏榜上有名、武功不错的。

他爹知不知道他有多努力？

真要是自己死了，娘大发雷霆揪着他的耳朵，他才知道后悔吗！

陆承昭越想越气，都赖天残教！

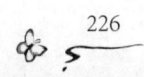

想起天残教，陆承昭更觉得头疼，因为这次有天残教教主这个噱头，他爹要他务必拔得头筹，不能给停剑山庄丢人，甚至特地去交代了陆承杀，毕竟傻子都知道和天残教宿怨最深的莫过于他们停剑山庄了，这次要是再拿不到头筹，实在是丢人至极。

虽然因为天残教这一通乱搞，导致门派战没法顺利进行，但依然不影响有弟子表现优异——比如青城门那个沐雪浪。

回来路上他就听说了，沐雪浪指挥动员弟子，颇具领袖风范，他爹现在就指着他的鼻子骂，问他什么时候能成气候，说将来等沐雪浪做了青城门的掌门，停剑山庄到时候拿什么跟人家比……

这不还有一个吗？

陆承昭情不自禁看向那个更气人的，坐在屋顶上目光沉沉，恍若在想心事的黑衣青年——他能有个屁的心事。发呆就发呆，装什么深沉。

他知道陆承杀和沐雪浪同样出风头，然而这家伙自从迷雾阵之后就没管他们了。

不然他们何至于这么狼狈。

听说他还不知道怎么就把他那个相好的也带进去了，他是佳人在侧过得滋润，孤男寡女三天两夜，指不定做出点儿什么来呢。

可是他们呢？

陆承昭终于被他爹骂出点儿火气来，忍不住道："爹，你也别光顾着骂我啊，有的人不顾同门，一有危险跑得飞快，你怎么不说说他！"

陆怀天视线一转，看了一眼陆承杀，便道："光知道指望别人，你自己倒是争点儿气。"

"你儿子这一趟容易吗！你都不担心担心我，就知道骂！我是不是你亲儿子了！"

说罢，他干脆一屁股坐地上去了，语气又无赖又委屈："爹，我这趟真的累死了！你都不知道，这一路有多少陷阱、危险，我身上有多少伤，你差一点儿就见不到你儿子了！你心疼心疼我啊！"

陆怀天似乎也被自己这个儿子弄得十分无语。

"罢了。"他揉了揉眉心，"承阳，带你哥回去歇息吧。"

陆承阳连忙扶起陆承昭，两个人准备回屋，走到一半，被陆怀天叫住："等等。"他从怀里掏出个瓶子，丢给陆承阳，声音有些冷硬道，"念衣的药，待会儿你和你哥都记得用。"

念衣，慈心谷的谷主，他亲自做的药向来千金难求，但效果极好。

羽曳曾经试着复制过，但最终还是叹息着放弃，说是制药过程太过精密复杂,对药师要求极高,无法量产,自然也就无法拿来卖。

花焰此时远远偷听到,差点儿忍不住要出声。

陆大侠也受伤了啊,能不能给他也来点儿。

院落里喧嚣声过,好像没人记得陆承杀,更没人关心他是否受伤,是否辛苦。

花焰偷偷想要接近,然而刚走到院落门口,就被人拦住了。

"姑娘,眼下诸位师兄都休息了,请回吧。"一位佩黄剑穗的弟子伸手举起剑鞘,挡在了花焰面前。

花焰看了一眼坐在屋顶上无知无觉的陆承杀,风吹着他的黑发,微微飘动,他的面容平静而冷寂。她想起他们刚认识的时候,陆承杀好像也这样坐在屋顶上,看着芸芸众生,显得寂寥又与世隔绝。

仿佛与人间从无羁绊。

花焰不太喜欢看到他这个样子。

她把双手拢在颊边,大声道:"陆大侠!你在吗?"

陆承杀乍然回魂似的望了过来,像石子投入湖中掀起阵阵清波涟漪,平波无澜的黑眸里有什么闪了闪,瞬间便生动了。

黑衣一晃,陆承杀从屋顶上一跃而下,朝她走了过来。

明明只有几步,花焰却觉得他像踩着莲花,连那一身黑衣都颜色鲜活起来。

她有些没来由地高兴。

陆承杀在距离花焰一步的地方停下,那个黄剑穗弟子还僵硬地握着剑鞘站在中间。

花焰当他不存在,道:"你的伤好了吗?没好的话,记得还要上药啊。"

她说到"上药"两个字时,陆承杀似乎想起了什么,往后退了一步。

花焰:"……"

你再退一步,我真的扑上去了哦。

好在陆承杀停了下来,他说:"无妨。"

就知道他肯定没接着上药。

花焰双手环胸,一脸问责地看着他,两只大眼睛目光炯炯,盯得陆承杀喉结滚了一下,道:"会上药的。"

这还差不多。

花焰又道:"你们接下来要回停剑山庄吗?"

陆承杀道:"嗯。"他顿了顿,道,"审判结束后。"

花焰张了张嘴,不知道这话该怎么说。

——我能跟过去吗?

——那我怎么办？

——你回停剑山庄，还回来吗？

好像都不大合适，她忽然有点儿怀念还在探险地里的时候。

陆承杀似乎也在思考。

两个人一时都沉默了。

倒是中间那位黄剑穗弟子突觉压力陡增——这两位能不能不要完全不把他当个人看。他还在呢！

"怎么办呀……"花焰小声道。

陆承杀似乎听懂了她的弦外之音，沉吟了一会儿，道："我很快会出来。"

花焰眼前一亮，道："那我等你。"

这才几天，她还没有和陆大侠行侠仗义够呢。

"咯咯咯……"那个黄剑穗弟子情不自禁地大声咳嗽起来，"时间不早了，咯咯咯……"

陆承杀看了他一眼。

黄剑穗弟子顿时一抖。

有了陆承杀的承诺，花焰不担心了，她挥挥手，笑道："那我先回去休息了，你记得上药啊！"

陆承杀看着她，认真道："嗯。"

清晨天亮，花焰走到东风不夜楼大堂外，正待寻家早餐铺子，忽然看见一双温柔含笑的眸子，吓得她连退两步，一阵头皮发麻。

——她哪里想得到羽曳会出现在东风不夜楼门口。

花焰定了定神，才发现羽曳离她颇远，且周围围满了人。

事实上，羽曳现在的状态也不足以对花焰造成威胁，他一双文弱的手腕上正扣着铁环，月白长袍上有些斑驳的血迹，长发微垂，衬着他温文无害的病容，十分令人心生怜惜。

此时不少路过的女侠或是少女，都忍不住驻足看去。

东风不夜楼的门口用纤绳围了一块区域，放了几名中毒昏迷的弟子，羽曳此时正由人看守，为他们研制解药，但看着颇像在示众。

周围人议论纷纷。

"这就是那个天残教叛徒？看着确实不像个坏人啊……"

"他在门口干什么呢？"

"听说是有人不放心他解毒，便让他在这大庭广众之下研制解药，让众人监督，防止他动什么歪心思。"

有人仗着胆子喊了几句"天残教妖人"，还举起手里的残粥泼了过去，正丢在羽曳的袍子上，在他月白长袍上留下一抹淡黄的痕迹。

他一言不发，默默承受。

或许是他实在生得不错，脸色苍白、摇摇欲坠的模样又着实可怜，有女弟子忍不住道："我们堂堂名门正派，用不着这么羞辱一个没有反抗能力的人吧！"

"天残教妖人，人人得而诛之，你现在看他无害，岂知他又杀死过多少正派弟子？"

两人眼看着便要吵起来，羽曳出声道："多谢女侠，虽然在下从未杀过人，但出身天残教也是事实，无法辩驳，今日不过是在下应受的。"他的声音斯文有礼，听来如泉水流淌般温润和气，实在没有半点儿邪佞之气。

他这么一说，骂他的人反倒开不了口了。

有人问道："你真的没杀过人？"

羽曳苦笑道："我知道你们恐怕不信，但只要找出一人为在下所杀，死者亲属无论用如何刑罚处置在下，在下都毫无怨言。"

周围顿时一时静默。

有人弱弱道："我师叔曾经为他所救……"

"你不会是骗人的吧？你哪个门派的？师叔姓甚名谁？"

"门派战有埋伏的事情是你告知的吗？你就不怕那天残教余孽报复于你？"

羽曳闻声，轻道："怕，但是若不说，在下实在良心不安。这些年虽然在下竭力想要扭转天残教风气，但实在能力不足，无法阻止教主……"

"说得好听！那谜音龙窟案呢！"

他轻轻叹了口气，双眼微垂，几乎要落下泪来："在下此生最愧疚之事莫过于谜音龙窟惨案发生之时我不过是个婴孩，无力阻止。"

羽曳这话一出，周围更是议论声不止。

"谜音龙窟果然是那天残教所为！"

"这还有什么好怀疑的！除了天残教，还能是哪个做的！这般阴毒！"

之后羽曳不再开口，只是专心替弟子解毒，然而他不论是样貌、语气、姿态，都实在是温文优雅，令人难生恶感，偶尔有对天残教深恶痛绝之人路过对他口出恶言，他也从无气恼。

短短一个上午，就已经开始有人为他说话了。

花焰在远处看着，实在心情复杂。

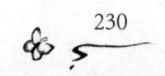

羽曳似乎还是她当初认识的那个温文有礼、脾气好到几乎没有脾气的人。

在正义教里，他作风如此另类都不能阻止大量弟子对他崇敬仰慕，更何况是本来就吃这套的正派人士。若不是花焰亲眼所见他和水瑟之间的苟且事，只怕也难以相信羽曳会有那样一副面孔。

花焰正想着，忽见羽曳抬头，竟直直朝她看来。

他的目光依旧温柔，看着花焰，绽出一个笑来。这笑容是如此熟悉，带一点儿宠溺和些许的眷恋。他总是这样笑着看她，好像她做什么，他都会无限包容。

——如果不是他也用这个笑容看过水瑟，花焰可能会当真。

他道："那位姑娘，我可不可以跟你说两句话？"

花焰一顿，转身就走。

"我知道你父母都死在天残教，可能心中对我有所怨恨，这件事我也十分遗憾，如果你真的这么恨我，不妨亲手报复回来。"

他应该是知道花焰编的说辞，便顺着她的话来讲，并没有拆穿她的意思。

见花焰头也没回，羽曳的语气更加低弱，似带点儿卑微的恳求，令人几乎不忍去听："你当真如此恨我？连点儿挽回的机会都不肯给我？"

曾经花焰对这个声音无比熟悉，从小到大羽曳哄过她多少回，她自己都不记得了，羽曳比她爹娘还要温柔耐心，只要是她想做的，羽曳都会想办法帮她做到，她想要的，羽曳都会帮她去弄，不管多么辛苦麻烦——哪怕她只是随口一说。

她依稀还能记得他那时的模样。

衣袂如云、容色温雅、眉目含笑的男子点着她的眉心笑道："傻丫头，对你这么好当然是因为喜欢你，谁让你是我未过门的妻子呢。"

羽曳几乎对她予取予求，好到无可挑剔，所以虽然她娘对这门亲事不满意，但也没有坚拒到底。

甚至于她也曾真心想要嫁给他。

只可惜，都是假的。

他怎么可以哄完水瑟，又用这种语气来哄她呢？

要不要脸呀。

花焰转回头，恶狠狠道："你到底想做什么！"

问的不只是此时羽曳说的话，还有羽曳现在做的事。她特地打听过，谢应弦还在当山地牢关着，根本没动手收拾他。

羽曳双眸黯淡，有些难过似的笑了笑，轻道："我只是，很想你。"

第十一章 停剑山庄

可惜花焰不为所动:"这话你拿去骗别人吧!"她犹觉得不够,又气得补了一句,"骗子!"

羽曳闻言,神情微愕,继而露出苦笑,道:"就算我曾经隐瞒过你一些事情,也是迫不得已,我对你的心意并不作伪。"言语间似带哽咽,"如今我沦落至此,不知道你是否有一分的解气。若不然,你可以用佩剑刺我,我绝不抵抗,只要你能消气便好……"

羽曳生来一副温润如玉的样貌,此时沦为阶下囚,形容狼狈,浑身是伤,非但不损其形貌,反因他仿佛难过至极仍在强撑的神情,益发惹人怜惜。

若不是知道他现在大权在握,还能三番五次找人恐吓她,混进来单纯只是在做戏,花焰只怕也会上当。

围观者已有不少窃窃私语,猜测起了两人关系。

不用去听,花焰都知道他们会如何揣度。

而羽曳丝毫不以为忤,只仍旧笑。

并非他以往如沐春风的笑容,而是脸上含笑,双眼却似流泪,眨动间能看见他的眼眶慢慢红了,隐隐透出难过。

花焰不是第一次见他如此表情,却是第一次清楚知道,他在演戏。

以至于花焰也有些难过起来——为了那个曾经相信他的自己,现在她都分辨不出过去她认识的那个羽曳有几分是真的。

若眼下他们两个正义教故人不是被一群正道人士围在当中,花焰倒是真的想问明白——他到底为什么要背叛他们教?明明和水瑟纠缠不清,又为什么不早点儿和她说清楚?还有现在装弱势潜入正道之中所为何事?

现在回想起看见他和水瑟亲密,花焰并没有想象中的伤心。

更多的是遗憾于那个曾经对她最好、像温柔哥哥一样的人，或许其实并不存在。

当然现在绝对不是个叙旧的好时机。

眼看着围观者越来越多，花焰再度转身，打算拨开人群。

可羽曳的声音在她身后，仍旧音色温柔地缓缓吐字："是不是只有我死了，你才肯原谅我……"

花焰头更大了，他们之间的关系哪有这么生生死死的！

就算她现在确实对他很失望，也确实觉得他有点儿恶心，但还不至于讨厌到要他去死。

"不要走。"羽曳轻道，他说话时周围一片安静，只能隐约听见有女子的抽噎声，"我真的，从未喜欢过别人，和你说的那些话，也都是发自肺腑……"

"你为何信其他人也不肯信我？"

花焰猜测羽曳可能还不知道，他亲水瑟的时候，自己就在边上，那密道门上有个暗孔，从声音到画面她接收得一清二楚。

况且依照当日所见，他们幽会也绝不是一次两次。

倘若羽曳坦然承认自己喜欢的是水瑟，对花焰毫无感情，虽然郁闷，但或许她还觉得他的话里有几分可信。

现在羽曳在她眼中，只剩下一个大写的"骗"字。

花焰忍不住回头道："我不是听信他人，我是亲眼……"话说到一半，她发觉众人看戏意味更浓，自己的口吻与拈酸吃醋的女子无异，她连忙控制住自己的情绪，努力平和口气道，"你这么说，她可是会伤心的。"

羽曳一愣，道："她？"

花焰笃定点头。

水瑟现在肯定跟他狼狈为奸，蛇鼠一窝。

谁料羽曳轻笑了一声，半晌又笑了一声，忽然道："原来如此。你干净磊落，是我肮脏，既然如此……"他随手拿起了一把摆在桌台上的长针，针原本是用来取血解毒的，可现在羽曳把它们抵在了自己的胸口，道，"那我确实不如去死。"

说着，他将那把针就这么推进自己的胸口。

花焰瞪大了眼睛："！"

他怎么就开始自残了？

"……等等！"

对着羽曳这张无害又熟悉亲切的脸，一时间也很难扭转本能，回过神来，

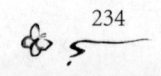

花焰已过去拦住了羽曳的手。

"你……"

针头没入一寸有余,血顷刻间浸透了月白长衫,顺着羽曳的指掌、手腕,淅淅沥沥涌了出来,淡淡的天蓝色染上朵朵红梅,羽曳原本就苍白的脸色更是惨白如纸,凄然绝艳。

可他的唇角浮出一丝笑来。

耳畔响起羽曳的声音,他用内力传音入耳,只有花焰能听得见。

"焰儿,你果然还是担心我……"

花焰一时也被他使苦肉计的果敢震撼。

反应过来,她当即抽身。

羽曳的笑容仍未离开唇边,他继续传音道:"乖,焰儿,跟我回去,做我的圣女,好不好?"

花焰想起他和水瑟说过的话,顿时一阵恶寒:"他不会让你得逞的。"

羽曳笑道:"你说谢应弦?他都自身难保了,门派战死的弟子只会一并算在他头上。"

刹那间,花焰几乎可以确认。她声音都有些变调:"是你做的?"

想起在门派战时见到的那些尸首、担惊受怕的弟子和接连不断的陷阱与毒虫,花焰只觉得眼前人再度陌生了起来。

羽曳传音道歉,但道歉并非为草菅人命,而是:"抱歉,我没想到你也会进去。"

花焰怔了一瞬。

虽然正义教是她从小长大的地方,她也知道他们教都是坏蛋,但一直以来她见到的都是教内争斗,至少在她面前是没有过滥杀无辜的,所以她一直心存侥幸,觉得他们教其实也没有那么糟糕。

从她爹那里,她看了许许多多的江湖侠义话本,心里也一直没把自己真正当过天残教妖女。

她又没杀过人,也没害死过人,顶多是偶尔恐吓恐吓,怎么能算是坏人呢。

就算在探险地里猜测是不是谢应弦做的,花焰心里也还是隐约觉得不会——谢应弦没有嗜杀的爱好,也不大想和正道交恶,他行事风格向来是礼尚往来,或者说以彼之道还施彼身,正派只抓了他一个,没理由搞出这么大的阵仗来。

可眼前,这个她曾经无比亲近的人,轻描淡写地说着自己做的坏事,而自己就在当场,亲眼所见那些可能才初出茅庐、不过十来岁的弟子被他害死了。花焰记得其中有一具被抬走的尸首,那名弟子第二日曾经在营地里很腼腆地朝着她笑过——虽然还没来得及开口就被明齐打断了——花焰甚至不知道他叫什么。

羽曳在毫无愧疚地告诉她——这些是很寻常的事情,我们确实就如正派所言,是会草菅人命,会对无辜的人下手的邪门歪道。

他们的讨伐与敌视并非空穴来风。

一种很难令人接受的真实感朝花焰袭来。

两人的对话不过发生在瞬息之间,一旁的慈心谷医师很快便反应过来,扶着羽曳给他止了血,然而羽曳一把抓住了花焰的手腕。

花焰还没有回过神。

四周却突然安静下来。

有人大步走了过来,伸手一把夺过花焰的手腕。

羽曳的眸光也缓缓看向来人,黑衣黑发,蓝剑穗,背负漆黑长剑,再加上面无表情的脸,这几个特征可以很精准地锁定一个人——是他不在的这段时间,他的焰儿招惹上的情债,鼎鼎大名的停剑山庄陆承杀。

陆承杀压根儿没有去看羽曳。

他只觉得花焰看起来很奇怪,她在发呆,还在发抖,神色非常茫然。

花焰抬起头看着陆承杀的时候,脑子还嗡嗡作响。

怎么办,陆大侠?我从小长大的地方好像真的很坏。

你要是知道了会不会讨厌我啊?

陆承杀伸出手,在她头上轻轻抚过。

"怎么了?"

花焰咬住唇,摇了摇头。

被陆承杀安慰也不能减缓她此刻的不安。

她现在才慢慢升起一种隐约的后怕,之前总觉得就算陆承杀知道了她的真实身份也不会怎么样,毕竟她真的没有做过什么坏事,可现在看来,也许未必会有那么简单……

花焰张了张嘴,想说点儿什么,慌乱之下,又不知怎么开口。

陆承杀终于转头看向了一旁脸色惨白的男子。

"你做了什么?"声线冷冽如冰。

一路过来,陆承杀已经听到了一些奇奇怪怪的传言,他一贯不太去听旁人说什么,但与她有关,他还是多少听了一些。

若不是此时胸口太痛,羽曳几乎有些想笑。

他微微抬起眉睫,声音缓慢地含着歉疚道:"我做错了事情,希望她能原谅。"

陆承杀道："什么事？"

羽曳道："我骗了她，现在想要挽回。"

花焰终于打断他，道："陆大侠，你别听他胡说！"

羽曳闻言，却是惨然一笑："对，我是个坏人，我肮脏，我该死，可是，我从没有一丝一毫害你之心……"他看向花焰，眸中是化不开的深情，"我从未喜欢过别人，我喜欢的，只有你。我知道，你也是喜欢我的，对不对？当初我们……"

花焰再是大脑混乱，也知道羽曳当着陆承杀的面说这话是不怀好意。

花焰应该伶牙俐齿地当众一条条驳斥他，可大脑应激之下，她只在意另一件事——她反手扯住陆承杀的衣角，急切道："他说的都是骗人的！你别信他！"

花焰当然可以直接说羽曳根本不是什么天残教叛徒，他现在是天残教教主，门派战天残教的陷阱和毒虫都是他弄的，他刚才亲口跟她承认的。

然而别提有没有人信她，光是这话她都不好解释她是如何知道的——承认了则一定证明他们关系匪浅。

更何况如果羽曳现在立刻反咬一口，花焰怕是也只能被他拖下水。

说不定明天他们就被关到一起去了。

羽曳似乎也是笃定了这一点，才毫无畏惧地继续说。

"……当初我们甚至一度私订终身，有过婚约。陆少侠，周姑娘虽然此刻在你身边，但我相信她心中仍然有我。"

他越说，花焰越头皮发麻。

换作平时，她根本不会这么慌乱，可只要一想到陆承杀有一丝可能性会信，会觉得她和羽曳有旧，是一伙的，她就无法淡定下去。

"不要听他胡说了！"

花焰攥着陆承杀的衣袖，恨不能直接堵住他的耳朵，只觉得比刚才还要慌，甚至不敢去看陆承杀的脸，扯着他就往回走："我们走了！"

羽曳却越发不饶人："周姑娘，你不愿承认，可我说的，哪样不是事实？"说话时，他的眼眶再度红了起来。

花焰紧攥着的指节都绷得惨白。

就在这时，一道沉沉的男声从花焰头顶传来。

"我信你。"

她猛然抬起眸子看向声音来处。

陆承杀再次拍了拍她的脑袋。

花焰都不知道此时应该做出什么样的表情，只觉得手指发僵，她吸了下鼻子道:"他真的……"

"没事。"陆承杀又说了一遍,"我信你。"

她看起来急得快要哭了。

花焰被他摸着脑袋,终于慢慢平静了下来,她小声道:"我现在没法详细解释,但他真的不是个好人!不只是骗我,他还害死了很多人……你相信我。"

陆承杀看着她的眼睛"嗯"了一声,下一刻,他对着羽曳拔出了剑,声音冰冷道:"你是天残教的,对吧?"

几乎瞬间,浓烈的杀气溢出。

所有人都没料到陆承杀会直接拔剑。

就连羽曳望着陆承杀的长剑都愣了一瞬,随后他捂着胸口,笑道:"陆少侠当真是对天残教疾恶如仇。"

羽曳本就有伤,身体又虚弱,只怕和陆承杀对不了几招就没了气。

如今他正在研制解药,当然不能就这么没气了。

他身边的慈心谷医师就道:"陆少侠且慢,这个人暂时还不能死。"

"陆少侠,不要一时冲动!"

陆承杀还是一步步走了过去。

他杀气盈满时,森冷气息若有实质,四周空气都仿佛骤然变冷。

此刻那医师也只能硬着头皮拦在陆承杀面前:"陆少侠,剑下留人!"

"让开。"

陆承杀只说了两个字,医师腿弯一软,差点儿跪了下去。

唯独羽曳还保持着冷静,他唇角犹有一抹笑,仿佛置生死于度外,胸口的长针还没有拔出来,月白长衫血点斑驳,他的脸色亦苍白,只是眼睛看向了花焰。

他眼神里的东西令陆承杀十分不适。

陆承杀的剑气已逼得医师慌忙躲开。剑锋杀到之时,羽曳迅速抬起双手的锁链阻拦,剑锋与锁链碰撞,发出刺耳磨人的声音。陆承杀力道极大,羽曳胸口刚止了血的伤霎时崩裂,血染了一身。

然而下一刻,陆承杀的剑头就已直奔羽曳的咽喉而去。

羽曳只得慌忙地再度举起锁链,陆承杀的剑斩在他手腕的铁环上,力道不减,铁环硌着羽曳的锁骨,随着锁骨断裂之声,他缩着腰,吐出一口血来。

看得出来,羽曳反应速度不错,奈何实力差得还是太远。

这样下去,确实再没两招他人就要没了。

人群骤然如潮水而分,有一道威严的男声高声道:"承杀,住手。"

陆承杀闻言一顿。

陆怀天正快步走来，不知是谁去通知了他。

旁边的慈心谷医师见状连忙再次给羽曳止血，把他从陆承杀的剑锋下面拖出来。羽曳已面色惨白，犹对陆承杀露出一抹笑来，用气音道了声谢。

花焰也有些怔。

她见陆承杀说"你是天残教的，对吧？"随后毫不犹豫拔剑上前，心里没来由地一抖。

羽曳是，她也是啊。

这么一愣，回过神就见陆承杀再度上前——他是真的想要羽曳的命。

而陆怀天就在不远的地方。

花焰一时也不知是该先面对羽曳可能会死这件事，还是先考虑陆承杀居然当众违抗长辈命令，她下意识脱口道："等等……"

瞬息间，见羽曳又朝她望来，依然是那张温柔清俊的脸，一双眸子含雾带雨，似乎有千言万语，就好像他有什么苦衷现在偏偏不能说一样。

花焰在下一瞬住了嘴，欲言又止。

然而这般矛盾的表现落入陆承杀眼里，变成了另一番意思。

陆承杀停下身子，微微抿了抿唇。

陆怀天已大步朝他走去。

就在众人松了口气，都以为冲突已经结束时，陆承杀身子骤起，突然一剑朝着羽曳攻了过去。

正在给他涂药的慈心谷医师吓得一屁股坐到边上。

陆承杀的剑从来是朝着致命处去的，幸亏刚才羽曳胸口的针已经被拔出，他又时刻戒备着，仓皇之间只能拼了命地举起锁链阻挡，但手臂力气实在不敌陆承杀，锁链印在心口上，硬生生往下嵌入，羽曳只觉得仿佛泰山压顶，就连那精钢锻造的锁链上都隐约出现裂痕，实在骇人至极。

羽曳忍不住苦笑，就算他身上已经穿了金丝宝甲护住心肺要处，也经不起陆承杀这么打。

他当然不想死，也绝对不能死。

近在咫尺，他忍耐着胸口剧痛传音道："你就这么喜欢她？可你了解她吗？你知道她的过往，她是如何长大，又是如何长成现在这副模样的吗……这些我都知道，杀了我，你以为她真的会开心？"

话只有陆承杀能听得见，然而随着羽曳的声音一字一句传过去，那剑上的重量几乎也开始发生轻微变化。

甚至比他想象的还要有效。

239

"她为了我而动摇，为了我而痛苦，杀了我，她不会原谅你的，她的喜怒哀乐我比任何人都更了解——她毕竟，是我一手呵护养大的花。"

羽曳看见陆承杀的表情出现了微妙的茫然。

像一把绝世兵器上出现了裂缝，有裂缝，就有可乘之机，羽曳在心底笑了一声，他手臂猛然用力顶开了陆承杀的剑，就地一滚。

虽然狼狈，但也终于有了一瞬喘息之机。

他的傻焰儿确实了不起，还什么都不会，就能在这么短的时间内成为陆承杀的弱点。

羽曳心头甚至闪过了一丝与有荣焉之感，他比谁都更了解花焰。

就像此刻，他甚至知道花焰现在的所思所想。

陆承杀才不过认识她多久。

陆承杀反应过来，再度刺来。

羽曳躲闪间，听到他身后的陆怀天又重复了一次："承杀，住手。"

可陆承杀完全没有住手的意思。

羽曳喉头涌起一股腥甜，他毫不犹豫地把它吐了出来，嘴角带血，继续传音道："你若是不信，你大可以问她，我是她的什么人。"

陆承杀的剑乱了，是不是心也乱了呢？

羽曳情不自禁地想。

陆承杀的剑最后到底没有劈下来，因为被人拦住了。

陆怀天架起剑柄，拦在了陆承杀身前，他的脸色铁青，谁都看得出在蕴含着怒气。

"承杀，没有听到我说的话吗？"

停剑山庄和当山派的弟子最是服从命令，以下犯上和违抗师命被视为大忌，青城门或许还可以通融一二，但这两个门派是绝不能容忍的，惩罚极严，最严重的，有可能逐出师门。

陆承杀仍旧面无表情，但唇紧抿着。

陆怀天用剑柄挑开了陆承杀的剑，冷冷道："说话。"

良久，陆承杀道："是。"

以往陆承杀杀天残教之人，杀气虽重，但都只是在杀人，他本身并无过多情绪，而这一次，任谁都看得出，他动杀心是因为私心。

陆怀天也不敢相信，回来的时候就听说陆承杀因为那个女子对褚浚动手，而现在他更是眼睁睁看着陆承杀为了争风吃醋违抗师命，这实在是匪夷所思。

陆怀天不由得看了一眼旁边的明艳少女，确实是个漂亮姑娘，然而越是漂亮越是红颜祸水——他甚至想起这个女子出现的第一日，陆承杀就因她对陆承昭拔了剑。

"收剑，跟我回去。"

陆承杀握着剑，似乎仍在挣扎。

陆怀天厉声道："想在这里给你外公丢人吗？"

随着话音落下，陆承杀的挣扎终于息止了。

他收了剑，仿佛刚才所有的情绪都被抽离了一般。

花焰此时已经回神，听见陆怀天的声音，又看见陆承杀的模样，情不自禁道："你别骂他了。"

她三两步过去，挡在陆承杀面前。

四周噤若寒蝉，大气都不敢喘，没人想在这时候触停剑山庄的霉头，而她就这么毫无畏惧地蹦跶过去了，一时周围更加安静了。

陆承杀漆黑的眸子微动，看了她一眼。

陆怀天的声音极冷："姑娘，这似乎与你无关。"

他说得客气，然而任谁听见这样的声音都忍不住一抖。

花焰仿佛察觉不到他声音中的冷意，道："他是我的朋友，怎么就与我无关了？"

她不太喜欢看到陆承杀变成这个样子，好像忽然之间就变成另外一个人，一个没有喜怒哀乐的人。

"朋友？"陆怀天重复了一次这个词，声音里显出一丝滑稽。

眼前少女矮了陆承杀一个头，纤细又柔弱，仿佛一折即断，挡在他面前根本如同螳臂当车，是谁给她的勇气？陆承杀吗？

随后陆怀天的声音变得更加冷硬："承杀，走了。"他没有更多的耐心了，"我觉得你也不希望我对你的朋友不客气。"

陆承杀的手按在花焰的肩膀上。

花焰回头看他，还没说话，就听陆承杀轻声道："不用管我。"

"可是……"

陆承杀已经越过花焰，跟在陆怀天身后走了过去。

花焰下意识想要跟过去，然而没走两步，就被另一个跟着陆怀天走来的黄剑穗弟子拦住。

"姑娘，请留步。"

对方武功不差，花焰又不能拔了剑当街跟他打，左躲右闪之后，也只能看着陆承杀的背影逐渐远去。

花焰有些担心地问那个黄剑穗弟子："他……回去以后还会被骂吗？"她想起陆怀天骂陆承昭的样子。

那黄剑穗弟子犹豫了一下，摇头道："不知道。"

花焰张了张嘴，突然心口一阵空落落的感觉……陆承杀刚才最后的样子，让她莫名觉得有些难过。

羽曳的血已经被止住了，但周身状况实在惨烈，旁边守着他的慈心谷医师焦头烂额地给他上药包扎，羽曳本人反而很平静，疼也咬牙忍着，额头冒汗仍然一声不吭，事后又温文有礼地道了声谢，倒弄得那位慈心谷医师有些不好意思。

周围的议论声从刚才陆承杀、陆怀天走后就没有消停过。

想来不出一日，街头巷尾就都知道今早发生的事情了。

羽曳已经能听到周围有人在夸他的焰儿是红颜祸水了，说没想到就连陆承杀都英雄难过美人关，虽然这位周姑娘确实是美……

而花焰本人却似浑然未觉，她呆呆站在那里，身子看起来竟还有些脆弱。

傻丫头，羽曳在心里轻声叹气，如果可以，他倒也没想让她在这种没用的地方成长。

之后的几日，花焰都没有再见到陆承杀。

她尝试过偷偷溜到停剑山庄的院落里，可远远就被拦下，望向屋顶也看不到陆承杀的身影，似乎是陆怀天下了命令，对她严防死守。

而且她这几天，去到哪里，都会有人窃窃私语，着实恼人。

陶师姐知道了还来安慰她："他们停剑山庄是这样的啦，很难搞的，管得又宽。周姑娘，你也别太在意其他人说什么。对了，你和那个天残教叛徒真的认识吗……"

花焰看着她八卦兮兮的脸，耷拉着脑袋道："别问了，不想提他。"似乎觉得自己说得太暧昧了，花焰又补充，"他都是胡说八道的，你别信他，我跟他没关系的。"

陶师姐拍拍她的肩膀道："放心放心！我肯定支持陆少侠啊。我就是有点儿好奇，人不可貌相啊，他长那样，居然是个……呃……"

可这并未安慰到花焰。

自从知道陆承杀可能会受罚，她更不开心了。

花焰的唇扯成一条平直的线："停剑山庄会虐待他吗？"

陶师姐闻言，愣了一下，道："……这个应该不会吧。"

花焰道："比如不给他饭吃。"

陶师姐道："这应该不至于。"

花焰道："关地牢。"

陶师姐道："不至于……"

花焰道："笞刑、拶刑、杖刑……"

陶师姐额头上的汗都下来了："这真不至于……"

不过想想又不确定，谁知道停剑山庄那个鬼地方平时怎么惩罚弟子的。他们青城门一般是罚扫茅厕、倒恭桶之类的……

花焰越想越郁闷，虽然陆承杀最后跟她说不要管他，可她总觉得陆承杀眼里写的是"别丢下我"。

那个想拜陆承杀为师的当山派小屁孩儿宁常也来找过她，他表情极其复杂道："你真的认识天残教的人？"

花焰根本没有心情理他。

宁常道："你太令我失望了！"

花焰："？"

宁常痛心疾首道："只要是天残教之人，没有一个无辜的，就该像师父那样疾恶如仇！师姐你自己好好反省吧，我要追随师父去了。"

花焰连忙拽住他："你往哪儿追随？"

宁常道："停剑山庄啊。"

花焰道："啊？他回去了？"

宁常也一愣："你不知道？他昨天就走了，和凌叔……掌门请辞，提前回去的。"

……原来是这样，难怪她怎么叫也没有反应。

虽然陆承杀答应会尽快出来，可他这一趟回去，再出来又不知道要多久，而且他们也没有约在哪里见面。

花焰怎么想都觉得发愁。

真要在离山城等他十天半个月，花焰觉得自己恐怕会等到枯萎。

但腿长在她身上，她又不是不能走。

没纠结太久，花焰去东风不夜楼买了张地图，研究好去停剑山庄的路，买上马，备好干粮，便准备出城上路。

问剑大会即将落幕，花焰轻而易举出了城，她边看着地图边跑，然后很快发现自己忘了一件事。

——出了城她就没有庇护了,她还在被羽曳追捕。

几乎离城不到三四里,她就发现有人跟在她后面追着跑,马蹄声嗒嗒,花焰不得不夹紧了马腹越跑越快,只觉得风驰电掣,而后面的马蹄声也离得越来越近。

花焰远远回头,就看见了天残教标志的青衣和紫衣。

现在懊恼已经有点儿晚了,她怎么忘了,前些天还说天残教弟子在离山城外制造了大量伤亡。

都怪羽曳。

花焰见到羽曳本人都快忘了这茬了。

而且这两天她也隐约听到了消息,说因为那日陆承杀险些杀了羽曳,所以他们最终还是把他留在了医馆。羽曳配制解药速度极快,听说早上就已经配好给各大门派弟子送去,他如今的形象是一个心怀正义、改邪归正,且一往情深的温润医者。

虽然还是有不少对天残教深恶痛绝的人声称要处决此人,但大部分人都已经将他当作特例看待——实在是羽曳的外表太具欺骗性,那日他任由陆承杀攻击,差点儿身死的可怜模样也给众人留下深刻印象。

眼下,这位温润无害的青年,正派手下追得花焰头皮发麻。

花焰也不敢进城,顾不上看地图,一路沿着荒郊野岭纵马狂奔,同时随手散开毒雾,可惜来追她的不是正派,而是天残教弟子,大家早有防备,只有几个反应不及的中招,其余天残教弟子从怀里掏出一个面具便扣在脸上,毒雾是半点儿沾不上脸。

"圣女,别跑了,我们不会伤害你,只是抓你回去复命罢了。"

"圣女,我们也不想伤害你,就跟我们回去吧。"

花焰头也不回,闷头狂奔。

"圣女,你要是再不停下,别怪我们不客气了。"

有弟子已经拉起了弓,他们没有瞄准花焰,而是瞄准了她身下那匹马。

箭矢不停地落在花焰腿侧,眼看看便要射中,花焰忍不住大声道:"他现在还被正派抓着呢,万一回头教主还是谢应弦怎么办?"

后面的天残教弟子笑道:"圣女说笑了,不管是谁,我们今天都要抓你回去。"

就很气。

会不会变通啊!

说话间,花焰手中甩出毒针,先一步射中了追得离她最近的几个弟子的马,马儿立时扑倒。

然而，她身下马的腿同时也被射中，马身顿时跟跄，速度也减缓下来。

花焰心道不妙。

又一箭射中。

马儿吃痛，顿时马蹄一阵乱蹬，花焰干脆弃马而下，一个翻身还没下去，忽然旁边闪出一个动作极快的人接住了她。

来人一头醒目的金发，随意扎在脑后，双瞳碧绿如春波，接完花焰，随手便将她甩到了一旁。

没等花焰开口，后面的追兵已经慌了。

"左、左护法……"

追兵们立刻很识时务地掉转马头就跑。

某种程度来说，齐修斯的积威也挺大的。

花焰站在地上，拍了拍裙子上的灰，整理了一下自己凌乱的鬓发，道："齐护法，好久不见呀。"

齐修斯，正义教另一位护法，此时正面无表情地板着他那张美丽的脸蛋，冷冷地负手而站，身上也穿了一身灰袍，一副绝世高手模样。

他是正儿八经的波斯人，奈何性子古板至极，脾气又差，活生生糟蹋了那张动人的脸蛋。

"教主让我来救你的，走吧。"

花焰道："去哪儿？"

齐修斯道："一个安全的地方。"

花焰道："呃……能不去吗？"

齐修斯终于转头看她："你还想去哪儿？"

花焰有些不好意思道："停剑山庄……"

齐修斯停了一瞬，才道："你这么想去送死吗？"

花焰想了想，确实有点儿离谱，天残教的人跑去停剑山庄，就仿佛是猪一路奔向屠宰场，让人匪夷所思，但是……

"你回去跟教主讲，你已经救了我了，我自己去就行。"

齐修斯脑袋上青筋蹦了一下道："你想害我完不成教主的任务吗？"他看向花焰，目光如炬，同时又冰冷无情道，"跟我走。"

花焰毫不犹豫道："不行！"

两人对视，就这么僵持着。

花焰从门派战出来，连日下来已经很疲惫了，只是先前只有她一个人，她

245

还能忍着，如今见到熟人，忍耐的情绪终于忍不住爆发出来。

她吸了吸鼻子，下一刻，开始毫无征兆地号啕大哭，边哭边委屈道："齐护法！我太惨了！这一路被追杀，去门派战还遇到陷阱，还要被羽曳欺负，都没有人管我，现在想去见个人都见不着！我等了好几天还要被人拦着，现在好不容易可以过去，你还不让我过去！有没有天理了！"眼泪大滴大滴地往下落。

齐修斯脸都绿了。

然而，现在大哭大闹是有用的。

齐修斯反复深呼吸几次，终于认输道："……你想见谁，我送你去。"

花焰瞬间不哭了，顶着满脸泪痕，大眼睛一亮道："停剑山庄，陆承杀。"

齐修斯忍不住道："行，你真是上赶着去找死。"

干吗啦！

反正现在天王老子也阻止不了她去找陆承杀。

停剑山庄建在半山腰，不高不低，一座天然石台，从山脚下望去足有一半沉在缭绕的云雾中，整个山庄雾霭沉沉，奇的是并不显得仙气袅袅，反倒透出几分阴沉的厚重。

离得越近，阴沉感越重。

倒是不远处能看见东风不夜楼的七层仙绛多宝塔，红得极为艳丽妖娆，仿佛一座妖塔，和停剑山庄并驾齐驱，直冲云霄，形成一道非常独特的风景。

花焰赶了几天的路，看到时还是被震撼了一下。

她扭头忍不住跟齐修斯说："我们教什么时候也能搞得这么气派啊！"

齐修斯冷冷道："华而不实。"

好吧。

他们教还是挺穷的，每年负责管理修缮的长老来找谢应弦要钱，都挺磕磕绊绊的，十几年下来，他们教都是那股随意松散的模样，长老堂主们各行其是，正义教压根儿没有统一的风格。

花焰想着，还是忍不住多看了几眼。

这就是陆大侠从小长大的地方吗？和她的好不一样。

不过花焰倒是知道停剑山庄为什么叫这个名字，当年陆家的先祖寻此地并不是为了建山庄，而是为他的爱剑寻一处坟冢，只是陆家的后人也陆续将剑葬在此处，久而久之便成了陆家停剑之所。

后世有不少大侠闻陆家之名，死后也将剑葬在了陆家剑冢。许是名剑有灵，陆家人世代在此，也确实出了许许多多天下闻名的剑客，又有人慕名而来，前来拜师,更有上门求剑者。

如此这般,百年以后,停剑山庄便有了现在这般规模。

门下弟子无数,拥有大量的铸剑师与剑炉,剑铺更是遍布江湖,所以别的门派还在求好刀好剑时,停剑山庄的弟子倒是随取随用,山庄里的每一把剑都足以堪称名剑,就比如花焰此时别在腰上的春花剑。

只是越是这样,花焰就越是不太能理解。

为什么明明停剑山庄名剑无数,却要给陆承杀那样一把剑?

两人慢慢走到停剑山庄山脚下的小城。

这座小城名曰剑城,城池不大,但因为背靠停剑山庄,人来人往,各种商贾店家林立,商品琳琅满目,应有尽有,再加上东风不夜楼的那座七层塔楼,更是别样热闹。

这里几乎人人都带着剑。路边也有不少卖剑法秘籍的,就连周围摊贩卖的小物件都多和剑有关,比如长剑造型的挎包、剑形的盘子、剑形酒壶,就连沿街卖的糕点也都做成了剑形,看得花焰叹为观止。

最夸张的是,还有卖停剑山庄大侠画像的。挂在最外面的是停剑山庄老庄主陆镇行的,他年逾七十,仍然老当益壮,画像上厉色长须,钟馗似的。

"姑娘,要来一幅吗?这可是陆老庄主最新的画像,卖得可好了,买回去挂在家里保证驱邪避恶,那天残教妖人看了立刻吓得屁滚尿流。"

花焰神色如常。

身旁的齐修斯冷冷地看了小贩一眼,因为形貌特殊,他现在戴着斗笠,但一双眸子锐利如电,那小贩立刻便感觉到了危险,瞬间闭嘴。

花焰凑过去,问道:"还有其他人的吗?"

小贩咳嗽了一声,从边上又拿过一个卷轴,递给她:"这个,您看看?"

花焰接过,一展开就看到了陆怀天那张脸。

"……"

她瞬间合上卷轴,面无表情道:"再换一幅。"

小贩立刻又拿了两幅,赔笑地看了一眼齐修斯,对花焰道:"您看、您看……"

花焰徐徐展开手里的卷轴,画像上的人黑衣黑发,举着长剑,面容很年轻,然而表情却非常凶煞,一双眼睛更是宛若凶猛野兽,是一副横剑欲杀人的姿态,光看画面都令人心生畏惧。

花焰眼睛一亮,当即道:"就要这幅!多拿两张!"

看着花焰宝贝似的抱着那幅画,齐修斯忍了忍,没说话。

停剑山庄进山是需要门帖的，山门内是一层层的台阶，一眼望不到头，没入云中，观之蔚为壮观，似乎有上万级，往来人寥寥。

齐修斯看了一眼，似乎打算直接上去。

花焰拽住他道："等等。"她指了指边上的山路，"走那边。"

齐修斯额头上的青筋又开始跳了："要不然你换个人见吧，我上去把他带下来。"

花焰提议道："要不我自己上去，你先回去？"

齐修斯很不客气地道："指望我回来给你收尸吗？"

花焰反驳道："也没那么夸张吧。谁说我就一定会死的。"

齐修斯想了一会儿，道："你先把自己身上的毒给解了。"

花焰垮下脸："那要好久……"

齐修斯道："总比死了强。"

好吧，他说得对。

"那我留在这里解毒，你先回去吧。"花焰算算日子，应该也到谢应弦被审判的时候了，"你回去帮教主忙吧，别管我了。"

齐修斯道："我的任务是把你平安送到安全的地方。"

花焰道："那教主呢？"

齐修斯此时的表情却比谢应弦本人还要自信："教主足智多谋，不可能有事的。"

不知道谢应弦给齐修斯吃了什么迷魂药，让他一个当初口口声声说比谢应弦强就杀了谢应弦的人，如今变成了个坚定的谢应弦信徒。

"你真的不用留在这里陪我。我解毒还不知道要多久呢，你留在这儿也没什么事情，我天天被你盯着，反倒更解不出来毒了。"

齐修斯道："我可以练功。"

花焰动之以情，晓之以理："齐护法，你想想我们教主现在正在危急关头。虽然他是很厉害，但是难免会有缺人手的时候，尤其是缺像齐护法你这么强的人。他现在肯定很需要你，只是嘴上不说而已，其实他心里巴不得你赶紧回去。你看他让你把我送到安全的地方，其实原本也就不过一两日吧，他现在肯定眼巴巴盼着你回去呢。"

齐修斯愣了愣，道："真的？"

花焰拍胸口保证："那是当然，我这么了解他！"

齐修斯沉吟了一会儿，道："那好吧，你自己小心。"

花焰在剑城找了间客栈，待齐修斯一走，立刻叫小二给她买了一身轻便衣服。她看着手里那身粗布黑衣，毅然决然换上，便又摸到了停剑山庄山脚下。

她要是走正门进去，只怕还没见到陆承杀就被拦下了。

停剑山庄既然在山腰上，自然有别的办法上去——爬山。

如果内力在身，确实简单许多，但真要解毒还不知道等到什么时候去，而且若是完全恢复了，她也不好和陆承杀解释。

现在她手无缚鸡之力，就算被停剑山庄的人看到也不过是再扭送下山罢了。

当然最重要的是……她实在想早点儿见到陆承杀。她便寻了条稍微好走些的路，一步步向上，她有武艺在，终归是比寻常人要轻松一些。只是停剑山庄山路陡峭，脚下泥土路不实，时不时便会往下滑，两边路旁又是葱葱郁郁的枝丫，一不小心便要刮到身上、脸上。

花焰爬了大半天，只觉得自己才走了一小截，身上都是尘土，她擦了擦额头上的汗，忍不住停下来休息一会儿，脚下又是一滑，幸亏她反应快，往前踏了两步，才没滑下去。

日头渐低，虽然好处是很快就不热了，但夜路只会更加难走。

花焰坐在路边，从怀里掏出个包子慢慢吃着。

她并不知道，有人正在高处看着她。

教主所料未错，不管她多么巧舌如簧，都不能丢下她不管。

齐修斯双手环胸，也不懂花焰为何如此执着，非要去见那个陆承杀，她在教里也算得上娇生惯养，没吃过半点儿苦头，离教这一趟下来，应该也不算轻松，现在却是一副苦头还没吃够的样子。

走之前谢应弦跟他说："她要是实在不愿意跟你走，你就任她玩吧，人没事就行。"

可她现在看起来哪里像玩，穿着一身粗陋衣衫，累得气喘吁吁，头上直冒汗，脸蛋上也脏兮兮的，然而最匪夷所思的莫过于，她看起来还挺高兴。

算了。

花焰一抬头，就看见眼前站了个人。

"咦，你怎么没走？"

齐修斯也不废话，他抬手就攥住了花焰的手腕，指尖搭在她的脉息上——的确是没有内力。

不等花焰再说话，他把自己的内力传了过去。

简单省事。

花焰被他攥着手腕，呆了一下："你干吗？"

齐修斯道:"给你点儿内力,够你上去用,免得天黑了,你被野兽吃了。"
花焰真心实意道:"谢谢你!"
齐修斯不置可否地"哼"了一声。

有了内力再上去就容易许多,花焰只觉得身体里充盈了力量,又仿佛身轻如燕,轻而易举便御着轻功,一跃一跃攀上了山坡。这种感觉久违了,她觉得自己简直像只山兔子。

齐修斯在后面看着她蹦,脸又差点儿没绷住,想大声道"圣女如此,成何体统",不过忍住了。

恰好天黑之时,他们到了山腰上。

花焰远远望去,山门果然被人把守着,如果拾级而上,是绝对绕不开的。

他们现在正在山庄侧翼,能看见高高筑起的黑墙,里面的建筑灯火通明,时不时能看见人影往来,却不知道陆承杀在哪里。

齐修斯跟着她一起猫着腰,蹲在最边上一间柴房的屋顶上。

停剑山庄确实管得很严,弟子都是成群结队、整齐列队而行,他们在上面蹲了半天,都没遇到一个落单的。

花焰情不自禁地问:"你感觉如何?"

齐修斯冷冷道:"不过尔尔。"

可你眼睛里明明很羡慕的样子。

齐修斯以往在教里就很想推崇这种整齐划一的作风,奈何他们教里有个性的人实在太多了,尤其教主本人打头不守规矩,上行下效,更加难管。

"你要等到何时?我们下去抓一个弟子问问便知。"

花焰道:"不行,这样容易打草惊蛇。"

齐修斯毫无耐心:"杀了便是,埋尸藏好,一时半刻也发现不了。"

花焰道:"……更不行了!"

以往听了没觉得如何,现在她却有点儿心惊胆战。

她想了想道:"这样吧,我们去膳房看看?"

齐修斯情不自禁道:"你就这么贪吃?教主说过,我还当是玩笑。"

花焰一凛:"他说什么了?"

齐修斯复述了谢应弦的话:"说你不日便要吃成个胖妞。"

花焰抓狂道:"别听他胡说!我是要去探听消息!"

齐修斯将信将疑道:"真的?"

片刻后,齐修斯就看着花焰仗着自己现在有轻功,摸了一盘笋干鸡翅过来。

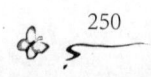

齐修斯："……"

花焰擦干净手，就拿起一只鸡翅吃了起来："干吗，你肚子不饿吗？我们研究一下停剑山庄的伙食嘛。"

不过研究完，花焰确实有些茫然，虽然比不上当山派的，但停剑山庄的伙食看着也不差，为什么陆承杀被养得毫无膳食喜好？

和齐修斯吃完了一盘鸡翅，花焰擦擦手，正准备再去探探，就听见两个佩灰色剑穗的弟子在互相推诿。

"我今日尚有练剑功课未完成，师弟你去送吧。"

"呃……我今日也有事，师叔叫我帮忙誊抄剑谱，还是师兄你去吧。"

两个人推推搡搡手里的食盒，场面非常滑稽。

最后两人以指为剑打了一场，输的那个灰溜溜地提着食盒往外走去。

花焰兴奋道："走走走，这儿有个落单的！"

两人一直悄悄跟着，那弟子一路走了许久，几乎走出了山庄，花焰见四下无人，飘然过去，手指轻轻抚着他的肩膀，用了魅音入耳道："……陆承杀在哪儿？"

灰剑穗弟子的眼睛瞬间便直了，道："被关禁闭。"

花焰顿时心里抽了一下，又道："他在哪里禁闭？"

弟子道："冥思洞。"

花焰道："怎么去？"

弟子道："山顶上。"

花焰眨了眨眼睛，忍不住又道："他被关多久禁闭？"

弟子道："一年。"

花焰人都傻了："一年？"

幸亏她来了。

花焰心中庆幸，同时随手打开了弟子手里捧的食盒，里面放了两个馒头，一碗水。她不由得问道："你是……去给谁送饭？"

那弟子道："陆承杀。"

花焰立刻回去，从膳房里偷了四五盘好菜，找了个食盒装好。

齐修斯这会儿终于明白了。

他看着花焰忙前忙后，甚至还打了一壶酒，直奔山崖而去，不禁道："你这是想……"

花焰仿佛这时才想起他："哦，你不用跟着我上去了，你回去吧。"

齐修斯嘴角抽了一下，道："……想投毒吗？"

251

总不能是去投敌吧?

"没有,没有,我就上去看看。"花焰摆摆手,似乎根本不在意齐修斯在说什么,"我上去了啊,你走吧。"

说着,她提着食盒兴冲冲地就往山顶掠去。此时已经入夜,星夜无月,天穹漆黑如雾,越往上走越能感觉到冷意,好在花焰身上还有齐修斯给她的内力。

沿途无人,一路攀到顶上,温度骤降,零星有雪花飘落,路面的积水都已经凝作冰凌,呵出来的气也能看见白雾。

花焰甚至开始疑心是不是突然错了时节。

眼前依然雾气茫茫,沿路立着松柏,上面覆了薄薄一层雪霜,四周孤冷清寂,渺无人烟,就好像瞬间走入了另一个世界。

山顶上确实有个山洞,大得不能称之为山洞,更像是一个半敞开的帆形圆弧。

无灯也无亮,只有黯淡的星子映照在天边。

花焰停下脚步,她看到了一抹黑色的背影,那个背影面朝着石洞而坐,肩膀和头顶上也都覆盖着霜雪,黑发被寒风吹动,他本人却一动不动,身姿笔挺,仿佛已经凝固成了一座石像。

他看起来好冷啊。

花焰心里忽然又抽了抽。

虽然知道他内力深厚,就算在这儿坐再久也不会冷,但她还是难免会这么想。

回过神,花焰提着食盒,快步走了过去。

"陆大侠!"她叫了一声,然而四周实在空寂,这一声反复回荡,空旷而辽远。

她走到近前,才发现石洞里还是有些简单陈设的,一张石桌、一个石椅和一张石床,桌上放着一个白馒头和一碗水,但看着还是很像在坐牢。

花焰担心他是不是一整天都没吃,走到陆承杀面前,他面上仿佛也凝着霜雪,唇瓣无色,有些微干裂。

见到花焰他才缓缓睁开眼,只是眼珠子一动不动。

"陆大侠?"她试着又叫了一声陆承杀,手掌在他眼前摆了摆,"你看到我了吗?"

陆承杀仍旧未动。

不会吧。

停剑山庄难道还给人下药,把他弄傻了不成?

花焰把食盒放下,凑近去看陆承杀,大眼睛一眨不眨,见他还是没有反应,她干脆伸手拂去他肩头的冰霜，待拂到陆承杀发顶的时候，他忽然动了。

他一把抓住了花焰的手。

五指冰凉。

真的好冷啊。

花焰下意识攥住手，想给他暖一暖，就见陆承杀的眸子也动了，他似乎有些迷茫，视线投落在两人交握的手上，花焰才听到他低声道："是真的……"

"我当然是真的啦！"花焰呵了口气，双手握住陆承杀那只手，搓了搓，才发现他冷得实在不寻常，"你怎么这么冷。"

陆承杀没有说话，只是眼一眨不眨地看着她。

花焰顺势摸到了陆承杀的脉搏，才知道是怎么回事。

他被点穴封了内力，与花焰中了羽曳的毒不同，这种封法只需要运功冲穴，一会儿工夫就能解开了。

难怪他手这么冰，脸色也这么青白。

"你怎么在这儿？"陆承杀轻声问她，声线有些发涩。

花焰道："别管这个了！你赶紧把内力弄回来呀，不然真的冻死了怎么办！"

陆承杀道："我在受罚。"顿了顿，他又道，"不会冻死的。"

"怎么不会！"花焰按着他的肩膀、手臂往下捏，只觉得陆承杀浑身都很僵冷，下一刻，她握着他的胳膊就把他往洞里拖，"别在外面待着了，好冷！"

虽然里面也很冷，但至少吹不到寒风。

陆承杀被她拖得跟跄。

花焰在石桌上把食盒打开，道："菜还热着呢，你赶紧吃点儿！"

陆承杀看着迅速摆满石桌的丰盛菜肴，似乎呆了呆，道："我在受罚。"

花焰理直气壮道："受罚又不是被虐待！"

他们正义教也会受罚啊，但基本上大家都在绞尽脑汁想办法减轻刑罚，倒是刑罚部的长老也在绞尽脑汁想怎么避免让他们投机取巧……哪有陆大侠这么老实的嘛。

"你不吃我就硬塞进你嘴里了哦。"花焰叉着腰道，"反正你现在也没有内力。"

陆承杀似乎有些不知所措，花焰把筷子直接塞进他手里。

"其实我也没吃呢。"花焰夹了一筷子糖醋排骨放进嘴里，糖醋汁调得刚好，肉也煮得软烂，她速度够快，此时菜上还冒着丝丝热气，"味道还不错！你快点儿尝尝！"

她眼巴巴地望着陆承杀。

陆承杀拿着筷子僵了一会儿，终于也夹了一筷。

一旦开了头，后面就简单许多。

外面的雪不知不觉下大了，入夜风雪交加，石洞里居然显出一丝温暖。

花焰吃饱了，发现陆承杀还在吃，他微垂着眸，细密的睫羽上还有些霜花，然而他进食速度很快，平时吃到这个时候，他也会放下筷子，现在显然是真的饿了。

习武又不是修仙，该饿还是会饿的。

花焰双手撑脸，看着陆承杀吃饭。

她这一路过来也耽搁了好几天，陆承杀在这儿不知道待了多久，如果她不来，他是不是真的就一直这样下去？

第一千次庆幸自己来了，她又有些难过。

"你真的……要在这上面待一年啊？"

陆承杀闻言一顿，道："嗯。"

花焰看看四周，道："这上面什么都没有，不会无聊吗？"

陆承杀道："不会。"

他声音平静无波，好似这真的很寻常。

花焰又道："那你可不可以从这里下去啊？"

得到的答案不出意料。

陆承杀道："不行。"

他把盘子里所有的菜都吃完了，脸上总算有了点儿血色。

花焰把盘子收好，问他："要不要我再去拿点儿？"

看神色，陆承杀似乎还有些不好意思，道："不用了。"

花焰立刻决心再去拿几盘过来："那我先下去了，你等我一会儿。"

她还没走远，听见身后陆承杀的声音道："你可以不用管我，上面很无趣，期满我会下去找你。"

花焰蓦然回头，情不自禁道："那你为什么不干脆现在跟我下去呀？"她都想好了，"如果担心被那个送膳的弟子发现，只要每天他送饭时我们再上来就好了，不会被发现的。"

然而陆承杀沉默不言。

花焰忍不住了，她又坐回到陆承杀面前，试图说服他："你又没做错什么，干吗非要罚你在这个鬼地方待一年？是停剑山庄不合理在先。稍微投机取巧一点儿应该也没什么关系的。"

陆承杀还是沉默不言。

花焰说得嘴巴都干了，端起旁边放着的水碗想喝一口，一入口发现全是冰

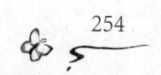

碴子。

她气嘟嘟地收拾东西下了山。

陆承杀望着花焰离去的背影,想:她应该不会再上来了吧。

然而,半个时辰不到,陆承杀就见她又气嘟嘟地提着一堆东西上来。

花焰一把将食盒重新放在石桌上,哼哼唧唧道:"没有菜了,只有些点心。"然后把包袱打开,取出一床棉被丢到陆承杀脑袋上,"这样应该就没那么冷了。"

陆承杀抱着手里的棉被,看起来有些呆,他欲言又止了一会儿,道:"你不必……"

花焰还拿了盏密封的灯笼过来,用火折子点燃,摆在石桌上。

光线昏黄,却明亮温暖。

她确实有点儿生气,但气的不是陆承杀。

陆大侠虽然武功很强,但人笨笨的,连自己都不会照顾,还不如她呢。

想着,花焰从包袱里又掏出了另一床棉被。

虽然她身上有齐修斯给的内力,刚才下去又问他要了点儿,但到底用不长久,还是被子保暖比较靠谱。

陆承杀倒是看着那床棉被愣了一会儿,道:"你……住这儿?"他的语气颇为古怪。

花焰把棉被披到脑袋上裹住,只露出一张巴掌大的小脸道:"下面也没有地方给我住呀。"

陆承杀道:"上面很冷。"

你也知道很冷啊。

花焰随即道:"那你就跟我一起下去呗。"

陆承杀又不说话了。

本来这一天上上下下的,花焰也累得够呛。

她裹着被子觉得身体暖融融的,昏黄微光晕在眼前,催人欲睡,没一会儿她就开始犯困。

花焰走过去,靠在石床壁上,打了个哈欠,脑袋便一直打点。

陆承杀没有动那个食盒,只是静静地看了花焰一会儿,表情有些无措。

石洞外依旧风雪交加,扑簌簌落在一尺之外的地面上,寒风呼啸着刺得耳畔生疼,灯笼里透出的那一丝光像是寒夜里唯一的温暖,浅浅一层笼在少女半昏半睡的脸颊上。她看起来真的很累,平时打理得一丝不苟的发髻都有些凌乱,还穿了一身以前从未见她穿过的粗布衣衫。

陆承杀根本没有办法。

他走过去，拍了拍她的肩膀。

花焰惊醒过来，有些迷糊地眨了眨眼睛："怎么了？"

陆承杀道："我带你下去。"

花焰还没反应过来："嗯？……嗯！你说什么？！"

陆承杀已经朝外走去，他身体一震，周身的霜雪便都散逸开去，那股冷厉的气场重新回到他身上。

花焰瞬间丢开被子，也跟了过去。

陆承杀握住花焰的手腕，略顿了一下。

花焰立刻道："找朋友要了点儿内力啦，不然不好上来……"

陆承杀"嗯"了一声，紧接着花焰发现，又一股内力传了过来，比齐修斯给得还多。

嗯？

花焰不由得道："不用啦。我够用了。"

她有些心虚，普通人也不是被传了内力立刻就能用，她是因为原本就有内力，只是被封住了暂时不能用，所以即便是别人给的内力，进到她的丹田里，她也可以如常使用。

当然，一般习武之人为了保证自身实力，通常不会随便给人输送内力，内力一旦失去，恢复起来少则十天半个月，多则几个月都有可能——以往就有宵小趁着别人内力不足时前来偷袭。

然而陆承杀似乎完全不在意的样子，又多给了她一点儿。

下山原本就快，没一会儿两人就又来到山腰处停剑山庄外围。

夜已经深了，不知道几更天了，但灯火都已熄灭，只有三人一队来回巡逻的弟子。

下来以后，顿时周身就暖了。

陆承杀熟门熟路地带她进了一个小门，又走了一会儿，便到了一个不大的院子，庭院位置极偏，看着也寻常，不过整理得十分干净利落，就是有些冷清，没有烟火气。

不等花焰四处看看，陆承杀便领着她推开了其中一间屋的门。

屋内陈设亦十分简单，一张桌、两张椅子和一张床，边上还有个柜子，仅此而已，家什都有些旧了，不过依然很洁净，空中飘着一些很干净的味道，说不上来。

陆承杀点了一盏灯，然后对花焰道："今晚先住这儿吧。"

花焰倒是没什么意见，只是下意识问道："这是哪儿啊？"

陆承杀起初没答，稍微过了一会儿，花焰留意到他的耳尖似乎有些泛红，才道："我的卧房。"

咦？

花焰眨了眨眼睛，顿时认真打量起来。

她进来的时候没有在意，只觉得寻常，现在看着感觉都有些不一样了，像是这个房间忽然变得亲切，就连桌上的油灯都变得可爱了起来。

陆承杀想了想，道："别开柜子。"随后似乎转身就要走。

花焰一把拽住他的衣袖："你去哪儿啊？"

陆承杀道："山上。"

他怎么还要回去？

花焰死死扯住他不放："都下来了，睡一觉再回去呗。"

陆承杀被她拽得无法动弹，有了内力的花焰力气更大了，他只得道："不行。"

花焰理直气壮道："为什么不行啊！你看反正你都已经违令从上面下来了，违令一次也是，两次也是，有什么关系嘛。"

陆承杀自然不愿，两人僵持不下。

花焰只好换一种策略，她深吸一口气，可怜兮兮道："我一个人住在这里害怕……你们停剑山庄可吓人了。万一我一个人住在这里遇到坏人怎么办？睡着了说不定被杀了都不知道……"

陆承杀果然僵住了。

花焰再接再厉，吸了吸鼻子，一副要哭不哭的模样。

半响，陆承杀终于道："你睡吧，我不走。"

花焰瞬间露出笑脸。

怎么办，她觉得自己在陆承杀面前又哭又闹，说不定也会有用。

花焰正准备上床，才忽然意识到，自己身上这身衣服在爬山的过程中沾了不少泥点、灰尘，在石床上无所谓，可真的要上床榻就未免脏了点儿。

她有些发愁，朝陆承杀道："你有多余的干净衣服吗？"

陆承杀愣了一下，道："有。"

花焰立刻道："借我一套睡觉穿。回头洗了还你。"

陆承杀："……"

花焰道："你要是没有，那我直接脱了？"

来的时候没有内力，她又怕热，粗布衣衫里面只穿了亵裤和肚兜。

陆承杀立刻道:"我去找。"

他走到柜子前面,倒还有些犹豫,花焰眼睛一眨不眨地看着,发现他快速打开了柜子,从里面取出一套衣服,随后便关上柜门。

刹那工夫,花焰倒是看见了。

里头满满当当,堆放着衣服和杂物,看起来杂乱无章极了。

是因为这个才不让她看的吗?

怎么这么可爱。

花焰不由得在心里笑出了声。

陆承杀把衣服递给她便走了出去。

一整套衣服,很干净,还有皂角的清香。

花焰脱了脏衣服,把里衣和外袍挑出来随便穿上,冲着门外道:"我换好啦。"

陆承杀推门进来就看见她穿着过大的衣袍,衣带都没有系好,有些凌乱地堆在身上,从颈脖到锁骨全露在外面。

陆承杀迅速把门关上,退了出去。

"把衣服穿好。"他闷声道。

第十二章 两"小"无猜

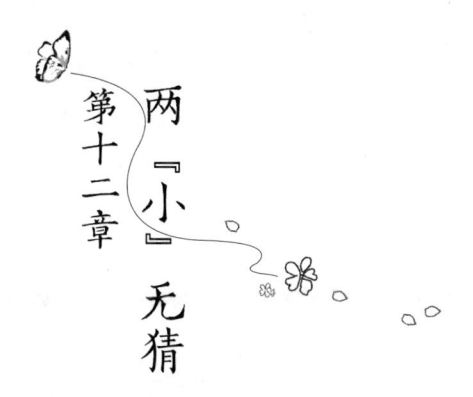

花焰嘟囔着"哪有睡觉了还要把衣服穿得齐齐整整的",但还是老老实实把衣结扣好,只是陆承杀的衣袍对于她来说还是太大了些,她手臂展开也只能露出一点儿指尖,散着时还好,一本正经地扣上衣结,就觉得里面空空荡荡,不怎么贴身。

不过总算在衣物上停剑山庄没有苛待陆承杀,花焰穿着觉得还挺舒服的——不然她实在觉得停剑山庄是不是当真故意虐待他。

陆承杀听见她再三保证穿好了,总算肯进来。

不过他进来也不看她,只对她道:"睡吧。"之后坐在距离花焰几步外的椅子上。

花焰道:"你不睡吗?"

陆承杀道:"不困。"

好吧。

花焰坐在榻上,扯了扯被子,被面很素净,没有任何花纹图案,只有角落处绣了一把剑似的标志,是停剑山庄的纹章。被子还没盖到身上,她就轻轻嗅到了一股熟悉的味道——陆承杀身上的味道,很浅很淡,如果不注意,几乎察觉不到,是一点儿淡淡的冰雪过后松针的味道,清冽又干净——她一下想起了刚才山顶上的冥思洞。

她还在想陆承杀身上的味道是不是这么染上的,忽然又没来由地心口抽了一下。

花焰捧着被子道:"陆大侠,你经常被关禁闭吗?"

陆承杀闻言,愣了一下,道:"没有。"

花焰松了口气。

她想了想，指了指头顶又道："你经常上去吗？"

陆承杀道："嗯。"

花焰不由得问："上去干什么啊？"

陆承杀道："练剑。"

花焰疑惑，她刚才明明看到停剑山庄有练武场的："你一个人上去吗？"

陆承杀道："嗯。"

花焰又问道："从什么时候开始啊？"

陆承杀道："六岁。"

花焰眨了眨眼睛，才确定自己没有听错。

就算再天赋异禀，六岁也谈不上有什么内力护体，那就只能一步步走上去。峰顶太高，即便夏日也还是寒冷，到了冬天只怕会更冷。

花焰想着六岁的时候自己在干什么，大概就是天天坐在她爹边上，听她爹跟她说书似的讲那些侠客的故事，又或者是扎着两个小鬏鬏满教乱窜，有时候还会拽着水瑟一起。

那些堂主长老见她们可爱，总会寻出一些稀奇有趣的小玩意儿又或者是吃食塞给她们。然而花焰拿了东西还要逼他们讲故事，不讲就开始撒泼打滚，最后再被她娘拽着胳膊拎回去。

花焰想了想，抿了一下唇道："陆大侠，跟我讲讲你小时候吧。"

陆承杀没想到她大半夜会问这个。

他沉默了好一会儿，才说："你想听什么？"

花焰立刻毫不客气道："我都想听……你能说什么说什么嘛。"

这个问法显然很为难陆承杀，他想了半天似乎都不知道该怎么说，最后只动唇道："我小时候，很无趣，你不会有兴趣的。"

"谁说的！"花焰立刻反驳他，"我很有兴趣啊，你说嘛。而且我觉得有没有趣，也不是你说了算嘛。"

她振振有词，陆承杀反倒无言。

"我……"他顿了顿，道，"我小时候，就是吃饭、睡觉、练剑。"

花焰也被这个简洁的回答震惊到了。

"那你……是不是很喜欢练剑啊？"

"喜欢？"陆承杀迷惘了一下，道，"不知道。"

花焰决定抓着这个话题问下去："不算练剑，你小时候有没有喜欢做的事情啊？"

陆承杀问道："什么算喜欢？"

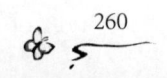

花焰没想到这个还需要她解释，只好道："就是你心甘情愿去做，而且做起来很开心的事情，比如……"她决定举个例子，"像我就很喜欢去不同的酒楼找好吃的菜呀。"

这次陆承杀想了很久，但终究还是摇了摇头。

难道说大侠都是这样一心向剑，没有别的兴趣与爱好，才会变得这么厉害吗？

换作之前，花焰肯定只会这么感慨，但现在心里倒有些沉甸甸的，像心口堵着什么。

"你外公他是个什么样的人啊？"

这个陆承杀回答得很快："很严厉。"

想来也是。

花焰对陆镇行的印象还来源于天残教，这位杀星在几十年前和陆承杀现在同样出名。

那时候他们教里清洗，查出了一名叛徒，这位叛徒总在他们教下手前通风报信，以致他们屡屡失手，死伤惨重。被查出来以后，这个叛徒被以很严酷的刑罚虐杀了，她娘没有跟她细说，但她想也知道会有多惨。最后他们把尸首挂出去以儆效尤，还想处置叛徒全家的时候，才知道这位叛徒年少时曾有过一位结义兄弟，名叫陆镇行。

陆镇行替他兄弟收了尸，然后一人一剑杀上了天残教。

他一个人当然屠不了全教，只是杀得血染大殿，尸横遍野，自己也重伤垂危，差点儿身死。

当年屈长老的妻子就是死在陆镇行剑下，他的腿也因陆镇行而断，他骂起陆镇行来能三天三夜不带停，说陆镇行就是个老疯子，杀起人来比他们天残教还邪门，还敢说是名门正派。

总之，这不是他们教和停剑山庄的唯一一桩公案，但之后确实两方人彻底不死不休，其他门派加起来，都没他们互杀的人多。

这样的人也肯定不会是什么温和善良的老人家。

花焰在心里叹了口气，道："那你小时候，还有没有什么比较熟悉的、比较亲密的人啊？"

陆承杀道："有。"

咦？

花焰立刻探头过去："谁呀？"

陆承杀道："许婆婆。"

花焰眨了眨眼睛:"这又是谁啊?"

陆承杀道:"我母亲以前的乳母,她很早就去世了。"

"哦。"花焰点点头,"能不能跟我说说她呀?"

她已经发现了,问陆承杀问题不能太过宽泛,一点点撬才有希望问出点儿东西来。

陆承杀可能实在没试过跟人谈心,想了一会儿怎么说,才慢慢道:"她幼时照顾过我,教我识字,给我剑谱。我七岁那年,她便因病去世了。"

陆承杀说得简单,但花焰很快就发现有问题。

"教你识字,给你剑谱……你们陆家没有蒙师的吗?"

不可能啊。

虽然花焰识文断字习自她爹,但他们教里也是有请书生来给幼童开蒙的——当然这个书生被请来的方式是否礼貌还有待商榷,但不管怎么说,就算是为了看懂武功秘籍,他们也不会让幼子大字不识的,当初羽曳也正是占了这份便宜。

她越想越奇怪:"而且你的武功不是你外公教的吗,他怎么会没有给你剑谱?"

陆承杀道:"可能因为我不一样。"

花焰道:"你怎么不一样了?"

陆承杀道:"我是二十多年前,被放在停剑山庄门口的。"他语气寻常,说来仍有一种在说别人的事情似的感觉。

花焰瞠目结舌了一会儿,道:"可你不是……"

这是她当初到处打听,却怎么也没问到的,好像一提到陆承杀的身世,所有人就都闭口不言。

陆承杀倒像是没觉得这件事有多么不可告人,索性都说了:"我母亲原与白崖峰当时的少主有过婚约,后来她逃婚了,再后来我便被放到停剑山庄门口,襁褓里留有我母亲的信物和一封书信。"

难怪陆承杀说他从未见过自己的母亲。

当然也更没见过自己的父亲。

难怪他在停剑山庄看起来就像个局外人。

花焰脑子转了转,脱口道:"你娘亲是……陆怀仙?"

陆承杀道:"是叫这个名字。"

花焰自然听过这个名字,只是她听过的江湖故事太多,一时间有些对不上号。

在她的记忆里,陆怀仙是个极为出名的大美人,性格温婉,才情出众,在江湖上仰慕者众多,不比秦箫然差,只可惜红颜薄命,死得早。

花焰还捧着脸跟她娘唏嘘过，这么个漂亮大姐姐怎么不跟一个英俊侠客来一段绝世恋情就走了。

她娘捏着她的小脸道："我跟你说的故事你可不许到处乱说，她是停剑山庄的，说起来和我们还有仇，虽然正常来说你娘该放鞭炮庆祝，不过我曾经见过她一面……"

花焰立刻兴致勃勃地问："然后呢？"

她娘道："我当时就在想，你爹要是个女子，大抵就是那个模样——比阴相思那个妖人不知道好到哪里去，唉，可惜是个陆家人。"

故事里的人物串联了起来，当时的唏嘘现在变成了一种遗憾。

如果陆怀仙还活着，陆承杀是不是就能有娘亲疼爱了？也会有人心疼了？

若是陆怀仙真的如她娘描述的那样，应当，是个很温柔的女子吧。

花焰突然心口疼了一下，鼻子有点儿发酸。

她把脸埋进陆承杀的被子里，深吸了一口气。

反倒是陆承杀问她："怎么了？"

花焰摇了摇头，把这股奇怪的情绪缓和下来，道："没事没事。"

她以前也有一搭没一搭地想过，不知道陆承杀父母是什么模样的人，才能生出这样的他，现在想来，他性子这么冷，却有一张五官柔和且清俊的脸，应该也是像他娘吧。

想着，花焰干脆溜下床，坐到了陆承杀对面，就着烛光，去看他的脸。

陆承杀没有预料到，面对花焰突然凑近的脸，他几乎是有些慌张地别开了脸。

花焰道："你把发带散开，再给我看一次嘛。"

陆承杀道："……不行。"

没想到会被拒绝，花焰一愣，立刻瘪着嘴道："小气！"

陆承杀："……"

他似乎有些不知如何是好，最后只得道："感觉很奇怪。"

怎么又来了。

"好吧。"花焰只好委委屈屈地接受了，"那你继续……你还没说为什么识文断字和给你剑谱的是你娘亲的乳母。"

陆承杀便又思忖着道："那是我六岁之前。"

"你六岁之前没有人管你吗？"花焰皱了皱眉，"……所以你六岁的时候发生了什么？"

可她还是隐约觉得不对，陆承杀不是有他娘亲留下的信物吗，为什么大家还对他不闻不问？

陆承杀道："我打了陆承昭。"

花焰道："啊？"她眨巴眨巴眼睛，有点儿蒙，"你为什么打他？"

陆承杀道："他对许婆婆说了些不太好听的话。"

花焰想，也是，之前不管陆承昭怎么对他口出恶言，他都没有反应。

"不过，你当时只有六岁吧？你就打赢他了？"

陆承昭应该是比他大一些的，习武会比陆承杀早，应该也不会没人教，但结果……

"嗯。"陆承杀道，"那之后外公就亲自教我，还给我起了名字。"

这感觉就更奇怪了。

花焰呆呆道："你六岁之前没有名字吗？"

陆承杀道："嗯。"

花焰不由得道："那他们怎么叫你……"她忽然想起陆承昭的话，话锋一转，"等等，不用告诉我别人……许婆婆怎么叫你？"

陆承杀想了一下，道："……小少爷。"

说着，他似乎还有些不好意思。

要不是知道对方已经去世，花焰几乎想去抱一抱这位可爱的老婆婆了。

终归还是有一个人愿意对他好一点儿的。

只不过她去世这么早，之后的这么多年里，不知道陆承杀一个人又是怎么过的。

花焰忍不住伸出手，握住了陆承杀的手，他的手还有一丝沁凉。

陆承杀的身子微微一僵，但没有动作。

花焰想了很多，但到嘴边总觉得又不是很合适，最后，她笑了一下，说："那位许婆婆葬在哪里呀？明天我们去看看她好不好？"

夜已深透，一灯如豆，映得陆承杀的脸庞分外清俊柔和。

他眨了一下那双漆黑、此刻却显得温和沉静的眸子，道："好。"

花焰终于又有些困了。

她拽着陆承杀的手，摇了摇道："睡吧，你也睡，不然白天没力气了。"

陆承杀的视线凝在两个人交握的手上。

花焰完全没觉得有什么问题，她站起身，拽着陆承杀的手，走到榻边，指着床两头道："我睡这边，你睡那边。"

陆承杀："……"

花焰道:"这里又没有第二张床,凑合一下啦。江湖儿女不拘小节,我都不介意,你应该也没关系吧?"

陆承杀道:"我不困。"

花焰不信:"你肯定困了。"

陆承杀道:"我……"

花焰道:"困了。"

陆承杀道:"……我睡地上。"

最后,花焰实在拗不过他,只能自己爬上了床。

陆承杀的床,陆承杀的被子,陆承杀的枕头,她还穿着陆承杀的衣服,刚才不觉得,躺下来了花焰才发现自己周身几乎都被陆承杀的气息包裹着,而当事人正躺在她旁边的地上。地上铺了一层席子,他和衣而睡,此时正闭着眸子。

刚才还很困,现在好像又没那么困了,她想起自己似乎是第一次和陆承杀在同一间房里睡觉。

花焰左右滚了滚,伸手扒着床沿,偷偷往下望。

看了没一会儿,陆承杀便睁开了眸子,道:"睡觉。"

"哦。"花焰缩回去,可睡不着,没一会儿又忍不住想去看看。

如此这般几次,陆承杀起身动手,把床帐给她放下来了。

花焰悻悻地抱着陆承杀的被子打了个滚,道:"你还有备用的发带吗?"

不一会儿,一只修长的手伸进来,递过来一根藏蓝发带。

花焰用陆承杀的发带绑着眼睛,总算慢慢睡去。

陆承杀散着长发,见身边床榻上终于安静下来,轻轻呼出一口气。

窗外已经隐约有一抹鱼肚白浮现,他席地而坐,等了良久,用剑尖小心翼翼挑开床帐,看着床上少女呼吸均匀、熟睡的侧颜,呆了一会儿,他的目光变得极为柔软。

好一会儿,他才退到一边开始运功打坐。

花焰一夜好梦,睡得比前几天都要香甜,只觉得分外心安,醒过来才觉得哪里不对——她怎么能在敌方大本营睡得这么死?

继而她想起了陆承杀。

花焰一把扯开发带,猛然拉开帘子。

日上三竿,阳光染过窗棂,陆承杀仍旧坐在地上,听见声响转眸朝她看来。

花焰松了口气:"我差点儿以为你走了呢。"

陆承杀道:"我答应过你。"

他也没说什么，花焰忽然心情就变得很好。

花焰刚想下床，就听陆承杀道："把衣服换了。"说完他便走了出去。

"哦。"花焰应了一声，才想起自己还穿着陆承杀的衣服，继而又觉得陆大侠怎么在这种事情上这么小气啊，给她多穿一会儿又怎么了嘛。

想了想，她道："陆大侠，我能开你的柜子吗？"

他在门外沉默了好一会儿，才闷声道："……里面很乱。"

花焰毫不在意道："你这算什么乱。"

陆承杀是没见过她的房间，在她看来，陆承杀这个房间简直整齐得过了头，什么东西都没有，若不是陆承杀告诉她这是他的卧房，她还以为是个什么常年不住人的空房间，他们教大抵只有齐修斯的房间能与之相比。

"那我打开了哦？"

陆承杀又闷了一会儿，道："……嗯。"

虽然只有一个字，但花焰听出里面颇有几分无言的无奈。

当然，他都不介意了，那花焰更不客气了。

柜子很大，和床榻相对放置，差不多占了半面墙，花焰一打开，就忍不住又想笑。

昨晚她只扫了一眼，现在看才发现——啊，东西是真的很多，柜子用隔板分了好几层，每层几乎都被塞满了。

花焰原本只是想找找看有没有别的衣服，她身上这件确实长了点儿，不怎么合身，然而打开柜子，兴趣全跑到其他地方了。

她随手取出一个做得很小巧的铁质剑牌，举起来一看便见底下刻着"问剑大会魁首"六个字。

哼，停剑山庄的品位倒是比当山派好一点儿。

再找找，还能找到青城门那届的魁首纪念品，是一个很精巧的酒葫芦，边上还配了一首提酒仗剑天涯的诗，可惜陆承杀并不喝酒。

花焰把两个摆件都放到桌上，继续去看。

衣衫和被褥自然占了绝大部分的位置，陆承杀的衣服从小到大似乎都是停剑山庄的制式。

边上陈列的杂物则有用旧的毛笔和练字的字帖，已经陈旧了的剑穗和用过的烛灯，几本剑谱，一些跌打损伤用的药——似乎已经放了很久，还有些例如茶壶、杯、砚、瓶罐之类的东西，也都一股脑儿地塞了进去。

从这些有年代感的东西里，花焰好像慢慢能看到那个逐渐长大的少年。

花焰见到不认识的东西，忍不住道："陆大侠，你能不能进来一下，这个是什么呀？"

陆承杀推门进来，就看见花焰把东西摆得到处都是，还举着一块鹿皮和一小罐油问他。

他愣了一下，道："给剑上油的。"

"哦哦哦。"花焰兴致勃勃道，"那正好，陆大侠你把剑解下来，我给无刃上个油。"

陆承杀都不知道她哪里来的这么大的兴致，他本以为她看一眼就会觉得无趣——那里面也确实没有什么有趣的东西。

他依言解了剑，没告诉花焰他出门前刚上过油。

很快，就见花焰趴在地上，一手持油，一手持鹿皮，认认真真、仔仔细细地擦了起来，神情专注，连额发滑落下来都没有发现。

等回过神，陆承杀发现自己已经用指尖帮她把额发捋到耳后。

花焰抬起头"嗯？"了一声，好像还不知道发生了什么。

陆承杀微微挪开了视线，用来掩饰自己的紧张。

好在花焰完全没发现。

她又转头继续去擦陆承杀的剑。

花焰真的很想知道这剑能不能擦出个宝剑的模样来，然而她擦了半天，发现剑身还是黑的，真的就是块黑铁。好吧……那就当是帮陆大侠的剑做做保养。

擦完，她摸了摸剑身，觉得手感倒是还不错。

还没多摸几下，就听见陆承杀咳嗽了一声。

花焰道："怎么啦？"她有点儿紧张，"你不会在地上睡一觉睡病了吧？"

陆承杀只好道："……我没事。"

无刃剑常年和他形影不离，虽然不是什么绝世名剑，但用多了便如他身体的一部分。

刚才拿鹿皮擦倒也还好，此时见花焰用白皙的手掌贴着剑身细细地上下抚摸，他总觉得怪怪的。

花焰见他没事，便继续摸了摸。

陆承杀用一指按住了她的手腕，低声道："擦好了，便还我。"

花焰道："……啊？"

陆大侠最近是不是小气过头了？

连剑都舍不得给她多摸两下。

他要是想摸春花剑，花焰肯定二话不说就答应——虽然这剑就是他给的。

花焰觉得自己和陆大侠的感情产生了一点儿裂缝。

尤其在陆承杀收完剑,又默不作声把一桌的东西塞回柜子里以后。

就这么不想给她看吗?

她辛辛苦苦摆好的呢。

总觉得摆完之后,陆大侠的房间都生动了许多。

花焰的闷闷不乐写在脸上。

陆承杀没有办法,又把柜子打开了,道:"……你随便放吧。"

花焰开心了。

她在正义教的房间就是如此,因为其他长老堂主总喜欢送她各式各样的小东西,羽曳或谢应弦外出也偶尔会给她带,花焰喜欢,就想摆出来随时看到,为此还打了好几个方便摆放的架子,保证她从床上一睁开眼,就能瞧见琳琅满目的装饰。

不出片刻,陆承杀就眼睁睁看着花焰把自己的卧房折腾得像个货铺。

以至于陆承杀都有些疑惑,自己真的有这么多东西吗?

花焰摆好了,拍拍手,犹嫌不够,翻了翻身上带过来的包袱,掏出一个卷轴展开,挂在墙上,而后神色不乏得意地叉腰欣赏起来。

陆承杀:"……"

他忍了一会儿,终于还是闭上眼睛道:"这个摘掉。"

花焰奇道:"为什么?画得不像你吗?我觉得还不错啊,还多买了两幅呢。那摊贩说可以镇邪,我觉得看着确实很有安全感啊。"

陆承杀道:"……摘掉。"

花焰见他确实不能接受卧房挂着一张自己的画像,只好道:"好吧,那我收了放你柜子里了哦,当我送你的。"

陆承杀莫名地松了口气,但又觉得奇怪。

一张画像而已,他平时看到也不会觉得如何,只是眼下挂在墙上,两个人一同观瞻,他就觉得十分难受。

少女此时还穿着他的衣袍,踮着脚尖,把卷轴用力塞进柜子里,周围零零散散摆放着他那些要么陈旧、要么不常用的东西,和往日截然不同。

这些似乎存在感鲜明地向他昭彰着:现在还有另一个人在他身边。

陆承杀有一瞬的恍惚,他定了定神,才往外走,道:"换衣服,我们走。"

"哦……好。"花焰塞好东西应声道。

陆承杀又带着她从那个小门出去了。陆承杀反应比花焰快得多,沿途遇到人总能提前避开,好在大中午也没多少人,不多时他们就走到一片坟地外。

与石碑林立、规整的坟地不同，这片坟地显得缺人打理，地上荒草丛生，碑也是潦草立就。

陆承杀走了一会儿，停在一块石碑前。

石碑上的字迹有些稚嫩，写着"许婆婆之墓"，和其他墓碑相比，这里的杂草清理得很干净。

陆承杀垂下眼睛，没有说话。

他还是没有什么表情，但花焰读出了一种很温柔的东西。

于是她便也拜了拜。

仔细想想，她自己失去父母，也没过多久。

她爹和她娘相继去世后，她也消沉过一段时间，泡在她爹的书库里看着那些江湖传奇话本消磨时间，其他弟子想方设法逗她开心，羽曳还时不时来安慰她，直到谢应弦拽着她出来继任圣女之位，花焰才算慢慢接受了这件事，恢复过来。

但陆承杀身边应该什么人都没有了。

花焰对着那个墓碑，心道：许婆婆，谢谢你啦，陆大侠真的长成一个很厉害也很好的人，希望你在天之灵能得到安慰，也希望陆大侠以后还能遇到像你这么好的人。

走之前，陆承杀又把周围的杂草清了清，花焰帮着他一起。

"碑上的字是你写的吗？"

陆承杀道："嗯。"

花焰顺口便道："还蛮可爱的。"

陆承杀："……"

他拔完草，震掉手上的泥土，才道："她原本有个儿子，是个外门弟子，后来也死了。"

花焰叹了口气。

两个人走出去以后，花焰还顺便问道："那你娘亲葬在哪里啊？"

陆承杀道："不知道。"

花焰一惊："嗯？"

陆承杀道："她留的书信是托人送来的，说她已经死了。"

咦？

那会不会还有转机？

可如果他娘没死，为什么不来见陆承杀？

花焰正想着，她忽然听见陆承杀道："你父母……是什么时候死的？"

花焰愣了一下，也没多想，便道："我娘差不多两三个月前，我爹要再早一点儿。"

陆承杀道:"会……很难过吗?"

花焰又一愣。

难不成刚才陆承杀在心疼她?

她其实早已不在意了,不过陆承杀这么问,她还是点了一下头,道:"难过肯定会啦,不过都已经过去了。"

说着,花焰就感觉她的脑袋被人摸了。

花焰放弃抵抗,主动把脑袋靠过去,还觉得被他摸得挺舒服的。

然后,就听见陆承杀又道:"是谁杀的?"

花焰:"……"

她爹是病死的,她娘是旧疾复发自己放弃治疗的……这要怎么说?

见她沉默,陆承杀又道:"和上次那个人有关系吗?"

语气明明没什么变化,但花焰听出一丝冷意。

虽然羽曳不是个好东西,但这确实是冤枉羽曳了。

花焰摇头道:"跟他没关系。"想了想,含混道,"就……总之是在天残教死的。"

陆承杀摸着她的头道:"我会帮你报仇的。"

花焰很感动,但也只能露出尴尬的微笑:"……谢谢。"

又走了一段,她听见陆承杀道:"你们很熟吗?"

花焰疑惑:"你们?"

陆承杀道:"你和那个人。"

花焰打死也没想到,他会突然问这个,花焰不由得心虚,但转念一想,她现在早和羽曳一刀两断了,从羽曳叛教开始他们俩就没关系了呀。

花焰顿时又自信了,道:"跟他不熟。"

陆承杀闻言,点头道:"他果然在说谎。"

花焰用力点头:"对,没错,他说的全是假的,你不要相信他。"

陆承杀道:"嗯。"

花焰松了口气。

之后,她总觉得陆承杀好像欲言又止想说什么,可她等了半天也不见陆承杀开口,最终忍不住先道:"陆大侠你还想问什么,就直接问嘛。"

陆承杀终于道:"……你小时候是什么样的?"

这不是她昨天的问题吗?

陆承杀的声音略微变小了一点儿,似乎这种好奇心让他觉得很不好意思,但他的声音很认真："我想知道。"

两人此时已经准备朝着山上走去，花焰想了想，道："你在这里等我一会儿。"

在陆承杀"嗯"了一声后，花焰快速摸去停剑山庄的膳房，仗着现在有轻功，身轻如燕，飞檐走壁，摸了几盘菜装好就走，然后又飞速回到陆承杀边上。

"好啦。"花焰拍了拍手里的食盒，道，"到冥思洞的路还很长呢，你想知道什么，我从头慢慢跟你讲。就从我刚出生的时候讲起吧，虽然那时候的事情我都是听我爹娘说的，不过应该不会有假。我娘刚把我生出来的时候呢……"她从食盒里面拿出一只油纸包的鸡腿递给陆承杀，自己也拿了一只，边吃边道，"我特别小，还不到五斤，教……叫周围亲戚朋友都担心我能不能养得活……我爹也可操心了，怕我刚出生生得丑，我娘会伤心，一气之下把我给拍死……"

陆承杀偏着头，听她说完，道："你不丑。"

"我现在当然不丑啦！那不是刚出生的时候嘛……"花焰说完，意识到陆承杀压根儿没吃，立刻又道，"别光听我说呀，陆大侠，快吃！趁热！"

陆承杀只好一边吃一边走，一边听她说。

花焰将教中众人都换成邻居家的亲戚朋友，滔滔不绝，洋洋洒洒，把自己童年发生过的事情不吝口舌地一桩桩一件件细致地说来，还怕不够生动，手脚比画，恨不得演起来，最后说得口都干了，她停下脚步，端起装的汤喝了几口，看着也停下脚步等她的陆承杀，忽然察觉了什么，难得升起一丁点儿赧然道："呃……我是不是说得太详细了？要不我简略一点儿？"

陆承杀道："不会，你继续。"

花焰还不放心，眨眨眼问："真的？"她在教里都没这么放肆地说过话。

陆承杀认真地点了点头，仿佛怕她不相信，又道："真的。"

花焰瞬间放心了："那我继续了。我刚才说到哪儿了……"

陆承杀道："你三岁的生辰。"

花焰继续滔滔不绝："我三岁生辰的时候呢……"

她上次来，提着食盒，觉得到山顶上这条路好长好长，她御着轻功也爬了好久才到冥思洞。这次天光明亮，她和陆承杀边吃边走，又觉得这条路十分短，她才讲到五岁，就已经能看见面前的霜雪冰凌。

寒风呼啸，霜花扑面，花焰却忽然觉得，这条路再长一点儿也没什么关系。

路自然有尽头，但花焰的回忆可以一直讲下去。

教中众人从小看着她长大，对这些事情了如指掌，难得有一个全然无知的人，花焰一边说一边回忆起自己童年的趣事，时不时笑得乐不可支，还不忘给陆承杀比画，怕他不能领会到其中笑点。

陆承杀就认真听她说，间或"嗯"上一句，好似她说什么，他都很感兴趣。

山顶上又飘起了雪花，时停时下，缠绵而落。

花焰讲到十岁的时候终于讲累了，决定休息一会儿再讲，就裹着被子去石床上小憩了一会儿。

等她醒来时，陆承杀又坐到了外面，还封了自己的内力。

花焰觉得这个人真的太固执了。

明明冥思洞里温暖很多，却偏要去外面挨冻。

花焰不满道："你进来嘛。"

陆承杀看了看她，却没有说话。

算了，她不问了，想也知道肯定是不行。

花焰用力拽着陆承杀的衣袖，决定自己动手把他拖回石洞里，照理说陆承杀就算是个成年男子，再重也重不到哪里去，她轻轻松松可以把他拉走。然而她费了半天劲，也就把他挪动了一小点儿距离。

她双手叉腰，很生气，道："你是不是故意的！"

陆承杀终于道："不用管我。"他似乎觉得很难和花焰解释，"我做错了事，所以受罚，理所当然。"

"可我还没说完呢……"花焰越想越不对，"你是不是其实不想听的？"

陆承杀立刻道："不是。"他顿了顿，"我想听的。"

花焰道："那你进来啊！"

陆承杀又不说话了。

花焰还没见过这么固执的人，他们教中人大都很会审时度势、见风使舵，能占便宜绝不轻易吃亏，谢应弦本人更是滑不溜丢，哪有这么笨的呀。

她想生气，又觉得不是陆承杀的错，只能在心里骂骂停剑山庄处罚过重，不通情理，最后又变成了自己生闷气。

陆承杀眼见她又跑下了山。

这惩罚原本是要他静心习武、心无旁骛，对于以往的陆承杀而言，再简单不过，疼痛和寒冷都不过是外物。他修的是剑道，心中有剑，心外无物，便无所谓这些。

可眼下，实在很难心静。

过了很长一段时间，花焰又跑了回来，她不知从哪儿找来一把顶盖如云的长伞，架在陆承杀边上，支了起来。长伞骨架颇大，全部撑开，遮蔽处覆盖下大块阴影，雪花从伞骨两翼滑散开去，宛若一个小亭子。

陆承杀："……"

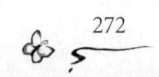

花焰还有点儿喘气:"你坐这儿,不许动,我找了好久才在下面摊贩那里买到的。"

说着,她又拿出一个小炭炉,里头的木炭被晃得当当作响,她掏出火折子把炭炉点燃,甚至还翻出一只小茶壶,装上干净的雪水,放在炉上煮。

炭炉的温度将周围的雪都驱得干干净净。

就连陆承杀的周身都暖了起来。

花焰已经换了身衣服,里面还是寻常她惯穿的绯色轻薄裙装,外面则套了件桃红织锦百蝶穿花的长氅,领口还有一圈雪白的绒毛,簇拥在颊边,几缕乌发垂下,衬得她五官艳丽的脸庞都有些粉雕玉琢的味道。

陆承杀回过神,发现自己身上也披了件深黑的斗篷。

花焰一转身,和陆承杀一样席地而坐,把手伸到炭炉边上烤了烤,虽然她现在有内力,但还是比不上明火温暖舒服。

她惬意地眯了眯眼睛道:"好了,陆大侠,你就在这儿坐着吧。刚才我讲到哪儿了?对了,我十岁的时候……"

这样显然是不行的。

陆承杀摸着肩上的斗篷,几乎升起一种模糊的惧怕感。

就像一个人吃惯了残羹冷炙,习以为常以后,突然面对一整桌热腾腾的山珍海味、美味佳肴,第一反应并不是欣喜若狂,而是谨慎与不安。

他到底还是把身上披着的斗篷摘了下来。

花焰见他如此,滔滔不绝的嘴略停了一瞬,最后只是在心里嘟囔了一下,便又继续说。

晚上听见上山送饭弟子的脚步声,花焰立刻手脚麻利地收伞提炉,藏到一边。

没想到,那弟子比她想的还敷衍。

他远远地就将食盒里的馒头和水碗放在地上,高声说了句:"我、我饭送到了。"便急匆匆下了山,仿佛有人在追着他似的。

花焰把东西拿回来,很嫌弃地捏了捏那个又冷又硬的馒头。

陆承杀倒不觉得,他很寻常地拿起另外一个,就要往嘴里送。

花焰连忙拽住他的胳膊:"你怎么真吃啊。"

陆承杀不解:"嗯?"

花焰道:"你都不觉得难吃吗?"

陆承杀实话实说道:"……还好。"

他从小便什么都吃,因为很饿,饿的时候便没有资格挑剔,后来口味渐渐养成了果腹就行。

花焰感觉很挫败。

她都带着陆大侠吃了那么多好吃的了，怎么陆大侠还是这么不挑！

花焰瘪着嘴道："那你实话实说，我带你吃的东西，你有觉得好吃吗？"

陆承杀闻言，诚实地点了点头，道："有。"

她带他吃什么，他都觉得很好吃。

花焰总算心里面平衡了一点儿。

"馒头吃不饱人的，我……我去拿点儿，你在这里等我！"

有时候花焰也觉得这时间实在过得很快，她光是讲自己小时候的事情，就断断续续说了好几天，晚上陆承杀带她下去睡觉，白天两个人再回到山上。

在停剑山庄里遛久了，花焰大概知道了方位，陆承杀的院落位置极偏，寻常人也压根儿不会走到这里来，是以他们几天根本没有撞见过其他人。

倒是她远远地还看到过陆承昭。

他在停剑山庄里前呼后拥很是威风，住在略靠东边的厢房，那一块儿还住了陆承阳、陆怀天和他夫人，每晚都热热闹闹的。她还隐约瞥到了一眼陆镇行老爷子，身形高大，身姿笔挺如剑，一头华发，气势很足，不过离得太远，花焰也不敢确定——她怕离得稍近一点儿就会被发现。

其他杂七杂八的人她也不认识，只是觉得到处都很热闹，但与陆承杀无关。

半夜，两人坐在屋顶上，她有心想让陆承杀给她讲一讲八卦，可惜陆承杀确实一无所知，说不出个所以然来，能回答的只有哪个武功强点儿，哪个武功弱点儿。

这让花焰深刻感受到了陆大侠不愧是陆大侠。

她甚至还发现，冥思洞里还有陆承杀逐年留下来的剑气，一道一道有深有浅，像一圈圈年轮。陆承杀似乎对每一道剑痕都了然于胸，可以清楚告诉她任意一道是在哪一年划出的。

这令花焰叹为观止，觉得自己习武时真的是三天打鱼两天晒网。

于是陆承杀拿了一根松枝，问她："要打吗？"

花焰内心流泪道："……打！"

只是花焰在和放水放得犹如泄洪的陆承杀打时，难免会想，不知道陆大侠尽全力打时会是什么样？

她没想到的是，自己这么快就有机会知道了。

那天的雪停了，天空分外明亮，一碧如洗，花焰正用炭炉煮着一壶冰糖雪梨水，陆承杀在一旁的雪地里坐着。他忽然眸光一变——这对他而言是非常少见的。

而后，陆承杀站起身对花焰道："你先下山。"

花焰不明所以："怎么了？"

陆承杀道："有人来。"

花焰还是道："那我躲起来就好了。"她收了伞，提着炉子就往冥思洞里走。

陆承杀道："不安全。"

花焰还是不明白这里有什么不安全，难不成是停剑山庄的宿敌来了——等等，那不是他们正义教吗？

陆承杀终于道："我外公。"

花焰也一惊，连忙把东西收好，就准备出去。

陆承杀的身体有些紧绷，道："来不及了，你藏在这儿。"

花焰道："哦……好，他不会进来？"冥思洞里多少还是有深度的，只要不进来，就看不见里面的陈设。

陆承杀道："嗯。"他准备转身，似乎又有些不放心，道，"不论发生什么，都别出去。"

花焰微微迷惑。

她当然不会出去啦。

不过……这还能发生什么吗？

她没有想完，陆承杀忽然回身，点了她的穴道。她猝不及防，没有准备，紧接着发现陆承杀连她的哑穴也给点了——不是吧，这么不信任她吗！

好吧……

花焰有点儿委屈。

陆承杀道："我一会儿替你解开。"他声音里有一丝清晰可见的歉意。

花焰决定待会儿再跟他计较。

话音未落，陆承杀已经走了出去。

他走出去没多久，她就听见了另一个人的脚步声，很沉很稳，步如山岳，内力之深不可估量——他不是已经七十多岁了吗？花焰有点儿蒙。

然而对方上来，似乎也并不打算废话。

"拔剑。"

这一声蕴含着内力，听得花焰心口一震，她离得已经算远了，都还能感觉到那嗓音的余威。

之前她觉得陆怀天的声音很有威仪，听了陆镇行的声音才知道，那不过是有些拙劣的模仿，虽然相似，但实际上相差甚远，陆怀天不过是在竭力威压，而陆镇行的声音却能听得人心生畏惧，仿佛周围点了"惊梦"，只觉得下一刻那冷肃便将禁锢全身。

陆承杀自然要拔剑。

只是，转瞬花焰便听到了极恐怖的打斗声。

说是恐怖，因为若不是知道外面是两个人在打斗，只怕会以为外面地动山摇、山岳崩塌，仿佛天地变色、日月无光，那震耳欲聋的声响和近乎要断裂似的金石交错声，都听得人心头发颤，会不禁疑心，外面是不是已经变成了一片废墟？

花焰咬着牙仔细去听。

又听到了陆镇行的声音，他的声线严厉而沉重。

"不够专注。"

陆镇行喝道："不要去想别的！你只要想着如何杀我！"

随后是陆承杀的声音，他道："是。"

接下来便是更加激烈的声响和撞击声，仿佛天崩地裂，无法亲眼看，花焰实在没法分辨陆承杀现在到底如何，只能提心吊胆去听。

陆镇行的声音持续不断地传了过来。

"再快一点儿，再强一点儿，再来……你闭关这么些日子，就只有这点儿能耐吗？你的剑意呢？你的杀气呢？我跟你说了多少次，你不需要有一丝的仁慈！那些私心杂念，通通给我斩断！"

他的声音震得花焰的耳膜都微微发痛。

她听见陆承杀的声音，显然是受了伤，有一丝发颤："是。"

"你是不是觉得自己已经够强了？不，还远远不够！你现在这个实力，就算杀上天残教，也只有死路一条！我亲自教了你这么久，你就只能练成这样吗？"

说话间，打斗声仍然没有停下，而且愈演愈烈，只觉得这雪山顶都要塌了。剑与剑交错，声音令人牙齿发酸，时不时便有重物落地和猛击的声音，还有剑风削到松树枝丫、厚重积雪和山石落地的声音。

"剑道至高，心无旁骛。

"剑即是你，你即是剑。

"……承杀，你不要让我失望。"

陆承杀的声音沉沉若死寂，失去了所有的温度与情绪，就像是一把剑。

他道："是。"

哪有这样的。

花焰想动，可周身被陆承杀点了穴，连声音都发不出来，她只能继续听着

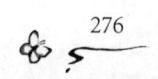

外面的声响，震得她心焦气躁，恨不得立刻冲出去。

没办法，花焰闭上眼睛，开始用内力自己冲穴，好在陆承杀也没有用过多内力点她。

不知道等了多久，外面的声音逐渐歇止。

陆镇行道："半个月后，我会再来，希望你有所长进。"

他的脚步声慢慢远去，听声音似乎也受了些伤。

花焰以为陆承杀会很快来给她解穴，可又等了一会儿，才听见陆承杀的脚步声，不像往常，很缓慢。

他走进冥思洞里，一步一步朝她走了过来。

花焰心头一急，陆承杀给她点的穴终于冲开了，她连忙站起身，走过去拽住陆承杀的袖子，想问他怎么样了。陆承杀未有预料，被她拽得一个踉跄，竟然就这么倒在了花焰肩膀上。

还好有内力，花焰一把接住了他。

不过很快，陆承杀又摇晃着站直身。

"我没事。"他轻声说。

花焰顿时伸手一按他的后背，又把他按回了自己的肩头。

"笨蛋！"花焰说着，感受到肩膀上的重量，鼻子突然一酸。

这次花焰没有闻到很浓重的血腥味，但她觉得陆承杀好像伤得比之前在地宫要重得多。

他靠着石壁，闭眸运功疗伤，甚至没有坐在外面。

花焰不敢打扰他，只从药兜里找了找能治内伤的药，递给陆承杀。

陆承杀接过，吞下，又不再动作。

花焰便继续煮她的冰糖雪梨水，时不时再看一眼他。

她总觉得习武不该是这样的，停剑山庄其他弟子也都是很正常地白天早起去练武场练武，有师叔指导，偶尔对对招，她见陆承昭和陆承阳也都是这样，就算花焰安慰自己可能陆大侠天资过人，和他们不一样，但也还是闷闷不乐。

他外公下手也太狠了。

花焰刚才去外面看了一眼，山头上一片雪崩过后的惨景。

她疑心陆承杀肺腑内里也是这般模样，然而她想看，陆承杀又不肯给她看，连衣服都不让她扒，实在小气，还说谎骗她说没事。

想着，她又看了一眼陆承杀。

陆承杀的脸色苍白，连最后的一点儿血色仿佛也被剥夺，虽然这几天他的脸色都谈不上红润，但今日是他脸色最难看的一次。

花焰瘪了瘪嘴，又有点儿心疼。

冰糖雪梨水煮好了，她凉了一点儿尝尝，只觉得一点儿都不甜，她还特地取了晨间雪水来煮。

见陆承杀一时半刻不会停下，花焰索性又溜去停剑山庄。

山庄内秩序井然，依然那般热闹，反衬得山顶上独自一人的陆承杀分外孤寂，没有人知道，也没有人管他。是不是每一次他都是这样，孤身一人在山顶上疗伤？

几乎刹那间，花焰涌起了一股冲动。

她想一把火烧了这个山庄。

当然，这样的念头很快便消散。

好人是不会杀人放火的。

花焰又混进了停剑山庄的膳房，还远未到饭点，膳房里空空无人，花焰在外面院子里的家禽圈里抓了只鸡，杀了拔毛放血，然后凭感觉放了些作料，丢进锅里一锅炖了。

她爹身体不好，她娘曾经变着法子找了许多灵丹妙药，但都回天乏术。

最后还是她爹笑着安慰她娘说："生死有命，人生一世，不留遗憾便好。周某此生，虽未考取功名、造福百姓，但有妻恩爱，有女伶俐，衣食无忧，此生已足。"

她娘一生只流血不流泪，张扬放肆，无所畏惧，那一刻也忍不住攥着她爹的手哭得像个小姑娘。

那之后，她娘那双只杀人的手就改杀各种家禽牲畜，还拉着花焰一起给他爹炖各种补汤，不辞辛劳，不嫌麻烦，连佛跳墙都炖过。

花焰眼下已经记不太清楚了，只能凭着感觉回忆。

终归是补汤，能对身体好点儿吧。

她实在是心里难受，又不能当着陆承杀的面骂他家、骂他外公。

炖着炖着，觉得时间不早了，花焰又端着锅，上山接着炖，没想到陆承杀还坐在那里疗伤，她下去这一趟回来，陆承杀竟纹丝不动。

等到花焰都有些犯困了，陆承杀才缓缓从疗伤的状态中出来。

他看了一眼天色，有些怔怔地道："过去多久了？"

花焰揉着眼睛道："不知道……啊，鸡汤应该煮好了。你现在受了内伤，需要补一补，来喝喝看。"

陆承杀看着花焰手忙脚乱地找碗，给他盛汤，有些不知所措。

炭炉还在燃烧，汤自然是热的，花焰给他盛的汤里甚至还放了只煮得软烂

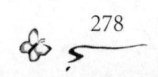

的鸡腿,她神色有一丝得意,眉飞色舞地让他尝尝看。

花焰眼巴巴地望着他:"好喝吗?"

陆承杀端着汤碗,拿着汤匙,看着眼前少女凑过来的脸,那股不安感倒是更强烈了。

让他迟疑着不敢下勺。

只觉得像是在做梦,但梦里大约是没有这样的场景的。

花焰催促道:"快喝啦,不然凉了就不好喝了。呃……是不是太烫了,要不我帮你吹吹?"

陆承杀才像是猝然惊醒,终于舀了一勺放进嘴里。

他想和花焰说,这样的伤他从小到大受过不计其数,并不紧要,也不需要补一补,养几天就好了,可话到嘴边,又难以说出口。

陆承杀飞快地喝下去半碗汤,道:"好喝。"又顿了顿道,"……是你做的吗?"

花焰一惊:"你怎么知道?陆大侠,你也太厉害了吧!"

说着,她也给自己盛了一碗。

味道淡淡的,还有股奇怪的腥味,亏她还煮了半天,比起她娘当年做的差远了。

花焰顿时耷拉下脑袋,低声道:"是不是因为不好喝,才一喝就觉得是我煮的……"

陆承杀立刻摇头道:"不是。"他试图解释,"和之前的不一样。"

花焰越说越郁闷,道:"当然不一样,之前都是你们膳房厨子做的,肯定会好吃很多啊。"

陆承杀这会儿真的觉得很难解释。

他真的觉得这碗汤比之前的都要好喝。

陆承杀只好道:"我都喝完。"

然后花焰便见他将炉子上的炖锅取下,轻轻吹了吹,便如豪饮美酒似的,将一整锅汤一口气喝完。

花焰目瞪口呆,上手去拦:"你……你别烫着了啊。"奈何陆承杀动作太快了,她连忙道,"……舌头伸出来给我看看。"

见陆承杀确实没事,她放下心来,又忍不住想笑。

哪有人为了证明汤好喝就一口气喝完的。

陆大侠好笨哦。

可是又笨得很可爱,花焰实在忍不住笑出了声,捂着肚子倒在一旁。

陆承杀不知她为何笑,但总归是开心,于是他便也觉得心情平和。

待花焰笑够了,才听见陆承杀对她道:"你想要什么?"

花焰"嗯?"了一声,不知道陆承杀为什么突然问这个:"我没有什么想要的呀。"

然而陆承杀似乎显得有些为难:"没有吗?"

花焰想了想道:"《义侠记》第九部吧,也不知道书社什么时候会出,那写书之人速度也太慢了……"

陆承杀呆了一下,道:"那是什么?"

花焰惊奇道:"你没看过话本传奇吗?《义侠记》可出名了,每家书摊铺子我见都摆在最显眼处,我以为大家都知道。"

陆承杀确实不知道。

花焰当即掏出一本,道:"我这里只有第八部,还没看完,不过每本都可以独立阅读的,说的是商大侠闯荡江湖、浪迹天涯的故事,写得可有趣了!我爹也很喜欢!"

陆承杀很蒙。

花焰很大气地把书往他怀里一塞:"这本送给你了,你想什么时候看都行。回头我自己再去买一本。"

陆承杀此时很苦恼。

他本意是问花焰想要什么,可到头来又被她送了东西。

陆承杀喝完汤,面色比方才好看了一些。

花焰想了想,又从雪里翻出她前两日埋进去的几壶酒,取了一壶放到炭炉上温着。

因为祖传酒品不好,她自己是不喝酒的。

她娘亲倒十分喜爱,旧疾复发的时候总会痛饮几壶,跟花焰说喝完就不痛了,还曾经诱拐花焰一起喝——说天残教圣女怎么能不会喝酒。

奈何花焰喝完,和她爹一样撒酒疯。

她爹喝醉了撒酒疯的反应,具体表现为吟风弄月,诗兴大发,宛若诗仙附体,举着酒壶说要登月与嫦娥共饮。她娘被气得拽着衣领问:"你给我老实交代嫦娥是谁?!"而花焰因为会武,杀伤力会更大一点儿,她醉醒只看见一地狼藉,手里还有头巾、腰带等若干不知从哪儿来的零碎什物。她爹扶额羞赧,她娘不以为意,羽曳替她上门安抚,谢应弦笑得就差真变成一头狐狸,齐修斯指挥人替她默默收拾残局。

后来花焰就不喝酒了。

不过陆大侠应该没关系吧?喝喝酒还能暖暖身子,至少他脸色不会那么

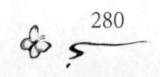

难看。

花焰把温好的酒塞给陆承杀。

陆承杀连问也没问，便打开酒塞，仰头去喝，喝了一口，他才觉得有些不对，转头问花焰："这是什么？"

花焰道："酒啦，你没喝过吗？"

陆承杀道："没有。"

花焰才发现，他可能真的什么都没有尝试过。

难怪她问他小时候有没有什么喜好的时候，他想了半天，依然摇头；问他过去，也只有吃饭、睡觉、练剑。

未曾经历，谈何喜欢？

她思忖了一会儿，道："陆大侠，我之前带你做过那么多事情，有没有哪一件是你喜欢的？"

陆承杀仰头将酒一饮而尽，放在边上。

他闻言，想起花焰对他解释过的定义，道："都很喜欢。"

花焰觉得这个回答也过于笼统了："具体点儿嘛。"

陆承杀实在无法具体，他想了一会儿，补充道："和你做的每一件事，都很喜欢。"

花焰眨了眨眼，不知为何，忽然有些脸红。

她用松枝拨弄了一下炭炉里的木炭，火烧得很旺，依然毕剥作响，跳跃的火光投射在石壁上，起起伏伏，如同花焰此刻心脏的起伏。

花焰掩饰似的又拿了一壶酒温在炉子上。

两人忽然沉默了下来。

陆承杀不知她为何突然沉默，还当是自己说错了话。

于是，他又道："你呢？你喜欢什么？"

这个话题花焰分明有很多可以说，她应当滔滔不绝的，但眼下她突然岔开话题道："刚才的酒如何？喝完有觉得舒服一点儿吗？"

陆承杀此刻的脸色已经有些泛红，如同被酒气熏蒸。

他想了一下，道："……应该有。"

虽然味道有些古怪，但确实喝下去以后身体微微发热，变得暖融融的，也有些轻飘飘的。

"那，再来一壶好啦！"

片刻后，她把温好的第二壶酒也递给了陆承杀。

陆承杀照旧一饮而尽。

之后是第三壶，他开始觉得有些晕，即便用内力强压，也还是抵不住神志涣散。

花焰见他不停眨眼，便知道是怎么回事了，她安抚道："陆大侠，你估计是有点儿醉了。第一次喝酒，三坛才醉不错啦。"

陆承杀说话的声音已经略微含混："醉？"

花焰点点头："就是……酒喝多了的一种正常反应。不过不碍事的，睡一觉醒了就好。"

陆大侠酒品还不错啊，喝醉了也没有什么过激反应。

花焰还在想着，突然陆承杀伸出手一把抓住了她的胳膊。

咦？

花焰一惊，陆大侠不会要打她吧？

然而不等她再多想，陆承杀已经猛地把她拽了过去。

花焰跟跄着，几乎是扑进了陆承杀的怀里，她的前襟紧紧贴着陆承杀的肩膀，前胸抵着陆承杀的胸口。

此刻，陆承杀已经松开了她的胳膊，只是手臂在她身后收紧，紧得让人呼吸不过来。

花焰呆住了。

陆承杀的发梢就在她的颊边，微微地痒，而她的耳边能清晰感受到陆承杀灼热的呼吸，夹杂着一点点儿酒气。

胸口被挤得有些难受，可心跳声十分清晰分明。

不管是她的，还是陆承杀的。

花焰发呆了好一会儿，才想起来要挣扎。

可陆承杀力气实在很大，她挣扎不过，只能在他耳边喊："陆大侠，陆大侠？"

然而陆承杀毫无反应。

甚至不一会儿，她耳畔还传来了均匀的呼吸声。

他睡着了。

花焰人都蒙了。

喝醉了想睡觉很正常，但之前也没见陆大侠有睡觉的时候要抱着东西的癖好啊。

而且这么抱着她，还坐着睡，不难受吗？

花焰略略转头，又赶紧转回来。

她只觉得距离太近了，再近一点儿，她嘴唇都快蹭到陆承杀脸上去了。

余光还能看见陆承杀浓黑的睫羽，正覆盖着眼睑，密密匝匝，像一把小扇子。

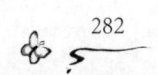

花焰好头疼啊。

这辈子只有她娘这么抱过她，但感觉完全不一样，也许是喝了酒，陆承杀的身体分外热，那股冷淡的松针气息也变得存在感强烈，花焰挣扎无用之下，只觉得自己的脸也红了。

怎么办啊？

她红着脸想。

花焰僵了一会儿，发现陆承杀真的睡得很沉。

前几日，陆承杀总是睡得比她迟，醒得比她早，花焰有时都疑心，陆承杀会不会压根儿没睡。

眼下还是他第一次这么沉地在她面前睡着。

花焰叹了口气，终于决定认输。

难得陆大侠睡个好觉。

她只能牺牲一下。

花焰轻轻挪动腿，在陆承杀怀里找了个稍微舒服点儿的位置，靠着他的肩膀，还用下巴蹭了蹭，也趴着睡了过去。

身后炭炉火焰摇曳，红光透亮。

陆承杀的怀抱比火焰更加温暖。

天色大亮，陆承杀从睡梦中苏醒过来，只觉得自己好久没有睡过这么长的觉了。

意识尚且混沌，他就看见搭在他肩膀上的小脑袋。

再然后，他意识到自己怀里正紧紧抱着什么。

陆承杀也蒙了。

察觉到花焰还没清醒，他僵硬的躯体才稍微缓和一些。

陆承杀只记得昨晚喝完酒以后，头脑发昏，之后便什么也不记得。

少女伏在他的肩头，隔着衣料也能感觉到她的躯体十分柔软，还散发着一股馨香。她轻轻压着他，仿佛压在他的心脏上，让陆承杀呼吸都有些不畅。

陆承杀想把她放到一边，可手脚无措，仿佛都不是自己的了。

生怕一碰，她就碎了。

他缓缓地张开手臂，动作尽量轻柔，花焰靠着他睡得很香，嘴角翘起，似乎在做什么美梦。

陆承杀定定地看了她一会儿，喉结不自觉地紧张滑动，他有些僵硬，又有些小心，做贼心虚似的，偷偷地、轻轻地抱了一下怀中的少女。

她仍然没有醒来。

她甚至完全没有感觉到他的动作，依然睡得香甜，近在咫尺的脸庞明艳动人，像清晨揉碎的花瓣被盛放在璀璨的明珠上，无一处不精致美丽，白皙的脸颊因为周身温暖而透出红晕，仿佛染了一层胭脂，唇瓣是樱桃般的色泽，显得香甜可口，诱人采撷。

陆承杀陡然清醒过来，他闭了一会儿眼睛，被自己刚才那一瞬间闪过的念头吓到。

他又僵了好一会儿，才抬起手臂，轻轻拍了拍她的肩头。

花焰被他拍着肩膀弄醒，迷迷糊糊抬起头，嘴唇擦着陆承杀的下颌而过，还没彻底清醒，就见陆承杀的脸突然红了，一直红到耳尖。

她歪了一下头，后知后觉反应过来发生了什么。

"啊！"花焰发出一个短促的音节，忽然眨着眼睛也失了语。

炭炉烧了一夜早已燃尽，周围安静得落针可闻。

她攀着陆承杀的肩膀，忽然也这么僵住了。

花焰倒是想起来，可是保持同一个别扭的姿势睡了一晚上，她半边胳膊和腿又冰又麻，身体僵着，动弹不得。

她撑着陆承杀的胸口想坐起来，可还没用力，她的脸也红了。

花焰觉得自己应该说点什么，缓解一下现在的尴尬，比如打个招呼什么的。

她抬起头正要开口，却发现陆承杀似乎也要开口，于是视线就又不凑巧地撞到了一起。

更尴尬了。

花焰觉得自己还是得先起来，于是又把手往下撑，结果按到了陆承杀大腿上。

陆承杀："……"

花焰哭丧着脸道："不好意思哦……我有点儿起不来了。"

陆承杀终于轻声道："按我肩膀。"

花焰道："哦哦哦。"

她按着陆承杀的肩膀，一点点儿缓慢地从他身上下来，陆承杀垂着眼睛，连看都不看她。

刚才还不觉得，离开了才觉得有些冷——陆大侠的怀里真的太暖和了。

花焰隐约感觉自己这个想法，似乎有些不对。

然而不等她细想，陆承杀已经朝外走去了。

第十三章 相思不知

　　花焰按着肩膀活动手脚，争取把自己从僵硬的状态解脱，就见陆承杀突然停下脚步，背影有些戒备地望向外面，似乎外面正站着什么人。

　　不会是陆镇行又来了吧？

　　说好的半个月以后呢？

　　花焰立时一凛，想着赶紧往里面躲一躲，就听见外面的人开口了，听声音年纪不大，有些吊儿郎当的。

　　"放心，我没有老爷子那么古板。"他笑着开口，"里面那位姑娘，能不能也出来让我瞧瞧？"

　　花焰看向陆承杀。

　　陆承杀身体仍旧戒备，却不怎么紧张，他道："什么事？"

　　和对陆镇行的态度不同。

　　花焰也感受不到任何威压，似乎对方只是来闲话家常的，她夸着胆子往外走了走，陆承杀没有拦她，她索性走到外面去看。

　　不远处的松树上正高高坐着一个人。

　　他穿了一身竹绿色的长衫，双手撑着后脑勺儿，靠在树干上，一条腿踩着树枝，另一条腿则悠悠闲闲地摇晃着，头发散着，用绿色的发带扎成一束，垂在一侧肩头。

　　看衣服制式是停剑山庄的弟子，可花焰从没见过绿色的。

　　"你是谁啊？"花焰不由得问道。

　　对方笑了笑，看脸，他约莫二十八九岁，很是俊俏，一双眼睛弯成新月，天生一副笑颜，是张很讨喜的脸，衬着颜色清爽的长衫，透出一股机敏灵活，却又不显得油滑。

"小姑娘你好，哥哥我叫陆竹生。"

花焰知道他是谁了。

他实际年龄应该已经四十朝上了。

是陆承杀名义上的……呃，小舅舅。

她在停剑山庄屋脊上闲逛时，便听到有庄内仆从聊。

"不知道二爷出门云游什么时候回来。"

"看日子应当也快了，二爷这一走又是半年……"

"没了二爷，这庄子里都感觉冷清了。"

当时恰好有个年纪小的探头问道："二爷是谁啊？"

"二爷陆竹生啊。你刚来，没见过他，回头等他来了，你一瞧便知。"

年纪小的还很纳闷："老庄主还有个二儿子吗？"

旁边的人小声凑过去跟他说："是老庄主那位故去兄弟的遗孤，他亲属都不愿得罪天残教，老庄主便把他接过来收养了。"

"他什么模样啊？很特别吗？"

其他人七嘴八舌、洋洋洒洒说了一堆。

总结一下就是，这位陆二爷的画风和停剑山庄十分不符，奈何陆镇行不管，于是其他人也不敢置喙。他明明很有武学天赋，但偏偏对习武没什么兴趣，练武之时也是三天打鱼两天晒网，平白浪费了他的天赋，整日插科打诨、吃喝玩乐，四十多岁都没成亲，也没人管。

因为待下人不错，脾气也好，所以庄子上下的仆从倒是都很喜欢他。

花焰当时留了个心眼儿，没想到真能见到本人。

不过他好歹算陆承杀的亲戚，花焰客客气气道："你好！"

陆竹生笑眯眯道："小姑娘倒懂礼貌，比这个冷冰冰的臭小子好多了。"仿佛察觉到气氛紧张，他又道，"别担心，我真不是来拆散你们俩的，庄子里惯没情趣，不懂年轻人的好……"他幽幽叹气，"年轻是真好啊……"

花焰不懂他来干吗。

陆承杀似乎也不懂，又道了一句："你来干什么？"

陆竹生装出一脸受伤的模样道："哇，真冷淡。我这不是跟着爹想来看看你有没有长进嘛，谁知道看到了这么不得了的东西……唉，我还特地等了一晚上再来，都没有打搅你们，你们不应该感谢感谢我吗？"

花焰想起昨晚，脸有一点点儿红。

陆承杀也不说话了。

陆竹生不由得笑道："不过你们俩在这儿待得山中不知岁月，外头闹得那么

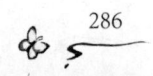

大，你们倒是半点儿不关心，真羡慕……"

花焰有点儿好奇："外面怎么了？"

陆竹生道："你们俩从问剑大会过来，总知道那天残教教主的审判仪式吧？"

花焰一阵心虚，她确实没太关心，总觉得谢应弦既然能胸有成竹地让齐修斯来救她，应该不至于有大问题。

陆竹生继续道："本来这事情已成定局，可没想到，末了出了岔子。审判仪式当日，那天残教教主被吊在架子上，垂着头一言不发，众人历数他的罪行他也没有辩驳，群情激奋之下，当众便要处死他……"他哂然，"可没料到，正准备行刑时，那天残教教主突然挣扎起来，那个弃暗投明的天残教叛徒当即发现不对，众人才得知那个蓬头垢面、形容狼狈的，是个被下了药、易了容的当山派弟子。"

花焰心道：不愧是他。

"这一下子可炸了锅。人是当山派抓的，也是当山派丢的，仿佛被那天残教教主戏弄了一般，倒也好笑。"陆竹生说着又笑了笑，似乎是真的觉得这件事很好笑，"不过幸亏，先前他们给那天残教教主也下了药，还留了追踪印记，如今正沿路封城，围追堵截，务必要在那天残教教主回到老巢之前将其斩杀。"

花焰惊了一下。

她总算知道羽曳为什么亲自跑来了，能给谢应弦下药留追踪痕迹的，除了他，没有其他人做得到，而如今天残教大本营早在他控制范围内，谢应弦无处可逃，只能两面受敌。

他来，只是为了置谢应弦于死地罢了。

"这消息是不是挺劲爆的？天残教为了掩护他们教主，这些日子里也频频冒头。各路正义之士都集结起来，不只参加问剑大会的，还有从四面八方赶来的，实在是个歼灭天残教的好机会。"陆竹生晃了晃腿道，"虽然我不是很想打搅你们，不过有件事我得说，你们俩的逍遥日子估计要短暂告别了。"

花焰疑问："嗯？"

陆竹生抬抬下巴，指了指陆承杀："这小子快要有机会下山了。"

花焰愣了一下，道："他不是一年禁闭……"

陆竹生解释道："关禁闭也可以戴罪立功的，除了他，还有谁更适合去追杀那天残教教主？总不能让老爷子亲自去，有失身份，也显得弟子不肖。"

花焰忽然想起，陆竹生如果就是陆镇行那个惨死于天残教手中的兄弟的后人，那他不应该也对天残教恨之入骨吗？

她不由得道："那你去吗？"

陆竹生笑道："小姑娘，你也太看得起我了，我哪里打得过啊。"他语气懒散又寻常，似乎非常理所当然，"我刚才报名字时见你一脸恍然，你应该是知道我的身世吧，不过我可没有报仇雪恨的打算。活着不好吗？何必那么费尽心思，反正仇总有人报，天残教也总有人会去杀，不是我，也会是别人……"

花焰觉得他说得很有道理。

但……

为什么要陆承杀去追杀谢应弦啊？

陆承杀对这件事倒是一言不发，似乎没有什么兴趣，也没有什么感觉。

他只道："我知道了。"

陆竹生从树上一跃而下。

"哎哟……"落地的时候，他按着自个儿的腰，呻吟道，"好像扭到了，痛痛痛……"俊俏的脸都皱起来了，"你们俩晚辈就这么看着，也不扶我一下！"

陆承杀没动。

花焰也没动。

陆竹生吱吱哇哇道："哇，我辛苦跑来给你们传消息，连扶都不肯扶哥哥一下。太没良心了吧。我心也好痛。"

花焰看了一眼陆承杀。

陆承杀道："别管他。"

花焰道："哦，好。"

陆竹生被他气笑了："你小子真行！不就小时候耍过你两次，这么记仇的吗？得了，我还有个消息要说，秦家那个小姑娘来了，就大嫂家那个叫沐烟的。你猜她是来干吗的？"

陆承杀："……"

花焰："……"

陆竹生："喂，你俩倒是问一问。"

其实花焰很想问，但她见陆承杀好像不太喜欢这个人，于是决定和他保持一致。

陆竹生："好吧，我自己说，是来议亲的。"

这次，花焰实在忍不住问："议亲？和谁？"

陆竹生狡黠一笑道："还能和谁啊。"

花焰蒙了。

不是吧！陆大侠不会真的要娶那个秦沐烟吧！

但她很笨啊。脑子有点儿不太好。

陆竹生满意地看着花焰的表情，道："好了，我消息传完了，也该走了。臭小子你自己准备准备吧，估计也就这两天了……能杀了天残教教主，说不定老爷子一高兴，你这禁闭也用不着坐了。"

说完，他扶着腰，有些缓慢地朝着山下走去，嘴里还胡乱哼着小曲。

只留下一个蒙蒙的花焰和不知道发生了什么的陆承杀。

花焰觉得不行，她得下去看看。

按陆家这霸道的作风，说不定真定下亲来，到时候就是通知一下陆承杀了事，反正陆承杀看起来也是不太会拒绝的样子。

想着，花焰犹豫了一下，问陆承杀道："如果要你娶秦沐烟，你娶不娶？"

陆承杀道："什么叫作娶？"

花焰呆住，道："你没见过别人嫁娶吗？你们山庄里总有人成亲吧？就是会有红灯笼、红衣裳，会放鞭炮，每个人都喜气洋洋，到处张灯结彩，还有人前来拜谒那种……"

陆承杀想了一下，道："正月？"

花焰一拍大腿，道："那是过年！哎，还会有红花轿，有仪式的。"

"没有。"陆承杀想了想，又补充，"没有注意。"

花焰这才觉得陆大侠真的有点儿缺乏常识，他好像对练剑以外的事情一窍不通，就好像有人刻意不去教他那些无关的事情。

她只好换一种方式解释："娶就是，到时候你会和一个女子举行一个很重要的仪式，从此以后，你们俩今生都在一起了。"

陆承杀若有所思地点了一下头，道："嗯。"

花焰道："你懂了就可以回答我刚才的问题了。"

陆承杀道："不娶。"

花焰放心了。

陆大侠还没有被停剑山庄控制到那种程度嘛。

她有点儿欣慰，拍拍陆承杀的肩膀，决定先下去看看情况，如果停剑山庄真要一意孤行，不顾本人意愿，她到时候真的火烧停剑山庄啊！

花焰嘟囔着，正要下山，就听见身后陆承杀道："我……可以娶你吗？"

闻言，花焰一个趔趄，差点儿没摔下去。

花焰对于陆大侠活学活用的能力十分佩服，他才知道这个词的意思不到片刻，立马就会用了。

然而不是这么用的呀。

这应该是、应该是……

289

陆承杀见她犹豫，道："我说错了吗？"

他神色坦然，完全不知道自己说了句多么惊世骇俗的话。

啊。他为什么这么坦然？他怎么可以这么坦然！

花焰只觉得大脑都混乱了。

她勉强让自己镇定下来，深深思索后认真对他道："你用得太随便了！这个词，这句话，是要在很郑重的情况下才可以对别人说的。因为人一辈子就只能对一个人这么说。"转念，她又想起似乎还有再婚再嫁的，咳嗽了一下，道，"总之，陆大侠，等你真的彻底弄明白它的意思，再来说吧。"

陆承杀总算点了一下头，道："好。"

花焰那颗扑通乱跳的心也总算消停下来。

她刚才真的被吓了一跳啊。

到现在还心有余悸。

下次她跟陆大侠解释东西的时候，一定要再谨慎一点儿。

花焰抚着心口想着，又不放心地再嘱咐了一次："陆大侠，什么'我能娶你吗？'这种话，一定不能乱用哦，绝对不能随便跟别人说的。"

陆承杀眸子眨了眨，道："嗯。"

她拍拍陆承杀，逃跑似的迅速溜了下去。

下到停剑山庄，花焰才知道陆竹生并未说谎，秦沐烟的确来了。

那套烟黄纱裙在停剑山庄层层叠叠的黑衣中分外显眼。

花焰已经知道陆怀天的夫人，也就是陆承昭和陆承阳的母亲也姓秦，正出自七琴天下，和秦沐烟还有些亲戚关系，她来也丝毫不奇怪。

但花焰就是隐约觉得不爽。

秦沐烟已经被领进了正厅，关着门，花焰听不见里面的声响。

不会他们真这么聊着聊着就把陆承杀的终身大事给定了吧！

幸亏没聊几句，秦沐烟就又被领到了停剑山庄的客房。

花焰瞧着秦沐烟脸上的面纱，脑子一转，想了想，偷偷潜了下去，趁着送她进去的弟子离开，花焰毫不犹豫推门进去，没等秦沐烟回头，便一针扎在秦沐烟颈侧。

秦沐烟顿时意识迷糊，花焰接住她，趁她迷糊，在她耳边用魅音入耳道："你是来干什么的？"

所幸这位娇小姐武功确实平平。

她呆呆道："来议亲。"

行，还真是。

"行吧。"花焰在她耳边道，随后便把她弄晕，"得罪啦！"

半个时辰后。

秦素雪敲了敲自己侄女的门，道："烟儿，休息好了吗？已经通报过了，现在我带你一起去见陆老庄主。"

门打开了，她的侄女秦沐烟，此时正咳嗽着从里间出来。

"怎么了？"她有些关心地问，"嗓子不舒服？"

秦沐烟点了点头，用极细的声音沙哑着道："有一点……"

秦素雪道："那待会儿……反正也都是长辈，姑妈开口，你就别说话了。"

秦沐烟又轻轻点了点头，很是乖巧的模样。

秦素雪知道自家侄女心高气傲，为了这件事没少花心思，故而安抚道："你放心，有我在，你素雨阿姨又是那陆怀天的夫人。这件事长辈说话，只要陆老庄主点头，这亲事就算是定了。"

秦沐烟支支吾吾，似乎还有些担心。

秦素雪道："你不用太担心，陆承杀名声大，有些小姑娘缠着他也不稀奇，到时候会让你陆叔叔多管教管教他。还是你在担心他不喜欢你？"说着，她忍不住笑了笑，只道自己的侄女还是个小姑娘，"我们烟儿国色天香，哪有男子会不喜欢，任那陆承杀再冷若冰霜，成了亲以后还不是百炼钢化为绕指柔？我偷偷跟你说，你陆叔叔当年成亲之前，也是这般不近女色的模样，后来成了亲，还不是对你素雨阿姨百依百顺，说东不敢往西……哎，男子都是这样的。"

花焰心道：陆怀天还有这种八卦？

她此时穿着秦沐烟的衣衫，梳着秦沐烟的发髻，插着秦沐烟的头簪，脸上易容成秦沐烟的模样，还戴了面纱，又拿了秦沐烟的香囊带在身上，出门前反复确认了几遍，但还是有些紧张。

幸好她和秦沐烟的身形也仿佛，只不过她穿秦沐烟的衣衫时觉得胸口还紧了些——不过好在就连对方亲姑妈都没发现问题。

秦素雪见她神情似乎放松了一些，才笑道："走吧。"

秦素雪应是常来，停剑山庄大得像迷宫一样，她娉娉婷婷步履摇曳又娴熟地宛若在自家，便走到了其后的另一个会客的主厅，静心堂。

花焰跟在后面，还试着学了学她走路的姿势，对这种事，花焰倒是上手极快，且颇有天赋。花焰的心情很复杂。

一路行去，偶尔碰上停剑山庄弟子，也都对秦素雪点头施礼道一句"素雪夫人"。

最后走到静心堂时,花焰不由得又紧张了起来。

门扉推开,陆怀天并他夫人、陆承昭、陆承阳都坐在里面,还有一些花焰不认识的人,不过最显眼的还是主座上的老人。

他的头发已经全白了,然而白得不像是因为苍老,反倒如同染白的,一双黑眸沉沉、锐利无比,倒和陆怀天、陆承杀如出一辙,看起来绝不像七十,似乎还是四五十岁的壮年,甚至他的脸上,都没有如同凌天啸那般多的褶子,风霜的痕迹更多地留在他脸上的是一种令人畏惧的威严与沉淀。

习武之人练到极致,确实衰老会减缓。

花焰娘病亡之前就瞧着比她爹年轻许多,他们前代教主更是看起来像谢应弦他哥,此时花焰实在忍不住端详——她总觉得好像在看陆承杀老了以后的模样。

四周噤若寒蝉,就连秦素雪都恭恭敬敬地施了一礼。

花焰有样学样,也跟着施了一礼。

之后就是客套的寒暄,主要是秦素雪负责寒暄,她负责弯起眼角跟着赔笑——花焰真的最讨厌寒暄了,反正他们正义教是没这个规矩的。

在最初的震撼过后,花焰忍不住在心里腹诽:陆镇行就算不慈眉善目,也至少看着是个正气凛然的老头子,干吗对陆大侠这么凶啊!还要求这么严格。可恶!明明长得还有几分相似,就不能心软一点儿吗?至少心疼心疼他啊。

她腹诽了半天,那边秦素雪的寒暄终于快结束了。

秦素雪状似无意道:"怎么不见承杀贤侄?"

陆怀天道:"他还在山上闭关。"

秦素雪掩唇一笑道:"承杀贤侄不愧是年青一代的翘楚,当真刻苦。先前我也同两位说了,这次我前来也是有一桩美事相商。"

花焰立刻警铃大作。

来了来了。

陆怀天旁边那位美妇人此时也莞尔一笑:"沐烟如今出落得越发水灵了,我从小看着你长大,真是有些舍不得。"说着,她捏了一把身边人的胳膊。

陆怀天咳嗽了一声,道:"是秦家姑娘与承杀的婚事对吧?我没有意见。父亲,您看呢?"

不行!我有意见啊!

花焰当即也咳嗽了一声。

秦素雪见状,笑道:"怎么还害羞起来了?"

花焰只好捏着嗓子,学着秦沐烟的声音,小声道:"若是陆少侠他不愿意,就算了……"

那美妇人又掐了一把陆怀天。

陆怀天道:"他不会不愿意的。"

谁说的。

他刚才在山上就拒绝了的。

有本事你现在上去问问。

花焰气不打一处来,继续细声道:"不如现在叫他下来……"

陆怀天这次倒是回得很快:"不必了。"

正当花焰想着怎么不被怀疑地捣乱时,陆镇行开口了。

他开口时,所有人都下意识地闭了嘴。

陆镇行缓缓道:"承杀还小,秦姑娘当真想嫁到陆家,可以嫁给承昭。"

花焰:"……"

秦素雪:"……"

其他人:"……"

此话一出,万籁俱寂。

人在桌边坐,亲从天上来的陆承昭整个人都不好了:"……爷爷,我……"

陆镇行道:"嗯?"

陆承昭屈辱道:"……爷爷您说了算。"

他是比陆承杀大啊,但是关他屁事啊。

他才不要娶那个女人。他是有毛病才娶一个少奶奶回来伺候。

这些年他爹被他娘软硬兼施欺压的惨痛经历浮上陆承昭心头——虽然他不是没有暗爽过——自己是绝对不要变成这样的,他看到秦家的女人都是绕着走的啊。

然而这个家里谁敢和他爷爷唱反调啊。

一众人里,只有秦素雪还勉强想挣扎一下,她转头看向自家侄女。

嗯?秦沐烟怎么看起来这么高兴?

简直喜上眉梢。

难道她喜欢的其实是陆承昭吗?

秦素雪也蒙了。

陆承昭回去以后,立刻开始撒泼:"娘,我真的不想娶那个秦……"见他娘面色不善,他卡壳了一下,把脏话咽下去,"总之我就是不想娶她!"

293

秦素雨冷冷淡淡道："沐烟品貌才情出众，你若能娶她，那是三生有幸。而且你不是喜欢漂亮的吗？她还不够漂亮吗？"

陆承昭当即继续大哭大闹："我不要啊娘！"再漂亮那也是个母夜叉啊，"娘，你最疼我了！你去劝劝爷爷！我不要成亲，我不要生孩子！你看二叔不也没成亲吗，爷爷也不管他。"

"你和他能一样？而且又不要你生。"

陆承昭干号得更大声了。

陆承阳还想劝劝自己亲哥，然而陆承昭一把抓过他道："娘，要不让承阳来娶吧！他也不小了，可以成亲了！"

陆承阳蒙了："……哥？"

不久后，秦沐烟从床榻上醒来，得知了现状，也蒙了。

秦素雪还在安抚她："那陆承杀除了武功强点儿，也没什么好的。陆承昭是陆怀天的儿子，陆镇行的亲孙子，将来停剑山庄八成也是由他继承。再加上你如果真的喜欢他……"

秦沐烟一把抓过头顶的簪子，抵在自己雪白的颈脖上，道："姑姑，我不知道方才发生了什么，但是让我嫁给陆承昭，除非我死！"

秦素雪："嗯？"

总之，一趟议亲最终遗憾地以失败告终，秦沐烟当晚就气急败坏地回了七琴天下。

花焰提着从膳房里摸来的菜和点心，喜滋滋地回到山上。

陆承杀还坐在那里等她。

花焰心情愉快地坐到陆承杀边上，将提着的食盒放下，和陆承杀一同分享，脸上始终挂着驱散不掉的笑意。

陆承杀抬头看她。

花焰扬起一张笑脸道："怎么啦？"

陆承杀道："你很开心？"

花焰意识到，按了按自己的脸颊道："呃，这么明显吗？不过我确实很开心啦。我下去看了一趟，你不用娶秦沐烟了。"说着，她又笑了笑，"来吃东西吧，趁热。"

原本天黑了，陆承杀想带花焰下去，她却拽着陆承杀的衣袖道："算啦，就

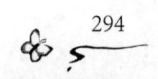

在山上过夜吧，上上下下也挺麻烦的。"

陆承杀道："山上冷。"

花焰道："我们昨晚不是也在山上待着，也还好啦。"而且她现在有陆承杀给的内力，终归没那么怕冷。

只是她一说完，忽然发现陆承杀微微别开的脸上有些泛红。

啊……

花焰也想起昨晚是怎么过的了。

被陆竹生这一打岔，花焰都快忘了，此刻脑海中瞬间涌进了被陆承杀抱进怀里时的感觉，很温暖，也很紧，她心跳忽然漏了一拍。

后半夜又下起了雪，雪落无声，缠绵纷飞。

花焰裹着棉被睡在石床上，陆承杀则靠在石洞边上睡着，半梦半醒间她感觉到确实有些冷，石床原本就冰凉，体温难以焐热，炭炉又燃灭了，花焰纠结着要不要重新加点儿炭把火点着，但又实在懒得动，眼皮都不想睁开。

迷迷糊糊间，感觉到有人把炭炉重新燃了起来。

陆大侠真好。

花焰意识不清地想着，然后就感觉到有人在靠近她，那抹黑色身影很小心很轻地靠近，像是在她脸上看了一会儿，然后把另一床被子也盖到了她身上。

……很重啊。

花焰想着，却没有动。

盖完被子，那抹身影还没有离开，反而越发靠近，近得仿佛就在她面前，似乎呼吸可闻，距离克制又忍耐。

花焰也不知道他想干什么，就闭着眼睛静静等着。

等了许久也不见下文。等得花焰都快想睁开眼睛了，那抹身影忽然撤开了。

他想要走，花焰一把攥住了他的手，陆承杀当即一僵，便不动了。

因为困倦，她的声音里仍有浓重的鼻音，轻轻软软的："陆大侠，你等了半天，想干什么啊？"

寒夜里，陆承杀的沉默颇有几分微妙的尴尬。

他好像做错事被花焰发现了一样。

花焰只是好奇，也没有真的想逼问什么，见他良久未答，只好松开了手，陆承杀顷刻间便离开了她，还坐得很远，只留给了花焰半个漆黑的背影。

干吗啦！

花焰顿时有一些不满，人都清醒了几分。

刚才还离得这么近，怎么现在就一副避之唯恐不及的样子？

她本来还想说要不要大家睡得近一些，也暖和一点儿，结果现在连口都不好开。

花焰瞪着他的背影，怏怏看了一会儿，只好作罢。

天亮之后，果然如陆竹生所言，有配灰剑穗的外门弟子送来消息，要陆承杀即刻下山，追杀天残教教主谢应弦。

只是这弟子说时颤颤巍巍、瑟瑟发抖，离陆承杀足有八丈远。

看得花焰都想过去拍拍他的肩膀，问问他，陆承杀有这么可怕吗。

花焰估计他就算见到他们教主，都没这么害怕……毕竟谢应弦平日里也不怎么杀人，都是交给属下做，倒不是怕脏了自己的手，主要是嫌麻烦。

他把话磕磕绊绊说完，听见陆承杀道了句"嗯"，便如释重负似的，头也不回逃下了山，还差点儿在刚化的雪水地里栽一跤。

花焰实在不能理解，把头凑过来又端详了一下陆承杀。

黑衣青年面无表情，双眸漆黑，虽然花焰很嫌弃停剑山庄，但那一身绳银边的漆黑劲装确实被他穿得挺拔又修身，只让人觉得这具躯体蕴含着无穷力量，外加气场太盛——怎么看都是一个非常理想的大侠形象啊。

花焰看着看着，就发现陆承杀突然往边上走去。

——躲开了她的视线。

她爹以往跟她娘闹别扭的时候，曾经忍不住感慨道"女人心，海底针"，花焰看，有时候男人心也很像海底针嘛！

明明她都以为自己已经有点儿，哦不，是很了解陆承杀了。

她有一点点儿郁闷，不过花焰情绪来得快，走得也快。

很快，她就收拾着准备和陆承杀一起下山。这些日子她又在石洞里乱七八糟地摆了好些东西，为免被发现，都得好好收起来塞回陆承杀房间。

明明待的时间不长，真要走，花焰倒还有些舍不得。

峰顶辽阔，虽然寒冷但视野极佳，站在崖边向下望去能看见广袤无垠的山川河流与脚下的繁华市井。

陆承杀练功时，花焰就喜欢坐在一旁到处看，有时候盯着天边将要落雪的积云都能看上半天，脑中不停翻滚出她爹闲来无事吟诵的那些诗词，觉得很有意思，还要念给陆承杀听。有时候，她会兴致勃勃地盯着山脚下熙熙攘攘的人群，看摊贩叫卖，看游人来去，看得陆承杀都坐过来，好奇地循着她的视线看去。

看多了这些好像心境也会变得开阔。

她爹就很是遗憾过，因为身体欠佳没有机会看遍万里河山。

花焰这次出来，也抱着这样的念头。

这么一想，离开倒也变得不那么令人不舍。

只是走之前，花焰决定再在峰顶上逛一逛，陆承杀也没有意见。

离开冥思洞，往后又走了一截，后面山峦起伏也有不小的空间，只是满目霜白，犹如荒原，积雪覆盖地面，踩下去咯吱作响。

花焰不由得道："后面还有多大啊？"

陆承杀道："没走过。"

只是越往后走就越加偏僻，四周荒无人烟，连松柏都逐渐看不到了，温度越发低，连暂为休憩的地方都没有，好在两个人现在也都不算很冷。

这走不到头啊，花焰心道，再走一会儿，如果还是这样，就原路折返算了。

花焰正想着，却忽然发觉走到了头。

眼前与不远处的山峦中央形成了一个巨大沟壑，两边绝壁仿佛断层，其下有沙石也有冰川，如果一头栽下去，轻功再好估计也是必死无疑，花焰有点儿失望。

正准备招呼陆承杀原路返回时，花焰忽然眼尖地看到了一缕白气。

白气是从一侧绝壁上飘出来的。

花焰立刻拽着陆承杀道："你看你看！"

陆承杀点了一下头，不动声色地又往旁边挪了挪。

花焰："……"

算了，她暂时不计较了。

"我们能不能下去看看？"

陆承杀道："嗯。"之后，花焰便见他轻松地顺着崖壁向下，如履平地一般，最后落到了一个地方，对花焰道，"有个石洞。"

花焰顿时来兴趣了。

她也摩拳擦掌准备下去。她自觉轻功不错，只是刚下到一半，就见一个身影快速掠过来，卷着她的腰，把她带了下去。

陆承杀道："很危险。"

还好啦……

只不过他能不能不要一放下她，就又立刻离开，和她保持距离？

花焰嘟囔着，走进石洞里。石洞天然形成，不像冥思洞周围石壁已经光滑如镜，四周坑坑洼洼，一进来就感觉到一股暖意，白气仍旧云雾缭绕地往外飘，头顶水滴落在脚边,湿润,空中有股很微妙的酸味。花焰定睛看去,只见石洞里竟然有一汪清泉。

她情不自禁走过去,手放在水面探了探温度。

随后,花焰惊呆了。

"是温泉!"正义教附近也是有过暖泉的,然而泉水殷红发褐,味道难闻,别说洗澡了,手都不想伸进去。

然而眼前的温泉却清澈如水,五指浸入水中清晰可见,四周氤氲着白气,虽然温度略高了一点儿,不过她现在有内力在身,倒也不怕。

就是……

花焰后悔死了,早知道前几天就该来了,也不至于洗个澡都得麻烦半天。

想着,花焰便解了外衫,准备下去泡泡。

然而还没等衣衫坠地,她就听见陆承杀道:"你在做什么?"

花焰当即道:"哦,这是温泉,在这里泡着很舒服。你要不要也来泡泡?呃,可以穿着里衣泡的。"

陆承杀还有些不明所以。

花焰随手用簪子把垂下来的头发都盘到脑后,除了鞋袜和外衫中衣就光着脚丫踩进了温泉里,起初还觉得有些烫,稍微泡了一会儿便觉得温度适宜,烫得刚好,花焰很快把整个人都泡进了温泉里,然后舒服地叹了口气,只觉得全身上下都松懈下来,被暖融融的泉水包裹着,舒服得她都要融化了。

冻了这么些日子,能有温泉泡真的好幸福啊!

花焰眯着眼睛,柔若无骨地融进温泉水里,唯一美中不足的就是还穿着衣衫——要不是因为陆大侠在,她就干脆脱光了。

陆承杀呆呆地看着她,好像还不知道发生了什么。

回过神,他迅速地转过了身。

花焰立刻热情邀请道:"陆大侠,你来试一试嘛!"

陆承杀毫无反应。

"这个温泉挺大的,泡十个人我看都绰绰有余。"花焰舒服地叹息,瘫软在水里完全不想动弹,顺道继续说,"两个人完全没问题啦。"

陆承杀略转头看了一眼,之后又迅速转回去,额头上隐约有些冒汗。

少女现在大概完全不知道自己是个什么模样。

里衣湿透,紧贴在身上,薄得几近与无,桃红的肚兜颜色鲜艳,完全透了出来,勾勒着她起伏的身段。

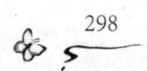

温泉水澄澈无比，虽然有白气缭绕，但看去依然清晰分明。

陆承杀只觉得比刚才还要危险。

花焰招呼了半天也不见他过来，反而见他似乎越走越远，花焰觉得他真的很不对劲。

她又不是没穿衣服，他干吗又一副避之唯恐不及的样子！

花焰忍不住趴到泉水边，道："陆大侠，你再走要掉出去了。又怎么啦？"她一转脑子，道，"难不成你毒又发作了？"

陆承杀停住脚步，道："嗯。"

前段时间不都已经好一些了嘛。

怎么又开始了！

仔细想想，似乎是从那天陆承杀醉酒抱着她睡了以后，就又开始不自觉地躲着她了。

花焰不由得想到：难不成……陆大侠他不能近女色？

这毒不会是停剑山庄给他下的吧？

看陆镇行的模样也未尝不可啊。

再想起自己之前听的杂七杂八的江湖小道消息，难不成陆家剑法还要求男子保留元阳的吗？不对啊，他又不是梵音寺的和尚，而且陆镇行和陆怀天也都成亲生子了啊。

花焰越想越迷糊。

要不然就是陆镇行觉得陆承杀既为外孙，就无传宗接代的必要，所以……再一想，他还特地帮陆承杀拒了秦沐烟的亲事，瞬间好像一切都合理了起来。

陆大侠也太惨了吧。

停剑山庄怎么这么灭绝人性啊。

花焰心里决定，不管什么毒，她都一定要帮陆大侠给解了。

当即，她道："陆大侠，你先别走，我还有问题。"

陆承杀闷声道："你问。"

花焰道："你是不是之前都没有和其他女子亲近过啊？"

陆承杀愣了一下，道："嗯。"

花焰继续道："那是不是以前也没这个状况？"

陆承杀道："嗯。"

果然啊！

花焰拍着水花，心里越发笃定，于是她又继续道："那你是不是离我离得近了，会觉得很痛苦？"

陆承杀卡壳了一下，道："不是痛苦。"

花焰道："嗯？"

陆承杀低声道："只是不舒服。"

"那……可以忍耐吗？"花焰继续追问，"接近到什么程度你才会受不了？"照理说陆大侠应该很能忍耐疼痛不适才对啊，陆家这毒也太厉害了吧。

不过停剑山庄什么时候居然也会制毒了？

难不成还是特地去慈心谷找人为陆承杀量身定做的？！

说到慈心谷，花焰倒是想起那个叫明齐的弟子曾经给过她一个药囊，说里面写着方子。因为陆承杀之后也没有再发作，她都快要忘了。

可惜现在她在泡温泉，也不好去拿。

她等了一会儿，陆承杀才涩声道："不知道。"

花焰想了想，道："那不妨来试一下。你先转过来嘛！"

陆承杀僵着。

花焰惊了一下，道："转个身都这么困难吗？"

陆承杀终于缓缓转过身，只是闭着眼睛，并不看她。

花焰也不在意，道："你往前走。"

陆承杀一步步往前，闭上眼睛他似乎没有那么大的障碍，走到快接近温泉池的时候，他脚步明显放慢，每走一步都很小心，终于走到池边，他停了下来。

花焰道："你把眼睛睁开吧。"

陆承杀："……"

花焰鼓励他："忍耐一下，陆大侠，你可以的！"

陆承杀身体紧绷着，犹如上紧的弓弦。

他缓缓睁开了那双黑白分明的眸子，然后下一瞬就闭上了。

花焰有些担心道："这么难受吗？"

陆承杀声音仍旧发涩："……嗯。"

可给花焰愁坏了，她还好好穿着衣服呢。

那陆大侠别说找什么解语花、红袖添香了，以后只怕要孤独终老。

停剑山庄怎么比他们正义教还不是东西啊！

她不动，陆承杀也不动。

花焰痛定思痛，觉得还是要多尝试一下，说不定呢。于是她问道："你现在的状况有生命危险吗？"

陆承杀按了一下心口，道："……应该没有。"

花焰猛然站起身，扯住陆承杀的胳膊，手上用力，索性一把把他拽进了温泉水里。

陆承杀骤然进水，迫不得已睁开了眼睛，刚才还在脑海里的画面清晰百倍地呈现在眼前，他第一次觉得自己目力太好不是件好事，视线放在哪里都是错。

他浑身也湿透了，热水与热浪裹挟着他，只觉得分外糟糕。

花焰还想碰他。

陆承杀一把攥住了花焰的两只手腕，她的里衣衣袖已经随着她的动作滑落下去，露出欺霜赛雪的皓腕，女子的手腕纤细又肌肤细滑，但陆承杀管不了这么多了。

他按着她的手腕把她推到了温泉池壁上。

花焰眨着眼眸。

汗顺着陆承杀的脸颊滴落，他半闭着星眸，道："……不要动。"

花焰："？"

她现在被他按着，根本动不了啊。

下一刻，陆承杀突然靠近了她，她又眨了眨眼睛，感觉到自己额头上有什么又轻又软的东西印了上去，略微停留了一会儿，又退开了。

就在花焰以为陆承杀还会做什么时，他整个人也退开了。

他单手撑着温泉池壁翻了上去，走出去几步，他的声音才传来："抱歉。"听起来似乎分外懊恼。

花焰留在原地，也有些发蒙。

她怔怔地摸了一下自己的额头，不知为何在想：原来昨天陆大侠想做的是这个啊。

原来他想亲她啊。

她又待了一会儿，那边，陆承杀都已经把身上弄干了，之后，他便头也不回地飞速走了出去。

虽然陆大侠一直速度很快，但花焰硬是看出了一种落荒而逃的感觉。

最后还是只有花焰一个人享受了温泉，她又泡了一会儿，隐隐有些念头呼之欲出，终是穿上衣服追了出去。

回去的时候，两个人都没怎么说话。

直到下了山，备了马，准备离开停剑山庄，花焰才忽然想起明齐那个药囊，她翻了半天从行囊里找出压箱底的药囊，因为放得久了，里头的药笺都已经有些发卷。

花焰展平，摊开一看，上面字迹潦草地写了一行小字。

——陆承杀之疾，名曰相思。

花焰看了一眼药笺，又看了一眼正下马准备进东风不夜楼的陆承杀，黑衣青年瞧着和平时一模一样，除了还有些避着她——不过这不重要，花焰眼睛一眨不眨地望着陆承杀，心中升起了一种特别奇妙的情绪。

陆承杀是去问如今追踪到的谢应弦目前的位置，不一会儿他便从楼里出来，朝着花焰走来。

花焰继续盯着他的脸看。

陆承杀错开视线道："你可以留在这儿等我。"

花焰立刻道："我跟你一起去。我保证不拖后腿。我很有用的。"

她实在忍不住盯着陆承杀看，想从他脸上找出端倪。

陆承杀道："太危险了。"

花焰立刻举手道："我可以自己保护自己的，而且……"她编了个理由，"我和天残教仇深似海，我要……呃，总之我也要去找那天残教教主报仇。"

终归，她也不能彻底对谢应弦置之不顾。

然而相处久了，花焰在陆承杀面前撒谎撒得都不是那么利索了，好在，陆承杀也半点儿没有怀疑。

他沉吟了一会儿，道："那你不要离开我。"

花焰眨了眨眼，点头道："嗯！"

陆承杀脸上仍然没有过多表情，只是一双漆黑眼眸无论如何不肯直视她。花焰干脆故意往他视线上偏，他果然再次把视线偏到了别处。

花焰心口像藏了根羽毛，一挠一挠的。

有点儿痒，又有点儿想笑。

等陆承杀已经上马，两人并骑赶路，她那股奇妙的感觉还是没能散去，以至于赶路时还忍不住时不时转头看一眼陆承杀。

看得陆承杀不动声色策马离得远了一些。

一天之前，她可能还会觉得有点儿郁闷。

现下，花焰也不动声色地把马贴了过去，然后他又挪远了一点儿。

她一边觉得稀奇纳闷，一边又忍不住在想，陆大侠是真的喜欢她吗？

不过他的反应真的很奇怪，若是遇上喜欢的人，不应该尽力想离对方更近一点儿吗？如她娘喜欢她爹，便干脆朝夕相处，肌肤相亲……最后日久生情。

像他这种想靠近，却又故意远离的，花焰还是头一次遇上。

应该不会是明齐在诓她吧。

相思是她以为的那个相思，不是真的有种毒叫相思吧？

她现在分外想把明齐抓来问个清楚。

晚上两人宿在一处客栈,还未进门便听见里头在说何处何处又出现了天残教弟子肆虐,引得正派弟子前去围剿,为那天残教教主引开追兵。

花焰顾不得想陆承杀喜欢她的事情,竖起耳朵去听,不料陆承杀一进去,里面霎时安静。

好吧,她差点儿忘了陆大侠自带静音功能。

两人各自进了客栈房间里,花焰偷溜出来继续听,得知谢应弦还未被抓,她隐约松了口气——虽然出于对他本人的信任,花焰也确实没有怎么认真担心过他。

羽曳这些日子负责追踪谢应弦与给受伤的正道弟子疗伤,倒是逐渐出了名,之前她还听人叫他"天残教叛徒",近日里居然已经有人改口叫"羽公子"了。

花焰抽着嘴角,实在有些不忿。

你们正道会不会识人啊?

随后想起自己也被他骗了许久,花焰顿时又闷闷不乐起来。

她想着随便逛逛,换换心情,就察觉到陆承杀跟在她后面不远处。

陆承杀没有刻意隐藏行迹,估计是担心她的安危,花焰心里一暖,掉头就去找了陆承杀。陆承杀被她堵了个正着,虽然神色如常,但花焰感觉出一股紧张来。

花焰主动想去拉他的胳膊,陆承杀十分僵硬,退了一步道:"别离我太近。"

所以她还是不太能理解他这个反应。

在她娘给她的正义教圣女讲堂里,除了下毒下蛊、如何心狠手辣、为达目的不择手段,剩下最多的应该是如何去勾引一个男子——对这方面她娘颇有心得。

虽然花焰听得不甚认真,但还是隐约记得她娘跟她说,男子若是对她动心了,以后便会不由自主地想要与她亲近——当然此时务必要和对方保持距离,保留一点儿神秘感,然后无论她说什么,对方都会答应,还会想方设法讨好她,有时甚至会主动告诉她一些事情,比魅音入耳还好用。

但……陆大侠不仅躲着她,还越发小气,时不时对她说"不行",她想知道点儿什么,还得自己辛苦绞尽脑汁去问。

至于讨好,花焰想了想,顿时有些尴尬……

被她娘知道应该会骂死她,她总觉得好像自己讨好陆大侠比较多一点……

不!花焰镇定了一下:她才没有讨好陆大侠,她只是为了和他友好相处,而做出了一些努力罢了!

总之，若不是被他亲了额头，再加上明齐这张言之凿凿的药笺，花焰还真的不敢确定。

不对，她现在也不敢确定……

花焰往前走了一步，陆承杀又往后退了一步。

虽然路边人不多，但这画面还是显得有些滑稽，就连花焰自己都觉得……有一点点好笑。

于是她又往前走了两步。

陆承杀被她逼到了墙边，一个闪身便要溜到一旁，花焰早料到他要跑，当即也闪了过去，换作平时，花焰也不至于如此紧迫不放。

但……眼下，她居然从陆承杀面无表情的脸上看出一丝窘迫。

虽然不太应该，但花焰心里那股奇妙的感觉又浮现了出来，蠢蠢欲动。

陆承杀个子比她高了差不多一个头，武功也比她高不少，现下被她堵在墙边，居然有些束手无策。

黑眸闪了闪，他终是道："怎么了？"

听出一股无奈的味道。

花焰差点儿抑制不住唇边的笑容，努力忍住，认真道："没什么，就是想看看你。"

陆承杀："……"

花焰觉得他胸口起伏了一下，似乎有些无语。

他垂着眸，道："没什么好看的。"

这点花焰就不赞同了，她道："陆大侠，没人说过你长得很好看吗？"她想了想，又道，"不对啊，我不是说过的吗？"

只是大多数情况下，别人都只能看见他的气场，而忽略了他的外貌。

陆承杀似乎深吸了一口气，才抬眸看她，他的眼眸漆黑如墨，却十分清澈，花焰清楚看见自己的模样倒映在他的瞳仁里，仿佛比本人还要好看些。

他忽然抬起手捂住了她的眼睛。

嗯？

花焰眼前顿时一片漆黑，只能听见陆承杀的声音道："你比较好看。"

嗯？

他怎么转换如风的！

不对劲，花焰忍不住道："陆大侠，你知道什么叫好看吗？"

陆承杀"嗯"了一下，遮住了花焰的眼睛，他似乎没有那么窘迫，声音沉沉的："我知道的。"

花焰的睫毛在陆承杀的掌心反复刷了几下，总觉得自己脸颊的温度比刚才要高了一点儿，她动手想去拽他的手，他终于松开手，然后撤到了一旁。

他看着远处道："离我太近，你也会很危险。"

陆承杀说得很认真，可花焰实在忍不住问："为什么会危险啊？"

陆承杀沉默了一会儿。

"我会想做一些，奇怪的事情……"他声音很轻，说得有些艰难，似乎就连自己都不明白为什么会艰难，"对你。"

说完，他还补充了一句："我觉得不太好。"

花焰又下意识地摸了摸自己的额头，陆承杀就轻轻印了那么一下。

说实话，他的动作真的太轻柔了。

花焰小时候，她娘心情一好，就喜欢抱起她，在她脑门儿上或者脸蛋上响亮地亲一下；陆承杀那个动作，则像是她爹对着她娘辛苦给他找来的孤本时的反应，好像她是什么珍贵易碎的物品似的。

她倒是一点儿也没有觉得被冒犯。

她当时也只是有些吃惊，甚至完全没想过要挣扎之类的。

花焰轻声嘟囔道："亲一下额头而已啦，没关系的……"

陆承杀闻言，静了一会儿，神色欲言又止，似乎不想说，但又觉得应该说。他声音低下去，吐字分外艰难道："不只那样……"

他还没什么反应，花焰呆了一下，脸不自觉地红了。

也不是她想红。

纯粹是刚才一瞬间脑海中闪过一些画册画面的本能反应。

当初是她娘为了教导她，免得她一窍不通平白吃亏，拿给她看的。花焰那会儿刚及笄，还是个黄毛丫头，看了一眼就开始脸红，她娘戳着她脑袋道："你将来是要做正义教圣女的，这种程度就脸红如何得了。你争点儿气，回头娘再给你多塞几本，免得你嫁出去丢人。羽曳这小子瞧着就不是个简单的，日后你要是被他吃死了，我可得气死。"

然而花焰确实不争气。

这次她溜得比陆承杀还快。

一路溜回房间，把脸闷进枕头里，过了好一会儿，花焰才发现自己实在有些杞人忧天。

她把脑袋探出来想，以陆大侠的常识而言，只怕连那是什么事都不知道，更别提去做了。

可是……

花焰又把脑袋埋进枕头里想，陆大侠，好像是真的喜欢她。

他还夸她好看。

虽然花焰向来是知道自己好看的，她长得像她娘，她爹年轻时也相貌俊秀出尘，她不可能难看，但不知道为什么，从陆承杀口中说出来，就格外让人开心——大概因为他从不说谎吧。

花焰翻来覆去一晚上没睡好。

第二天一早出发，她发现陆承杀早早便到了，只是离得格外远。

赶路时，花焰听见他远远道："……不用怕，我会控制自己。"

她轻轻"哦"了一声。

花焰今日的话格外少，陆承杀本想看她一眼，但终是没有转头，昨日她逃得那么快，应当是真的害怕，陆承杀都做好了两人可能就此分别的准备，没想到她一言不发。

陆承杀并不后悔昨天据实以告，只是，他确实需要好好应对这个陌生又混乱的自己。

那日在温泉池里，他的反应把自己都吓到了。

他……不应该是这样的。

陆承杀感到微微迷惑，他用内力检视过几遍，也没有发现自己体内有中毒的迹象，也许他应该去一趟慈心谷才能解决这个病症。

番外 陆承杀的童年记事

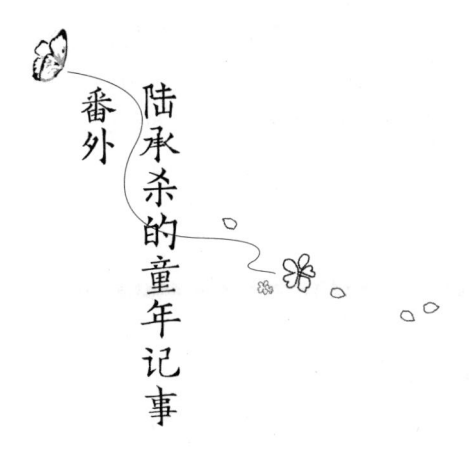

山庄里多了个孩子,起初并没有人留意到这件事,知情人也寥寥无几。

他被养在偏院里,但碍于身份特殊,又不好与其他孩子混在一起,只好让他单独住着,也不许其他人探视。他悄无声息地慢慢长到四五岁。

年幼的陆承杀只是个沉默寡言且没有情绪的孩子。

他对外界感知得很晚,照顾他的许婆婆虽然每日都来,但因有其他孩童需要照顾,也并不会总陪着他,于是更多的时间里,陆承杀总是一个人在小小一方院子里枯坐。

彼时他尚没有桌高,不言不语,一坐就是一日,有时连饭都忘了吃,饿得头昏眼花、手脚冰凉,才想起要去吃饭。

饭有时冷有时热,肚子饿了总需要进食,他也无从去思考更多。

也许曾经心有期盼,但后来逐渐也就忘了。

陆承杀记得天空中云朵缓慢游移变换的速度,记得叶片坠落的声音,记得大雨倾落砸在泥沼时溅起水花的模样,也记得院角一处小沟在雨后盈满雨水、流水潺潺的声响。渐渐地,也就不觉得无聊烦闷,时日漫长。

小小的陆承杀,整个世界也不过方寸大小。

再后来,许婆婆跟他说,他是陆家人,总不能一点儿剑招也不会,于是他开始识字,有了自己的第一本剑谱。许婆婆声音沙哑,识得的字不多,对剑招也一窍不通,陆承杀只能自己摸索。

即使是最基础的剑谱对那时的他而言都很艰涩,好在上面还有图示的剑招。

他没有剑,于是便捡了一根枯枝开始练。

有事情做总比枯坐要好。

他什么也没想，只是练剑，不知道对错，不知道时间长短，日复一日，后来院子太小，不方便他练剑法，许婆婆便告诉他可以去停剑山庄的校场。

那也是陆承杀第一次见到这么多人，甚至有不少和他差不多大的孩子。

"你叫什么？你是谁家的啊？"

"你为什么拿着树枝练剑？你的剑呢？"

"你爹娘是谁啊？"

他没有与其他人交流的经验，愣怔着，许久才缓缓开口说："……不知道。"

"他说他不知道！他是不是个傻子啊？"

"你看他呆呆的，说不定真是个傻子！"

"刚才教习的师叔还说他的剑法有灵性，他一个傻子哪来的灵性！"

"爹妈都没有，他是不是就是那个叫什么……野种！"

陆承杀尚未学会分辨善与恶，便先感受到了强烈的恶意，他们把他围在中间，说着些他听不太懂的话，嬉笑着拿他取乐，好像他做什么、说什么都非常可笑，甚至有人动手推搡他。

言语他可以不在意，但动手不行。

陆承杀旋即用手中的枯枝指向对方的咽喉，因为已练过许多次，他的动作分毫不差。

"……这野种！"

"算了算了，跟他一个没爹妈的野种计较什么。"

眼见对方没有上前继续找碴儿，陆承杀收了枯枝，转身便走。

没人教过他如何应对别人找碴儿，也没有人告诉他要怎样反驳别人的恶言恶语。

他唯一能做的，便是不去听。

久而久之，他将身边的声音尽皆忽略，不论别人指着他说什么，是好是坏他都毫无感觉、不痛不痒。于是陆承杀的世界再度安静下来。

依旧只有他和他的小树枝，以及许婆婆。

许婆婆会问他："小少爷，剑练得怎么样了？有没有不开心？"也会愧疚于不能花更多的时间陪他。

陆承杀想了想，对她说："没有，没关系。"

童音仍有些稚气。

许婆婆不一时红了眼眶，泪水扑簌，口中喃喃道："你娘她要是还活着就好了。"

陆承杀不知如何安慰她，只能笨拙地伸出手，用袖子替她擦了擦眼泪，轻声说没事。

某天，许婆婆来给他送自己做的冬衣时被某个孩子看到，第二天便有人指着他说："我昨天看到有个老太婆去找他了。那是不是就是他娘？他娘居然那么老，难怪不肯认他。"

"你说的是真是假？那老太婆真有那么老吗？"

"又老又丑的，满脸都是褶子。还叫他'小少爷'，他算哪门子的少爷，连个名字都没有。"

"怕不是个老傻子。也就只有老傻子才能生得出小傻子吧。"

他原本可以不在意，可回过神来已经先动了手，而且丝毫没有留手，把对方三个孩子打得鬼哭狼嚎，树枝都折断了才转身离开。

回去时胳膊上有些划伤，他藏在衣袖里，没有给许婆婆看到。

几乎没过多久，就有一个面容严厉的大人来问他是怎么使的剑，后来，他知道这是他的外公陆镇行，而他也终于有了名字和像样的衣服与剑。

陆镇行专门领他去山顶上的冥思洞，每日亲自监督他练剑，其实没有这个必要——他只有这一件事好做，也并不会做别的。

陆镇行会记录他的进度，告诉他哪里不足。剑谱上那些看不懂的地方，陆镇行也会一字一句跟他说。

陆承杀每日的饭食也丰富得有鱼有肉起来，不再冰冰凉凉，甚至让他有些不习惯。过了一段时间他才感觉到自己个子蹿高，练剑时也不会到了傍晚就慢慢开始觉得手脚无力。

陆镇行给了他剑谱，也给了他一些更加晦涩难懂的经文，要他平心静气，不要再想其他。

陆镇行告诉他练剑招式与内力之余，最重要的是淬炼剑意，要心无旁骛、心志坚定，心中唯有剑道。

陆镇行告诉他停剑山庄之人的使命便是杀光所有魔教之人，而魔教之人都是些穷凶极恶该死之人，没有例外，每一个都该死，绝不可心软犹豫，也不可被他们巧言令色所欺骗，他的剑一定要快。

陆镇行还告诉他除了专注练剑他什么都可以不用在意，不用在意别人说什么、做什么，那些烦琐俗事通通可以交给别人，他用不着会也用不着学。

陆承杀按照他说的做。

那些日子过得简单又平静,他除了练剑和祭拜许婆婆,几乎就没有其他记忆。

去冥思洞那条路,陆承杀从六岁一直走到十来岁,风霜雨雪无阻,他甚至清晰记得从自己住的院子走上去一共要多少步,需要的步数逐年减少,他的速度越来越快。

陆镇行仍旧嫌他与自己对打时进步太慢,不够强,不够快,剑也不够锋利。

他只好加倍去练。

陆镇行剑气恣意纵横,杀气满溢,陆承杀记不清自己受过多少次伤,内伤外伤,最重时他第二天几乎爬不起来,在冥思洞里忍痛难以成眠,整夜咬牙流汗,也会有几分茫然。陆镇行又会给他准备最好的伤药,告诉他身为停剑山庄之人不应如此脆弱。后来,他忍痛的能力和伤愈的速度也与日俱增,逐渐也就不觉得疼了。

某一天,他突然发现自己与陆镇行对打渐渐能互有胜负,他身上的杀气也越来越重,那些曾经在他面前闲言碎语的人,看见他也都开始露出惊惧的神情。

陆镇行对他说,他可以去杀天残教之人了。

于是陆承杀去了,那些或穿青衣,或穿紫衣的恶人,在他面前不堪一击。

他记得陆镇行的教导,从不心软。

直到有一日。

他收到消息,有一队天残教兵马从大本营鱼贯而出,深入正道武林腹地,似在追杀某人。他刚好临近,便循迹追踪而去,在一片密林处将人截获。

到时方知,他们追的是个少女。

陆承杀携剑杀戮,杀至近前时,自那个少女身侧擦过,她呆呆站着,有些发怔,一双眸子瞪大,在他过时微微眨动。

那只是个很轻微的动作。

他本不该,却还是留意到,于是在她眨动眼眸的瞬间,他的心口也微动了一下。

转瞬即逝,消失无踪。

他既不明白,也无从感知,很快忘之脑后。

谁料这个少女之后便不管不顾地缠上了他。

陆承杀之前并没有这样的烦恼,他不会对女子心软,也不会有女子敢跟着他,往往只开口说上两句便已经被他吓退。他以为她也一样,很快会被吓跑。然而任由陆承杀怎么释放杀气,她都毫无反应,甚至满眼放光地望着他,看不

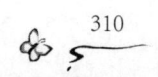

出恶意也看不出杀意。

就好像她只是单纯地想跟着他。

她没有内力，用不了轻功，只要他跑得够快，她必然跟不上他。

陆承杀也真的想过这么做。

在她带着笑脸把包子举到他面前时，在她紧紧跟着他喋喋不休的时候，在她像煞有介事地帮他铺那个莫名其妙的稻草床榻时，他慢慢觉得再不甩掉她，可能就晚了。

于是他径直朝外走想要离开。

她毫无所觉，甚至还满脸笑意地对他说她在那里等他回来。

哪怕他其实根本没想过回来。

每走一步都觉得心脏在往下坠，陆承杀这辈子也没走得这么慢过，他逐渐把陆镇行的交代忘在脑后，犹豫着想，他真的要把她丢在这里吗？

把她一个人丢在荒郊野岭，让她等着可能永远不会回来的自己？

犹豫不决时，脚步已经停下了。

陆承杀被一种自己也分辨不清的心情左右，脚步一转，竟又走了回去，他想他不应该这么不告而别，至少应该跟她说清楚，然后便看见她被几个男子围攻、岌岌可危的一幕——

那一瞬间头脑发热混杂着一种陌生但强烈的后怕袭来。

他的剑已经出鞘。

"陆大侠，你终于回来了！"她仰着惊喜的笑脸，半点儿也不知道他曾经想做的事情。

——我要是真的走了呢？

——你为什么不怕我？

陆承杀觉得自己声音发涩。

这种感觉依然是陌生的，是一种无法用剑斩断的思绪，也是无法用理智控制的情绪，驱赶和告别的话再也无法说出口，甚至今后也许都无法说出口。

他心底却有一丝隐秘又奇怪的轻松，仿佛松了口气。

于是他最终动了动唇，对她说："跟我走。"

少女愣了愣，停下了所有的话语，朝他嫣然一笑，步履轻松又欢快地跟着他，说道："好呀。"

这一跟就是一辈子。

311